BASTIAN MARTSCHINK

KRIMINALROMAN

FINN DEVER

LETZTER BLICK

GOLKONDA

Der Umwelt zuliebe
- produzieren wir zu über 90 % in Deutschland
- achten wir auf kurze Transportwege
- drucken wir auf Papier aus nachhaltiger Waldwirtschaft und anderen kontrollierten Quellen

MIX
Papier | Fördert
gute Waldnutzung
FSC® C083411

FSC
www.fsc.org

1. Auflage
© 2025 Golkonda in der Europa Verlage GmbH, München
Lektorat: Silwen Randebrock
Umschlaggestaltung und Motiv: Hauptmann & Kompanie Werbeagentur,
Zürich, unter Verwendung von Motiven von © Shutterstock
Layout & Satz: Margarita Maiseyeva
Druck und Bindung: CPI, Leck
ISBN 978-3-96509-074-3

Ansprechpartner für Produktsicherheit
Europa Verlage GmbH
Monika Roleff
Johannisplatz 15
81667 München
Tel.: +49 (0)89 18 94 733-0
E-Mail: info@europa-verlag.com
www.golkonda-verlag.com

Für Janna,
Mats, Stine und Henry

KAPITEL 1

GOOD MORNING BLACKVALE

VOR 11 MONATEN   *NEWS*
BLACKVALE, 04. JULI 2023

*Sehen Sie als Nächstes: Kleines Mädchen brutal getötet –
Hinweise führen zu ungelöstem Mordfall aus dem Mai.
Die Leiche der siebenjährigen Lola Whitehouse wurde am
Wochenende in ihrem Elternhaus gefunden. Die Eltern hatten
das Haus für ein paar Stunden verlassen und fanden nach
der Rückkehr ihre Tochter erdrosselt und mit aufgeschlitzten
Augenlidern im Wohnzimmer des Hauses. Aufgrund der Art
der Verletzungen nimmt das Blackvale Police Department
an, dass es Parallelen zur ungelösten Ermordung des vier-
undfünfzigjährigen Bauschlossers Kirk Vinage von vor zwei
Monaten gibt. »Unsere Ermittler sammeln weiterhin Informationen, um zu verstehen, was passiert ist«, sagte uns Captain
Timothy Thake vom BPD. Nach Angaben des Revierleiters
kann aktuell weder bestätigt noch dementiert werden, dass es
sich um den gleichen Täter wie bei Kirk Vinage handelt, der im
Netz mittlerweile als »Blackvale-Ripper« bezeichnet wird.*

BLACKVALE, 17. JUNI 2024

17 Minuten

Julia Lang ahnte nicht, dass sie sich zum letzten Mal über Ethan ärgerte. Nie wieder würde sie hinter ihm herräumen. Nie wieder würde sie ihn maßregeln. Nie wieder würde sie sich mit ihm versöhnen. Nie wieder würde sie ihn in den Arm nehmen. Nie im Leben hätte sie sich vorstellen können, an diesem Abend zu sterben. Nie im Leben hätte sie sich ausmalen können, dass ihr Sohn Ethan ihren Tod mit ansehen müsste.

15 Minuten

Auf dem Weg um die maßgefertigte Mücheninsel blieb Julias Pantoffel an einer klebrigen Stelle auf dem Parkettfußboden hängen. Ethan hatte schon wieder gekleckert. Und das, obwohl sie ihm extra gesagt hatte, er solle sich nicht auf sein Smartphone, sondern aufs Essen konzentrieren.

Sie fluchte leise und griff sich ein Leinenhandtuch vom Weinkühlschrank. Gebückt begutachtete sie den Fleck und widerstand dem Drang, ihn direkt wegzuwischen. Das macht er selbst, dachte sie.

»Ethan!«, rief sie so laut, dass es hoffentlich die Treppe hinauf zu hören war.

Ihre obligatorischen drei Sekunden verstrichen. Keine Antwort. Sie stapfte wütend aus der Küche, durchs Wohnzimmer in die offene Eingangshalle. Am Kirschholzgeländer der Treppe zum Obergeschoss blieb sie stehen. Ihre Stimme wurde deutlich lauter.

»Ethan, komm den Boden sauber machen! Du hast gekleckert.«

Keine Antwort. Hatte er wieder seine Kopfhörer aufgesetzt? Kurz überlegte sie, nach oben zu gehen und den Jungen in die Küche zu schleifen. Aber sie fühlte sich zu erschlagen für eine Auseinandersetzung. Kurz vor dem Essen hatte sie noch einen Besuch eines Vertriebsteams ihres Unternehmens absolviert. Außerdem warteten unzählige dienstliche E-Mails im Postfach, und sie kam schneller dazu, die noch abzuarbeiten, wenn sie selbst die Küche putzte.

Julia seufzte kurz. Wieder einmal keine vorbildliche Erziehung. Die traditionelle Mutterrolle passte einfach nicht zu ihr. Die Vorstellung, sich rund um die Uhr ums Kind zu kümmern und sich selbst zurückzustellen, hatte sich von Anfang an erdrückend angefühlt. Deshalb hatte es auch Melissa gegeben, die als Kindermädchen bei ihnen arbeitete. Mit seinen sechzehn Jahren war Ethan aber mittlerweile so eigenständig, dass sie Melissa schweren Herzens entlassen hatte. Für einen kleinen Moment wünschte sie sich, ihrem Sohn mehr bieten zu können und eine bessere Mutter zu sein.

5 Minuten

Mit dem frischen Duft von Zitrusreiniger und Lavendel in der Nase und einem großzügig befüllten Weinglas auf dem Couchtisch ließ sich Julia mit ihrem Laptop auf die Couch sinken. Trotz Ethan fühlte sie sich seit dem Auszug ihres Ex-Manns Robert verloren und allein in diesem zu großen Haus. Sie verfluchte Robert für seine Vorliebe für englischen Landhausstil und sich selbst dafür, dass sie zugestimmt hatte, mit ihm die Innenstadt von Blackvale zu verlassen und in einen stillen und abgeschiedenen Vorort zu ziehen.

Julias Blick huschte zum Fenster. Sie mochte ihre Geburtsstadt. Mit ihren 1,6 Millionen Einwohnern nicht zu groß und eine Stadt im Wandel. Moderne Architektur und innovative Unternehmen vor einem historischen Stadtbild. Mit pulsierenden Vierteln, in denen sie als Jugendliche nachts gerne herumspaziert war. Dort roch es nach Blackvale-Burgern und weichen Brezeln, und das Gefühl von Gemeinschaft und Zusammengehörigkeit lag in der Luft. Sobald Ethan auf eigenen Beinen stand, würde sie sich nach einer neuen Wohnung näher an der Innenstadt und ihrer Arbeitsstätte umschauen.

Was war das für ein Geräusch? Julia drehte sich um und lauschte von der Couch in den Eingangsbereich hinein.

»Ethan?«

Stille. Julia schüttelte den Kopf. Dieses Haus schien dauerhaft unheimliche Geräusche zu produzieren. Jedes Knarren des Bodens, jedes Rascheln des Vorhangs fand sein Echo. Bis zu Roberts Auszug bei der Trennung vor sieben Jahren hatten sie diese Geräusche mit Musik oder dem leisen Hintergrundrauschen des Fernsehers überspielt, beide jeweils über dem eigenen Laptop tief in die Arbeit versunken. Nun war das Wohnzimmer nur noch selten mit Leben erfüllt.

Julia ertappte sich beim Wunsch, lieber im Büro zu sein. Sie vermisste die langen konzentrierten Abende vor ihren Zahlentabellen, an denen im gesamten Gebäude nur noch bei ihr Licht brannte. Diese Atmosphäre entspannte sie. Und ihr fehlte ihr zweiter Monitor.

Besorgt starrte sie auf ihren Laptop. Sie brauchte Nervennahrung. Julia stand auf und schlängelte sich um die cremefarbene Couch in Richtung Küche. Ihr Blick streifte die Treppe in der Eingangshalle. Für einen Moment dachte sie, Ethan wäre nach unten gekommen.

Beim Öffnen des Kühlschranks stieg ihr der Duft von Curry und Zwiebeln in die Nase. Außerdem lag dort ein Stück dunkle Schokolade, verlockend und verführerisch. Dieser kleine Moment der Belohnung nach den komplexen Nachforschungen, die ihr in den letzten Monaten Bauchschmerzen bereitet hatten, erschien ihr mehr als verdient.

1 Minute

Mit neuem Elan steuerte Julia ihren Laptop auf dem Couchtisch an. An eine ruhige Nacht war nicht zu denken. Morgen würde es auf der Arbeit ungemütlich werden.

Hinter ihr knackte es. Ein Blick über die Schulter. Wieder nichts.

Das letzte Tageslicht war verschwunden, und die Eingangshalle zu ihrer Linken lag im Dunkeln. Julia machte einen halben Sprung auf die Couch zu, um die knarzende Diele zu vermeiden.

Sie hätte nicht sagen können, was sie als Erstes bemerkte. Das Trittgeräusch hinter ihr? Den Luftzug einer Bewegung über ihrem Kopf? Das leichte Rascheln einer Jacke direkt an ihrem Ohr? Sie war nicht allein im Wohnzimmer.

Die Schlinge um den Hals nahm ihr sofort die Luft zum Atmen. Sie verlor den Halt und kippte nach hinten gegen etwas Hartes. Im Reflex versuchte sie, das, was sich wie ein dicker Draht anfühlte, wegzuziehen. Ihre Finger tasteten Blut. Es fühlte sich an, als ob ihr Kiefer zur Nase gedrückt wurde. Ihre Augen traten hervor, und sie suchte vergeblich strampelnd Halt mit den Beinen. Als ihre Füße schließlich den Boden fanden und sie versuchte, ihren Oberkörper hochzustemmen, zog sich die Schlinge fester. Sie spürte, wie sich jemand von hinten an sie presste, versuchte, sich nach links und rechts zu werfen, aber der Kopf schien wie festgetackert an der Person hinter ihr. Ihre zappelnden Füße erwischten den Couchtisch, der Laptop krachte zu Boden. Ihr Herz raste. Ihre Lunge rang nach Luft. Die Welt um Julia herum löste sich auf. Wie ein Schleier, der sich über die Augen legt. Verzweifelt zuckte ihr Blick seitlich in Richtung der Eingangshalle, als könne überraschend jemand zur Hilfe kommen. Sie erfasste das obere Ende der Treppe. Ethan kauerte oben auf dem Treppensims, seine Augen weit aufgerissen und auf das Schreckliche fixiert, das sich vor ihm entfaltete. Sein blasses

Gesicht ließ Julia erstarren. Die leicht geöffneten Lippen des Jungen zitterten. Während die Welt um sie verschwand, tauschte Julia Lang einen letzten Blick mit ihrem Sohn aus.

KAPITEL 2

GOOD MORNING BLACKVALE

NEWS

VOR 10 MONATEN
BLACKVALE, 26. JULI 2023

Lon: *Wir schalten jetzt live nach Downtown Blackvale. Cathy Newham ist für uns vor Ort. Cathy, die Polizei hat mittlerweile bestätigt, dass der Ripper ein weiteres Opfer auf dem Gewissen hat. Was kannst du uns dazu sagen?*

Cathy: *Danke, Lon. Bei dem Opfer handelt es sich um den einunddreißigjährigen Busfahrer Timothy Renard. Auch diese Tat weist auffällige Gemeinsamkeiten zu den bisherigen Morden an Kirk Vinage und Lola Whitehouse auf, was die Ermittler zu dem Schluss führt, dass es sich um ein und denselben Täter handelt. Alle Opfer wurden in ihren eigenen Häusern angegriffen, erdrosselt und wiesen laut Polizei kleine Schnitte auf den Augenlidern auf. Eine Mordwaffe wurde bisher nicht gefunden, und es gibt es keine klaren Hinweise auf ein spezifisches Motiv. Ein Bekennerschreiben existiert nicht. Die Opfer scheinen wahllos ausgewählt worden zu sein, was die Ermittlungen erheblich erschwert.*

BLACKVALE, 17. JUNI 2024

Finn Dever öffnete die gesicherte App und tippte die Nachricht schnell in sein Smartphone.

> **VisionFox:** Keine Hinweise, nächste Sackgasse, sorry.

Er wartete kurz, bis eine Antwort auf seinem Display erschien.

> **JTR888:** Ernsthaft? Gar nix?

> **VisionFox:** Nada. Unauffällig.

> **JTR888:** Das nervt. Ich bleib dran. Wenn was kommt, sag ich Bescheid.

Er klappte sein Smartphone zu und atmete tief durch. Langsam drehte er den Türknauf zu seinem Apartment, bereit, sich bei Elia für sein spätes Kommen zu entschuldigen. Hoffentlich würde sie das Fehlen seines Rucksacks nicht bemerken.

* * *

Was eine Katastrophe für den Jungen! Detective Kate Okon stand mitten in Julia Langs Wohnzimmer. Der metallische Geruch von Blut hing schwer in der Luft und drängte sich mit jedem Atemzug in ihre Nasenlöcher. Sie hatte sich ein grobes Bild des Tatorts verschafft. Leider hatte sie schon zu viele gesehen, und dieser kam ihr nur zu vertraut vor. Doch der Junge brachte eine neue, zusätzliche Komponente hinein. Ihre eigenen Gefühle widerten sie an. Ein sechzehnjähriges Kind musste den brutalen Tod seiner Mutter verkraften, und sie dachte nur daran, dass dies endlich ein entscheidender Schritt im Fall sein könnte. Denn diesmal hatte jemand überlebt.

Kate strich sich durch ihr schokoladenbraunes Haar und fummelte unbehaglich an ihrem Blazer. Es musste für die anderen offensichtlich sein, dass sie ihn in Eile aus dem Schrank gegriffen hatte, als der Anruf des Captains kam. Er war zu klein und passte nicht zu Jeans und Pullover.

Mit ihrem Freund Steven zu Hause war sie bereits dabei gewesen, ins Bett zu gehen. Wer rechnete auch um diese Zeit noch mit einem Anruf? Dann jedoch wurde sie hellwach. Ihr erster Fall als frischgebackene Leiterin eines Ermittlungsteams. Die erste richtige Möglichkeit, sich zu beweisen. Sie knetete ihre schwitzigen Finger.

Als Jüngste im Team rechnete sie fast schon mit der Frage, ob sie der Rolle gewachsen sein würde. Seit dem ersten Tag im neuen Amt fühlte sie sich beobachtet und bewertet. Auch wenn es für sie zur Normalität geworden war, in ihrem Studium der Polizeiwissenschaften sowie als Ermittlerin des Monterey Police Departments stets als Jahrgangsbeste aufzufallen, fühlte sie sich in der neuen, exponierten Rolle plötzlich im gleißenden Rampenlicht.

Kate schwenkte ihren Blick aus Julia Langs Wohnzimmer hinüber in die pompöse Eingangshalle. Sie suchte Augenkontakt zu ihrem Ermittler Brad Hale und signalisierte ihm per Handzeichen, zu ihr zu kommen. Der Detective schob seinen stämmigen Körper wie einen Lastwagen zwischen den umgestürzten Möbeln hindurch. Es sah aus, als ob Brad an diesem Abend ausgegangen war. Kate hatte auf dem Revier aufgeschnappt, dass er dafür bekannt war, aus dem Dating einen Wettkampf zu machen. Nun roch sie seine warme und holzige Duftwolke bis ins Wohnzimmer, und sein Bodyfit-Shirt passte mehr zu einem Discobesuch als zu einem Tatort. Kate musste schmunzeln. Was um Himmels willen hatte ihn bewogen, sich in so enge Kleidung zu zwängen? Seine athletische Figur war noch immer erkennbar, und früher, mit ein paar Kilos weniger auf den Rippen, mochte es gepasst haben. Jetzt sah es einfach nur unvorteilhaft aus.

Brad baute sich direkt vor ihr auf. Für ihr Gefühl deutlich zu nah.

»Wie sieht's aus?«, raunte sie ihm genervt entgegen. Sein Eindringen in ihren persönlichen Bereich empfand sie als aufdringlich.

»Du siehst ganz schön fertig aus.« Brad musterte ihr Outfit.

Kate zog die Augenlider hoch. »Der Fall bitte …« Sie trat einen Schritt zurück.

Brad deutete auf die Leiche am Boden. »Julia Lang … nee, Moment, Dr. Julia Lang. Tot seit circa neunzig Minuten. Ihr Junge, Ethan, hat die Polizei gerufen.«

»Hat er die Tat gehört oder gesehen?« Kate strengte sich an, nicht euphorisch zu klingen.

»Keine Ahnung, bis jetzt schweigt er. Ich lass das Gerda mal machen.« Brad grinste.

Richtige Entscheidung, dachte sich Kate. Obwohl sie sowohl Brad als auch ihre zweite Ermittlerin Gerda erst kurz kannte, hatte Kate das Gefühl, dass Gerda mehr Einfühlungsvermögen bei der Befragung des Jungen aufbringen würde, als Brad es in seinem ganzen Leben besessen hatte.

»Was wissen wir über den Tathergang?« Den Kopf in den Nacken gelegt, blickte Kate hinauf zu Brads Gesicht.

»Sie wurde von hinten erdrosselt. Es sieht danach aus, als hätte sie sich gewehrt«, antwortete er mit seiner auffallend tiefen Stimme. »Ich vermute, dass es beim Kampf ganz schön rundging. Ich denke, sie hat getreten. Hat einiges erwischt.« Mit dem Finger deutete Brad auf den Tisch im Wohnzimmer und den aufgeklappt auf dem Kopf stehenden Laptop auf dem Boden daneben.

»Was ist mit den Schnitten?«

In die Hocke gehend, ließ Brad seine Hand in der Luft über Julia Langs Augenlider gleiten. »Zwei klare Schnitte, wie immer. Größe passt zu einem Cuttermesser.«

»Die Finger und Zehen?«

»Ohne Schnitte.« Brad zuckte mit den Achseln.

»Komisch.«

»Er könnte es trotzdem gewesen sein. Vielleicht hatte er keine Zeit wegen dem Jungen.«

Kate zog den rechten Mundwinkel nach oben und drehte den Kopf leicht zur Seite, sodass ihr eine Strähne ihres eilig zum Dutt gebundenen Haars ins Gesicht rutschte. »Ich weiß nicht. Wenn er den Jungen gesehen hat, wieso hat er ihn nicht auch umgebracht? Der Junge ist ein Risiko.«

»Vielleicht hat der Täter ihn nicht gesehen. Oder der Junge war schneller am Telefon, als es dem Täter lieb war. So ein Bursche hat doch heutzutage schnell die Finger am Handy.« Brad rümpfte die Nase, während er mit seinem luxuriösen Smartphone wedelte.

Kates Gedanken liefen auf Hochtouren. War er das wieder, dieser Serienkiller, den die Presse als Blackvale-Ripper bezeichnete? Genau diesen Fällen hatte sie ihre neue Position beim BPD zu verdanken. Kurz bevor sie für die Stelle beim Blackvale Police Department empfohlen wurde, hatte sie gehört, dass der Captain des Reviers, Timothy Thake, die Geduld mit ihrem Vorgänger verloren hatte. Seit fast einem Jahr hielt der Blackvale-Ripper die Stadt in Atem, und immer noch gab es keinen Fortschritt bei den Ermittlungen. Jede Tat ein sorgfältig inszeniertes Schauspiel des Terrors. Mit eiskalter Präzision, die Opfer scheinbar zufällig ausgewählt. Falls Julia Lang auch ein Opfer des Rippers war, dann hatte er innerhalb von elf Monaten ein neuntes Mal zugeschlagen.

Die Bilder der Opfer waren jederzeit abrufbereit in Kates Kopf. Zu lange und zu intensiv hatte sie die Fotos in den Akten angestarrt. Immer das gleiche Muster. Sechs Schnitte. Beide Augenlider, beide Zeigefinger, beide großen Zehen. Wahrscheinlich mit einem Cuttermesser. Post mortem. Es gab viele Hinweise. Jeder in der Stadt schien etwas zu wissen. Aber nirgends bildete sich ein Muster, und alle vermeintlichen Spuren hatten bisher in einer Sackgasse geendet.

Nun lag der Fall bei Kate. Ihr bisher größter – und ihr erster als leitende Ermittlerin. Noch immer wunderte sie sich, wie sie diese Stelle trotz ihrer Unerfahrenheit bekommen hatte. Das Risiko zu scheitern war hoch.

* * *

Das schrille Klingeln des Smartphones übertönte die romantische Szene im Fernseher. Finn reagierte sofort und versuchte, seine vom Popcorn klebrigen Finger am Kissen abzustreifen.

»Um halb neun? Schon wieder?« Elia rollte mit den Augen. »Wer ruft denn jetzt an?« Ihre Hand löste sich von seinem Knie.

Mit verzogenem Gesicht zeigte Finn ihr das Display und blickte sie entschuldigend an. »Es ist Kelly.«

Elia grummelte kurz und nahm sich ihr eigenes Smartphone. Bei seiner Schwester konnte sie schwer etwas sagen, weil sie im Vergleich zu Finn eine noch engere Beziehung zu ihrer eigenen Familie pflegte und überall und jederzeit für diese erreichbar war.

»Hi, alles okay?«, meldete sich Finn.

Kelly flüsterte. »Es gibt wieder eine Leiche.« Der ruhige Ton passte gar nicht zu seiner ausgeflippten, lauten Schwester.

»Kann ich zu dir kommen?« Er vermied es, Elia anzuschauen, weil er ihre Reaktion vorausahnte. Schließlich war er erst vor fünfzehn Minuten angekommen.

»Finn, ich finde das langsam auffällig.« Kellys Ton am Telefon änderte sich und ähnelte dem von Elia kurz zuvor.

»Ich war das letzte Mal vor einem Monat bei euch auf dem Revier.«

»Das ist aber das letzte Mal. Sonst rufe ich nicht mehr an.«

»Ich habe dich auch lieb …«, erwiderte Finn, während er von der Couch aufstand. »In einer halben Stunde bin ich da. Danke.«

Sich zu Elia wendend, die ihn ignorierte und scheinbar gebannt auf den Fernseher starrte, hielt Finn einen Moment inne. Ihre natürliche Schönheit mit ihrem dunklen, lockigen Haar, das in sanften Wellen über ihre Schultern fiel, faszinierte ihn immer wieder aufs Neue. Im Vergleich zu Elia empfand er sein eigenes Aussehen als gewöhnlich, obwohl er mit seinem Dreitagebart, der sportlichen Figur und seinem schwungvoll nach hinten gestylten Haar bei den Frauen gut ankam. Seine stylische, runde Brille mit dem schmalen Metallrahmen trug seiner Meinung nach erheblich dazu bei.

»Ich mache es wieder gut. Ich gehe morgen später zur Arbeit.« Seine Hand suchte ihre.

»Geh, du würdest es ja sowieso machen.« Die Enttäuschung in Elias Stimme war unüberhörbar. Mit ihrer sonst leidenschaftlich aufbrausenden Art kam er besser zurecht. Sie fixierte ihn eindringlich aus ihren tiefgründigen Mandelaugen. »Das muss aber besser werden. Du bist nur noch unterwegs. Du warst ja gar nicht wirklich hier.« Sie zupfte ihr weißes Nachthemd zurecht.

»Wird es.« Finn zog sie zu sich, atmete ihren geliebten sanften Duft von Jasmin und Rosen tief ein und küsste sie leidenschaftlich. Nun konnte er mit einem besseren Gefühl gehen.

* * *

Gerdas Befragung von Ethan hatte nicht viel ergeben. Der Junge gab an, von oben ein Geräusch gehört zu haben und daraufhin aus seinem Zimmer nach unten gegangen zu sein. Dort hatte er seine Mutter gefunden und sofort den Notarzt gerufen. Den Täter habe er nicht gesehen.

Während Gerda ihr Gespräch mit dem Jungen zusammenfasste, bemerkte Kate, wie intensiv sie Ethan von Weitem angestarrt hatte. Er passte nicht in diese Umgebung. Waren es seine vormals akkurat nach hinten gegelten Haare, die mittlerweile über seinen kurz rasierten Seiten schlaff herunterhingen? Oder sein zu großer schwarzer Hoodie mit der Aufschrift »Skip school and make money«, der seine dünne Gestalt kaschierte? Er sah für Kate eher aus wie ein Rebell als wie ein Sprössling aus reichem Elternhaus.

Was ging in diesem Jungen vor? Wie konnte man in seinem Alter so eine Tragödie verkraften? Mit zitternden Lippen saß Ethan auf der Treppe und starrte aus wasserblauen Augen gedankenverloren vor sich hin. Aufgrund der tiefen Augenringe wirkte er älter als sechzehn. Beim Anblick seiner Tränen, die dunkle Flecken auf seiner Hose bildeten, überkam Kate ein Gefühl der Hilflosigkeit. Seine Mutter würde nie zu ihm zurückkehren.

»Was meinst du?« Gerdas Frage holte sie in das Gespräch zurück. Kate blickte auf die kleine, rundliche Frau mit ihrer dunkelvioletten Brille. Anders als Brad hatte sie Gerda mit ihrer liebevollen und ruhigen Art direkt gemocht.

»Zum Jungen?«, fragte Kate.

»Nein, ob es ein neuer Ripper-Fall ist.« Gerda schien zu merken, dass Kate in Gedanken versunken war.

Kate konnte den Namen Blackvale-Ripper nicht leiden. Ein solch furchteinflößender Titel ließ so eine schlimme Person zu einer faszinierenden Figur werden. In den Medien hatte sich der Spitzname für den Serienkiller jedoch etabliert.

»Ich bin mir unsicher«, erwiderte Kate. Der Öffentlichkeit hatten sie nur die Schnitte auf den Augenlidern mitgeteilt, nicht die Schnitte an Fingern und Zehen, die er seinen bisherigen acht Opfern zugefügt hatte. »Warum sollte er diesmal nur Teile seines Musters anwenden und Finger und Zehen nicht einschneiden?

Das macht doch keinen Sinn.« Gerda nickte zustimmend. Mit der Hand schob sie ihr schulterlanges, dunkles Haar nach hinten.

»Wenn wir gleich fertig sind, bring den Jungen bitte aufs Revier. Er kann nicht allein bleiben.«

Kate drehte sich von Gerda weg und ging zurück ins Wohnzimmer der Langs. Während die Spurensuche Beweise sicherte und Fotos schoss, stand Brad an die Couch gelehnt und tippte auf seinem Smartphone. Kate stellte sich zu ihm und musterte die Leiche von Julia Lang noch einmal intensiv. Bis jetzt wussten sie nicht viel über die Tote. Ihr Personalausweis hatte sie als neunundvierzig Jahre alt ausgewiesen, und laut Onlineprofil arbeitete sie als »Chief Financial Officer (CFO)« und damit Leiterin des Finanzbereichs von Hearium, einem auf In-Ear-Headsets spezialisierten Unternehmen. In diesem Job verdient man gut, konstatierte Kate beim Blick auf die luxuriöse Einrichtung. Als Notfallkontakt hatte Julia Lang einen Robert Lang eingetragen, den Brad bisher nicht erreicht hatte.

»Wissen wir schon, wie der Täter reingekommen ist?« Der raue Ton ihrer Stimme fiel ihr selbst auf, aber sie konnte es nun einmal nicht leiden, wenn Ermittler am Tatort an ihren privaten Smartphones herumfummelten.

Brads schmale, braune Augen schnellten nach oben. »Ähm ...«, stammelte er, um sich zu sammeln. »Die Hintertür ist eingetreten. Gewaltsames Eindringen denke ich. Ansonsten haben wir nicht viel festgestellt.« Sein Smartphone verschwand schnell in seiner linken Hosentasche.

»Hat sie Abwehrspuren am Körper?«

»Die Pathologie hat noch nichts gefunden. Ich sehe keine.« Brad fuhr sich durch seine kurzen, akkurat geschnittenen Haare.

Kate nickte. Die Puzzleteile schienen bisher überhaupt nicht zusammenzupassen.

* * *

Finns Körper vibrierte vor Adrenalin. Die Straßen wurden breiter, die Gebäude höher und der Verkehr dichter, je näher er der Innenstadt kam. Sein Puls beschleunigte sich, die Hoffnung auf neue Hinweise ließ sein Herz wild pochen. Er zwang sich, ruhiger zu werden. Doch das, was er tat, fühlte sich nicht wie ein Hobby an. Für ihn war es mehr als das Teilen von Informationen in irgendwelchen Foren. Er hatte Elia zwar gesagt, dass es seinen eigenen Schmerz linderte, durch seine Mitarbeit an Podcasts und Onlineermittlungen seinen Beitrag zur Suche nach dem Ripper beizusteuern. Tief innen wusste er aber, dass er sich immer weiter in seinen Schmerz vertieft hatte und den Gedanken nicht loslassen konnte, dass seine Fähigkeiten ihm geradezu die Verpflichtung auferlegten, den Ripper zu stellen. Er sah es als seine Bestimmung.

Er vermisste Lola. Die Erinnerung an das tragische und sinnlose Schicksal seines Patenkinds schmerzte noch immer. Sie fehlte ihm, diese lebhafte, liebevolle, kleine Seele, die viel zu früh aus dem Leben gerissen wurde. Ab dem Tag, als er sie zum ersten Mal sah und ihr Vater, sein seit eigenen Kindheitstagen bester Freund Simon, ihm mitgeteilt hatte, dass er der Patenonkel sein würde, war sie sein Ein und Alles. Jahrelang hatte er Lola mindestens einmal pro Woche bei Simon und dessen Frau Steph besucht.

Er erinnerte sich an ihre strahlenden Kinderaugen, voller Neugier und Lebensfreude. An ihr ansteckendes Lachen, das den Raum erhellte. An ihre vertrauensvolle Umarmung, die ihm immer wieder Trost und Freude geschenkt hat. An all die kleinen Momente: ihre Abenteuer im Park, ihre Ausflüge zum Eisessen und ihre gemütlichen Nachmittage, an denen sie Spiele gespielt und gelacht hatten.

Der Gedanke daran, dass Lolas junges Leben auf so grausame

Weise beendet worden war, brach ihm das Herz. Was hätte er darum gegeben, sie, die er wie ein eigenes Kind liebte, zurückzubringen und sie vor allem Schaden und Leid dieser Welt beschützen zu können.

Zehn Monate lag der schwarze Tag nun zurück. Simon hatte Finn angerufen. Der saß in seinem Wagen vor einem Kundentermin und überflog gerade beim ersten Kaffee des Tages seine Notizen. Der Schmerz über die unfassbare Nachricht war tief in seinen Magen gefahren und hatte eine Wunde hinterlassen, die kaum zu heilen war. Ein Gefühl der Leere, eine quälende Erinnerung. Die Welt war seitdem nicht mehr dieselbe, alles Lachen weniger hell und sein Herz schwer beladen mit Trauer und Verlust.

Finn war wütend, dass die Polizei den Blackvale-Ripper immer noch nicht gefasst hatte. Seine Gedanken sprangen zurück zu Elia. Nach dem Umzug in die gemeinsame Wohnung vor einem Jahr hatte sie sicherlich nicht davon geträumt, dass Finn sich Abend für Abend mit den Mordfällen beschäftigte. Er liebte sie dafür, dass sie für seine Hartnäckigkeit Verständnis aufbringen konnte. Schnell hatte sie erkannt, wie sehr ihm wegen Lolas Tod die Aufklärung der Ripper-Morde am Herzen lag. Mit verständnisvollem Lächeln sah sie darüber hinweg, dass er auf der Couch stundenlang neben ihr am Smartphone hing und akribisch Foren und Datenbanken durchforstete und Theorien mit Gleichgesinnten diskutierte. Ihr war jedoch nur die Spitze des Eisbergs bekannt. Die düsteren Facetten dieser Besessenheit hielt er vor ihr verborgen.

Finn hatte seine Freundin in letzter Zeit spürbar vernachlässigt. Elia war in einer italienischen Großfamilie mit sechs Geschwistern aufgewachsen und würde bald die nächsten Schritte Richtung Hochzeit und Kind gehen wollen. Sie waren seit mittlerweile sechs Jahren zusammen, und ewig würde Elia nicht mehr warten, wenn er nicht allmählich dem Fortgang ihrer Beziehung genauso viel

Leidenschaft widmen würde wie seiner privaten Informationssammlung im Fall des Blackvale-Rippers.

Egal. Das Thema konnte warten. Jetzt drehte sich Finns Welt um die neue Leiche. Und um mögliche Spuren. Er beschleunigte seinen alten Ford. Bei jedem Tritt aufs Gaspedal schepperte es im Wagen. In der Werkstatt hatten sie die Probleme also immer noch nicht beheben können. Elia, ständig besorgt über den Zustand des Autos, hatte den Ford heute erst von der Reparatur abgeholt. Freiwillig würde Finn den Wagen aber nie auf den Schrottplatz bringen. Er hatte sich vom ersten Moment in die massiven Stoßstangen und den breiten Kühlergrill verliebt. Trotz der Rostflecken auf der Karosserie und der verblassten Farbe strahlte der alte Ford für ihn eine unerschütterliche Stärke und Zuverlässigkeit aus. Dieser Wagen würde ihn nicht im Stich lassen.

Finn griff in seine Tasche. Personalausweis und Zugangskarte zum Blackvale Police Department waren, wo sie sein sollten. Hoffentlich würde der Abend auf dem Polizeirevier erkenntnisreich werden.

* * *

Ein letzter flüchtiger Blick durch Julia Langs Küche, dann hatte Kate genug gesehen. Sie beschloss, aufs Revier zu fahren und den morgigen Tag vorzubereiten. Steven würde ohnehin nicht mehr auf sie warten. Er fuhr in seine Wohnung, wenn sie lang arbeitete. Mit schnellen Schritten durchquerte sie das Wohnzimmer. Der Geruch von Blut und Tod, vermischt mit dem dumpfen Aroma von Schweiß der Beamten vor Ort, stand ihr in der Nase. An der Eingangstür atmete Kate befreit die frische Nachtluft ein.

»Kate, warte«, rief Gerda, ihr nacheilend. »Der Junge kommt dann mit aufs Revier?«

»Habt ihr den Vater erreicht?«

»Am Handy geht niemand ran.« Gerda flüsterte. »Ethan will nicht zu seinem Vater.«

Eine tiefe Furche zog sich über Kates Stirn. »Warum das denn nicht?«

»Scheinen sich nicht zu verstehen.« Gerda zuckte mit den Achseln.

Kopfschüttelnd nestelte Kate in ihrer Tasche nach den Schlüsseln ihres Dodge Charger. »Weiter beim Vater versuchen. Mr. Lang soll ins Revier kommen. Ich will mit ihm sprechen.«

Gerda nickte und entschwand im Haus.

Das laute Röhren eines Sportwagens durchbrach die aufkommende Stille der Nacht. Die Beamten vor dem Haus griffen instinktiv an ihre Waffen. Ein Aston Martin rauschte die Straße entlang und kam mit quietschenden Reifen direkt vor der Absperrung zum Stehen. Der Fahrer stieg aus und wollte dem Beifahrer die Tür aufhalten. Der stürmte aber schon an ihm vorbei auf den ersten Polizeibeamten zu. Dieser hob das Sperrband hoch, drehte sich um, und nachdem er Kate im Türrahmen erkannt hatte, deutete er mit dem Finger auf sie.

Schnellen Schrittes stapfte der Mann auf sie zu. Vielleicht der Vater des Jungen, dachte sich Kate. Maßgeschneiderter Anzug, groß gewachsen, leicht angegraute Haare. Jede Falte des Anzugs sorgfältig geglättet, das Hemd stilvoll und kostspielig, die Krawatte akkurat gebunden. Dieser Auftritt signalisierte Macht und Erfolg zugleich.

»Detective Okon?«, fragte er mit tiefer, klangvoller Stimme, während er Kate durchdringend musterte.

»Genau. Und Sie sind?«

Der Mann reichte ihr die Hand. »Bryan Malah, CEO, also Geschäftsführer von Hearium. Julia war meine Mitarbeiterin.«

Kate hatte das Gefühl, Bryan versuche bewusst, ihre Hand zu zerquetschen.

»Sie sind einer von Julia Langs Notfallkontakten?«, fragte Kate, obwohl sie die Antwort kannte.

»Ich war auch verwundert«, antwortete Bryan schulterzuckend.

»Standen Sie sich näher?«

Bryan rieb sich nachdenklich das Kinn, während sein Blick ins Leere ging. Es wirkte auf Kate, als würde er verschiedene Möglichkeiten in seinem Kopf abwägen. »Sie ist eine langjährige Mitarbeiterin. Nicht mehr, nicht weniger. Wir haben viel zusammen durchlebt.«

»Gibt es einen Mann oder Freund?«

»Julia ist geschieden. Robert, Julias Ex-Mann, lebt in der Nähe. Von einem Freund ist mir nichts bekannt.« Zur Seite geneigt, versuchte Bryan, an Kate vorbei ins Haus zu sehen.

»Und Familie?«, fragte die Ermittlerin und schob ihren Körper in sein Blickfeld.

»Ich weiß nicht.« Bryan blickte zum Fenster. »Die wohnt ganz woanders.« Er streckte seine Brust heraus und baute sich vor ihr auf. »Kann ich sie sehen?«

»Wir sind in der Beweisaufnahme. Niemand geht ins Haus«, erwiderte Kate mit einem Kopfschütteln.

Auf Bryans Gesicht spiegelte sich die Überraschung eines Mannes, dem ansonsten das Wort »Nein« nicht häufig zu begegnen schien. »Ich bin ihr Notfallkontakt. Sie können mich begleiten, und ich fasse nichts an.« Es klang wie eine Aufforderung.

»Mr. Malah, niemand betritt den Tatort.« Kate stand instinktiv auf ihren Zehenspitzen. »Warum glauben Sie, dass Sie der Notfallkontakt sind?«

Bryans Gesichtsausdruck blieb undurchdringlich. »Wir arbeiten zusammen. Wir haben das Unternehmen fast von null auf groß gemacht. Ich würde meine Führungskräfte nicht als Freunde bezeichnen, aber sie sind nicht weit davon entfernt. Julia gehört zum engeren Kreis. Also, gehörte …«

»Wann haben Sie Mrs. Lang zum letzten Mal gesehen?«

»Heute.« Bryan überlegte kurz. »Wann ist sie gegangen? Gegen fünf?«

»Ich kann Ihnen das nicht sagen«, wunderte sich Kate über die Frage.

»Detective Okon, ich verstehe vollkommen, dass Sie Ihre Arbeit machen müssen. Was kann ich tun, um Julia kurz zu sehen?«

Die beiden starrten sich intensiv an

»Mr. Malah, aktuell geht niemand ins Haus.«

Bryan knirschte mit den Zähnen und nickte.

Kate fuhr fort. »Mein Kollege würde Ihnen gerne noch ein paar Fragen stellen. Wären Sie so freundlich, uns aufs Revier zu begleiten?«

Nach einem Moment des Zögerns entsperrte Bryan sein Smartphone. »Ich kann Sie kurz begleiten. Aber nur kurz. Ansonsten kommen Sie gerne morgen zu mir ins Büro. Meine Assistentin räumt Ihnen Zeit für eine Befragung ein. Guten Abend, Detective.«

Im Gehen warf Bryan noch einen sehnsüchtigen Blick auf das Haus. Kate fragte sich, ob mehr hinter seiner Beziehung zu Julia steckte, als er zugegeben hatte.

* * *

Er spürte es direkt beim Betreten des Polizeireviers. Etwas war anders. Obwohl er hier in den letzten Monaten schon häufiger zu Gast sein durfte, hatte er es nie im Revier gespürt. Dieses euphorische Gefühl. Als würde sein Kopf leuchten. Als würde in seinem

Gehirn ein zusätzliches Licht angehen. Finn liebte das. Ein Ruck schüttelte seinen gesamten Körper.

Schon früh in seiner Kindheit hatte er gemerkt, dass es Situationen in seinem Leben gab, in denen ihn dieses Gefühl übermannte. Er nannte dies immer seine magischen Momente. Er hatte keine Ahnung, was das euphorische Gefühl in ihm auslöste und wie lange es dauerte. Von wenigen Minuten bis hin zu mehreren Stunden hatte er schon alles erlebt. Es wurde ein ständiger Begleiter in seinem Leben.

Einen der ersten Momente mit dem euphorischen Gefühl im Kopf, an den Finn sich erinnerte, hatte er beim Wechsel auf die Mittelschule. Voller Adrenalin und Emotionen stand er mit den anderen Schülern in der großen Aula. Hunderte von neuen Gesichtern. Und sein Gehirn wurde vom euphorischen Gefühl förmlich durchflutet. Er genoss es, hatte damals aber Angst, weil er diesen Zustand nicht zuordnen konnte.

Schnell hatte er herausgefunden, wie er diese Momente für sich nutzen konnte. Ein damals zufälliger, heute bewusst eingesetzter tiefer Blick in die Augen eines Menschen versetzte ihn in die Lage, eine Vision von dessen naher Zukunft zu erhalten. Damals in der Schulaula hatte der Blick in die Augen einer Mitschülerin ihm verraten, dass diese wenig später den Treppenabsatz herunterstolpern und sich ein Band im rechten Fuß reißen sollte. Verängstigt von dem, was ihm passierte, hatte Finn das als lebhaften Tagtraum abgetan und ihm keine Aufmerksamkeit geschenkt. Als er später hörte, dass seine Vision Wirklichkeit geworden war, bekam er Angst vor sich selbst.

Seitdem hatte Finn mit seiner Gabe leben gelernt. Wann immer er das euphorische Gefühl in seinem Kopf spürte, versetzte es ihn in die Lage, mit einem vom ihm initiierten tiefen Blick in die Augen eines Menschen, eine solche Vision auszulösen und für sich zu nutzen. Als Teenager waren seine Visionen noch bruchstückhaft oder unzuverlässig gewesen. Doch mit den Jahren veränderten sie sich. Die Bilder wurden schärfer, die Farben intensiver, und aus vormals vereinzelten Eindrücken formten sich lebendige Szenen. Plötzlich beobachtete er Momente aus der Zukunft kristallklar und detailreich.

In seiner Jugend hatte Finn die Bibliothek nach Literatur zu seiner rätselhaften Fähigkeit durchsucht und versucht, im Internet etwas darüber zu finden. Erfolglos. Über die Jahre hatte er die Hoffnung auf Erklärungen allmählich aufgegeben. Eine Klarheit aber hatte er: Er brauchte dieses euphorische Gefühl, diese Explosion in seinem Kopf. Leider konnte er das nicht bewusst erzeugen. Er war der Unberechenbarkeit des Zufalls ausgeliefert.

Über die Jahre hatte er sich aber eine eindrucksvolle Kontrolle beim Umgang mit den Visionen erarbeitet. Wie bei einem Film konnte er sich das, was gleich geschehen würde, in Ruhe ansehen. Diese aufsehenerregende Fähigkeit hatte ihm viele Türen geöffnet, vor allem aber einen Beratervertrag bei der Mordkommission des BPD beschert. Beim Lösen festgefahrener Kriminalfälle hatte er die Polizei häufiger beraten, und jede eingetroffene Vision hatte seine Glaubwürdigkeit untermauert.

Nun hieß es aber: Nur nicht auffallen. Finn hatte die stickigen Flure der Streifenpolizei mit dem wuseligen Treiben und dem dauerhaft lauten Lärmpegel schnell durchquert. Nun wartete er neben ihrem Schreibtisch auf seine Schwester Kelly und betrachtete die Etage der Detectives mit ihrer offenen Arbeitsfläche, den gläsernen Besprechungsräumen, der gedämpften Geräuschkulisse und dem Geruch von Papier und frischem Kaffee. Bei den heißen Temperaturen des Junis im Südosten der USA stimmte ihn vor allem die Klimaanlage glücklich.

Zu seiner Verwunderung hatte das euphorische Gefühl in seinem Kopf im Revier nicht nachgelassen. Es wurde stärker. Das passierte selten. Nur an wenigen Orten und in besonderen Momenten erlebte er dieses Prickeln, das seinen Visionen vorausging. Er hatte schon ohne dieses Gefühl versucht, die Zukunft in den Blicken der Menschen zu erkennen – und dabei eher wie ein verwirrter Mann gewirkt, der anderen unablässig in die Augen starrte.

Wo zum Teufel steckte eigentlich Kelly? Wenn er nicht mit seiner Schwester plauderte, würde sein Besuch hier noch weniger zufällig wirken. Nach der Begrüßung hatte sie ihn sitzen lassen und den Jungen mitgenommen, den Gerda ihr zuvor an den Schreibtisch gesetzt hatte. Finn zückte sein Smartphone, um auf die Uhr zu schauen.

Elia: Alles gut, Liebling?

Er sah die Nachricht auf seinem Display. Verdammt. Er hatte vergessen, seiner Freundin zu schreiben. Schnell löste er die Sperre.

Finn: Sorry. Bin bei Kelly. Gut angekommen, keine Sorge, alles o.k. bei mir.

Er beendete die Nachricht mit einem Kuss-Smiley und vergewisserte sich, dass der Doppelhaken erschien und Elia seine Antwort bekommen hatte.

Während sein Smartphone zurück in die Tasche wanderte, weiteten Finns Augen sich, als er sah, dass sein Chef-Chef und CEO Bryan Malah das Büro betrat und in einem gläsernen Kasten Platz nahm. Verborgen hinter Pinnwänden mit bunten Klebezetteln, tippte Finn sofort so stark auf sein Smartphone ein, als würde er versuchen, den Finger durchs Display zu drücken.

Sie hatten kurz Blickkontakt, ohne dass Bryan seinen Mitarbeiter erkannte. Finn arbeitete seit einem Jahr als Vertriebler oder, wie er sich lieber nannte, Sales Executive, bei Bryans Firma Hearium. Hier war er auf die wichtigen Großkunden spezialisiert. Bryan kam ihm in den wenigen Meetings, in denen Finn seinen Geschäftsführer erlebt hatte, gestresst und unnahbar vor. Seine Kollegen hatten ihm aber berichtet, dass das nicht immer so gewesen sei und Bryan in den Anfängen des Unternehmens ein entspannter und freundlicher Mensch gewesen sein solle. Vielleicht erklärte das auch die ungezwungene Duzkultur, die bei Hearium selbst für den CEO galt. Finn fand es jedoch jedesmal befremdlich, seinen Chef, den er sehr respektierte, so vertraut anzusprechen.

»Dever. Klar, dass du auch wieder hier rumlungerst.«

Brad hatte sich von hinten herangeschlichen und begrüßte Finn per Handschlag. Der Ermittler lachte laut auf, während er sich mit einem Taschentuch den Schweiß von der Stirn wischte.

Ein Lächeln huschte über Finns Gesicht. »Die haben mich. Ich bin der Serienkiller.«

»Lustig. Willst du wieder Klatsch für deine Recherchen abholen? Bist du immer noch in deinen Verschwörerforen unterwegs?«

»Irgendwer muss deinen Job doch machen.« Finn zwinkerte Brad zu.

»Dann such doch am besten jemanden, der auch etwas Ahnung hat.« Er klopfte Finn auf die Schulter und manövrierte im Slalom an den Tischen vorbei zu einem der abgelegeneren Besprechungsräume.

Finn mochte Brad. Obwohl er jede Frau notorisch anflirtete und Finn seine private Fokussierung auf romantische Beziehungen oftmals nicht angemessen fand, hatte ihre Zusammenarbeit immer eine interessante Dynamik. Wenn sie mehr Zeit miteinander verbrächten, glaubte Finn, dass hinter den lockeren und oberflächlichen Sprüchen ein wirklicher Freund mit einem warmherzigen Charakter stecken könnte. In den letzten Monaten hatten sie mehrere Fälle gemeinsam bearbeitet. Brads unterschiedliche Denkweise ließ ihn neue Facetten des Lebens erkennen, und Finn hatte Freude an ihrer spielerischen Rivalität.

Endlich tauchte Kelly wieder auf und setzte sich stöhnend vor das heillose Durcheinander aus Aktenstapeln, Post-its und Büromaterialien, die wild auf ihrem Schreibtisch verstreut lagen.

»Ich glaube, ohne mich würde der gesamte Betrieb zusammenbrechen.«

Finn wunderte sich immer wieder, wie man mit dieser Unordnung erfolgreich als Sekretärin des Captains arbeiten konnte. Er schmunzelte.

»Und ich dachte immer, die Polizisten würden diesen Betrieb am Laufen halten. Ich wusste nicht, dass die nur das Sahnehäubchen auf deinem Kuchen sind.«

Beide lachten, wobei sich Finn fragte, wie viel Wahrheit in solchen Aussagen von Kelly steckte.

Seine Schwester beugte sich vor und flüsterte. »Krasse Geschichte mit dem Jungen. Der war in seinem Haus, die Tote ist seine Mutter.«

»Ui, das glaube ich. Der hat ein Trauma fürs Leben.«

Kelly senkte ihre Stimme zu einem kaum hörbaren Flüstern. »Und weißt du was? Die Frau ist aus deinem Unternehmen. Julia Lang. Kennst du die?«

Finns Herzschlag schien auszusetzen. »Julia Lang? Sicher?«

»Ich bin mir immer sicher.« Ein breites Grinsen dehnte sich über ihr Gesicht bis zu den Ohren.

Finns Herz hämmerte, und sein Mund öffnete sich leicht, ohne dass ein Ton herauskam. Wie war das möglich? Julia Lang war die Frau, deren Haus er erst vor wenigen Stunden verlassen hatte.

* * *

Kate, Brad und Gerda saßen zusammen in einem der blickdichten Verhörräume, da Bryan Malah den Glaskasten blockierte. Kopfschmerzen fingen an, Kate zu quälen. Es war ein langer Tag. Aus Gerdas Ungeduld und ungewohnt schneller Sprechweise schloss Kate, dass die Ermittlerin gerne ihren Mann noch sehen wollte und es ihr langsam zu spät wurde. Gerda liebte ihren Beruf, aber sie legte Wert auf ihre Freizeit mit Mann Gordon und Sohn Jake sowie regelmäßige Treffen mit ihren Freundinnen.

Kate hingegen sah Beziehungen nicht als essenziellen Teil ihres Lebens. Die Mischung aus Erwartungen, Kompromissen und möglichen Enttäuschungen stresste sie eher. Außerdem schätzte sie ihre Unabhängigkeit und persönliche Freiheit. Was nicht hieß, dass sie danach strebte, allein und einsam zu sein. Ihre Beziehung zu Steven dauerte mittlerweile vier Monate. Und es lief gut. Ihr Freund respektierte ihren Job und ihr Streben nach Autonomie. So konnte es weitergehen. Die Frage war nur: Wie lange? Ihre früheren Partnerschaften hatten bisher um die fünf Jahre gehalten und sich dann auseinandergelebt. Damit konnte Kate gut leben.

»Okay, einmal bitte die Zusammenfassung, kurz.« Kate nickte Gerda zu.

»Bryan Malah, dreiundvierzig, lebt außerhalb, in Chesterfield. Verheiratet, zwei Kinder im Schulalter. CEO von Hearium, Marktführer für In-Ear-Headsets mit KI-Sprachübersetzungen. Das sind die Dinger, die die Politiker jetzt alle im Ohr haben.« Gerdas Stimme wurde immer schneller. »Harvard-Student, hat die Firma selbst mit aufgebaut. Julia war seine CFO, also Chief Financial Officer oder Leiterin der Finanzabteilung, und fast seit den Anfängen des Unternehmens dabei.«

»Wo war er heute zwischen fünf Uhr nachmittags und seiner Ankunft am Haus?«

»Auf der Arbeit. Er sagt, dass könnten mehrere Mitarbeiter bezeugen.«

»Okay, da müssen wir morgen hin.« Kate registrierte Gerdas hastiges Nicken beim Wort »morgen«. »Was wissen wir über unser Opfer, Julia Lang?«

Mit demselben Tempo setzte Gerda fort. »Arbeitstier. Hat für die Firma gelebt. Sonst sportlich. Ethan ist das einzige Kind. Sechzehn Jahre. Sein Vater ist Robert Lang, die Eltern sind seit sieben Jahren geschieden. Sie kannten sich aus dem Studium.«

»Hat Bryan Malah etwas dazu gesagt, ob Mrs. Lang Feinde hatte?«

Gerda ergriff wieder hastig das Wort. »Mr. Malah sagt, dass er auf der Arbeit von niemandem wüsste. Aber dass Mrs. Lang nicht besonders beliebt war. Im Privaten kenne er sie nicht gut genug. Er weiß nur, dass die Trennung von Robert Lang unschön ablief.«

»Inwiefern?«

»Robert Lang hat seine Ex-Frau häufiger auf der Arbeit besucht und laut Malah ... na ja ... ›sehr nachdrücklich‹ mit ihr diskutiert. Mr. Malah hat aber nie die Inhalte der Auseinandersetzungen mitbekommen.«

Brad trat einen Schritt vor. »Ich habe vorhin noch einen Nachbarn erwischt. Der meinte, dass es da wohl einen Freund gab in letzter Zeit. Zumindest kam abends immer wieder ein Typ zu Besuch.«

»Okay, gut«, murmelte Kate. »Brad, guckst du bitte, ob du den Ex-Ehemann erreichst. Wir müssen außerdem überlegen, was wir mit dem Jungen machen. Gerda, wenn du willst, kannst du gehen. Ich will morgen mit dir als Erstes bei Hearium vorbeifahren. Vielleicht kennt dort jemand auch den angeblichen Freund.«

Mit einem Nicken und den besten Wünschen für den Abend verschwand Gerda eilig durch die Tür. Ein Sprung zur Seite verhinderte knapp eine Kollision mit einem der Streifenpolizisten.

Der Polizist betrat den Raum und zeigte auf Kate. »Detective Okon?«

»Officer?«

»Wir hatten einen Anruf eines Nachbarn zum Fall der ermordeten Frau.« Der Polizist stand stramm vor ihr. »Zur Tatzeit hat er einen Mann das Haus verlassen sehen.«

Kate wurde hellhörig. »Danke, bitte bringen Sie den Nachbarn morgen für eine Phantomskizze zu uns.« Sie lächelte.

* * *

»Möchtest du eins?« Finn streckte Ethan ein Lakritzbonbon aus Kellys Glas hin, obwohl er vermutete, dass Kelly ihm bereits mehrfach eines angeboten hatte.

Ethan schüttelte den Kopf. Finn schob sich stattdessen selbst ein Bonbon in den Mund, was er aufgrund des bitteren Geschmacks sofort bereute.

Das war also Ethan. Der Sohn von Julia Lang. Der Junge, der vor wenigen Stunden ein Stockwerk über ihm in seinem Zimmer gezockt hatte, während Finn seine Mutter besucht hatte. Finns Hände zitterten, und sein Herz raste, als er versuchte, die Fotos des Tatorts zu erkennen, die gerade im Analystenraum von zwei Polizeibeamten aufgehängt wurden. Diese Fotos konnten ihm gehörige Probleme bereiten.

Er fühlte sich unbehaglich, neben dem schweigenden Ethan auf Kelly zu warten. Sie hatte den Jungen zu ihm gesetzt und war dann verschwunden. Wie verhält man sich gegenüber einem Sechzehnjährigen, dessen Mutter gerade brutal ermordet worden war?

Ethan blickte ihn mit großen, traurigen Augen an. »Du musst mich nicht bemitleiden.«

Entschuldigend hob Finn die Arme. »Es tut mir leid wegen deiner Mutter. Sie war eine nette Frau.« Er versuchte, seine Stimme weich klingen zu lassen.

»War sie nicht.« Ethan rollte die Augen.

Da hatte der Junge recht. »Man konnte gut mit ihr arbeiten.«

»Dann hast du ein dickes Fell.«

Endlich bog Kelly um die Ecke, beladen mit mehreren Aktenordnern, die mit einem Schwung auf dem Schreibtisch landeten, und wandte sich zunächst Ethan zu.

»Sicher, dass ich dir nicht helfen kann?«, fragte sie mit ungewohnter Wärme in der Stimme. Im Gegensatz zu ihrem sonst forschen Auftreten wirkte Kelly wie ausgewechselt. »Wir haben deinen Vater noch nicht erreicht«, säuselte sie weiter. »Hast du eine Ahnung, wo er sein könnte?«

Ethan rollte wieder die Augen. »Bestimmt irgendwo saufen. Er macht nicht viel anderes.«

Betreten schwiegen alle einen Moment, bevor Kelly die Sprache wiederfand.

»Weißt du, wo er immer hingeht?«

»Das ist mir egal. Ich gehe sowieso nicht zu ihm.«

»Ist etwas passiert mit deinem Vater?«

»Er ist ein Idiot. Wir streiten nur. Ich will lieber wieder nach Hause. Ich kann allein da leben.«

Kelly sprach vorsichtig. »Junge, euer Haus ist ein Tatort. Da wirst du nicht hingehen können.«

Ethans schnaubte frustriert: »Dann will ich zu einem Freund.«

Zu ihrem Bruder gewandt, schüttelte Kellys ungläubig den Kopf und widmete sich dann wieder ihren Akten.

Finn musterte den Jungen. Irgendwie passten seine Wahrnehmungen nicht zusammen. Er war auf der Hut, aber gleichzeitig in Gedanken versunken. Völlig ruhige Körperhaltung, trotzdem nahm Finn die Energie des Jungen wahr. Er hätte ihm gerne tief in die Augen geschaut, um etwas über seine Zukunft zu erfahren, der Junge wich seinem Blick jedoch immer aus.

Stattdessen wanderte Finns Aufmerksamkeit wieder zum Analystenraum, in dem die Bilder des Tatorts Julia Lang nun alle hingen. Er musste einen Blick darauf werfen.

* * *

»Wer ist das denn da bei Kelly?«

Kate und Brad steuerten schnurstracks auf den Schreibtisch der Sekretärin des Captains zu.

»Finn Dever, ihr Bruder.«

»Was macht der denn hier? Hier ist doch nicht Tag der offenen Tür.«

»Der hat einen Ausweis. Berater …«

»Hat er denn gerade einen Fall mit uns?« Kate dachte, dass sie alle aktuellen Ermittlungen grob kennen würde.

Brad zuckte mit den Achseln. »Glaube nicht.«

»Dann soll er gehen.«

»Der will an Informationen. Er veranstaltet mit einer Internet-Community seine eigene Jagd auf den Ripper. Die haben sogar einen Podcast.«

Kate starrte Brad irritiert an. »Dann soll er erst recht hier weg. Das gibt's ja nicht.«

»Sag du ihm das.« Der Ermittler legte den Kopf zur Seite. »Finn kann gut mit dem Captain. Er hat schon ein paarmal wirklich geholfen. Er besitzt«, Brad zögerte, »sagen wir mal … spezielle Fähigkeiten.«

Kate blieb stehen, um nicht in Hörweite zu Kellys Schreibtisch zu kommen. »Was denn für Fähigkeiten?«

»Er hält sich für einen Mentalisten. Er sagt, er sieht Ereignisse in der Zukunft. Da waren ein paar skurrile Dinge dabei.«

Kate konnte nicht glauben, was sie hörte. »Arbeiten wir jetzt mit Wahrsagern an den Fällen? Was denn für skurrile Dinge?«

Sie atmete tief durch. Das Grummeln in der Magengegend und die aufkommende Müdigkeit hatten ihrer Meinung nach nichts mit ihrer aufbrausenden Stimme zu tun. Selbst ohne angebliche »Fähigkeiten« hatte Kate wenig Vertrauen in Berater und bevorzugte es, ihre eigenen Erfahrungen und Instinkte bei der Lösung von Fällen einzusetzen.

»Manchmal sieht er Sachen, die uns weiterbringen. Manchmal sieht er aber auch, dass das Fertiggericht in der Mikrowelle ausläuft. Obwohl er nicht im Raum ist. Kann beängstigend sein.«

»Du glaubst doch nicht an so was?«

»Nee. Aber der Typ lässt einen schon mal zweifeln.«

* * *

Kelly deutete mit dem Finger auf Kate und Brad. »Showtime, Brüderchen. Das ist deine Chance. Die neue leitende Ermittlerin, Kate Okon. Wirkt ganz nett. Aber niemand für die Karaokeparty. Die ist angespannt. Sehr jung, ich glaube, zwei Jahre jünger als du, einunddreißig. Ihre erste große Rolle.«

Finn musterte Kate.

»Vielleicht baggert Brad sie die ganze Zeit an«, schmunzelte Kelly.

Bestimmt sogar, dachte er sich. Ihr hochgestecktes Haar, das ein markantes Gesicht mit sanften Konturen und strahlenden Augen einrahmte, war genau Brads Beuteschema. Kate fixierte Finn von

Weitem mit kritisch zusammengezogenen Brauen, und er merkte, wie die Hitze in seinen Körper anstieg.

Während Kate und Brad sich näherten, versuchte er, eine möglichst lässige Sitzhaltung einzunehmen.

»Kate Okon. Wir kennen uns noch nicht.« Sie streckte ihm die Hand entgegen.

Finn wischte seine Hand in einer unauffälligen Bewegung leicht an der Hose ab, um den Schweiß loszuwerden. Als sie sich berührten, bekamen sie beide einen kleinen elektrischen Schlag. Schnell zog er seine Hand weg und verzog sein Gesicht, halb schmerzerfüllt, halb amüsiert.

»Finn Dever, ich berate bei Ermittlungen.«

»Habe ich schon gehört. Haben Sie denn aktuell einen Fall?«

»Noch nicht.« Finn stand auf, um seriöser zu wirken und nicht von unten heraufschauen zu müssen. »Aber ich kenne mich mit allem rund um den Ripper ziemlich gut aus und kann Ihnen helfen.«

Kate warf Kelly einen warnenden Blick zu. »Wir wissen gar nicht, ob es eine neue Entwicklung im Fall des Serienkillers gibt. Mir wäre es lieber, wenn Sie gehen. Wir melden uns, falls wir Ihre Beratung in Anspruch nehmen möchten.«

Sie fixierte ihn. Das war die Möglichkeit für Finn, bewusst den tiefen Blick in ihre Augen zu suchen. Er brauchte eine Vision. Sein Geist drehte ab.

Kate saß an ihrem Schreibtisch, das Licht der Schreibtischlampe gedimmt. Sie war nahezu allein im Revier. Mit einem konzentrierten Blick auf ihr Smartphone scrollte sie durch die Tatortfotos des Mordfalls. Die blutigen Details ließen ihren Puls rasen und verhinderten zugleich, dass sie müde wurde.

»Verdammt, sieht fast genauso aus wie bei den anderen Opfern«, murmelte sie leise vor sich hin. »Irgendetwas passt doch nicht.«

Ihre Augen scrollten das Foto der zugerichteten Julia Lang von oben nach unten durch. Sie kreiste die beiden Schnitte auf den Augenlidern mit ihren Fingern ein und speicherte das Bild. Im Anhang einer E-Mail wanderte es zurück zur Pathologie mit der Bitte, die Schnittmuster mit denen der anderen Serienkillerfälle zu vergleichen. Ihr sei auf dem Bild aufgefallen, dass die Schnitte ein gezackteres Muster im Vergleich zu den vorherigen Opfern zu haben schienen.

Kate schaute kurz auf die Uhr und öffnete ihren privaten Chat mit Steven. Schon zwei Stunden hatte sie nicht auf seine letzte Nachricht geantwortet. Auf seine Frage, ob sie sich heute noch einmal sehen würden, hatte Kate ihm knapp geantwortet, dass es wegen der Arbeit nicht passen würde. Steven schrieb kurz darauf, dass sie gerne noch auf einen Teller seiner Gulaschsuppe vorbeikommen könnte, wenn es nicht zu spät werden würde. Dieses Angebot hatte Kate bis jetzt ignoriert.

Sie stemmte beide Hände auf den Schreibtisch und begann, ihre Unterlagen zu sortieren.

Die Vision in Finns Kopf endete. Der Film vor seinen Augen erschien wie immer klar und deutlich. Er konnte in der Zeit vor- und zurückgehen, Details der Szene näher betrachten und sich umsehen. Er liebte diese Momente. Ein unbeschreibliches Gefühl von Wissen und Macht.

Finn entschied, sich nicht mit Kate anzulegen. Er lächelte die Ermittlerin an, nickte ihr zu und flüsterte Kelly ein leises »Danke« bei der Abschiedsumarmung ins Ohr.

Etwas Werbung für sich musste aber sein. Er warf einen letzten Blick auf Kate und legte sich, weil er es ausdrucksstärker fand, den Finger an die Stirn. Über die Jahre hatte er sich dieses Verhalten angewöhnt, wenn er seine Visionen nutzte.

»Sobald Ihnen später bei Ihrer Mail an die Pathologie die gezackteren Schnitte auf den Augenlidern bei Mrs. Lang auffallen: Überlegen Sie sich, ob Sie nicht doch die Gulascheinladung von Steven nehmen. Vielleicht hat er das extra für Sie gemacht.«

Grinsend machte er sich auf zur Toilette, nur um im nächsten Moment zu realisieren, dass er vielleicht gerade einen teuren Fehler begangen hatte.

* * *

Kate sah besorgt auf den Jungen neben sich. Er wirkte verloren. Die verzweifelten Versuche, seinen Vater zu erreichen, hatten bis jetzt nicht gefruchtet. Alle Anrufe blieben unbeantwortet. Kate fühlte einen Kloß im Hals. Der Junge stand ohne Bezugsperson da.

»Was machen wir jetzt?«, fragte Ethan mit fester Stimme.

Mit zusammengekniffenen Augen überlegte Kate fieberhaft. Dem Jungen war die Mutter genommen worden, und zusätzlich konnte er nicht nach Hause zurückkehren. Was, wenn der Täter zurückkommen würde? Aber wo sollte Ethan bleiben? Das Jugendamt würde so schnell auch nicht mehr aktiv werden.

»Hilfe, wir brauchen eine Retterin in der Not.« Kelly imitierte spöttisch eine dunkle, fremde Stimme, um nach einer dramatischen Pause normal weiterzusprechen. »Ich kann ihn mit zu mir nehmen.« Sie lehnte sich dabei auf ihrem Stuhl so weit nach hinten, dass Kate Sorge bekam, sie würde hintenüberkippen. »Bei mir ist er sicher.«

Ethan schüttelte hastig den Kopf. »Ich möchte nach Hause«, beharrte er.

Kate überlegte kurz und überging seine Forderung. »Gut«, sagte sie ruhig, aber bestimmt. »Du gehst vorübergehend zu Kelly. Das ist für heute Abend die beste Lösung.« Sie wandte sich direkt an Ethan. »Sobald dein Vater da ist, überlegen wir weiter.«

Erleichtert beobachtete sie Ethan und Kelly auf ihrem Weg zum Aufzug – und für einen Moment spürte sie Ruhe inmitten des Chaos um sie herum.

* * *

Finn bewegte sich mit gesenktem Kopf, als er ganz beiläufig an den Schreibtischen vorbeischlenderte und die Augen offen hielt. Niemand sollte ihn zum Analystenraum schleichen sehen. Endlich war der Raum leer. Kaum drinnen, scannte er schnell durch die Fotos von Julia Langs Ermordung an der Pinwand. Ihm stockte der Atem, als das Objekt in sein Blickfeld trat, das er zwar schon erwartet hatte, das ihm aber erhebliche Probleme bereiten konnte – sein eigener, blauer Rucksack.

Panisch blickte er sich um. Jeder Schritt musste jetzt wohlüberlegt sein. Wieso hatte Elia nur den blöden Zettel mit seinem Namen im Rucksack befestigt? Der drohte alles zu offenbaren. Finn wischte seine Hände an der Hose ab. Mit einem letzten Blick auf den Rucksack, der sein düsteres Geheimnis enthüllen konnte, wusste er, dass es keine Zeit zu verlieren gab – er musste in Julia Langs Haus einsteigen.

KAPITEL 3

GOOD MORNING BLACKVALE

VOR 9 MONATEN   *NEWS*
BLACKVALE, 30. AUGUST 2023

Sehen Sie gleich nach der Werbung: Mysteriöser Ripper könnte mehr Opfer haben als bekannt.

Es gibt Gerüchte und zunehmende Besorgnis, dass der Blackvale-Ripper, der bisher mit drei brutalen Morden in Verbindung gebracht wurde, mehr Leben als ursprünglich angenommen gefordert haben könnte. Während die Ermittler tiefer graben, deuten zwei ungeklärte Mordfälle aus dem letzten Jahr auf eine erschreckende Möglichkeit hin: Der Killer könnte weit mehr Opfer auf dem Gewissen haben, als wir bisher vermuten. Bleiben Sie dran für die neuesten Updates zu dieser Geschichte.

BLACKVALE, 18. JUNI 2024

Nach dem ersten Kundengespräch des Tages atmete Finn endlich durch. Die Gedanken an den Vorabend und seinen in Julia Langs Haus vergessenen Rucksack wirbelten ihm durch den Kopf. Bisher jedoch hatte ihn niemand angerufen oder festgenommen. So weit, so gut. Im Moment konnte er nichts unternehmen. Der Tatort wurde bewacht, und am helllichten Tag konnte er nicht einsteigen. Er musste auf die Dämmerung warten und hoffen, dass bis dahin niemand in den Rucksack sah.

Hinzu kam, dass die entspannten Jack-Johnson-Akustikklänge in seinem Ford nicht das bedrückende Gefühl vertrieben, das von seinem Gespräch mit Elia zurückgeblieben war. Ihre Blicke hatten ihn, als er schließlich spätabends nach Hause kam, wie spitze Pfeile durchbohrt, und er konnte den verletzten Ausdruck in ihren Augen nicht vergessen.

Innerlich verteidigte er sich gegen ihre stillen Vorwürfe. Sein Job als Vertriebler konnte herausfordernd sein, und daneben verbrachte er mehrere Stunden in der Woche mit seiner Online-Community und den privaten Recherchen zu den Ripper-Fällen. Aber er hatte das doch jederzeit unter Kontrolle. Sein Job ließ ihm genügend Freiheiten, er konnte selbst bestimmen, wie viel Zeit er in seine Kunden investierte. Und seine Absatzzahlen stimmten. Was für ein Privileg, nicht vom Chef kontrolliert zu werden und außerhalb der Firma unterwegs zu sein. Diese Zeit füllte Finn dann mit Polizeiarbeit oder seinen privaten Ermittlungen. Immer mit dem Blick darauf, daneben ausreichend Zeit für Elia zu haben. Trotzdem nagte jetzt das schlechte Gewissen an ihm. Hatte er zu egoistisch gehandelt? Hatte er seine Freundin vernachlässigt?

Finn blickte starr nach vorne und verbarg seine Unsicherheit durch einen kräftigen Tritt aufs Gaspedal. Wie konnte er es wiedergutmachen? Er brauchte eine Geste, eine Überraschung. Er würde Elia später einen Brief schreiben, und dann konnten sie ja abends etwas unternehmen. Falls er bis dahin nicht in Polizeigewahrsam steckte …

∗ ∗ ∗

»Dieser Dever, der Bruder von Kelly, was hat er denn zu Fällen beigetragen?«

Kate stieg nach Gerda aus ihrem Dodge, nachdem sie vor der hoch aufragenden, gläsernen Fassade der Konzernzentrale von Hearium geparkt hatten. Ein für den Juni kühler Wind blies den Geruch nach Regen vor sich her. Finns Vision und der gestrige Abend ließen Kate nicht los, und sie schwankte zwischen Neugierde und Skepsis. In Filmen konnten Übernatürliches und Mysteriöses durchaus ihre Begeisterung entfachen. Die Idee, dass es Menschen gab, die angeblich in die Zukunft sehen können, fand Kate irgendwie reizvoll. Andererseits betrachtete sie sich als rationale Frau und war skeptisch bei allem, was nicht durch logische Erklärungen oder wissenschaftliche Methoden erklärt werden konnte. Wahrsagerei fußte für sie auf einer Mischung aus psychologischen Tricks und Zufall.

Kate glaubte, dass Vorhersagen erst dadurch eintreten, dass Menschen sie interpretieren und ihr Verhalten entsprechend anpassen. Sie musste aber zugeben, am Abend vorher intuitiv genau die Dinge gemacht zu haben, die Finn vorhergesagt hatte. Und selbst wenn sie davon ausging, dass Finn nur gut geraten hatte, fragte sie sich, wie er ihren Chat mit Steven kennen konnte. Ihre Privatsphäre war ihr heilig, und sie achtete darauf, dass niemand jemals einen Blick auf ihr Smartphone erhaschte. Nur sie und Steven konnten den Inhalt des Chats kennen.

Gerda lächelte sie wissend an. »Na, hat er dich auch drange-
kriegt?«

Kate verzichtete auf eine Antwort. Offensichtlich hatte Gerda
im Vergleich zum Vorabend keinen Zeitdruck mehr. In aller See-
lenruhe ordnete sie ihre Unterlagen auf der Motorhaube, bevor
sie sie in ihre hochwertige Lederhandtasche packte, ein luxuriö-
ses Accessoire, das in einem gewissen Kontrast zu den finanziellen
Möglichkeiten ihres Dienstgrades lag.

»Finn hat uns bei wenigen Fällen begleitet. Vielleicht zehn Fälle in den letzten Jahren. Ich habe ihn das letzte Mal vor ein paar
Monaten in Aktion gesehen. Wir suchten einen entflohenen Ju-
welier, der eine Mitarbeiterin erstochen hatte, die ihn beim Dieb-
stahl seiner eigenen Ware erwischt hatte. Versicherungsbetrug und
Mord. Die Ermittlungen befanden sich in einer Sackgasse. Finn
saß mit der Ehefrau des Juweliers zusammen und hatte die Vision
einer Telefonnummer. Keine Ahnung, wie er das gemacht hat.
Wir haben die Nummer getrackt und konnten so den Ehemann
verhaften.« Unter Kates skeptischem Blick schob Gerda hastig
hinterher: »Ich glaube nicht an übernatürliche Fähigkeiten. Aber
seine Informationen haben maßgeblich zur Lösung des Falls beigetragen.«

»Wie häufig wurde er eingebunden?«

»Wir haben das bisher nur gemacht, wenn wir gar nicht weiter-
kamen. Sprich doch mal mit Brad. Er hat schon bei mindestens
drei Fällen mit Finn zusammengearbeitet.«

Kate und Gerda betraten getrennt durch die Drehtür das In-
nere der Hearium-Konzernzentrale und landeten im großzügigen
Empfangsbereich mit elegantem, minimalistischem Design in le-
bendigen Farben. Die Wänden zierten inspirierende Sprüche über
Motivation und Ideenreichtum, daneben zeugten zeitgenössische
Kunstwerke von Stilbewusstsein und Kultiviertheit. Kate gefiel die

offene Bürolandschaft, die sich über mehrere Etagen erstreckte und für zwanglose Kollaboration und Kreativität ausgelegt war.

Zwischen Loungemöbeln, stylischen Sitzgelegenheiten und mit modernster Technologie ausgestatteten Meetingräumen hindurch wurden die beiden Ermittlerinnen in einen Raum geführt, dessen Wände aus riesigen Aquarien bestanden.

»Was für ein Raum«, staunte Kate.

Ringsum eine Unterwasserwelt aus bunten Fischen, schillernden Korallen und wiegenden Algen, durch gekonnt gesetzte Lichtreflexe verflochten in einem hypnotischen Tanz. Es schien einer der wenigen blickdichten Räume des Gebäudes zu sein.

Kate und Gerda machten es sich in den imposanten Loungesesseln bequem und schlossen die Tür, um dem Lärmpegel der Arbeitsfläche zu entkommen. Entgegen seiner ursprünglichen Zusicherung hatte Bryan ihnen gestern beim Verlassen des Polizeireviers gesagt, dass er sie heute doch nicht treffen könne, weil er spontan einen externen Termin wahrnehmen müsse. Seine Sekretärin Juana Parker würde dafür eine Liste aller Mitarbeiterinnen und Mitarbeiter zusammenstellen, die eng mit Julia Lang gearbeitet hatten. Diese stünden bei Bedarf für eine Befragung durch die Polizistinnen zur Verfügung.

Ausgestattet mit einer Tasse verlockend duftendem, frisch gebrühtem Kaffee warteten die beiden Ermittlerinnen auf die Rückkehr von Mrs. Parker mit Hannah Dressal, der persönlichen Referentin von Julia Lang. Hannah war Julias rechte Hand im Unternehmen und damit die richtige Ansprechpartnerin für die beiden Ermittlerinnen, die mit der Befragung direkt im innersten Kreis anfangen wollten. Laut Bryan bereitete Hannah alle Meetings von Julia vor und unterstützte die Finanzchefin bei strategischen Entscheidungen.

Kate verkniff es sich, eines der verlockend aufgetürmten Croissants zu nehmen. Hannah Dressal betrat den Meetingraum, und die Ermittlerinnen platzierten sie an der gegenüberliegenden Seite des Tisches, sodass sie ein Dreieck bildeten. Die zierliche blonde Frau saß mit weit aufgerissenen blauen Augen nervös auf dem Stuhl, während Kate ihren schicken Hosenanzug musterte und versuchte, positive Energie zu versprühen.

»Können Sie uns bitte schildern, wie Ihr Verhältnis zu Ihrer Chefin war? Zwei Jahre haben Sie zusammengearbeitet?«, fragte Kate.

Nach Worten suchend und mit zittriger Stimme begann Hannah zu berichten. »Genau, knapp zwei Jahre. Julia war eine faire, aber harte Chefin. Sie hatte immer viel zu tun. Es war stressig, aber ich kam gut mit ihr klar.« In ihren Augen bildeten sich Tränen.

»Wie war der Umgang im Team?«

Hannah zögerte. »Julia setzte hohe Erwartungen in uns Mitarbeiter und konnte durchaus cholerisch reagieren, wenn etwas nicht nach ihren Vorstellungen lief. Viele Kollegen hatten Probleme mit ihr. Aber das soll nicht falsch rüberkommen. Wir waren ein gutes Team, und zwischen Julia und mir hat es gepasst. In ihrer Position muss man manchmal unangenehm sein.«

»Gab es denn jemanden, der ein besonders schlechtes Verhältnis zu Mrs. Lang hatte?«

»Ich weiß nicht. In den letzten Monaten war die Stimmung im Executive Committee, dem Führungskreis unseres Geschäftsführers Bryan, angespannt. Bryan hat Druck wegen der unzureichenden Vertriebszahlen gemacht. Und Julia hatte oft Auseinandersetzungen mit Peter, unserem Vertriebschef. Rein beruflich natürlich. Er kämpfte für niedrigere Preise, Julia wollte das Preisniveau nicht senken.«

Kate hörte Gerda fleißig in ihren Notizblock schreiben.

»Und im Team?«

Hannahs Blick wanderte zur Tür, als würde sie jemanden erwarten. »Es gab immer Reibereien um Kleinigkeiten. Zum Beispiel mit einem unserer Senior Controller. Er kritisierte Julias knallharte Haltung bei manchen Deals. Aber das ist alles völlig normal in einem erfolgreichen Unternehmen.«

Drei Fragen später entließ Kate die bemitleidenswerte Referentin und sah, wie sich der Körper der jungen, zierlichen Frau beim Verlassen des Raums sichtbar entspannte. Die Befragung schien sie zu überfordern. Mit ihrer Ehrlichkeit könnte Hannah aber eine wertvolle Quelle sein, denn anscheinend gab es mehr bei Hearium zu tun, als Kate zunächst angenommen hatte – Julia Lang schien nicht Everybody's Darling gewesen zu.

* * *

Finn lehnte seinen Kopf an die Nackenstütze des Fords und entsperrte das Smartphone. Keine Anrufe, keine Nachrichten. Er atmete tief durch. Vermutlich hatte noch niemand seinen Rucksack geöffnet. Wie lange würde das gut gehen? Immer wenn er daran dachte, brach ihm der kalte Schweiß aus. Jederzeit konnte er durch den verräterischen Fund entlarvt werden. Er musste sich irgendwie ablenken, um es bis zum Abend zu schaffen.

Finn öffnete ein verschlüsseltes Netzwerk in seinem sicheren Browser. Seine Finger tippten eine kryptische Zeichenfolge ein, der Zugangscode zu einem versteckten Forum. Nach wenigen Sekunden erschien die Log-in-Seite, schlicht und unauffällig, ganz anders als die überladenen Webseiten des normalen Internets. Finn gab seine Zugangsdaten ein und drückte Enter. Nach kurzer Ladezeit war er eingeloggt.

Er hatte sich durch nächtelanges Studium von Hackerforen und IT-Sicherheitsbüchern selbst die Fähigkeiten angeeignet, die er brauchte, um im Darknet zu navigieren und anonym zu bleiben. Für seine privaten Ermittlungen war das unerlässlich, da nur hier Gleichgesinnte und inoffizielle Hinweise zu finden waren.

Das Forum öffnete sich, und eine Liste von Nachrichten leuchtete auf dem Bildschirm. Finn scannte durch die Betreffzeilen, immer auf der Suche nach neuen Themen oder Hinweisen. Er stieß auf eine Diskussion, die er die letzten Tage verfolgt hatte:

> **BlackHatOracle:** Leute, zu eurem Waldgebiet, in dem angeblich ein weiteres Ripper-Opfer gefunden wurde: Vor zwei Monaten gab es einen Mord da. Der ist aber aufgeklärt und nicht dem Ripper zuzurechnen.

Ansonsten keine neuen Themen. Finn klickte auf seine privaten Nachrichten.

> **JTR888:** Gerücht aus der Ripper-Community: Angeblich wurde ein Honda Civic, weiß, zur Tatzeit mehrerer Morde in den umliegenden Straßen gesehen. Dieser gehört jeweils keinem der Anwohner. Davon mal was bei der Polizei aufgeschnappt?

Finn antwortete schnell, dass er von einem Honda Civic auf dem Revier bisher nichts gehört hatte, und schloss den Browser. Ihm war bewusst, dass die Foren, in denen er sich bewegte, oft am Rande der Legalität operierten. Neben den wertvollen Informationen stieß er immer wieder auf dubiose Angebote und fragwürdige Diskussionen. Das Darknet war aber die einzige Möglichkeit, in Austausch mit Gleichgesinnten zu kommen.

Er atmete langsam ein und aus. Die digitale Unterwelt hatte ihn auf einen gefährlichen Pfad geführt, und seine besessene Suche nach dem Ripper trieb ihn mehr und mehr in ein moralisches Dilemma. Er wollte Gutes tun, doch dafür hatte er sich weit vom Pfad der Legalität entfernt. Und nun lief er Gefahr, dass sein Rucksack ihn deswegen in ernsthafte Schwierigkeiten bringen würde.

* * *

Julia Langs Terminkalender war vollgestopft bis auf die letzte Minute, jeden Tag von 7:30 Uhr bis sechs Uhr abends. Kate hatte versucht, die Meetings zu durchschauen. Nach einem Abgleich mit der Mitarbeiterliste und einer Google-Suche blieben drei Namen übrig: Matthew, Rhonda und ein Kürzel mit »MEBT«. Die dazugehörigen Termine waren als privat markiert und hatten auf den ersten Blick nichts mit Hearium zu tun. Kate gab Gerda die Liste mit der Bitte, diese mit Hannah Dressal durchzugehen. Im Austausch überreichte Gerda ihr ein Truthahnsandwich, wofür vor allem Kates in fast schon Zimmerlautstärke knurrender Magen dankbar war.

Kate wischte sich eben die Mayonnaise aus dem Mundwinkel, als das Telefon klingelte und Brads Nummer auf dem Display angezeigt wurde.

»Brad, wie sieht's aus? Irgendwelche Neuigkeiten?«

Seine markante Stimme dröhnte schnell und atemlos durch den Hörer, als würde er laufen. »Ich kann Robert Lang nicht finden. Ich bin zu seiner Adresse, und die Tür stand offen. Ich habe das Apartment durchsucht, aber niemand war da.« Er legte eine kurze Pause ein und atmete tief durch. »Seltsame Stimmung da. Ich versteh völlig, warum der Junge da nicht bleiben will. Überall stehen offene Flaschen rum, als würden die nur darauf warten, geleert zu werden. Nicht mal auf Partys hab ich so viel Fusel in einem Raum gesehen. Ziemlich unheimlich, ehrlich gesagt. Und zwischen all dem Kram auf seinem Schreibtisch: lauter Notizen und Unterlagen zu Nachhaltigkeit, ordentlich aufgereiht. Aber jetzt pass auf: Der Typ steht kurz vorm Bankrott – privat und mit seinem Geschäft.« Brads Stimme hatte eine aus Kates Sicht fehlgeleitete Freude in sich. »Die Unterlagen des Finanzamts lesen sich gruselig. Der ist am Arsch. Außerdem habe ich mit den Nachbarn gequatscht. Mr. Lang ist in den letzten Wochen oft betrunken nach Hause gekommen und hat randaliert.«

Brad hustete laut und entschuldigte sich. »Kate, mal ehrlich, ein Mann in einer äußerst prekären Lage, randalierend und, wie Bryan Malah sagt, streitlustig, bezogen auf die Ex-Frau: Wenn so einer sich nicht zu unüberlegten oder gewalttätigen Handlungen verleiten lässt, weiß ich auch nicht …«

»Verstanden, bleib bitte dran«, beendete Kate schnell das Telefonat, da Gerda gerade die schwere Tür zum Meetingraum aufdrückte.

»Das ging fix.«

Mit Schweißperlen auf der Stirn ließ sich ihre Ermittlerin auf den Stuhl neben Kate fallen.

»Ich …«, Gerda atmete tief durch, um Luft zu holen, »habe nicht alles klären können. Mit dem Kürzel ›MEBT‹ kann Hannah nichts anfangen. Die anderen beiden Namen kennt sie. Diesen Matthew hat Julia Lang vor einem Jahr als ihren festen Freund vorgestellt. Matthew Coldwell. Miss Dressal hat ihn aber nie zu Gesicht bekommen, und niemand sonst auf der Arbeit wusste von dieser Beziehung.«

»Das halten wir dann auch geheim. Ich will mögliche Verdächtige nicht alarmieren.«

Gerda tupfte sich mit einem Taschentuch den Schweiß von der Stirn. »Miss Dressal kennt diese Rhonda, die im Kalender von Julia Lang als wöchentlich wiederkehrender Termin verzeichnet ist, nicht. Sie vermutet, dass es eine Freundin sein muss, mit der Julia Lang in den letzten Jahren jede Woche einen abendlichen Jour fixe hatte.«

»Bitte, was? Jede Woche?«

»Passt für Miss Dressal auch nicht ins Bild. Julia Lang musste häufig alle privaten Termine stehen und liegen lassen, weil die Arbeit sie komplett vereinnahmte. Die Termine mit dieser Rhonda waren ihr aber heilig. Die hat sie fast nie verschoben.«

»Und sonst ist nichts über die Frau bekannt? Julia Lang hat nie erwähnt, was sie mit ihrer vermeintlichen Freundin macht?«

»Laut Miss Dressal nein. Kein Wort. Die Termine stehen im Kalender, aber Julia Lang hat die Frau auf der Arbeit nie erwähnt.«

»Okay, mit dieser Rhonda will ich sprechen. Ich bin gespannt, was die beiden zusammen gemacht haben.«

Kate rieb sich die Stirn. Die Gespräche mit Julia Langs anderen Mitarbeitern hatten sich am Vormittag in die Länge gezogen, aber keine brauchbaren Hinweise geliefert. Ihre Kopfschmerzen hatten zugenommen. Der aquatische Raum fühlte sich plötzlich bedrückend an. Außerdem fragte sie sich, warum das Licht hier so gedämpft sein musste.

Gerda, die mittlerweile erholter aussah, unterbrach die Stille. »Schon komisch, dass alle Mitarbeiter ein schlechtes Verhältnis zu Julia Lang hatten, oder?«

»So schlecht kann es nicht gewesen sein. Schließlich arbeiteten alle weiter für Mrs. Lang.«

»Genau. Ich meine aber, dass ich eine Verschlechterung der Stimmung in den letzten Monaten herausgehört habe«, sagte sie nachdenklich.

Kate nickte zustimmend. »Passt auch zu den Ausführungen von Hannah Dressal. Mehr Druck, mehr Anspannung. Direktive Führungskräfte geben den Druck sehr häufig nach unten weiter.«

»Nur: Julia Lang war eine erfahrende Führungskraft. Jeder hat erwähnt, dass sie mit Druck gut umgehen konnte.«

»Vielleicht hat sie etwas anderes belastet …«

Gerda überlegte kurz. »Dafür, dass Mrs. Lang gerade erst brutal ermordet wurde, fand ich die Äußerungen mancher Mitarbeiter über sie fast schon pietätlos. Erst dachte ich, dass Hannah Dressal besonders ehrlich ist und deshalb so offen über die schlechte Stimmung gesprochen hat. Aber auch die anderen machten keinen Hehl daraus, wie schlecht sie mit Julia Lang auskamen.«

»Eventuell war die Stimmung noch viel schlechter, und wir haben schon die beschönigte Version bekommen? Trotz der negativen Kommentare.«

Die beiden Frauen tauschten einen bedeutungsvollen Blick aus. Schnell berichtete Kate von ihrem Telefonat mit Brad.

»Es könnte schwer werden, in zwei Richtungen zu ermitteln. Die Serienkillerspur plus die ganzen Personen in Julia Langs Umfeld, falls sich dort zur schlechten Stimmung noch potenzielle Motive gesellen«, murmelte sie besorgt.

Im nächsten Moment bereute Kate ihre Ehrlichkeit. So gut kannten die beiden sich nicht. Und Gerda war ihr unterstellt. In ihrer Position hatte Kate das Gefühl, dass sie oft ein Doppelleben führte: nach außen erfolgreich, stark und souverän, doch innerlich immer wieder von Unsicherheit und Selbstzweifeln geplagt. Aber sie war gewarnt: Einem früheren Kollegen, der seine Gedanken und Gefühle nicht vor dem Team verbarg, wurde von seinen Mitarbeitern mangelnde Führungskraft vorgeworfen. Vertrauen und kollegiale Nähe waren in Kates Beruf wichtig, aber sie versuchte immer, nicht zu weit zu gehen. Wie glaubwürdig konnte sie bleiben, wenn sie den Mitarbeitern Unsicherheiten zeigte?

Kate stand auf, verließ den Meetingraum und stellte sich in

eine der roten, englischen Telefonzellen für ungestörte Telefonate auf dem Flur. Es war eng und roch nach Schweiß, aber sie hatte das Bedürfnis, mit Steven zu reden. Ihr Freund leitete eine Einrichtung für Kinder mit kognitiver Beeinträchtigung. Sein Herzblut und Engagement für diese schwierige Aufgaben beeindruckten Kate zutiefst. Diese Leidenschaft für ihre jeweilige Arbeit verband die beiden.

Kate presste das Telefon fest ans Ohr, als ob man sonst draußen etwas hätte hören können. Steven nahm direkt ab.

»Entschuldige bitte, dass ich mich gestern erst so spät gemeldet habe«, begann sie. »Der neue Fall …«

Stevens sachliche Stimme beruhigte sie sofort. »Alles gut, ich hab mir das schon gedacht, als du gegangen bist. Kein Problem.«

»Es ist viel zu tun. Heute wird es auch wieder spät werden.« Sie wollte die Information möglichst direkt loswerden, damit das Gespräch nicht mit dieser Nachricht enden würde.

»Kein Problem, Darling. Arbeit geht vor, ich verstehe das vollkommen.«

»Stattdessen morgen ein Mittagessen? Ich habe Sehnsucht nach dir.«

Steven stimmte freudig zu und erzählte ihr etwas über seinen Tag in der Einrichtung. Kate lehnte sich an die kühle Wand der Telefonzelle und lauschte aufmerksam. Jedesmal war sie gerührt, wie liebevoll er sich um die ihm anvertrauten Kinder kümmerte. Er gäbe bestimmt einen guten Vater ab.

»Ich muss leider weitermachen.« Ihre Wange löste sich von der kühlenden Scheibe. Die kurze Auszeit hatte ihr gutgetan.

»Klar. Darf ich wenigstens wissen, ob es ein neuer Fall eures Serienkillers ist?« Kate lächelte, Steven hatte extra den Namen »Ripper« nicht erwähnt.

»Gut möglich. Wir prüfen in alle Richtungen.«

»Im Fernsehen berichten sie schon, dass der Ripper wieder zugeschlagen hat. Die Finanzchefin von Hearium?«

»Ja, genau.«

»Dann viel Erfolg. Ich freue mich auf morgen. Meldest du dich nachher noch kurz?«

Was für ein Schatz!, dachte sich Kate. Womit hatte sie ihn verdient?

* * *

Finns Blick blieb an Julia Langs Foto hängen. Er schluckte. Gestern noch war er ihr in ihrem Haus gegenübergesessen. Heute las er einen Artikel über ihre Ermordung. Er schloss die News-App und steckte sein Smartphone in die Tasche seiner beigen Chino. Im Ford war es brütend heiß. Seit einem Jahr hatte Finn die Reparatur der Klimaanlage vor sich hergeschoben. Jetzt bekam er die Konsequenz seiner Nachlässigkeit zu spüren.

Er parkte den Wagen, hievte sich aus dem stickigen Auto und streckte seine steifen Glieder. Er stand vor der Cateringfirma Flavor Fusion, auf der Suche nach Julia Langs Freund Matthew Coldwell. Vor mehreren Wochen hatte Finn bei einer Abendveranstaltung, auf der neben über hundert Kunden auch seine Finanzchefin anwesend war, einen dieser seltenen euphorischen Momente gehabt. In seiner Vision nach tiefem Blickkontakt mit Julia Lang hatte er sehen können, wie sie Matthew kurz darauf anrief. Wer hätte damals gedacht, dass er nun diese Information nutzen konnte, um hoffentlich etwas mehr über die Hintergründe ihrer Ermordung zu erfahren.

Das Gebäude der Cateringfirma wirkte von außen unscheinbar. Das Schild über dem Eingang hing schief, und Finn erkannte ausgeblichene Vorhänge hinter den Fenstern. Das überraschte ihn.

Die Firma belieferte viele Kantinen seiner Kunden, auch die von Hearium. Dort präsentierten sie sich professionell und sauber.

Finn öffnete entschieden die Eingangstür. Der Geruch von frittiertem Essen strömte ihm schwer entgegen. Was er sah, stand jedoch im Kontrast zur tristen, vernachlässigten Außenfassade. Ein sauberes, modernes Design mit kreidebeschriebenen Tafeln und teure Designerlampen erinnerten an den Auftritt bei Hearium.

Finn näherte sich der Theke. Dahinter stand eine Frau mittleren Alters mit streng gebundenem schwarzem Haar und einem Blick, der besagte, dass sein Besuch sie nervte.

»Kann ich Ihnen helfen?«, fragte sie knapp.

»Ist Matthew da?«

Finn hatte sich für ein plumpes Vorgehen entschieden. Er hätte nicht einmal sagen können, wie der Gesuchte aussah. Das Internet hatte ihm zu Matthews Namen nur seinen Arbeitgeber ausgespuckt.

»Da hinten …«

Die Frau wies mit einer geschmeidigen Handbewegung um das Gebäude herum. Sie wirkte froh, ihn schnell loszuwerden. Durch eine enge Gasse aus Metallregalen voller leerer Kisten und Behälter betrat Finn den schäbigen Hinterhof mit dem muffigen Geruch von Abfällen und Verfall.

Sein Blick traf den eines muskulösen Mannes mit dunklem Haar und einem herausfordernden Funkeln in den Augen. Seine raue und rebellische Ausstrahlung passte perfekt zu der Lederjacke, den Jeans und den abgetragenen Stiefeln darunter – die biedere Julia Lang hatte einen echten Bad Boy als Freund.

»Matthew?«, startete Finn vorsichtig das Gespräch.

Der Mann drehte eine Zigarette zwischen den Fingern und grinste gelangweilt. »Yo, und?«, sagte er und musterte sein Gegenüber von oben bis unten.

Die Spannung zwischen ihnen war wie eine Wand aus Stahlbeton.

»Finn Dever, Berater beim Blackvale PD.« Er streckte Matthew die Hand entgegen.

Matthews Miene wurde dunkler. »Ein Bulle? Ich beantworte keine Fragen.«

»Ich vermute, Sie haben von Ihrer Freundin gehört.«

Matthew senkte den Blick. »Yo.«

»Mein Beileid.«

Finn meinte, einen Moment der Verunsicherung bei Matthew wahrzunehmen, bevor dieser wieder seine Gesichtsmuskeln im Griff hatte.

»Was willste?«

Wie bekam man so einen Typen zum Reden? Finn zögerte einen Moment, bevor er eine Lüge in die Welt setzte.

»Wir haben Dinge bei Mrs. Lang gefunden, die vermutlich Ihnen gehören.«

»Yo, und?«

»Ich wollte fragen, ob ich die Sachen zusammensuchen und Ihnen zukommen lassen soll.«

»Sind Sie jetzt die verdammte Post?« Finns Hoffnung, Vertrauen aufzubauen, schwand angesichts der unverhohlenen Aggression in Matthews Stimme.

»Ich kann sie Ihnen nach Hause liefern lassen.«

»Ich hole die Sachen lieber ab.«

»Auch gut. Rufen Sie am besten vorher im Revier an. Die können Ihnen Bescheid sagen, sobald die Sachen dort sind.« Er nestelte an seinem Poloshirt, das ihm in der Hitze am Körper klebte. »Haben Sie eine Ahnung, wer Ihrer Freundin das angetan haben könnte?«

Matthew zuckte fast schon irritierend gelangweilt mit den Schultern.

»Keine Ahnung, Dude.«

Er nahm einen tiefen Zug von der Zigarette und blies den Rauch steil nach oben.

»Hören Sie, ich verstehe Ihre Lage. Aber wenn Sie mir helfen, können wir schneller einen Haken ans Thema machen.« Finn versuchte, eine ruhige Stimme und ernste Miene zu behalten.

»Ist das hier eine scheiß offizielle Befragung? Was genau wollen Sie von mir?«

Finn sehnte das euphorische Gefühl herbei. Eine Vision hätte ihm jetzt entscheidend geholfen, und noch mal würde er kaum die Chance haben, mit Matthew allein zu reden. Also konnte er ihn auch provozieren.

»Nun ja, wir haben einige Hinweise, die darauf hindeuten, dass Sie sich gestern Abend in der Nähe des Tatorts aufgehalten haben könnten.«

Matthews Augen weiteten sich.

»Bullshit, die will ich sehen«, sagte er selbstbewusst.

»Wo waren Sie gestern Abend?«

Matthew trat einen Schritt auf ihn zu und spannte seine Brustmuskeln an.

»Deswegen rede ich nicht mit euch scheiß Bullen. Mir geht es dreckig, weil irgendein Arschloch meine Freundin abgemurkst hat, und ihr macht mich noch zum Verdächtigen. Für dich: Ich habe genau hier malocht. Den ganzen Abend lang.«

»Können die anderen das bezeugen?«

Matthew sah ihn angewidert an und stapfte an ihm vorbei durch die Hintertür zurück in das Gebäude.

Auf dem Rückweg zum Auto versicherte sich Finn am Empfang der Cateringfirma mit seinem Beraterausweis des BPD, dass Matthew am vorherigen Abend von vier Uhr nachmittags bis halb 12 abends in der Küche gearbeitet hatte, und schwang sich frustriert in seinen Ford. Was ein Arschloch, dachte er sich.

Er sah auf die Uhr. Seine Anspannung wuchs mit jeder verstreichenden Minute. Ständig musste er an seinen bevorstehenden Einbruch in Julia Langs Haus denken, um an seinen Rucksack zu kommen. Zugleich war ihm bewusst, dass er damit erneut eine Straftat begehen würde. Trotz aller Angst, erwischt zu werden, musste er handeln, wenn er seine Spuren verwischen wollte. Wenn es doch nur schon Abend wäre.

$$* \ * \ *$$

Den Rest des Tages hatte Finn seiner Arbeit gewidmet, froh, sich dadurch etwas abzulenken. Wie ein gut geöltes Uhrwerk hatte er Angebote erstellt und Termine vorbereitet. Er wollte Zeit gewinnen, um in den nächsten Tagen am Fall Julia Lang und an seinen privaten Recherchen arbeiten zu können. Schließlich sollte Elia ihn auch mal zu Gesicht bekommen. Finn freute sich über seine Effizienz, an diesem Nachmittag hatte er so viel geschafft wie andere an zwei Tagen. Die gewonnene Zeit konnte er für seine Hobbys einsetzen.

> **Elia:** Wie lange machst du heute?

> **Finn:** Wird etwas später als gedacht. Muss gleich noch etwas erledigen.

> **Elia:** Heißt? Wann ungefähr bist du da?

> **Finn:** Denke gegen 9. Nicht viel später. Essen wir zusammen? Ich kümmere mich.

> **Elia:** Gerne ☺

> **Finn:** Ich freu mich. ☺

Die Sonne neigte sich bereits zum Horizont und tauchte die Häuser in ein goldenes Licht. Für sein Vorhaben bei Julia Lang war es noch zu hell. Eine Ablenkung musste her. Finn bog in eine makellos asphaltierte Straße mit perfekten Vorgärten und schattigen Bäumen ein und parkte sein Auto vor seinem früheren Elternhaus, wo nun seine Schwester Kelly lebte.

Vom Gehweg aus betrachtete er das vertraute Anwesen. Das alte Backsteinhaus mit den weißen Fensterrahmen wirkte unverändert, als wäre seit seiner Kindheit kein Tag vergangen. Der gepflegte Vorgarten mit den bunten Blumenbeeten und der schattenspendenden Eiche erinnerten ihn an Zeiten voller kindlicher Unbeschwertheit. Schmunzelnd betrachtete er das Vordach, über das er sich in seiner Jugend des Öfteren nachts abgesetzt hatte.

Als Finn näher kam, bemerkte er ein fremdes Fahrzeug in der Auffahrt des Hauses – ein großer, schwarzer Dodge Charger. Gleichzeitig durchflutete ihn sein euphorisches Gefühl, diese unbeschreibliche Art von Adrenalinrausch. Überrascht rieb er sich die Stirn. Das hatte er hier vorher noch nie erlebt.

Seit seine Eltern die Stadt in Richtung Washington verlassen hatten, damit sein Vater seine Karriere in der Politik vorantreiben konnte, hatte Finn nicht mehr alle Fenster des Hauses so hell erleuchtet gesehen wie an diesem Abend. Was ist denn hier los?, fragte er sich verwirrt und trat näher an den Wagen heran. Plötzlich hörte er Geräusche aus dem Haus – gedämpfte Stimmen und hastige Schritte.

Finn öffnete die unverschlossene Tür. Die eigenwillige, bunte Einrichtung seiner Schwester erschlug ihn jedesmal aufs Neue. Das Haus schien vor Extravaganz zu platzen – farbige Muster, ausgefallene Möbelstücke und auffällige Trash-Kunstwerke zogen die Aufmerksamkeit auf sich.

Nach zwei weiteren Schritten ins Wohnzimmer sah er zu seiner

Überraschung Kate und Gerda. Die beiden Polizistinnen wirkten ernst und konzentriert, ihre Blicke waren auf etwas gerichtet, das er nicht sehen konnte.

»'N Abend.« Finn runzelte die Stirn und hob eine Augenbraue, als er Gerda ansah. »Was macht ihr hier?«

Kelly trat aus der Küche hervor und kam lächelnd auf ihn zu.

»Die beiden haben mich so gern, dass sie auch außerhalb des Reviers nicht ohne mich können.«

Sie lachte laut auf und manövrierte ein Tablett mit einem Geschirrset, bei dem jedes Stück als Skulptur einer exzentrischen Kunstausstellung durchgehen hätte können, in Richtung Wohnzimmertisch. Der köstliche Duft von frisch gebackenem Kuchen zog Finn in die Nase.

Er zeigte mit dem Finger auf Kelly. »Genau deswegen bin ich doch auch hier.«

»Nein, ehrlich, die mögen mich doch nicht.« Wieder lachte Kelly laut auf. »Sie sind wegen Ethan hier. Wir haben aber auch gerade über dich geredet.« Sie drehte ihr Gesicht so, dass Kate und Gerda es nicht sehen konnten, und zog ihre Augenbrauen maximal weit nach oben.

Finns Augen wanderten zu den beiden Ermittlerinnen. Kate hatte den Mund schon geöffnet, um etwas zu sagen. Er war schneller. Er fing ihren intensiven Blick auf und fokussierte sich auf das euphorische Gefühl in seinem Kopf. Die Vision startete sofort.

Bevor Kate das erste Wort sprechen konnte, hatte er einen Finger an seine Stirn gelegt und hob die andere Hand entschuldigend in die Luft.

»Es tut mir leid, ich hätte nicht mit Matthew Coldwell reden dürfen.« Mit aller Kraft versuchte er, ein unschuldiges Gesicht aufzusetzen. »Sorry.«

Kate und Gerda blickten ihn ungläubig an. Finn hoffte, dass er ihnen den Wind aus den Segeln genommen hatte. »Mir hat er aber das Gleiche erzählt, was er Brad erzählt hat. Und er war genauso unfreundlich.«

Seine Vision hatte ihm gezeigt, dass Kate ihn damit konfrontieren würde, dass er Matthew Coldwell vor der Polizei aufgesucht hatte. Brad hatte nach ihm mit Julia Langs Freund gesprochen und dabei von Finns Besuch erfahren. Der Ermittler hatte die Information dann zusammen mit seinen weiteren Erkenntnissen an Kate weitergegeben.

Deren Augen verengten sich. »Wie können Sie es wagen, einen Verdächtigen vor uns zu befragen? Was gibt Ihnen das Recht, ihn überhaupt zu befragen? Sie arbeiten nicht bei der Polizei.«

Kate schien ihren Elan wiedergefunden zu haben, und es folgte eine Standpauke darüber, was ihm drohte, sollte dies wieder vorkommen. Finn blieb nichts anderes übrig, als das über sich ergehen zu lassen.

»Haben Sie das verstanden?« Kates Stimme klang schroff und bestimmt.

»Auf jeden Fall.« Er atmete tief durch und suchte Kates Blick. Die nächste Vision startete sofort.

Mit dem Finger an der Schläfe flüsterte er geheimnisvoll. »Wir werden beobachtet. Draußen ist jemand, den ihr sucht.«

Die beiden Polizistinnen sahen sich fragend an. Gerda nickte Kate zu. Sie griffen nach ihren Waffen, deuteten Kelly und Finn an, sich zu ducken, und eilten hastig auf die Veranda hinaus. Neugierig folgte Finn den beiden zum Fenster. In der aufkommenden Dunkelheit erkannte er vage eine Gestalt. Die Person bewegt sich mit energischen Schritten entlang des Bürgersteiges mit Blick auf Kellys Haus. Als das Licht der Gartenbeleuchtung auf das Gesicht fiel, wusste Finn sicher, dass er diesen Mann nie zuvor gesehen hatte. Gerda und Kate reagierten sofort.

* * *

»Da ist er! Robert Lang!«, flüsterte Kate mit einer Mischung aus Aufregung und Entschlossenheit. Sie erkannte das Gesicht des Mannes vom Foto, das Brad ihnen am Nachmittag geschickt hatte.

Die Polizistinnen verständigten sich mit einem kurzen Blick und stürmten gleichzeitig los. Robert Lang reagierte sofort, drehte sich um und floh in die schmale Gasse neben Kellys Grundstück. Kate folgte ihm. Robert warf sich in eine Hecke und landete unsanft auf dem Rasen eines Nachbarn, rappelte sich auf und setzte seinen Sprint durch den Garten in Richtung Straße fort.

»Stehen bleiben, BPD!«, rief Kate und hechtete ebenfalls durch die Hecke. Die spitzen Sträucher schnitten in ihre Wangen. Ihre Füße versanken im feuchten Rasen. 20 Meter Rückstand. Gerda war nicht mehr zu hören, sie hoffte, dass ihre Kollegin Robert Lang an einer anderen Stelle den Weg abschneiden würde. Zwischen den Häusern der Siedlung hetzte sie dem Flüchtigen hinterher, in den Ohren hämmerte ihr Puls, und ihr Atem ging in rasenden Stößen. Im Sprung nahm sie Blumenbeete und Gartenmöbel, wurde aber immer weiter abgehängt.

Robert hatte das Ende der Siedlung erreicht und sprintete auf die Mauer eines Industriebetriebs zu. Geschickt kletterte er eine Wellblechrampe hoch und verschwand hinter der Steinwand. Während Kate ebenfalls auf die Rampe zuschoss, tauchte Roberts Gesicht wieder oben auf der Mauer auf. Abrupt stoppte sie und richtete ihre Waffe auf ihn.

»Bleiben Sie stehen, oder ich schieße!«

Mit einem kräftigen Ruck zog Robert die Rampe hinter sich hoch, und Kate hörte sie auf der Innenseite der Mauer krachend landen.

»Verdammt!«, schoss es aus Kates Mund.

Sie schaute sich verzweifelt um. Es gab keinen anderen Weg über die Mauer. Auf der anderen Seite hörte sie, wie sich Roberts Schritte schnell wegbewegten. Hastig drehte sie sich um. Mehrere Fenster in der Einfamilienhaussiedlung öffneten sich, und neugierige Augen schauten verschreckt heraus. Aus der Nebenstraße preschte nun auch Gerda. Schwer keuchend stemmte sie neben Kate die Hände auf die Knie. Es half nichts: Robert Lang war weg!

Kate gab die Meldung an die Streifenpolizei weiter. Vielleicht befand sich ein Wagen in der Nähe, der den anderen Teil des Geländes hinter der Mauer abfahren konnte. Kate ahnte jedoch, dass sie Robert Lang nicht so schnell wiedersehen würde.

* * *

Ein kalter Wind pfiff ihm um die Ohren, als Finn endlich die Straße zu Julia Langs Haus erreicht hatte. Seine Vision hatte ihm bereits offenbart, dass Kate und Gerda Robert Lang nicht erwischen würden. Ethan war heruntergekommen, um etwas zu essen, und Finn verspürte wenig Lust, schon wieder angestrengten Small Talk mit ihm zu machen. Er hatte sich ein Stück Pumpkin Pie gegriffen und sich verabschiedet.

Nun stand er an der Ecke der menschenleeren Straße. Sein Herz pochte laut, und er fröstelte. Er musste zu Julia Langs Haus, wo sein Rucksack war. Natürlich war das hochgradig illegal. Aber dieser Rucksack durfte nicht mit ihm in Verbindung gebracht werden.

Der Weg war nicht weit. Gelbe Absperrbänder flatterten im Wind. Ein Streifenwagen stand vor der Einfahrt, durch die Windschutzscheibe erkannte er zwei Polizisten. Finn duckte sich hinter einem parkenden Auto und beobachtete die Szenerie. Angst schnürte ihm die Kehle zu, und seine Gedanken wirbelten durcheinander. Was, wenn er erwischt wurde?

Mit einem tiefen Atemzug schlich er weiter. Was für ein Albtraum: Er war dabei, am Schauplatz eines grausamen Mordes einzusteigen. Die Fenster waren dunkel. Hinter ihm öffnete sich die Beifahrertür des Polizeiautos. Finn hielt inne. Das scharfe Geräusch von Schritten hallte durch die Stille. Er kauerte sich hinter eine Mülltonne. Wie genau würde die Streife das Grundstück abgehen? Hatten sie ihn gehört?

Nachdem er eine Minute gewartet hatte, schlich er sich weiter, immer darauf bedacht, im Schatten zu bleiben. Angst und Aufregung schärften seine Sinne, überdeutlich nahm er den Geruch von frischem Gras wahr, das Rascheln der Blätter im Wind, fernes Sirenengeheul.

Jeder Schritt dauerte eine gefühlte Ewigkeit. Der Hintereingang knarrte bedrohlich. Vorsichtig löste Finn eines der gelben Flatterbänder und legte seine Hand auf den Türknauf, der sich zu seinem Glück geschmeidig öffnen ließ. Er konnte die Polizisten nicht mehr sehen und musste sich auf sein Gehör verlassen. Liefen sie immer noch über das Grundstück?

Drinnen war es kalt und düster, der Geruch verwelkter Blumen lag in der Luft. Er zog die Tür vorsichtig hinter sich zu. Das Holz quietschte verräterisch durch die Stille. Sein Herz schlug wie eine Trommel. Noch nie hatte er sich so verloren und ängstlich zugleich gefühlt.

Der trübe Schein der Straßenlaternen erhellte das menschenleere und verwüstete Wohnzimmer. Der Anblick schnitt Finn in die Seele. Der Mord wirkte immer noch präsent, es fühlte sich an, als würde die Dunkelheit selbst ihn beobachten. Gestern noch hatte er hier zusammen mit Julia und seinen Vertriebskollegen gesessen. Er musste sich konzentrieren. Sein Ziel hieß: den Rucksack finden.

Plötzlich hörte er Schritte vor der Hintertür. Finn erstarrte.

Er drückte sich an die Hinterseite der Couch, Adrenalin durchströmte ihn. Was, wenn die Polizisten hereinkamen? Er lauschte. Nichts.

Hastig krabbelte er auf allen Vieren um die Couch. Da war er – der Rucksack. Finn öffnete langsam den Reißverschluss. Nur keine lauten Geräusche. Und auf keinen Fall den Rucksack bewegen, schließlich war er auf den Fotos im Revier zu sehen. Vorsichtig fingerte er nach dem liebevoll beschriebenen Namensschild an der Innenseite, löste den Knoten und nahm es an sich. Jawohl. So würden sie den Rucksack nicht mit ihm in Verbindung bringen. Mehr konnte er nicht tun.

In diesem Moment öffnete sich die Hintertür. Finn hörte das Geräusch von schweren Stiefeln. Sein ganzer Körper vibrierte. In einem Anfall von Panik schoss er hoch und rannte in den Flur. Er entdeckte eine unscheinbare Tür unter der Treppe und versteckte sich in der kleinen Abstellkammer.

Zwischen Regalen und alten Kartons fühlte er sich wie ein gefangenes Tier. Die Tür war nur angelehnt, Finn traute sich nicht, sie zu schließen. Unter seinen Füßen knarzte es, obwohl er versuchte, sich nicht zu bewegen. Durch den schmalen Türspalt sah er zu seiner Überraschung, dass beide Polizisten wieder im Auto saßen. Was ging hier vor? Wer sonst konnte das sein? War etwa der Killer zurückgekommen? Schritte näherten sich aus dem Wohnzimmer.

Finn hielt die Luft an. Bei dem Versuch herauszuspähen stieß er gegen einen Besen, der umkippte und die Stille mit einem lauten Poltern durchbrach. Das musste jeder gehört haben. Er presste die Hände auf den Mund. War das der Moment, der alles ruinieren würde?

Sekunden später flog krachend eine Tür auf, und Menschen rannten durchs Haus.

»Da!«, rief eine Stimme. Die Polizisten stürmten ins Wohnzimmer. »Stehen bleiben, Polizei!«

Mit angehaltenem Atem öffnete Finn seine Tür etwas weiter und warf einen Blick hinaus. Er sah einen Schatten, der in Richtung Hinterausgang raste. Die Schreie entfernten sich. Dies war seine Chance. Schnell schlüpfte er aus seinem Versteck und sprintete zum Haupteingang. Die Vordertür schwang nach einem beherzten Griff auf, und Finn stürzte ins Freie.

Er rannte den schmalen Weg entlang, der aus dem Garten führte. Ein kurzer Blick zurück bestätigte ihm, dass ihm niemand folgte. Er bog um die Ecke, ohne genau zu wissen, wo ihn das hinführen würde, und beschleunigte weiter. Seine Beine brannten, und sein Atem rasselte. Anhalten kam jetzt nicht infrage.

Erst einen Block weiter gestattete er sich, hinter einen Zaun gekauert zu verschnaufen. Geschafft! Sein Namensschild hatte er in der Faust komplett zerdrückt. Für den Augenblick hatte ihn niemand erwischt, und das war alles, was zählte. Die Erleichterung hielt jedoch nicht lange an. Was, wenn ihn ein Nachbar gesehen hatte?

* * *

Zu Hause angekommen, freute Finn sich, Elia wiederzusehen, auch wenn sie womöglich sauer auf ihn war. Er öffnete die Tür ihrer gemeinsamen Wohnung und schob sich ins Wohnzimmer. Elia saß auf der Couch, umgeben von dem üblichen Chaos aus Büchern, Zeitschriften und einer halb leeren Tasse Tee. Ihr Haar war ungekämmt, aber ein strahlendes Lächeln zierte ihr Gesicht. Obwohl er spürte, dass die Stimmung zwischen ihnen angespannt war, fühlte er sich erleichtert und geborgen. Sein kurzer Horrortrip zuvor hatte seine Sehnsucht nach ihr noch verstärkt.

Finn zog einen kleinen Umschlag aus seiner Jackentasche und reichte ihn Elia mit zittriger Hand.

»Das ist für dich«, murmelte er leise.

Am Nachmittag hatte er den Liebesbrief im Auto verfasst. Den Duft von Früchtetee und einem Hauch Lavendel einatmend, setzte er sich neben sie.

Elia öffnete den Brief sorgfältig und flog über die Zeilen. Ihre feuchten Augen verrieten ihre Rührung, doch kein Laut kam über ihre Lippen. Stattdessen senkte sie den Blick und knetete nervös ihre Fingerspitzen. Die leise, romantische Musik im Hintergrund unterstrich das Geschriebene. Finn zauberte hinter seinem Rücken eine Tüte mit Essen vom Thailänder hervor – ihr Lieblingsessen.

»Ich weiß, dass ich nicht der beste Freund in letzter Zeit war«, flüsterte er. »Es tut mir leid.«

»Finn, so einfach ist das nicht.« Es klang, als ob Elia sich die Worte zurechtgelegt hatte. »Es fühlt sich schon seit längerer Zeit so an, als wäre ich unsichtbar. Als würdest du mich einfach nicht mehr sehen. Ständig bist du in deinen Theorien gefangen, in deiner eigenen Welt, deinen Recherchen, dem Podcast, deiner Arbeit. Und mich lässt du allein zurück. Und das meine ich nicht nur physisch. Ich vermisse die gemeinsamen Abende, die Spaziergänge, die Gespräche über alles Mögliche. Und jetzt? Jetzt verbringst du mehr Zeit mit deinen Gedanken. Und ich frage mich, ob du überhaupt merkst, wie sehr mich das verletzt.«

Sie pausierte kurz, sprach aber weiter, als Finn etwas erwidern wollte.

»Ich erinnere mich an all die schönen Momente, die unbeschwerten Zeiten, als wir nur uns hatten und das Leben so viel einfacher schien. Ich verstehe auch das mit Lola. Aber ihr Tod sollte uns doch vor Augen führen, wie kostbar das Leben ist und dass man es nicht einfach wegwerfen sollte. Ich lasse dich deine

Dinge machen. Aber wenn du immer tiefer versinkst, dann habe ich Angst, dass du nicht mehr erkennst, wenn es einfach zu viel wird.«

»Ich verstehe das«, sagte er leise. »Es ist nur: Ich glaube, dass ich der Polizei wirklich helfen kann. Und ich will mich nicht später fragen müssen, was ich hätte tun können. Was, wenn es einmal jemanden von uns treffen sollte?«

Elia unterbrach ihn. »Das hört sich für mich nach einem übertriebenen Gerechtigkeitsdrang an …«

»Lass mich bitte kurz ausreden. Ich möchte diesen miesen Bastard von Ripper finden, aber ich werde mich davon nicht an den Rand des Wahnsinns treiben lassen. Ich sehe, dass unsere Beziehung darunter leidet. Und außerdem: Ich brauche dich. Es ist, wie ich geschrieben habe. Du bist mein Fels in dieser dunklen Zeit. Ich weiß, dass ich etwas ändern muss. Lass uns doch wie früher wieder feste Date Nights ausmachen.«

Elias Gesichtszüge entspannten sich langsam, und ein sanftes Lächeln umspielte ihre Lippen. »Finn, das können wir machen. Aber ich weiß nicht, ob das das Problem löst. Ich weiß nicht, ob du dir ohne Hilfe nicht ein immer tieferes Loch gräbst.«

»Ich verspreche, der Sache nicht mehr so intensiv nachzugehen.«

»Ich weiß nicht, ob das reicht. Steph geht zu einem Therapeuten. Simon hat sie nach Lolas Tod auch dahin begleitet. Der soll echt gut sein. Lass uns da doch gemeinsam mal hingehen, und wir gucken, ob das passen könnte. Oder du gehst allein.«

»Ein Beziehungstherapeut?« Finns Hände ballten sich zu Fäusten.

»Nicht wegen uns. Ich fand, dass es vorher gut lief. Aber ich fühle mich hilflos und frustriert davon, wie du mit dem Tod von Lola umgehst.«

Das war das Letzte, was er wollte. »Gib mir noch eine Chance. Ohne Therapeuten. Ich schaffe es, mich zu lösen. Und wieder mehr mit dir im Hier und Jetzt zu leben. Wenn nicht, gehen wir zu Stephs Typ.«

An Elias gerunzelter Stirn konnte Finn ablesen, dass sie mit der Antwort nicht glücklich war. Sie nickte jedoch tapfer, rückte nah an ihn heran und berührte mit der Hand zärtlich sein Gesicht. Ihr Kuss war warm und vertraut.

»Ich bitte dich nur, sei ehrlich zu dir und zu mir.«

Wärme und Zufriedenheit durchströmten seinen Körper. Elias Berührung war wie Balsam für seine Seele. Sie war sein Fels. Er musste zu seinem Wort stehen. Zugleich war ihm bewusst, dass er nicht von seinen Recherchen lassen konnte. Die würde er ab jetzt während seiner Arbeitszeit erledigen müssen.

* * *

13 Minuten

Mohammad liebte die ruhigere Atmosphäre im Büro der Blackvale Times, nachdem die meisten nach Hause gegangen waren. Wenn die Hektik des Tages im Gebäude der größten Zeitung der Stadt abgeklungen war, konnte er am besten arbeiten. Endlich war es still, nur noch das leise Summen der Computer war zu hören. Mohammad starrte auf den USB-Stick in seiner Hand und steckte ihn in seinen Laptop. Nur keine schnellen Bewegungen. Bei seiner Körperfülle und der Hitze war jede Anstrengung zu viel.

Er kannte die Datei mittlerweile auswendig. Endlose Zahlenkolonnen, unter denen wichtige Informationen verborgen lagen. Der Schweiß tropfte ihm von der Stirn. Aber die Analyse der Daten beeindruckte ihn. Sie sahen echt aus, und er wusste, wie wichtig sie für einen möglichen Artikel werden konnten. Aber er musste vorsichtig sein.

Er brauchte jemanden mit mehr Datenexpertise und Erfahrung beim Vorgehen mit heiklen Themen. Sky mit ihrem geschulten Auge wäre genau die Richtige, um darauf zu schauen. Zum Glück hatten die beiden direkt morgen früh einen Termin. Seine Quelle schien ihm mehr als valide. Aber Daten konnten immer auch manipuliert sein.

11 Minuten

Während er über die Authentizität der Daten nachdachte, fiel ihm ein alter Fall ein, der durch die Presse gegangen war, bei dem Metadaten entscheidend für die Erfassung eines Täters gewesen waren. Ein Serienmörder hatte damals regelmäßig mit den lokalen Medien und den Behörden kommuniziert, indem er Briefe, Gedichte und Pakete mit Details über seine Verbrechen und seine Fantasien verschickte.

Als eines der entscheidenden Indizien zur Überführung des Killers stellte sich damals ein Paket heraus, das er an eine lokale Nachrichtenstation adressiert hatte. Dieses enthielt eine Computerdiskette, die er an seinem eigenen Computer erstellt hatte. In den Metadaten fanden sich Informationen über den verwendeten Rechner, und dies führte schließlich zu seiner Identifizierung und Verhaftung.

Vielleicht könnte Sky meine Datei daraufhin analysieren, notierte sich Mohammad für den nächsten Tag.

8 Minuten

Mohammad packte seine Sachen zusammen und beschloss, den Rest des Abends von zu Hause aus weiterzuarbeiten. Zuvor brauchte er unbedingt eine Pizza. Und wenn er sich nicht beeilte, müsste diese aus der Tiefkühltruhe kommen. Eine schlechte Alternative. Schon beim Gedanken an sein Lieblingsrestaurant und deren Spinat-Feta-Pizza lief ihm das Wasser im Mund zusammen. Er versah den Datenstick mit der Sicherungskopie der Datei mit einem Klebezettel, auf dem groß stand: »Metadaten? Für unser Gespräch. LG, Mo«. Dann fügte er das Passwort hinzu und legte den Stick in Skys Fach. Sie würde damit nicht viel anfangen können, da ihr die zweite Datei und der Kontext fehlten. Aber sie konnte sich vorab mit den Daten vertraut machen.

2 Minuten
Mohammad verließ das Büro und grübelte auf seinem Heimweg weiter über die brisante Story nach. Die Straße war menschenleer und nur spärlich erhellt.

Plötzlich hörte er hinter sich Schritte näher kommen. Hatte das etwa mit ihm zu tun? So ein Quatsch! Da spielte ihm wohl sein Unterbewusstes einen Streich. Trotzdem beschleunigte er – doch bevor er reagieren konnte, schoss ein scharfer Schmerz in seine Schulter. Sein massiger Körper prallte hart auf den Boden. Beängstigt drehte er seinen Kopf zur Seite und sah schemenhaft eine Gestalt mit einer Waffe vor sich. Der kalte metallische Glanz des Schalldämpfers ließ seinen Atem stocken.

»Wer sind Sie?«, flüsterte Mohammad heiser.

Er hörte ein Klicken. Sein Herz raste vor Angst. Das war das Ende. Mit letzter Kraft versuchte er etwas zu sagen – doch bevor ein Laut über seine Lippen kam, wurde es dunkel um ihn herum, und alles verstummte für immer.

KAPITEL 4

GOOD MORNING BLACKVALE

VOR 8 MONATEN   *NEWS*
BLACKVALE, 29. SEPTEMBER 2023

Lon: Wir unterbrechen unser Programm für eine wichtige
Nachricht: Soeben erreicht uns die Bestätigung, dass der Serienkiller, bekannt als Blackvale-Ripper, erneut zugeschlagen
hat. Die Polizei hat einen weiteren grausamen Mord entdeckt.
Beim Opfer soll es sich um die einundsechzigjährige Rentne-
rin Samantha Dollan aus dem Stadtteil Whitechapel handeln.
Einzelheiten sind noch unklar, aber die Behörden arbeiten rund
um die Uhr, um diesen Albtraum zu beenden. Dollan wäre
damit Opfer Nummer vier des Rippers, der seit Monaten die
Stadt in Angst und Schrecken versetzt. Wir halten Sie auf dem
Laufenden, sobald neue Informationen vorliegen. Bleiben Sie
dran und bleiben Sie sicher.

Im matten Schein der Tischlampe hatte Kate bis in die frühen Morgenstunden über der umfangreichen Akte des Serienkillers gesessen und die Berichte und Fotos mit denen des aktuellen Julia-Lang-Falls abgeglichen, bevor sie sich ein paar Stunden Schlaf gegönnt hatte. Irgendwie war es naheliegend, auch diesen Mord der aktuellen Serie zuzurechnen. Aber sie war Profi genug, um keine schnellen Schlüsse zuzulassen. Sicher, es gab gewisse Parallelen zu den bisherigen Ripper-Morden – die Art der Verletzungen, die Schnitte auf den Augenlidern –, doch irgendetwas stimmte nicht. Wieso waren diesmal Finger und Zehen nicht auch eingeschnitten? Warum sollte der mutmaßliche Täter von seinem Muster abweichen? Die Strangulation und die Schnitte auf den Augenlidern stellten Gemeinsamkeiten zu den bisherigen Morden dar. Aber alle Spuren und Ermittlungsansätze liefen bisher ins Leere. Hatte der Täter etwa wegen Ethan sein Ritual abgebrochen? Aber der Junge hatte ausgesagt, er hätte vom Mord nichts gesehen und wäre erst später nach unten gegangen. Als die Buchstaben vor ihren Augen zu verschwimmen begannen, hatte Kate gegen halb zwei Uhr die Akte frustriert weggelegt. Jedes Detail schien gründlich untersucht worden zu sein, aber alle Spuren führte in eine Sackgasse.

Irgendetwas sagte ihr, dass dieser Mord nichts mit den Ripper-Fällen zu tun hatte. Ein Anruf von Captain Thake am Abend hatte ihr Bauchgefühl bestärkt. Die Meldung über den Einbruch in Julia Langs Haus ließ sie nicht los. Da brach jemand in einen Tatort ein. Was konnte das bedeuten? War der Täter zurückgekommen? Wer sonst? Ein Zeuge? Ein Trittbrettfahrer? Sie kniff die Augen zusammen. Dass der Serienmörder an einen Tatort zurückkehrte, wo er doch nie Spuren hinterlassen hatte – unwahrscheinlich. Das passte nicht ins Muster. Hatte der Einbrecher etwas gesucht, das sie selbst übersehen hatte? Einen Beweis, der verborgen geblieben war? Sie hatte Brad den Auftrag gegeben, den Tatort noch einmal gründlich zu durchsuchen und alles erneut zu betrachten.

Kates Augenringe dokumentierten ihre kurze Nacht, als sie nun auf dem Weg ins Revier war. Die frische Morgenluft blies ihr ins Gesicht und weckte ihre Lebensgeister. Von der stillen und menschenleeren Straße trat sie in das alte und ehrwürdige Gebäude des BPD, mit dunklen Holzverkleidungen an den Wänden und dem schwachen Summen von Neonlichtern. Im oberen Stockwerk lag der Geruch von Kaffee in der Luft. Kate steuerte zum Büro von Captain Timothy Thake.

Vor der Tür atmete sie tief durch und klopfte entschlossen an. Als sie eintrat, fiel ihr Blick auf den großen, stämmigen Mann. Wie eine Statue thronte er hinter seinem Schreibtisch, umgeben von Aktenordnern und Polizeiberichten. Die Wand zierten Fotografien von ihm mit anderen, ebenfalls dunkelhäutigen Persönlichkeiten. Kate fiel immer direkt das Foto mit dem ehemaligen Präsidenten Barack Obama ins Auge. Unterschiedlicher konnten zwei Menschen nicht erscheinen. Obama mit seiner drahtigen Statur, den markanten Zügen und einem warmen Lächeln, daneben der Captain mit seinem breiten Kreuz, dem runden Gesicht und stoisch nach unten gezogenen Mundwinkeln.

»Guten Morgen, Captain«, begrüßte Kate ihren Vorgesetzten respektvoll.

Der deutete ein Lächeln an und nickte ihr zu.

»Setzen Sie sich bitte«, sagte er mit seiner tiefen Stimme.

Während sie Platz nahm, wanderte ihr Blick über Regale voller Gesetzbücher bis hin zu einer alten Weltkarte an der Wand. Der Raum strahlte Autorität und eine gewisse Gemütlichkeit aus. Der Captain beobachtete sie aufmerksam.

»Wie geht es Ihnen heute? Haben Sie sich gut eingelebt im Revier?«

Kate nickte knapp. »Ja, danke. Ich habe bereits erste Eindrücke gesammelt.«

»Anders als auf der letzten Dienststelle?«

»Es ist eine Umstellung, aber mein Team macht es mir leicht.«

»Gut zu hören. Gute Leute sind das. Werden Sie merken.« Er schob seinen Unterkiefer nach vorne. »Machen Sie sich ein eigenes Bild, aber halten Sie Brad an der kurzen Leine. Er will sich profilieren, und manchmal will er zu viel.«

Die Lippen fest zusammengepresst, empfand Kate Gespräche über Teammitglieder als unangenehm. »Verstanden.«

Der Captain nickte. »Nur für Ihren Hinterkopf: Brad war auch an Ihrer Stelle interessiert.«

Er verzog die Mundwinkel, und Kate überlegte, ob dies seine Form des Lächelns war.

»Weit vor Ihrer Bewerbung. Und ich habe schnell klargemacht, dass die Stelle für ihn noch nicht infrage kommt.«

Kate schluckte unmerklich. »Verstanden.«

»Und Gerda. Sehr gute Ermittlerin, aber braucht etwas Feuer unterm Hintern.«

»Ich mache mir in Ruhe ein Bild.«

Die Miene des Captains verfinsterte sich. »Nun zum eigentlichen Punkt – der Fall Julia Lang.« Er blätterte in einer der Akten vor ihm. »Es gibt massiven Druck von oben. Die Medien sitzen mir im Nacken, und auch auf politischer Ebene wird erwartet, dass dieser Fall schnell gelöst wird. Sie wissen, wie eng Senator Greaves und ich zusammenarbeiten. Er hat mich persönlich angerufen.«

Nach einer kurzen Pause hob Kate den Blick und antwortete bestimmt: »Es scheint eine gezielte Tat zu sein – präzise Durchführung, kein Mord im Affekt. Keine direkten Zeugen oder wesentlichen Spuren momentan.«

Sie fasste zusammen, was das Team über Matthew Coldwell, Bryan Malah und Robert Lang herausgefunden hatten und welche Erkenntnisse zu den Hearium-Mitarbeitern ihr übermittelt wurden.

Der Captain beugte sich vor. »Denken Sie an einen neuen Ripper-Fall?«

»Die Indizien sprechen, wie gesagt, nur teilweise dafür. Im Moment sagt mir mein Bauchgefühl, dass die Spur eher ins direkte Umfeld von Mrs. Lang führt.«

Der Captain runzelte die Stirn. War er unzufrieden mit ihrer Einschätzung? Kate hielt seinem Blick stand. Trotzdem wurde ihr eben wieder bewusst, dass diese Stelle ihre Fähigkeiten bis an ihre Grenzen forderte und jede falsche Entscheidung unschöne Konsequenzen nach sich ziehen könnte. Aber sie würde ihm zeigen, dass sie der Aufgabe gewachsen war. Egal, wie steinig der Weg werden würde. Der Captain regte sich als Erster wieder.

»Okay, ich brauche Rücksprachen mit Ihnen. Morgens, mittags, abends. Telefon oder kurze Nachricht reicht. Ich will auf dem Laufenden sein, falls ich vor die Presse muss. In zwei Tagen sollten wir etwas mehr Klarheit haben.«

Kate vermutete, dass die moderate Tonlage für diese Frist ihrer kurzen Zugehörigkeit im Revier geschuldet war.

»Alles klar. Eins aber noch, Sir. Wir hatten ein paar … ähm … na ja, kleinere Herausforderungen mit unserem Berater, Finn Dever.«

»Hah«, der Captain lachte auf. »Was hat der Kerl denn angestellt?«

Kate verwunderte der Ton. Mit einem Hauch von Verärgerung, fest davon überzeugt, dass Finn nicht länger in ihre Untersuchungen eingreifen sollte, legte sie nach.

»Mr. Dever behindert unsere Arbeit und ermittelt sogar auf

eigene Faust. Er hat einen Verdächtigen vor meinen Ermittlern befragt. Das kann so nicht weitergehen …«

Der Captain hob langsam seine Hand, um sie zu unterbrechen. Mit wachen Augen beobachtete er Kate.

»Nun, Detective«, sagte er gelassen. »Ich persönlich schätze Mr. Dever als wichtige Quelle.«

»Ich habe gehört, dass er schon hilfreich war, Sir, aber …«, versuchte Kate ihre Argumente zu untermauern.

Doch bevor sie weitersprechen konnte, schnitt der Captain ihr energisch das Wort ab: »Detective Okon. Ich verstehe Ihre Bedenken sehr wohl.« Seine Stimme hatte etwas Bedrohliches. »Doch glauben Sie mir: Ich habe volles Vertrauen in die Fähigkeiten von Mr. Dever – vielleicht sollten auch Sie ihm eine Chance geben.«

Die Worte ihres Vorgesetzten hallten in Kates Kopf wider. War es möglich, dass sie falschlag? Woher rührte das Vertrauen des Captains in diesen Dever? Von den bisherigen Fällen?

»Ich glaube, wir sollten uns in alle Richtungen öffnen. Ich spiele sowieso schon länger mit dem Gedanken, Finn Dever enger einzubinden und seinen Fähigkeiten zu vertrauen. Ich sage es relativ klar: Nehmen Sie Mr. Dever punktuell dazu und nutzen Sie seine Talente. Solche Mätzchen wie die Befragung des Zeugen sollten Sie natürlich unterbinden. Es ist und bleibt Ihre Ermittlung.«

Kate beugte sich nach vorne, die Hände auf ihre Oberschenkel gestützt. »Captain, ich denke nicht, dass es klug ist, momentan an diesen Fällen mit Beratern zusammenzuarbeiten. Mr. Dever ist nicht geeignet.«

Der Captain hob eine Augenbraue und sah sie prüfend an. »Detective Okon, im Moment geht es bei den Ripper-Fällen nicht vorwärts. Und diese Fälle sind von höchster Wichtigkeit. Was lässt Sie glauben, dass Mr. Dever ungeeignet ist?«

Kate fragte sich, ob Dever und der Captain sich duzten. Gab

es eine Verbindung zwischen den beiden, die sie nicht kannte? Sie atmete tief durch.

»Zum einen hat er keine Erfahrung im Umgang mit Fällen wie diesem. Wir brauchen jemanden, der sich in solchen Situationen auskennt. Zum anderen handelt er auf eigene Faust. Außerdem habe ich gehört, dass er Erkenntnisse der Ermittlungen in Internetforen und in einem Podcast preisgibt.«

Der Captain lehnte sich in seinem Stuhl zurück und verschränkte die Arme vor der Brust.

»Ich kann Sie verstehen.« Seine Finger trommelten auf die Akte vor ihm. »Aber das Revier hat bisher nur gute Erfahrungen mit Mr. Dever gemacht. Ich halte viel von ihm, auch wenn er speziell sein kann. Und mit diesen Internetforen: Er ist sich bewusst, welche Informationen tatsächlich vertraulich sind. Zu den Alleingängen: Wenn Sie ihn da nicht selbst eingefangen bekommen, kann ich gerne mit ihm darüber sprechen.«

Kates Schultern sackten nach unten. Sie versuchte, standhaft zu bleiben.

»Captain, bitte verstehen Sie mich richtig – mir geht es um das bestmögliche Ergebnis für diesen Fall. Ich würde lieber ohne ihn arbeiten.«

»In Ordnung, Detective. Sie wissen, ich schätze eine klare Meinung. Aber dieses Mal steht meine Anweisung. Binden Sie Finn Dever in die Ermittlungen ein.«

Kate nickte knapp und verließ das Büro des Chefs mit gemischten Gefühlen – das Pflichtgefühl gegenüber ihrem Vorgesetzten und ihr Instinkt als erfahrene Ermittlerin widersprachen sich gerade aufs Heftigste.

»Kate!«

Gerda sprang sie von der Seite fast an. Hatte sie vor der Tür gelauert?

»Was gibt's?«

»Hannah Dressal hat sich heute Morgen noch einmal gemeldet.«

»Von sich aus?«

»Sie hat etwas bemerkt.«

»Okay, was?«

»An ihrem Todestag hat Julia Lang das Büro schon gegen vier Uhr nachmittags verlassen, da es wohl Probleme mit ihrem Sohn in der Schule gab. Sie wollte später von zu Hause weiterarbeiten.«

»Aha, und?«

»Hearium befindet sich in der Endphase der Verhandlungen mit einem internationalen Großkunden. Julia Lang war intensiv eingebunden, und da mussten anscheinend noch einige heikle Details besprochen werden, die höchste Vertraulichkeit erforderten.« Gerda schob Kate zur Seite, sodass niemand die beiden hören konnte. »Aus diesem Grund hat Julia Lang das Vertriebsteam direkt zu sich nach Hause gebeten. Sowohl Miss Dressal als auch die Sekretärin, Juana Parker, haben dies erst heute im Gespräch mit dem Vertriebschef herausgefunden.«

Kate horchte auf. »Das hört sich ungewöhnlich an.«

»Für Julia Lang anscheinend nicht. Sie trennte Arbeit und Privatleben nicht und hat so etwas laut Miss Dressal öfter mal gemacht, seit sie das Kindermädchen vor zwei Jahren entlassen hat.«

»Das heißt, dieses Vertriebsteam war bis kurz vor ihrem Tod vor Ort?«

»Ja, genau.«

»Wir müssen alle direkt befragen.«

Gerda flüsterte nun. »Das können wir teilweise sehr schnell machen. Denn laut Kalender ist einer der Beteiligten des Meetings Finn Dever.«

＊ ＊ ＊

In Kellys kleiner Küche herrschte eine angespannte Stille, die nur durch das leise Klappern von Tellern und Besteck unterbrochen wurde. Kelly saß Ethan gegenüber, dessen Augen leer und abwesend wirkten. Neben Kellys knallgelbem Pullover ähnelte der Junge mit seiner tief auf den Hüften sitzenden schwarzen Jeans und dem abgenutzten Fan-T-Shirt von Slipknot einem Schatten.

Kelly ließ die ausnahmsweise einmal nicht verbrannten Spiegeleier und drei Scheiben Bacon auf Ethans Teller gleiten.

»Hast du noch andere Verwandte, die wir kontaktieren könnten?«

Ethans rot geschwollene Augen begutachteten das vor ihn gestellte Essen.

»Nein.« Seine Stimme klang brüchig und unsicher.

War es schwierig für ihn, über das Geschehene zu sprechen, oder hatte sie bei Ethan nur die falsche Herangehensweise?

»Wir kennen uns nicht, aber du kannst mit mir reden. Ich bin die weltbeste Ratschlaggeberin.« Sie lächelte ihn an. »Du bist wohl nicht allein auf dieser Welt?« Ihre Worte hingen schwer in der Luft.

Ethan seufzte leise und vermied ihren Blick. »Meine Oma gibt es noch … aber ich kann ihr nicht sagen, was passiert ist.«

Kelly spürte einen Kloß im Hals. »Wir werden zusammen herausfinden, wie wir vorgehen können«, versicherte sie ihm und legte ihre Hand beruhigend auf seine Schulter. Ethan zuckte weg.

»Ich will nicht mit ihr reden. Hab ich seit Jahren nicht. Meine Mutter hatte keinen Kontakt zu ihr.«

Kelly fühlte sich unbehaglich.

»Lasst mich einfach in Ruhe«, zischte er.

Ratlos betrachtete Kelly ihn. Dauerhaft konnte er nicht hierbleiben. Ihre Privatsphäre stand für sie ganz oben, und der Personenschutz durch uniformierte Polizisten vor der Tür begann, die Nachbarn zu beunruhigen. Aber was sollte sie unternehmen? Wie konnte sie ihm helfen?

Sie hatte nie Mutter werden wollen – und genau jetzt wusste sie wieder, warum nicht. Sie fand keinen Zugang zu Kindern und liebte ihr eigenes Leben zu sehr, um sich einzuschränken. Mit einem verängstigten Teenager, der dringend Hilfe brauchte, konnte sie nichts anfangen. Trotzdem tat er ihr leid.

»Ich will dir nur helfen. Du wirst nicht ewig hierbleiben können.« Die letzten Worte bereute sie sofort.

»Dann gehe ich zu Rhonda.« Zum ersten Mal leuchteten Ethans Augen.

»Wer ist Rhonda?«

»Eine Freundin der Familie. Meine Mutter kannte sie.«

»Hast du einen ganzen Namen für mich?«

»Rhonda Whitmore.«

Kelly nickte knapp. »Ich spreche nachher mit den anderen, wenn wir auf dem Revier sind. Und jetzt hau rein. Die Eier werden kalt.«

* * *

Im gläsernen Besprechungsraum des Reviers neben der offenen Bürofläche saß Kate und sortierte ihre Unterlagen für das morgendliche Briefing. Sie hatte es nicht mehr geschafft, ihre Notizen auf Post-its für die bereits bunt beklebte Pinnwand zu übertragen. Auf dem Flur hörte sie die Stimmen von Brad und Gerda. Sie spitzte die Ohren.

»Na, wie war dein Abend gestern?«, fragte Gerda mit neckischem Tonfall. »Ist deine Softwareentwicklerin aufgetaucht?«

Brads Stimme strotzte vor Selbstvertrauen. »Klar doch. Selbstverständlich.«

»Dann hattest du einen schönen Abend?«

»Der war fantastisch! Sie ist echt klug und sieht auch noch verdammt gut aus.«

Kate lauschte gespannt weiter.

»Wart ihr im Restaurant am Hafen?«

»Ja, toller Tipp, danke. Die hatten ein Garnelenrisotto, da kannst du dich reinlegen.«

»Gibt es ein zweites Date?«

»Denke schon. Ich rufe sie morgen an.« Brads Stimme verriet nun eine gewisse Unruhe, und ein Hauch von Verlegenheit legte sich über den Stolz. »Ich muss noch eben ums Eck.«

Kate hörte Brad davoneilen, und Gerda kam in den Raum. Für einen Moment trafen sich ihre Blicke, und Kate merkte, dass sie die Tür zu penetrant angestarrt hatte. Ruckartig drehte sie sich zum Fenster und lauschte dem Prasseln des Regens, der vor ein paar Minuten eingesetzt hatte.

»Lass dich nicht davon blenden.« Gerda wandte den Blick ab, sobald Kate sich wieder zu ihr gedreht hatte.

»Wovon?« Ertappt.

»Man hört immer Gerüchte über Brad. Ja, er hat viele Dates und wirkt manchmal oberflächlich, aber das ist nur eine Seite von ihm. Auf der Arbeit ist er unglaublich professionell und zuverlässig. Er mag vielleicht ein Herzensbrecher sein, aber er ist auch ein großartiger Kollege.«

»Das habe ich nicht bezweifelt.«

Mit einem Stäbchen rührte Gerda in ihrem Latte macchiato. »Er schiebt ständig Überstunden, schont sich nie und ist immer da, wenn man ihn braucht.«

»Ich beurteile niemanden aufgrund eines aktiven Privatlebens.«

Gerda musterte ihr Chefin kurz, bevor ihr Blick sich wieder auf ihre Unterlagen richtete. Kate fühlte sich durchschaut. Sie wollte professionell sein und ihre Ermittler rein aufgrund ihrer Arbeitsleistung beurteilen. Aber jedesmal, wenn Brad über sein lebhaftes und vielfältiges Privatleben sprach, fragte sie sich, ob er seine Prioritäten richtig setzte. Jeden Abend ein neues Date musste es schwer machen, den Fokus beim Job zu haben. Aber sie würde ihm eine faire Chance geben. Ihrer Erfahrung nach zeigte sich schnell in der Zusammenarbeit, ob jemand das Engagement und die Hingabe hatte, die die Ermittlerarbeit erforderte.

Ein lautes Schlurfen auf dem Gang unterbrach Kates Gedanken. Brad schlenderte freudestrahlend in den Raum, einen randvollen Kaffeebecher in der Hand balancierend, und ließ seine kräftige Gestalt lässig auf einen Stuhl fallen. Als Kates Blick ihn traf, straffte sich sein Körper, und er setzte sich aufrecht hin.

Im Meetingraum breitete sich eine schwere Stille aus. Draußen regnete es weiterhin aus einem grauen Himmel. Alle waren in Gedanken bei dem grausamen Mord an Julia Lang, den die Fotos auf der Pinnwand dokumentierten.

Kate stand auf und streifte ihren Blazer ab. So kam ihre neue, dunkelblaue Bluse besser zur Geltung.

»Also: Der Druck wird immer größer.« Sie zwang sich, ruhig zu stehen. »Die Medien sitzen uns im Nacken wie nie zuvor. Jeder Schritt, den wir tun, jeder Hinweis oder jede falsche Spur kann die Öffentlichkeit beeinflussen.« Trotz ihrer eigenen Anspannung wollte sie Ruhe und Selbstbewusstsein signalisieren. Bei Brad hatte sie nicht das Gefühl, dass er sich von der Dimension des Serienkillerfalls beeindrucken ließ. Bei Gerda war sie sich nicht ganz sicher.

»Wo stehen wir also?«

Brad drehte sich auf dem Stuhl und streifte dabei seinen Kaffeebecher mit dem Arm. Er schüttelte den übergeschwappten Kaffee von seinem Ärmel, verdrehte die Augen und sammelte sich.

»Also, Mrs. Langs Liebhaber, Matthew Coldwell ... dieser Typ ist irgendwie zwielichtig. Fünfunddreißig Jahre alt, stammt aus einer kleinen Stadt im Osten. Kein begnadeter Redner. Ziemlich unfreundlich. Dem musste ich alles aus der Nase ziehen. Er ist in den letzten Jahren ständig umgezogen – er wirkt auf mich wie einer, der Ärger sucht. Kommt ursprünglich aus Blackvale, ist jetzt seit drei Jahren wieder hier.«

Kate lauschte aufmerksam, während Brad fortfuhr.

»Er hat eine bewegte Vergangenheit hinter sich. Diverse kleine Delikte, ein kurzer Aufenthalt im Gefängnis – wegen Diebstahls. Kam damals schnell raus, weil seine Mutter die saftige Geldstrafe einfach so gezahlt hat. Niemand weiß, woher sie das Geld hatte. Die arbeitet im Supermarkt.«

Brad kramte ein Taschentuch aus der Tasche und fing an, die Kaffeeflecken auf Ärmel und Tisch zu bearbeiten.

»Straffällig wurde er immer wieder nach dem gleichen Muster, indem er seinem Arbeitgeber regelmäßig kleine Geldbeträge aus der Kasse entwendete.«

Gerda klinkte sich ein. »Er ist bei mehreren Arbeitgebern damit aufgefallen?«

»Mindestens bei dreien. Die ersten beiden haben aber keine Anzeige erstattet. Zu kleine Beträge. Coldwell hat das Geld zurückgezahlt und wurde jeweils gefeuert.«

Kate runzelte die Stirn. »Das hat dir Matthew Coldwell aber nicht selbst erzählt?«

»Nein, der war kurz angebunden. Bloß nicht mit uns Cops reden.« Brad lachte auf. »Ich habe aber noch mehr rausgefunden. Vor zwei Jahren gab's ne Anzeige gegen Coldwell wegen Sachbeschädigung – er hat wohl nach 'nem Kneipenabend seinen Frust an einer Indian Chief Vintage ausgelassen. Vorher hatte er mit dem Besitzer der Kiste Stress wegen einem Billardspiel.« Brads Augen leuchteten bei der Erwähnung des Motorrads. »Und vor sechs Monaten stand Coldwell unter Beobachtung wegen Verdachts auf Drogenhandel«, fügte Brad hinzu. »Hat nicht für eine Festnahme gereicht, aber die Kollegen haben ihn seither auf dem Schirm.«

Gerda reichte Brad eine Küchenrolle, da er bei seinen Ausführungen den Kampf gegen die Kaffeeflecken zu verlieren drohte.

»Danke. Was ist mit seiner Arbeit?« Kates Blick wanderte zur Uhr.

Brad kratzte sich seine Knubbelnase. Die ihm, so fand Kate, einen etwas rustikalen Charme verlieh und ihn zugleich bodenständig und zugänglich wirken ließ.

»Er ist als auszubildender Koch in einer lokalen Cateringfirma angestellt. Das ist sein Alibi. Habe ich geprüft. Ich habe mit der Mitarbeiterin am Empfang und mit der Chefin gesprochen. Beide bestätigten, dass er seit zwei Jahren dort arbeitet und dass er zur Tatzeit den ganzen Abend in der Küche gearbeitet hat. Es gibt keine Stempeluhr, aber die Leute haben ihn gesehen.«

Kate nickte, während sie das Gehörte verarbeitete. »Das hört sich nach einer Sackgasse an. Hast du sonst noch etwas Interessantes herausgefunden?«

Brad fuhr mit der Hand über seine Notizen. »Die Chefin hat ihn als guten und zuverlässigen Arbeiter beschrieben. Die schien mir aber auch ziemlich von ihm um den Finger gewickelt. Ein anderer Koch sagte, dass er immer pünktlich ist und sich richtig reinhängt, besonders wenn's stressig wird. Und eine andere Kollegin meinte, dass er superhilfsbereit ist und nie zu beschäftigt, um nicht einem Kollegen unter die Arme zu greifen, wenn's nötig ist.«

Kate legte den Kopf schief. »Das hört sich an, als hätte er sich nach seinen Eskapaden in Blackvale stabilisiert. Bis auf die Drogengeschichte. Vielleicht durch die Beziehung zu Julia Lang?«

»Möglich«, antwortete Brad. »Ich habe zwei seiner früheren Arbeitgeber angerufen. Neben den Geschichten mit dem Geld beschreiben die beiden ihn als ziemlich oberflächlich und gleichgültig bei der Arbeit. Ist mehr durch Krankmeldungen als durch Einsatz aufgefallen. Das passt auch eher zu meiner Befragung. Der Typ war verdammt unfreundlich und kurz angebunden.«

Kate überlegte. War dies die Geschichte eines geläuterten Bad Boys, der durch die Liebe oder die Rückkehr in seine frühere Umgebung auf den rechten Weg zurückgefunden hatte?

Brad hob den Zeigefinger. »Eins noch: Coldwell hatte laut seinen Nachbarn in den letzten Jahren immer mehr Geld. Sein Lebensstil soll sich deutlich verbessert haben.«

»Als auszubildender Koch?«, fragte Kate.

»Ich habe seine Adressen gecheckt. Vor zwei Jahren lebte Coldwell noch in einem bescheidenen Apartment, jetzt in einer luxuriösen Wohnung mitten in Downtown. Da sind die Mieten ja nicht gerade günstig. Einer der neuen Nachbarn bemerkte, dass er in letzter Zeit einen Sportwagen fährt. Der sah eher teuer aus.«

Brad räusperte sich und nahm einen Schluck von seinem verbliebenen Kaffee. »Die Nachbarn haben noch mehr ausgepackt. Von Markenkleidung, Sichtungen in schicken Restaurants und angesagten Clubs war die Rede …«

»Hältst du die Informationen für valide?«, fragte Kate.

»Mehrere Nachbarn haben das Gleiche erzählt. Also eher ja. Die wirkten aber alle so, als wären sie froh, endlich über Coldwell herziehen zu können. Da schwang irgendwie die Hoffnung mit, dass er Dreck am Stecken haben könnte.«

Kate stemmte die Hände in den Rücken. »Okay, die Kohle

kann nicht von seinem Job kommen. Bleib da bitte dran und versuche herauszufinden, woher dieses zusätzliche Geld kommt.«

Sie nickte Brad anerkennend zu, beeindruckt davon, dass er seine Hausaufgaben erledigt hatte, obwohl er den Abend seinen amourösen Tätigkeiten gewidmet hatte.

Euphorisiert vom lobenden Blick knüllte Brad die kaffeegetränkten Tücher der Küchenrolle zusammen und zielte in Basketballermanier auf den Mülleimer. Er verfehlte deutlich.

»Zur Beziehung mit Julia Lang …«, fuhr er fort. »Coldwell hat bestätigt, seit einem Jahr eine Beziehung zu ihr zu haben. Sie wollten es nicht an die große Glocke hängen. Laut ihm wussten nur wenige davon.«

Gerda schaltete sich ein. »Ich finde die Verbindung ungewöhnlich. Coldwell scheint ein unzuverlässiger Lebemann zu sein. Wieso verliebt sich eine Julia Lang in einen deutlich jüngeren Hallodri, der gerne feiert und wenig Verantwortung übernimmt und dazu noch ein verurteilter Straftäter ist? Da komm ich nicht mit. Julia Lang wirkte auffällig strukturiert und war wohlhabend. Sie ging überpünktlich zur Arbeit, verletzte keine Regeln und war laut ihren Mitarbeitern unglaublich diszipliniert. Wie passen diese beiden zusammen?«

Brad beugte sich nach vorne und sah Gerda mit einem provozierenden Lächeln an. »Vielleicht haben sie seine Qualitäten als Liebhaber überzeugt? Ein sechzehn Jahre jüngerer Mann, da kann man schon mal schwach werden.«

Gerda rollte die Augen und schüttelte den Kopf. »Außerdem die früheren Geldprobleme, die ständigen Jobwechsel, der Gefängnisaufenthalt, während Julia Lang einen steilen Karriereweg hinter sich hatte und finanziell unabhängig lebte. Wo lernen sich solche zwei kennen?«

Kate schaute wieder auf ihre Uhr.

»Gut, einmal bitte das mit dem Geld klären. Versucht bitte auch zu rekonstruieren, wie die Beziehung mit den beiden zustande kam und was darüber bekannt ist. Hat Matthew Coldwell etwas zu möglichen Feinden gesagt?«

»Nein. Da wurde er sehr schmallippig. Er hat noch nicht einmal irgendwelche Mutmaßungen angestellt.«

»Komisch«, entfuhr es Kate.

Normalerweise waren Partner schnell dabei, Theorien über mögliche Täter zu äußern. Seine Zurückhaltung könnte natürlich darauf hindeuten, dass er Angst hatte, selbst als Verdächtiger betrachtet zu werden, obwohl er unschuldig war. Gerade bei seiner Vorgeschichte nicht ganz abwegig. Oder er könnte Informationen zur Tat haben oder auch seine Freundin selbst umgebracht haben. Es wäre nicht das erste Mal, dass ein Täter versuchte, seine Schuld zu verbergen, indem er sich absichtlich zurückhielt. So konnte er keine Details preisgeben, die ihn entlarven würden.

Brad nahm sich ein neues Papiertuch für den aussichtslosen Kampf gegen den Kaffeefleck. Kate wandte sich ihrer Ermittlerin zu.

»Was ist mit Ethan?«

Gerda rückte sich die dunkelviolette Brille zurecht. »Er ist sehr zurückhaltend. Nach Aussage einer seiner Lehrer hat er ernsthafte Probleme in der Schule«, erklärte sie mit besorgtem Blick. »Er ist sozial isoliert und hat Schwierigkeiten, Freunde zu finden. Ein klassischer Außenseiter. Die anderen Schüler verstehen ihn nicht und finden ihn komisch oder nerdig.« Sie seufzte leise.

Kate fragte sich, wie gut sich Gerda in dieses Schicksal hineinfühlen konnte.

»Er hat zwei Hobbys, auch ein Klassiker bei seinem Profil: Computerspiele und Fantasy. Laut eigener Aussage spielt er mehrere Stunden täglich. Seine Eltern haben dies nie reglementiert.

Dazu finden sich in seinem Zimmer Science-Fiction- und Fantasy-bücher und eine beachtliche Comicsammlung. Dazu jede Menge eigene Zeichnungen und Notizen über eine Fantasywelt.«

»Hört sich wie seine Zuflucht an. Irgendwelche Hinweise zum Fall?«

»Er schweigt größtenteils.« Gerda zuckte mit den Achseln. »Er wird unter starkem psychischem Stress stehen. Eine befreundete Psychologin hat mir geraten, dem Jungen Zeit zu geben, um das Erlebte zu verarbeiten, bevor weitere Befragungen durchgeführt werden. Er bräuchte jetzt vor allem ein unterstützendes Umfeld. Wir sollten ihn nicht unter Druck setzen.«

Gerdas Blick verriet tiefes Mitgefühl.

»Ethan verdrängt möglicherweise aus Selbstschutz, was er ge-hört oder gesehen hat. Die Schockreaktion kann dazu führen, dass sich sein Gehirn weigert, auf traumatische Ereignisse zuzugreifen, um sich vor weiterem emotionalem Stress zu schützen.«

Brad schüttelte den Kopf. »Nie im Leben hört der einen Kampf im Wohnzimmer und reagiert gar nicht. Da stimmt doch etwas nicht!« Er krempelte seinen feuchten Ärmel hoch.

»Er sagt, er hätte Musik gehört«, erwiderte Gerda, als müsste sie Ethan verteidigen.

»Okay, nehmen wir an, das stimmt. Wieso hat er so schnell den Notruf gewählt?«

»Lasst uns sehr vorsichtig mit dem Jungen umgehen. Ich möch-te auch noch mit ihm sprechen«, bemerkte Kate, um das Thema abzuschließen. Sie hob beruhigend die Hand in Richtung Gerda. »Natürlich ohne Druck.«

Die biss sich auf die Unterlippe. Mit verschränkten Armen übernahm sie wieder das Wort. »Wir haben noch Informationen über die potenzielle Freundin, Rhonda Whitmore, gefunden.«

»Kelly hat mir erzählt, dass Ethan die kennt und gerne zu ihr will. Er hat sie als eine Freundin der Familie bezeichnet«, warf Brad ein.

Gerda fuhr mit einem nachdenklichen Ausdruck fort. »Also, zu dieser Rhonda Whitmore. Ich habe mir ihren Hintergrund angesehen. Das Ganze wirkt auf den ersten Blick sauber – fast zu sauber, wenn du mich fragst. Sie ist seit fünf Jahren in Blackvale registriert, führt ein ruhiges und unauffälliges Leben. Keine Strafen, keine Verkehrsdelikte, die Frau geht nicht einmal wählen. Sie taucht quasi in unserem System nicht auf. Und sie ist zweiundfünfzig Jahre.«

»In diesem Alter taucht sie nicht auf?«, rutschte es Brad heraus. »Was hat sie denn vorher gemacht?«

»Das ist es ja. Es gibt keine Arbeitszeugnisse, keine alten Sozialverbindungen, nichts aus den Jahren vor ihrem Umzug nach Blackvale. Laut Meldekartei war sie vor Blackvale für einige Jahre in Seattle registriert und davor kurzzeitig in Portland. Nirgendwo hat sie nennenswerte Spuren hinterlassen.«

Brad hob die Hände. »Wie kann das sein? Kein Mensch führt so ein unsichtbares Leben.«

»Was wissen wir sonst über sie?«, fragte Kate.

»Das Skurrilste kommt erst noch.« Genüsslich blätterte Gerda in ihrem Notizbuch. »Ratet mal, wo Miss Whitmore arbeitet?«

»Horizontalgewerbe«, schoss es Brad aus dem Mund, und seine Hände formten den Griff um eine Stange.

Kate vermied ein Augenrollen nur knapp. »Sag uns bitte, wo.«

»Hearium.«

»Nein, wirklich?« Kates Mund stand offen.

»Doch. Ich habe natürlich direkt bei Hannah Dressal angerufen und gefragt, wie es kommt, dass sie ihre eigenen Leute nicht kennt.«

»Und?«

»Zu Miss Dressals Verteidigung: Rhonda Whitmore arbeitet dort als Freelancerin. Damit wurde sie nicht im internen Mitarbeiterverzeichnis von Hearium geführt. Miss Dressal hat jetzt über Umwege herausgefunden, dass Miss Whitmore in der Innovationsabteilung des Unternehmens arbeitet. Mehr ist wohl nicht bekannt, da dieser Bereich des Unternehmens und die dazugehörigen Projekte der Geheimhaltung unterliegen und nur Bryan Malah die Fäden dazu in der Hand hält.«

»Sie führt also auch noch eine hoch spezialisierte Tätigkeit aus, und es gibt keine Unterlagen?«

Gerda erhob den Zeigefinger. »Ich werde da auch misstrauisch. Als externe Datenanalystin muss sie sich ja auch irgendwie verkaufen. Es finden sich auch im Netz keine Spuren.«

»Verstanden.« Kate erwischte sich, wie sie mit den Fingern auf dem Tisch trommelte. »Wie sieht es mit ihrer Verbindung zu Julia Lang aus?«

»Über die regelmäßigen Treffen der beiden haben wir nichts herausgefunden«, erklärte Gerda. »Wo: keine Ahnung. Wie lange: keine Ahnung. Was die beiden gemacht haben: keine Ahnung.«

»Okay, wir müssen mit Rhonda Whitmore persönlich reden.«

Kate überlegte, ob sie selbst hingehen wollte, hatte aber das Gefühl, dass ein erneuter Besuch bei Hearium ihr wichtigere Erkenntnisse bringen würde.

»Gerda, wir gehen noch einmal zu Hearium. Ich will mir das Büro genauer ansehen und mit Bryan Malah sprechen.«

Während Gerda ihr Notizbuch zuklappte, richtete Kate sich an Brad.

»Bitte sieh zu, dass du heute zu Miss Whitmore gehst.« Sie zögerte. »Und ich muss Finn Dever sprechen.«

»Wieso?«, entfuhr es Brad.

»Weil er einer von drei Leuten war, die anscheinend vorgestern

Nachmittag bei Julia Lang zu Hause einen Termin hatten. Und weil er dazu gestern kein Wort gesagt hat.« Kates Sprechgeschwindigkeit hatte sich verdoppelt. »Und weil Thake will, dass wir ihn in den Fall einbinden«, fügte sie genervt hinzu.

Gerda und Brad tauschten einen kurzen Blick. Die Ermittlerin übernahm das Wort.

»Dafür gibt es sicherlich eine Erklärung. Gib ihm eine Chance.«

Brad stand auf, lächelte und nickte zustimmend. »Ich bin da bei Thake. Finn ist ein Guter. Und seine Erfolgsbilanz bei den Visionen spricht für sich. Der Typ kann uns helfen.« Er zögerte. »Ich kann ihn mit zur Whitmore nehmen und ihn da auch auf vorgestern ansprechen. Denn wenn wir schon beim Thema sind …« Brad durchsuchte die Akte vor ihm und hielt den beiden anderen eine Bleistiftskizze hin. »Das Phantombild des Nachbarn vom Typen, der zur Tatzeit das Haus verlassen hat, ist da.«

Die beiden Ermittlerinnen starrten verblüfft auf die Zeichnung. Wenn das nicht aussah wie Finn Dever!

* * *

»Natürlich. Unser Headset verfügt über eine innovative Geräuschunterdrückungstechnologie, die Hintergrundgeräusche eliminiert und eine kristallklare Kommunikation ermöglicht. Darüber hinaus ist es ergonomisch gestaltet und bietet maximalen Tragekomfort, selbst bei langen Arbeitssitzungen. Außerdem ist es mit allen gängigen Telefon- und Computerplattformen kompatibel.«

Im Kopf schrieb Finn dem Kunden schon ein Angebot. Das Gespräch lief wie geschmiert, und er hatte alle wichtigen Punkte angesprochen. Der Mann schien interessiert. Er gab sich selbst ein imaginäres High Five in die Luft.

»Selbstverständlich. Ich werde Ihnen umgehend ein Angebot

zukommen lassen. Aber bevor wir auflegen, noch eine Frage: Wann wäre für Sie ein guter Zeitpunkt für eine ausführliche Demonstration unseres Produkts?«

Er sah schon die Zahlen vor seinen Augen. Sechsunddreißig Verträge mit jeweils vierundzwanzig Monaten Laufzeit mit fast zwanzig Dollar pro Vertrag pro Monat. Dazu die Kaufgebühr des Kunden für die Headsets. Er würde knapp über zwanzigtausend Dollar in seine Bücher schreiben. Damit wäre er schlagartig auf 108 Prozent seines monatlichen Umsatzzieles von Hearium und auf Platz zwei in seinem Vertriebsteam. Und das gehörte zu den Erfolgreichsten der Firma.

»Perfekt. Ich habe den Termin notiert, Mittwoch, fünf Uhr nachmittags. Vielen Dank. Ich freue mich darauf, Sie nächste Woche persönlich kennenzulernen und Ihnen unser neuestes Produkt vorzuführen.«

Während er den kleinen schwarzen Knopf seines Headsets aus dem Ohr nahm, überlegte er, wie er den Kunden auch noch für den Kauf einer Hearium-Smartwatch begeistern könnte.

Fast hätte Finn die Ausfahrt verpasst. Er riss das Steuer herum und beschleunigte rechts an einem weißen Pick-up vorbei. Die Hupe des anderen verdeutlichte ihm, dass das Manöver risikoreich war.

An der Ampel am unteren Ende der Abfahrt beruhigte sich sein Puls. Was für ein schöner Morgen. Das Problem mit dem Rucksack hatte er gestern gelöst und er hatte sich extra Zeit für Elia genommen, die wegen einer Fortbildung später zur Schule kommen konnte. Sie hatten sich im Bett eingekuschelt, und sanft aneinandergeschmiegt war endlich einmal wieder das Gefühl von Geborgenheit und Intimität zwischen ihnen entstanden, das Finn in letzter Zeit vermisst hatte. Elias ruhige Atemzüge in seinen Armen beruhigten Finn und machten ihn dankbar. Die Ruhe des sonnigen Morgens umhüllte sie, und es schien, als ob nichts in der

Welt sie stören könnte. Ihre Berührungen wurden immer intensiver, und Finn liebte es, wenn eins zum anderen führte.

Danach hatten sie zusammen gefrühstückt und sich Zeit genommen, ihre Pläne fürs Wochenende zu besprechen. Elia wollte gerne mit ihm ihrem Lieblingsrestaurant einen Besuch abstatten, außerdem hatte eine Freundin sie gefragt, ob die beiden zusammen shoppen gehen könnten. Finn freute sich: Ohne zu fragen, hatte er damit Zeit für seine eigenen Recherchen bekommen.

Dieser unbeschwerte Morgen hatte Finn das Gefühl gegeben, dass Elia und er sich wieder auf einem guten Weg befanden. Er navigierte seinen Ford zu der Adresse, die Brad ihm geschickt hatte, dem Haus von Rhonda Whitmore. Er liebte das Flair dieses Viertels: die Gehwege gesäumt mit alten, knorrigen Bäumen, deren Blätter im sanften Sommerwind raschelten. Das holprige Pflaster, durch das sich Wurzeln schoben. Die an den Seiten parkenden bunten Autos gaben der Szene etwas Malerisches. Die Straße atmete Geschichte und Leben, und wieder einmal war Finn ganz verliebt in den Charme dieser nostalgischen, pulsierenden Stadt.

Auch Brad hatte direkt vor Rhonda Whitmores Haus geparkt. Am Telefon hatte er bereits grob erklärt, wer die Frau war und was sie wollten. Finn freute sich. Offenbar waren seine Bemühungen und sein Engagement nicht unbemerkt geblieben, und man hatte ihm sogar seinen Alleingang bei Matthew Coldwell vergeben. Endlich war er offiziell für den Fall angefragt – die ersehnte Chance, seine Fähigkeiten unter Beweis zu stellen und direkt mit der Polizei zu arbeiten.

In den nächsten Tagen gab es kaum etwas für Hearium zu tun, da alle Vertragsabschlüsse – auch der am Mittwoch – reibungslos liefen. Ein ausgezeichneter Moment, sich in den Ripper-Fall zu vertiefen und bei der Polizei ein paar Dollar zusätzlich zu verdienen. Nur sollte er Elia dabei nicht wieder verprellen.

Jetzt stand Finn kopfschüttelnd vor der angegebenen Adresse. Hinter der schiefen Veranda verbarg sich ein kleines, einst sicherlich charmantes Einfamilienhaus. Aber wie konnte man sein Eigentum nur so verkommen lassen? Der weiße Anstrich blätterte auf den vernachlässigten Rasen, und die Holzverkleidung witterte vor sich hin. Hoffentlich fällt mir nicht gleich ein Dachziegel auf den Kopf, dachte Finn. Er versuchte, einen Blick durch die trüben Fenster im Erdgeschoss zu werfen. Vergeblich.

»Na, sieh mal einer an, wer spät dran ist!« Brad lehnte an dem alten Briefkasten auf einem verbogenen Metallpfosten und grinste.

Finn gab ihm die Hand und klopfte ihm freundschaftlich auf die Schulter.

»Viel Verkehr. Ging nicht schneller.«

»Ach komm, ich fahr einfach den heißeren Reifen.« Brad lachte laut.

»Du siehst eher aus, als hättest du die Nacht durchgemacht und wärst deshalb so früh dran gewesen.« Finn zwinkerte ihm zu. »Sind die Sonnenbrille und die Augenringe Folge eines heißen Dates gestern Abend?«

»Sehr witzig, meine Dates sind immer heiß. Aber du solltest lieber mal in den Spiegel schauen, Kumpel. Deine Haare sehen aus, als wärst du gerade aus dem Bett gefallen.«

»Das nennt man Style.«

Trotzdem versuchte Finn unbeholfen, seine Haare zu glätten.

»Wenn das mit einem deiner Dates mal was Festes werden sollte, kann die Auserwählte dir hoffentlich beibringen, wie man sich vernünftig anzieht. Dein Outfit könnte etwas Aufmerksamkeit gebrauchen.«

Brad schaute auf sein verknittertes Hemd unter dem schwarzen Anzug. Finn lachte.

»Wollen wir uns weiter Stylingtipps geben oder reingehen?« Er drehte sich zu den schiefen Stufen der Veranda.

Brad packte ihn leicht an der Schulter. »Moment.«

Finn drehte sich um. Das Lachen auf Brads Gesicht war verschwunden, und er nahm die Sonnenbrille ab. »Wir müssen noch über vorgestern reden.«

Ein kalter Schauer lief Finns Rücken hinunter. Er blieb neben Brad stehen, seine Gedanken rasten.

»Klar, was ist los?«

Seine Hände begannen zu schwitzen, als er sah, wie Brad eine Zeichnung aus seiner Tasche zog und ihm hinhielt.

»Ein Nachbar hat diesen Mann zur Tatzeit am Tatort gesehen«, er hielt kurz inne. »Kommt er dir bekannt vor?«

Finn starrte das Phantombild an. Sein Magen verkrampfte sich.

»Das ist richtig. Ich war dort. Wir wurden zu einem Meeting gebeten.«

»Scheiße, Mann. Dein Ernst? Und so etwas sagst du uns nicht?«

»Ich dachte, es wäre nicht wichtig«, log Finn.

»Nicht wichtig? Komm schon. Wie lange warst du da?«

»Weiß nicht genau, bis kurz nach fünf vielleicht.«

Brad verzog das Gesicht. »Was hast du da gemacht?«

Finns Gedanken ratterten. »Wir sind einen großen Deal durchgegangen. Zwei Kollegen waren dabei. Julia hatte Rückfragen.«

»Und die beiden Kollegen können bezeugen, dass ihr zu dritt gegangen seid?«

Finns Augen schauten hilfesuchend zum Himmel. »Nein … die haben beide kleine Kinder. Die mussten früher los. Ich war vielleicht fünf Minuten länger da. Ich brauchte noch zwei Unterschriften.«

»Finn, du machst mich fertig. Wie sieht das denn aus? Du bist einer der Letzten, der Julia Lang lebend sieht, verschweigst das und hast dann später auf dem Revier eine Vision von Schnitten, die du nie gesehen haben kannst.«

»Brad, du kennst mich. Ich schwöre, ich habe nichts mit dem Mord zu tun«, sagte Finn, seine Stimme ein Flüstern.

»Ich hoffe, du hast recht«, erwiderte der Ermittler. »Ich muss da jetzt meine Hand für dich ins Feuer legen.«

»Das kannst du auch. Du hast mein Wort.«

»Hast du denn etwas Ungewöhnliches bemerkt?«

Finn überlegte kurz, schilderte Brad den Ablauf des Meetings und dass es aus seiner Sicht keinerlei Anzeichen für die folgende Katastrophe gegeben hatte.

Brad musterte ihn lange. »Scheiße, Mann. Ich glaub dir. Aber lass so'n Mist in Zukunft.« Er schob sich an Finn vorbei. »Wo wir aber gerade dabei sind … Wo warst du denn zur Tatzeit?«

Finn, der sich gerade schon entspannt hatte, erstarrte. Wieso hatte er nicht mit dieser Frage gerechnet? Ein unangenehmes Kribbeln breitete sich in seinem Nacken aus. Er brauchte eine plausible Antwort.

»Ich … ich bin noch etwas mit dem Ford durch die Gegend gefahren. Später war ich dann zu Hause«, stammelte er.

Brad blickte ihm tief und bohrend in die Augen. »Kann das jemand bezeugen?«

Schweißperlen bildeten sich auf Finns Stirn, und er wischte sich mit der Hand über das Gesicht.

»Ich war alleine. Der Tag war lang. Ich wollte einfach nur ein bisschen meinen Ford genießen und meine Gedanken sortieren.«

Sein Magen krampfte sich bei dieser Lüge zusammen. Würde Brad ihm glauben? Wieso hatte er sich nicht vorher eine bessere Geschichte ausgedacht?

Brad betrachtete Finn mit scharfen, prüfenden Augen. Es war

offensichtlich, dass er dessen Anspannung spürte. Doch er entschied sich, vorerst nicht weiter nachzubohren.

»Gut«, sagte er. »Aber mach nicht noch einmal so einen Scheiß. So etwas musst du doch erzählen!«

Finn nickte stumm und zwang sich zu einem schwachen Lächeln. Innerlich war ihm zum Schreien zumute. Diese Lüge konnte ihn in Teufels Küche bringen. Was, wenn man ihm nicht glaubte?

* * *

Mit schnellen Schritten folgte Finn Brad über die Veranda zu Rhonda Whitmores Haustür, die aussah, als wäre sie seit Jahren nicht benutzt worden. Brad klopfte, und etwas dunkelblauer Lack splitterte von der Tür. Im Inneren bewegte sich nichts. Brad klopfte noch einmal, dumpf hallte es durch das Haus. Wieder keine Antwort. Brad schüttelte den Kopf. Hier würde niemand öffnen. Sie hatten bereits zu lange gewartet.

»Vielleicht ist sie arbeiten«, murmelte Brad, sein Blick wanderte prüfend über die dreckigen Fenster des Erdgeschosses. »Oder sie wohnt gar nicht mehr hier.«

Finn ließ seinen Blick über den verwilderten Vorgarten schweifen. Gras wucherte in wilden Strähnen hoch, Unkraut dominierte. Irgendwo hinten stand ein verrosteter Rasenmäher.

»Sieht nicht aus, als wäre hier in letzter Zeit viel passiert«, sagte er leise.

»Wir verschwenden nur unsere Zeit.« Brad nickte. »Ich will mir nur kurz einen Überblick verschaffen.«

Mit schnellen Schritten machte er sich zur Seite des Hauses auf. Der schmale Durchgang neben dem Haus roch modrig, und der Wind ließ die Äste eines Baumes gegen die Hauswand schlagen. Die Rückseite des Gebäudes wirkte genauso vernachlässigt wie der

Rest: schief sitzende Regenrinnen voller Laub und eine schäbige Hintertür. Finn folgte seinem Kollegen. Ein schneller Blick über die Schulter stellte sicher, dass niemand in der Nähe war. Er hatte das Gefühl, dass sie beobachtet werden könnten – vielleicht nicht von außen, aber von innen.

»Guck dir das mal an!«

Brad kniete vor einem der kleinen Kellerfenster, die tief im Boden eingelassen und halb unter den wuchernden Pflanzen versteckt waren. Auf den ersten Blick wirkten sie wie normale staubige Glasflächen, aber irgendetwas an ihnen war anders. Finn kniff die Augen zusammen und trat näher. Die Metallgitter, die die Scheiben bedeckten, waren ungewöhnlich dick, fast militärisch. Nicht die Art von Gitter, die man normalerweise in einem alten Haus wie diesem erwarten würde. Sie sahen neu aus – vielleicht erst kürzlich angebracht? Mit den Fingern strich er vorsichtig über die kühlen Metallstäbe.

»Diese Gitter … die gehören hier nicht hin.«

»Das ist definitiv keine Standardverriegelung«, brummte Brad. »Wer auch immer das gemacht hat, wollte sicherstellen, dass niemand in diesen Keller gelangt.«

»Oder rauskommt«, fügte Finn nachdenklich hinzu. Er richtete sich langsam auf und trat einen Schritt zurück, um die Lage zu überdenken. »Wer sich so gut schützt, hat etwas zu verbergen«, murmelte er.

Brad runzelte die Stirn. »Sieht aus wie ein Versteck – oder ein Gefängnis.«

Finn fühlte sich unbehaglich. »Denkst du, wir werden beobachtet?« Automatisch scannte sein Blick die Dachkanten nach Überwachungskameras ab.

»Ich denke …«

»Ent… Entschuldigung.«

Eine hohe Männerstimme unterbrach ihr Gespräch. Brad und Finn sahen sich um. Ein junger, etwas zerzauster Mann, der mit einem besorgten Ausdruck aus dem Fenster des Nachbarhauses auf sie herabblickte, signalisierte ihnen, näherzutreten.

»Ja, bitte.«

Die beiden traten einen Schritt näher. Finn erhaschte hinter dem Mann einen Blick ins Wohnzimmer. Kleidung lag verstreut auf der Couch. Ungeöffnete Briefe bedeckten den einzigen Tisch. Der junge Mann schob sich in Finns Blickfeld. Seine blauen Augen flackerten nervös.

»Sind ...«, stotterte er los, »sind Sie von der Polizei?«

Brads Smartphone klingelte. Nach einem flüchtigen Blick aufs Display drückte er den Anrufer weg. Lässig schob er sein Jackett zur Seite und präsentierte die Dienstmarke.

»Genau.«

Der junge Mann stand zitternd am Fenster, beobachtete die Straße genau und atmete tief ein. Finn hatte das Gefühl, sein Herz schlagen zu hören.

»Sind Sie ... sind Sie ... wegen dem Mord an CFO Hearium Julia Lang, neunundvierzig, geschieden, hier?«

Überrascht blickten sich Brad und Finn an. Brad nickte knapp.

»Wieso?«

»Ich ... ich ... habe es im Fernsehen gesehen ...«

Der Ermittler trat näher.

»Haben Sie etwas gehört oder gesehen, das uns helfen könnte?« Brad sprach langsam und bedächtig, wie mit einem Kind.

Mit beiden Händen rieb sich der junge Mann den Kopf. »Es gab ... gab ... Streit. Zwischen CFO Hearium Julia Lang und der Hexe.«

Er zeigte auf Rhondas Haus und fing an zu wippen und auf seiner Unterlippe zu kauen.

Brads Smartphone klingelte wieder. »Streit? Was haben Sie gehört?«

»Sie haben wegen dem Jungen gestritten. Wegen dem Jungen ... dem Jungen.«

Brad trat so nah ans Fenster, dass Finn sich fragte, ob er gleich in die Fensterbank beißen wollte.

»Dem Jungen von Julia Lang? Ethan Lang?«

Sein Gegenüber nickte wild.

»Was haben Sie denn gehört?«

»Weiß ich ... ich ... ich weiß es nicht.« Der junge Mann schüttelte sich. »Es wa... war ... laut. CFO Hearium Julia Lang hat den ... Jungen getragen. Er sollte weg. Die He... Hexe ... Hexe ... wollte nicht.«

»Wissen Sie, warum der Junge weg sollte?«

»Nein, nein.«

»Haben Sie irgendetwas von der Unterhaltung gehört?«

»Nein, nein.«

Brad versuchte, weitere Informationen von dem jungen Mann zu bekommen, und nahm dessen Personalien auf. Oliver James hieß er. Unterdessen studierte Finn den stotternden Auskunftgeber. Trotz seiner Unsicherheit wirkte er ehrlich. Seine Gesten und sein Verhalten deuteten eher darauf hin, dass er die Wahrheit sagte.

Falls sie aber keine konkreten Beweise oder weitere Zeugen fanden, könnte es schwer werden, die Aussage zu verifizieren. Finn wurde jedoch das Gefühl nicht los, dass der Mann etwas Wichtiges zu sagen hatte.

Brad hatte seine Fragen gestellt.

»Vielen Dank. Sie haben uns weitergeholfen.« Er nickte Oliver zu. »Das heißt aber auch, dass Miss Whitmore hier wohnt? Sie ist jeden Tag zu Hause?«

»Jj... ja. Oft. Sie ist o... oft da.«

»Okay, danke.«

»Wa… was machen Sie jetzt? Mu… muss sie ins Gefängnis?«

»Wir gehen Ihrem Hinweis nach, danke.«

Brad deutete Finn hastig an, wieder zur Straße zurückzukehren.

»Das ist … unfair. Das war nicht richtig … von der … der Hexe.« Olivers Stimme klang angespannt.

»Hören Sie, wir gehen dem nach. Aber Sie haben uns nichts Handfestes gegeben. Ein Streit muss nicht viel aussagen.«

»Aber … aber …«

Brad hob die Hand und entfernte sich, Finn drehte ebenfalls ab.

Der junge Mann schrie hysterisch. »Er war wie tot. Be… be… bewusstlos. Er ha… hat sich nicht be… bewegt.«

Brad wie Finn schnellten auf dem Absatz herum. Finn stand näher am Fenster.

»Der Junge war bewusstlos?«

»Jj… ja.«

»Und die Frau von nebenan auch?«

»Nein, nein … sie ha… hat ihm das ange…tan.« Oliver schlug die Hände vors Gesicht.

Jetzt wurde Brad lauter. »Das müssen Sie uns doch vorher sagen.«

»Jj… ja.«

»Haben Sie denn noch etwas gesehen?«

»Nein, nein.«

Brad wollte gerade weiterfragen, als Oliver sich ruckartig nach hinten entfernte. Der junge Mann stolperte unbeholfen in Richtung Couch und schloss das Fenster. Er tauschte einen letzten Blick mit ihnen aus und verschwand dann in der Wohnung.

»Denkst du …?«, setzte Finn an.

Kopfschüttelnd blickte Brad gedankenverloren auf seine Füße. »Ich weiß es nicht.«

»Zumindest wissen wir jetzt, dass Miss Whitmore noch hier lebt.«

»Moment.«

Brad entsperrte sein Smartphone, drückte mehrmals mit dem Finger darauf und nahm es ans Ohr.

»Detective Hale hier. Was gibt's denn?« Er lauschte kurz, bevor ihm ein »Wer …? Was?« entglitt.

Die Aufregung in Brads Stimme war Finn nicht entgangen.

»Alles okay?«

»Matthew Coldwell sitzt auf dem Revier. Anscheinend wollte er bei Julia Lang einbrechen.«

* * *

Beim Betreten des City Lights Diner umfing Kate der vertraute Duft von frisch gebrühtem Kaffee und köstlichen Aromen aus der Küche, der sie sofort entspannte. Sie hätte sich einen längeren Weg vom Revier gewünscht, da sie an der frischen Luft am besten abschalten konnte. Aber das Lokal mit dem gemütlichen Ambiente und seinen hausgemachten Speisen war genau der richtige Ort für eine entspannte Mittagspause. Auf den Zehenspitzen ließ sie ihren Blick über die roten Lederbänke schweifen und suchte nach Steven.

Mittags war das Diner mit polierten Holztischen unter tief hängenden antiken Lampen und den nostalgischen Schwarz-Weiß-Fotografien von berühmten Sehenswürdigkeiten und historischen Ereignissen an den Wänden gut besucht. Gar nicht so einfach, hier jemanden zu finden.

Aus der Jukebox in einer Ecke tönte schwungvolle Jazzmusik. Die Vorfreude auf das Treffen mit ihrem Freund kribbelte Kate in der Magengrube. Sie liebte dieses Lokal nicht nur wegen des guten Essens, sondern auch wegen der schönen Erinnerungen, die sie damit verband. Hier hatte sie Steven vor etwas mehr als vier Monaten kennengelernt, und gemeinsam hatten sie hier viele schöne Momente verbracht.

Kate hätte sich nach ihrer Ankunft in Blackvale nie vorstellen können, schon innerhalb der ersten Woche jemanden kennenzulernen. Sie hatte die Übergangszeit zwischen den Stellen bewusst nutzen wollen, um sich vor ihrem Jobantritt an ihrem neuen Wohnort zu akklimatisieren. Eine Wohnung finden, sich mit der Stadt vertraut machen, die Atmosphäre aufgreifen … Dann hatte Steven sie im Diner angesprochen. Sein hartnäckiges Werben hatte ihr imponiert. Und seine unbeschwerte Art tat ihr gut, sodass ihre anfänglichen Bedenken bald schwanden.

An einem der hinteren Tische am Fenster hob Steven seine Hand. Die Sitzbänke des Diners wirkten immer etwas unterdimensioniert für seine große Gestalt. Kate schlängelte sich vorbei an einer Gruppe Teenager, die mit einem zusätzlichen Stuhl den Gang blockierten, und steuerte auf die ausgebreiteten Arme ihres Freundes zu. Er hielt sie fest umarmt, als wüsste er genau, dass sie in diesem Moment nichts dringender brauchte. Sie genoss es, Müdigkeit und Stress abzuschütteln und sich einfach nur geborgen zu fühlen.

Er lockerte seine Umarmung und drückte ihr einen innigen Kuss auf den Mund.

»Hi.«

»Hi«, hauchte Kate zurück und blickte ihm tief in die Augen.

»Gut siehst du aus«, bemerkte er und setzte sich.

»Müde sehe ich aus.« Sie lächelte gequält und ließ sich auf die gegenüberliegende Sitzbank fallen.

»Du arbeitest zu viel.«

»Ich bräuchte eigentlich noch mehr Stunden am Tag zum Arbeiten.«

Er streichelte ihren Handrücken.

»Nur weil du neu im Revier bist, musst du dich nicht für diese Ermittlungen aufopfern. Das wird dich irgendwann aufzehren. Du brauchst etwas Zeit für dich, um zu entspannen und aufzutanken.«

»Dafür bin ich jetzt hier.« Das Streicheln auf ihrer Hand ließ sie tiefer in die Lederbank sinken. »Es werden aber Menschen ermordet.«

Wohlvertraut mit ihren Argumenten nickte Steven. »Kommt ihr denn weiter?«

»Ich saß heute Morgen bei Hearium die ganze Zeit mit Olexiy am Computer von Julia Lang.«

»Wer ist Olexiy?«

»Ach so, ja … Olexiy ist unser Datenanalyst. Richtig schlauer Bursche, hat am MIT studiert.«

»Und, habt ihr was gefunden?«

»Olexiy will die Daten, die Julia Lang abgezogen hat, rekonstruieren, und wir schauen, ob wir darin etwas finden.«

»Du glaubst, das ist kein weiterer Fall eures Serienkillers?«

»Kann ich schwer sagen. Die Angelegenheit steckt fest. Im Moment haben wir dort kaum neue Spuren. Wir haben jede Menge DNA-Proben genommen, aber es gibt keinen Treffer in der Datenbank. Alle Opfer scheinen willkürlich ausgewählt zu sein, und der Täter hinterlässt keine Spuren. Ich habe das FBI um Hilfe gebeten, aber auch sie konnten bisher keine neuen Erkenntnisse liefern. Die Überwachungskameras in den betroffenen Gebieten haben nichts Nützliches erfasst, und die Zeugenaussagen sind vage und widersprüchlich.«

Kate ratterte die Probleme im Serienkillerfall wie Stichpunkte einer Liste herunter.

Eine seiner braunen Locken fiel ihm in die Stirn, als Steven sich nach vorne beugte. »Ist es denn beim Mord vorgestern der Serienkiller gewesen?«

»Es gibt nicht sehr viele Parallelen zu den bisherigen Morden.«

»Hast du alles abgeglichen?«

»Denke ja …« Komische Frage, dachte sie sich. Wieso will er das wissen? »Die Fingerabdrücke in der Wohnung fehlen noch.«

Steven schenkte ihr ein breites Lächeln. »Es geht mir nur darum, dass du nicht alle Fälle parallel bearbeiten kannst. Das wird irgendwann zu viel.«

»Im Moment haben wir im Serienkillerfall keine Spur. Und das FBI kümmert sich parallel darum. Ich versuche deshalb, den Fall Julia Lang isoliert zu betrachten, da nicht alle Details mit den vorherigen Morden übereinstimmen.«

Stevens schmale, blaue Augen fixierten sie. »Was macht der mediale Druck?«

»Thake sagt, der ist groß. Die halbe Stadt spielt Detektiv, und auf Social Media ist die Hölle los. Aber er fängt die Dinge für mich komplett ab.«

»Das ist doch nett.«

Steven nahm sich die Karte und fing an zu blättern, obwohl er sowieso ein Turkey-Sandwich nehmen würde.

»Thake hat glaube ich aus vergangenen Fehlern gelernt. Mein Vorgänger hat sich in der Öffentlichkeit verbrannt.«

»Weißt du, was mit deinem Vorgänger passiert ist?«

»Ich habe nur gehört, dass er engagiert und fähig ist, aber je länger ein Serienkiller auf freiem Fuß ist, desto mehr setzt einem so etwas zu. Ich habe gehört, wie er stundenlang Beweise gesichtet, Datenbanken durchsucht und mit Zeugen gesprochen hat, aber nichts führte zu einer brauchbaren Spur. Senator Greaves wurde ungeduldig und hat den Druck auf Thake erhöht, aber mein Vorgänger kam trotz aller Bemühungen auf keine neue Spur.«

»Weißt du, was er jetzt macht?«

»Die Kollegen haben mir gesagt, er wäre zur DEA gewechselt. Drogenbekämpfung. Aber eine untergeordnete Rolle. Er soll sich zurückgezogen und alles Selbstvertrauen verloren haben.«

Wieder griff Steven nach ihrer Hand. »Kate, du musst auf dich aufpassen.«

»Keine Sorge, ich achte auf mich. Und ich habe ja dich.« Sie hob seine Hand an ihren Mund und küsste sie liebevoll.

Steven lächelte und zwinkerte ihr zu. »Dann musst du mir aber mehr Zeit einräumen.«

* * *

Da war es wieder, dieses euphorische Gefühl in seinem Kopf. Finn beobachtete mitten auf der Fläche im Polizeirevier stehend, wie Kate und Brad angeregt diskutierten. Er fragte sich, ob Brad seine Chefin anflirtete. Zumindest suchte er ihre Nähe. Finn musste aber auch zugeben, dass die leitende Ermittlerin mit ihren hochgesteckten Haaren und dem figurbetonten Anzug richtig gut aussah. Ihre harmonischen Gesichtszüge und die funkelnden grüngrauen Augen machten sie ungewöhnlich attraktiv.

Brad gestikulierte nun heftig, und Kate nickte gelegentlich ernst und warf einen prüfenden Blick in Finns Richtung. Sie sprachen bestimmt darüber, dass er ihnen nichts von seinem Besuch bei Julia Lang erzählt hatte. Das unbehagliche Stechen in seiner Magengegend meldete sich zurück.

Egal. Sein euphorisches Gefühl beschäftigt ihn mehr. Wieso überkam es ihn schon wieder im Revier? Ein glücklicher Zufall? Es fühlte sich gut an.

Kate beendete die Unterhaltung mit Brad und näherte sich Finn mit einem knappen Nicken. Ihre Miene zeigte keine Spur von Freundlichkeit.

»Mr. Dever, möchten Sie bei der Vernehmung des Zeugen dabei sein?« Unmut schwang in ihrer Stimme.

»Finn, bitte … Mr. Dever klingt so förmlich.« Mit einem verschmitzten Grinsen sah Finn sie an. »Natürlich, Detective, ich stehe Ihnen zur Verfügung, wenn Sie mich benötigen.«

Eine angespannter Stille hat auch etwas, dachte Finn, als sie hintereinander zum Verhörraum gingen. Die Ermittlerin öffnete die Tür und gab den Blick frei auf den an den Händen gefesselten Matthew Coldwell, der in Lederjacke über einem abgetragenen T-Shirt und ausgefranster Jeans zurückgelehnt und breitbeinig auf seine Befragung wartete. Finn stellte sich in die Ecke des engen, düsteren Verhörraums.

»Mr. Coldwell,« begann Kate sachlich, während sie eine Akte vor sich aufklappte, »können Sie mir erklären, was genau Sie dazu bewogen hat, in das Haus von Julia Lang einzusteigen?«

Mit einem selbstsicheren Lächeln versuchte Matthew sein Glück.

»Sie können doch sicher verstehen, dass ich nur meine Sachen aus dem Haus holen wollte. Das ist das verdammte Haus meiner Freundin …«

Kate unterbrach Matthew kühl. »Es spielt keine Rolle, welche Beziehung Sie zu ihr hatten. Sie haben unbefugt einen Tatort betreten.«

Finn schluckte. Hier hätte auch er sitzen können. Gleichzeitig wurde er ungeduldig. Das euphorische Gefühl ließ ihn auf einer positiven Welle reiten. Während er hin- und herwippte, beugte sich Matthew nach vorne und versuchte einen Flirt.

»Aber sagen Sie mal … so eine attraktive Ermittlerin wie Sie sollte doch wirklich nicht so streng sein …«

»Sparen wir uns die Spielchen. Warum waren Sie am Tatort? Warum durchbrechen Sie eine Polizeisperre, wenn Sie Ihre Sachen sowieso in ein paar Tagen wiedergehabt hätten?«

»Ich habe keine Zahnbürste mehr.«

Nachdenklich musterte Kate ihn einen Moment, erhob sich dann langsam vom Tisch und sagte kalt: »Was finden wir wohl auf Julia Langs Laptop, wenn wir ihn analysieren?«

Matthew drehte sich zur Seite und zuckte mit der Schulter. »Keine Pornos, vermute ich.«

»Wenn Sie mit dem Mord nichts zu tun haben, ist das Ihre Chance, mit uns zu kooperieren. Warum wollten Sie den Laptop mitnehmen?«

»Was wollen Sie von mir? Das ist mein scheiß Laptop. Da sind Dinge drauf. Fotos. Die will ich wiederhaben. Ich brauche den Laptop für mein Business.«

»Als Koch?«

Kate hatte konsequent ihre Augen auf Matthew gerichtet. Finn ballte die Fäuste und atmete tief durch.

Auf Matthews Lippen erschien ein überhebliches Grinsen. »Ich habe noch andere Eisen im Feuer. Lassen Sie uns was trinken gehen, und ich erzähle Ihnen mehr.«

Finn schnellte nach vorne, stützte beide Hände auf den Tisch und suchte Matthews Blick, der bereitwillig erwidert wurde. Die Vision setzte sofort ein.

Matthew kroch langsam aus einem engen Zugang und schob das bemooste Metallgitter vorsichtig zur Seite. Hinter der Mauer, vor der er stand, konnte Finn schemenhaft eine düstere Industrieanlage erkennen. Um Matthew herum erstreckte sich eine Szenerie aus verlassenen Gebäuden und kaputten Zäunen. Man sah Spuren von verrottendem Müll auf dem Weg, und das dumpfe Brummen vorbeifahrender Lastwagen füllte die Stille. Matthew schaute sich alle paar Meter um, wohl um sicherzustellen, dass er ungesehen blieb. Bei jedem Geräusch zuckte er zusammen. Er erreichte eine abgelegene Fläche im Sichtschatten zwischen zwei Häusern. Dort quetschte er sich in einen weißen Lastwagen mit großer Ladefläche.

Die Vision endete, und Finn schüttelte sich. Schnell fuhr er sich mit dem Finger an die Stirn.

»Detective, kann ich Sie kurz draußen sprechen?«

Kate stand die Verwunderung ins Gesicht geschrieben. »Jetzt?«

»Also mir würde es jetzt gut passen.«

Sie verdrehte die Augen, stand aber auf.

Matthew rüttelte an den Handschellen. »Und was ist mit mir?«

»Sitzen bleiben und warten«, raunte sie ihm zu, als sie hinter Finn aus dem Raum rauschte.

Draußen blickte sie Finn ernst an. »Mr. Dever, das sollte jetzt besser wichtig sein ...«

»Sagen Sie doch gerne Finn.«

Am Ende des Gangs entdeckte er seine Schwester Kelly auf der offenen Arbeitsfläche, die versuchte, mit einem Strohhalm Papierkügelchen auf ein unsichtbares Ziel zu schießen.

»Und?« Kate riss ungeduldig die Augen auf.

»Ich hatte eine Vision.« Erneut tippte Finn sich an die Stirn und fasste knapp zusammen, was er gesehen hatte.

»Und wie bringt uns das jetzt weiter?«

»Das, was ich sehe, ist die nahe Zukunft. Matthew Coldwell wird genau das später machen. Und da scheint etwas nicht zu stimmen.«

Kate legte ihre Stirn in Falten, dann murmelte sie leise etwas, das sich wie »Kann doch nicht sein ...« anhörte.

Finn breitete die Arme aus, bevor er behutsam fragte: »Sie glauben mir nicht, oder?«

»Ich kenne Sie nicht, und natürlich habe ich da meine Zweifel«, entgegnete Kate kalt. »Das sind ja schon ziemlich präzise Informationen, und die kommen für mich aus dem Nichts.«

Mit einem Lächeln legte Finn eine Hand auf ihre Schulter.

»Geben Sie mir eine Chance, Detective. Manchmal öffnen sich Türen zu Welten jenseits unserer Vorstellungskraft.«

Den Spruch hatte er von einer Müslipackung. Er bereute, sie berührt zu haben, als sie sich unter seiner Hand herauswand.

»Ich möchte nur mit Ihnen zusammenarbeiten«, fuhr er fort. Der Nachdruck schien Wirkung auf sie zu haben.

»Sprechen Sie mit Brad und versuchen Sie herauszufinden, ob diese Vision etwas bedeutet. Ich mache so lange hier weiter.«

Sie kehrte in den Verhörraum zurück, wo Matthew Coldwell wartete.

KAPITEL 5

VOR 6 MONATEN   *NEWS*
BLACKVALE, 02. DEZEMBER 2023

Cathy: Willkommen zurück nach der Pause, liebe Zuschauer. Wir sitzen immer noch mit Captain Timothy Thake zusammen, dem Leiter des BPD. Captain, wir haben schon erfahren, dass es durch den fünften Ripper-Mord an Rapper Fuzz, dessen bürgerlicher Name Elijah Hamilton ist, keine leichte Woche auf dem Revier war. Was tun Sie, um die Bürger zu beruhigen und ihnen Sicherheit zu geben?

Thake: Wir tun unser Bestes, um die Situation zu stabilisieren. Wir verstärken die Polizeipräsenz in den betroffenen Bereichen und arbeiten eng mit verschiedenen Sicherheitsbehörden zusammen. Unser Team ist rund um die Uhr im Einsatz, um neue Informationen zu sammeln und mögliche Spuren zu verfolgen. Wir bitten die Bevölkerung um Geduld und um Unterstützung. Jeder, der irgendetwas Verdächtiges bemerkt hat, sollte sich bitte umgehend bei uns melden.

BLACKVALE, 19. JUNI 2024

Finn entsperrte sein Smartphone und vertiefte sich in einen kurzen Chataustausch mit Elia.

> **Elia**: Bis wann planst du heute?
>
> **Finn**: Hab jetzt noch den Podcast, denke 'ne Stunde, danach komme ich
>
> **Elia**: Ok, freue mich auf dich 😊
>
> **Finn**: Ich mich auch auf dich 😊

Finn legte das Smartphone weg.

»Geht's weiter?« Lee Tran klopfte ungeduldig mit den Fingern auf das Mischpult.

»Klar, tut mir leid. Elia …«, sagte Finn entschuldigend.

Gemeinsam saßen die beiden in Lees Tonstudio. Jede Einladung zu Lee Trans Krimi-Podcast »TRAN-skription eines Verbrechens« nahm Finn nur zu gern an. Er genoss es, in dieser Atmosphäre aus Gemütlichkeit und Professionalität mit hochwertiger Aufnahmetechnik und modernem Equipment über die aktuellen Entwicklungen rund um den Ripper-Fall zu reden.

Die beiden, Lee und Finn, hatten sich zum ersten Mal bei einem Branchenevent für Medien und Unterhaltung getroffen. Inmitten der Menschenmenge waren sie einander aufgefallen, als sie über ihre gemeinsame Leidenschaft für Podcasting sprachen. Finn hatte das Event genutzt, um Neukunden für seinen Kundenstamm bei Hearium zu gewinnen. Zwischen Lachswraps und Gurken-sushi begeisterten sich die Leute schneller für neue Technik.

Mit seinem Talent, kleinere Formate erfolgreich zu produzieren, hatte sich Lee einen Ruf in der Branche erarbeitet. Direkt beim ersten Aufnahmetreffen war Finn Lees Professionalität aufgefallen. Er hatte ein souveränes Auftreten, ein charmantes Lächeln, und sein dunkles, kurz geschnittenes Haar und sein gepflegter Bart rundeten sein angenehmes Erscheinungsbild ab.

Lee hatte ihm damals von seinem erfolgreichsten Format, einem Podcast über asiatische Kochkunst und Kultur, erzählt. Dort lud er renommierte Köche und kulinarische Experten ein und diskutierte Kochtechniken und die Geschichte der Küche Asiens. Im Laufe des Abends waren sie auf die Ripper-Morde zu sprechen gekommen, und Lee erzählte von seinem bisher noch relativ unbekannten Podcast zu Kriminalfällen im ganzen Land. Seitdem war Finn Feuer und Flamme für den Podcast und durfte ab nun immer wieder mit Lee zusammen im Studio sitzen.

Mittlerweile hatte sich Finn ein Netzwerk an Fachleuten zu den Ripper-Fällen aufgebaut, und über Social Media und die Darknetkanäle bekam er immer wieder neue Theorien und Hinweise. Seine akribischen Recherchen fraßen viel Zeit, einen Großteil davon versuchte er diskret in seiner Arbeitszeit bei Hearium zu erledigen.

»Alles klar, ich starte die Aufnahme jetzt. Mikrofone sind aktiviert, und die Levels sind im grünen Bereich. Ready?«

Finn schnappte sich wieder ein Mikrofon mit Schwenkarm. »Check, Mikrofon ist eingeschaltet.«

»Perfekt. Dann starten wir in 3, 2, 1 … und los geht's!« Das Livezeichen über ihren Köpfen leuchtete rot.

»So, Leute. Finn ist natürlich noch bei uns. Wir kommen nun wie angekündigt zu unserer heutigen Gesprächspartnerin, die uns Einblicke in ihre faszinierende Arbeit geben wird. Sie ist eine Expertin auf ihrem Gebiet und hat einige interessante Details zu teilen. Ihr Labor ist ihr Reich, und es gelingt ihr, mit einer Mischung aus wissenschaftlicher Präzision und Empathie auch die schwierigsten Fälle zu lösen. Ich freue mich, Dr. Diana Gamp aus der Gerichtsmedizin des BPD, eures Blackvaler Polizeireviers, begrüßen zu dürfen.«

Lee hatte die Asiatin per Video aus der Pathologie des BPD in das Aufnahmestudio geschaltet und öffnete Dianas Mikrofon.

»Danke dir. Das sind ja blumige Worte zum Start.«

Finn wünschte, die Zuhörer hätten Diana sehen können. Mit ihrem makellos gebügelten weißen Kittel und dem akkurat zusammengebundenen Haar strahlte sie eine beruhigende Professionalität aus.

»Wohlverdiente Worte. Finn hat dich und deine Arbeit wärmstens empfohlen.«

»Danke, danke.«

»Diana: Die halbe Stadt spricht über die Ripper-Fälle, und Hunderte versuchen sich als Hobbydetektive. Das Markenzeichen des Blackvale-Rippers ist Strangulierung. Vielleicht kannst du uns etwas darüber sagen?«

»Natürlich«, Diana hüstelte. Selten hatte Finn die Gerichtsmedizinerin so nervös erlebt. Auf dem Revier strahlte sie mit ihrer methodischen und strukturierten Art eine große Selbstsicherheit aus. Das konnte Finn in ihrer Stimme gerade so nicht erkennen.

»Als Pathologin habe ich viele Strangulierungsfälle gesehen. Jeder Fall ist einzigartig. Bei den Opfern sieht man jedoch immer eine deutliche Abdrucklinie um den Hals, verursacht durch den Druck. Dazu gequetschte Haut und Spuren von Petechien, das sind kleine Blutungen unter der Haut, die typisch für Strangulationsverletzungen sind. Anhand der Tiefe und der Breite des Abdrucks kann ich dann auf die Intensität des Drucks schließen, der auf den Hals des Opfers ausgeübt wurde. Diese Details können uns wichtige Hinweise geben, um den Tathergang zu rekonstruieren und den Täter zu identifizieren.«

»Wie können wir uns das mit den Hinweisen vorstellen?«

Die Anfangsnervosität schien verschwunden. In ihrem Fachgebiet fand Diana zu ihrer ruhigen, sachlichen Stimme.

»Die Art der Verletzung, die Position und Form des Strangulationsmerkmals, die Tiefe der Einwirkung und eventuelle Begleitverletzungen können diese wichtigen Hinweise sein. Die Untersuchung des Strangulationsmerkmals kann beispielsweise zeigen, ob das Opfer von hinten oder von vorne angegriffen wurde, ob ein Werkzeug wie ein Seil, ein Draht oder die Hände verwendet wurden und wie lange der Tathergang gedauert haben könnte. Begleitverletzungen wie Kratzspuren, Blutergüsse oder Abwehrverletzungen können auch Aufschluss über den Verlauf des Angriffs geben und möglicherweise den Täter identifizieren, wenn sie mit Zeugenaussagen oder forensischen Beweisen übereinstimmen.«

»Kommt es denn oft vor, dass die Hinweise zur Überführung führen?«

»Solche Hinweise allein können einen Mordfall in der Regel nicht lösen. Unsere Aufgabe besteht darin, forensische Beweise zu sammeln und zu analysieren, um Hinweise auf die Todesursache, die Art der Verletzungen und auf mögliche Täter zu liefern. Die können dann von den Ermittlern und Staatsanwälten verwendet werden, um den Fall voranzutreiben und mögliche Verdächtige zu identifizieren. Letztendlich ist es jedoch eine Kombination aus forensischen Hinweisen, Ermittlungsarbeit, Zeugenaussagen und anderen Faktoren, die dazu beitragen, einen Mordfall aufzuklären.«

»Ich muss es fragen: Kannst du uns etwas über die Ripper-Strangulierungen sagen?«

»Du weißt, dass ich nicht über laufende Ermittlungen sprechen kann. Aber ich gebe dir ein anderes Beispiel. Vor drei Jahren hatte ich einen Fall. Eine Frau wurde mit Draht stranguliert. Die Verletzungen waren außergewöhnlich tief und zeigten Anzeichen von starkem Druck. Die Schnitte reichten bis zu den Nackenwirbeln und hinterließen deutliche Spuren. Das bestätigte, dass enorme

Kraft angewendet worden sein musste, um solch tiefe Wunden zu verursachen. Dies deutete darauf hin, dass der Täter physisch sehr stark sein musste, um den Draht mit solcher Intensität zuzuziehen. Basierend auf dieser Erkenntnis konnten die Ermittler ihre Verdächtigenliste eingrenzen und nach Personen suchen, die die erforderliche körperliche Stärke besaßen, um die Tat auszuführen. Die Ermittler hatten sowieso einen Verdächtigen aus der Bodybuilderszene im Blick, der später auch überführt werden konnte.«

Lee nickt zufrieden. »Danke dir, Diana. Nach einem kurzen Werbeblock werden wir unser Gespräch mit Dr. Gamp über Details der Pathologie fortsetzen und später auch wieder JTR888 zuschalten.«

* * *

Kate parkte ihr Auto am Straßenrand und stieg langsam aus. Sie wappnete sich für das, was sie gleich sehen würde. In der eben einsetzenden Abenddämmerung konnte sie die Wiese und das von den Straßenlampen nur spärlich erhellte Gebüsch weiter hinten nur schemenhaft erkennen. In der Nähe rauschte leise der Verkehr vorbei. Schnell glitt sie unter dem gelben Absperrband hindurch. Irgendwo in diesem Gebüsch musste das Opfer liegen.

In Kate rief der kleine Park im Norden von Blackvale gemischte Gefühle hervor. Tagsüber im Frühling hatte sie dort entspannte Momente mit Steven genossen, in denen sie entlang der grünen Wiesen spazierten und sich im Anblick der blühenden Blumen und Bäume verloren hatten. Abends jedoch zeigte der Park sein anderes Gesicht. Nur zu oft mussten Kollegen nachts ausrücken, um dort Fälle von Drogenhandel und Kriminalität zu untersuchen.

Jetzt durchkämmten Polizeibeamte mit Taschenlampen bewaffnet das Dickicht. Das laute Summen von Walkie-Talkies und das Knirschen von Stiefeln auf dem Waldboden durchbrachen die Stille der Nacht. Gerda rief sie zu sich. Neben ihr konnte Kate den leblosen Körper des Opfers erkennen. Das Gesicht der Leiche war mit Erde verkrustet, die Kleidung zerrissen und blutverschmiert. Die Arme lagen schlaff neben dem Körper, die Augen starrten ins Leere. Die Einschusslöcher in der Brust waren präzise auf der Herzseite platziert.

Kate gesellte sich zu Gerda, die über das Opfer gebeugt stand.

»Was haben wir?«

»Ein echter Wirrwarr, Kate. Der Anruf kam vor einer Stunde rein. Jemand hat den Leichnam in diesem Gebüsch entdeckt. Offensichtlich wurde das Opfer erschossen und dann hier versteckt.«

»Woher wissen wir das?«

»Es gibt eine Austrittswunde hinten, aber kein Blut weit und breit. Außerdem deuten die hier«, Gerda zeigte mit dem Finger auf zwei Furchen im Gras, »darauf hin, dass das Opfer hier hergeschleift wurde.«

»Haben wir eine Identifizierung?«

»Mohammad Ejoussouf, laut Ausweis zweiundvierzig Jahre, gebürtig aus Pakistan.« Gerda blätterte eine Seite in ihrem Notizblock weiter. »Journalist bei der Blackvale Times, der größten Zeitung unserer Stadt. Lebte downtown in der Nähe des Büros. Geschieden, seine Ex-Frau wohnt mit einem Sohn in Sommersville, also circa zwei Stunden entfernt. Ich habe sie bereits kontaktiert, und sie kommt vorbei.«

»Gibt es irgendwelche Zeugen?«

»Bisher nicht, aber wir befragen gerade die wenigen Anwohner und sammeln potenzielle Hinweise. Das wird eine ziemliche Herausforderung, so abgelegen wie der Tatort ist.«

»Wie sieht es mit Überwachungskameras aus? Habt ihr in der Nähe etwas entdeckt?«

»Leider Fehlanzeige. Keine Kameras in der Nähe, die den Bereich abdecken könnten. Wir checken aber noch das Videomaterial der Straßenkameras.«

»Gut, weiter großflächig absperren, und sobald die Forensiker etwas haben, gib mir bitte Bescheid.«

Kate ließ ihren Blick über die leblose Gestalt schweifen. Schon wieder ein neuer Fall, und es gab keinerlei Anhaltspunkte dafür, ob all diese Morde irgendetwas miteinander zu tun hatten. Auf den ersten Blick passte dieser Tote nicht zu den anderen Fällen auf ihrem Schreibtisch. Und neben der Julia-Lang-Ermittlung und den Serienmorden würden sie gewiss keinen dritten Fall gestemmt bekommen. Ihr Team hatte bisher hervorragende Arbeit geleistet, das stand außer Frage. Aber sie waren jetzt schon an der Kapazitätsgrenze: Gerda konnte nicht ständig ihre Familie im Stich lassen, und auch Brad war am Limit. Auch jetzt war Gerda anzumerken, wie sehr es sie nervte, schon wieder einen Abend an einem Tatort anstatt bei der Cocktailparty ihrer Freundinnen zu verbringen.

Die Zeit arbeitete gegen Kate. Je unübersichtlicher es wurde, desto größer war die Gefahr des Scheiterns. Aber ihre Aufgabe war es gerade jetzt, stark zu bleiben. Für ihr Team. Für die Opfer und ihre Familien. Sie wurde nur das Gefühl nicht los, dass der Weg vor ihr noch richtig steinig werden würde.

* * *

»Unser Online-Ripper-Experte. JTR888, willkommen. Vielen Dank, dass du uns wieder besuchen kommst.«

»Immer eine Ehre, Lee. Mach ich gerne.«

»Wir haben heute unsere Expertin, Dr. Diana Gamp, zu Besuch, und ich denke, du hast verfolgt, worüber wir diskutiert haben.«

»Klar.«

»Wäre auch schlimm, wenn nicht.« Finn schaltete sich ein und hoffte, dass die Zuhörer sein Zwinkern erahnen konnten. »Du hast uns wieder deine Top Drei der Social-Media-Gerüchte mitgebracht. Dieses Mal rund um das Thema Pathologie. Und ich denke, Dr. Gamp kann uns sicherlich helfen, das ein oder andere einzuordnen.«

Diana hatte ihre gewohnte Lockerheit wiedergefunden. »Ich gebe mein Bestes.«

JTR888s markige Stimme dröhnte durch Finns Kopfhörer. »Gut, Punkt eins: Dr. Gamp, wir haben schon häufiger gelesen, dass die Vermutung kursiert, dass manche Opfer des Blackvale-Rippers nach der Strangulation noch gelebt haben, als er ihnen die Schnitte zugefügt hat. Kann das stimmen?«

Die Antwort kam wie aus der Pistole geschossen.

»Natürlich kann und darf ich mich nicht zum Fall äußern. Ich kann aber gerne eine allgemeine Einschätzung geben. Es ist möglich, dass ein Opfer nach der Strangulation noch eine kurze Zeit lebt, abhängig von der Schwere der Verletzung. Jedoch führt eine Strangulation in der Regel schnell zu akutem Sauerstoffmangel im Gehirn, sodass der Tod in aller Regel schnell eintritt. Vor allem, wenn wie in diesen Fällen keine sofortige medizinische Unterstützung geleistet wird.«

JTR888 lachte auf. »Davon können wir wohl ausgehen. Punkt zwei: Es wird immer wieder erwähnt, dass die Schnitte auf den Opfern eine gezielte Form der Demütigung oder Bestrafung durch den Täter darstellen könnten. Deutet darauf etwas hin?«

Diana ergriff sofort wieder das Wort.

»Hier entfernen wir uns von meinem Fachgebiet. Ich gebe Ihnen aber meine Einschätzung als Laie. Es ist möglich, dass die Schnittwunden auf den Augenlidern eine Form der Demütigung oder Bestrafung darstellen könnten. Solche Verletzungen könnten darauf hindeuten, dass der Täter das Opfer gezielt erniedrigen oder quälen wollte.«

»Dann gehen wir lieber wieder in Ihr Fachgebiet. Punkt drei: Was können Sie uns dazu sagen, dass die Strangulationen in den Blackvale-Ripper-Fällen mit einer anderen Technik als viele andere Strangulationen ausgeführt wurden? Anstatt eines handelsüblichen Drahtes sollen die Opfer mit feinem, organischem Material stranguliert worden sein?«

Stille. Finn konnte innerlich bis drei zählen, ehe Diana das Wort ergriff. »Woher haben Sie denn solche Informationen?«

Wieder vergingen ein paar Sekunden. »Posts, Fan-Foren, Storys. Die üblichen Quellen …«, erwiderte JTR888.

Finn befürchtete, dass das Gespräch ins Stocken geraten könnte. Diana zögerte erneut, bevor sie antwortete.

»Hm, okay. Also ich kann das als Gegenstand einer laufenden Ermittlung natürlich nicht kommentieren.«

Lee übernahm das Wort. »Machen wir es wie bei der ersten Frage. Was wäre denn, wenn genau dies wahr wäre?«

Wieder ein Zögern bei Diana. »Na ja, … okay. Der Unterschied zwischen der Verwendung eines feinen, organischen Materials und einem Draht zur Strangulation der Opfer liegt hauptsächlich in der Art und Weise, wie die Strangulation ausgeführt wird, und den potenziellen Spuren, die hinterlassen werden können.«

»Können Sie etwas genauer ins Detail gehen?«

»Gerne. Bei der Verwendung eines feinen, organischen Materials wie Schnur oder Seil erfordert die Strangulation oft mehr Zeit und Druck, um das Opfer zu erwürgen. Der Täter muss möglicherweise näher am Opfer sein und länger darauf einwirken, um den gewünschten Effekt zu erzielen. Im Gegensatz dazu kann ein Draht aufgrund seiner Härte und dünnen Struktur schneller und effektiver wirken und erfordert möglicherweise weniger körperliche Anstrengung vonseiten des Täters. Dafür hinterlässt die Verwendung eines organischen Materials oft weniger offensichtliche Spuren am Tatort im Vergleich zu einem Draht. Während ein Draht Schnittmarken oder Abdrücke hinterlassen kann, könnte ein feines organisches Material, wie etwa eine Schnur, schwerer zu identifizierende Spuren hinterlassen, die die Ermittler vor zusätzliche Herausforderungen stellen können.«

Finn zuckte leicht zusammen, als JTR888 erneut in sein Ohr dröhnte. »Stimmt es auch, dass ein feines, organisches Material für den Täter leichter verfügbar sein und weniger verdächtig erscheinen könnte als ein Draht, der möglicherweise weniger alltäglich ist?«

Diana hörte sich jetzt zerknirscht an. »Ja, dadurch könnte der Täter seine Aktionen besser tarnen und seine Identität verschleiern.«

* * *

Kate war hundemüde. Zurückgelehnt in die weichen Kissen des Ledersofas kuschelte sie sich enger in eine Decke und streckte die Füße auf dem Couchtisch aus. Stevens Wohnzimmer mit den geschmackvollen Vintage-Holzmöbeln, dem gedimmten Licht und dem Kamin mit leise knisterndem Feuer war eine Oase der Gemütlichkeit. Besonders nach einem langen und stressigen Arbeitstag fühlte sich Stevens Wohnung wie ein sicherer Hafen an.

Eben noch hatte ein Telefonat mit dem FBI ihren Puls in die Höhe schnellen lassen. So ein Gespräch mit den Elitekollegen stresste sie. Sie hatte ihrer Kontaktperson für den Ripper-Fall die Details der Ermordung von Julia Lang präsentiert und aus ihrer Skepsis, ob der Fall möglicherweise mit den früheren Serienmorden in Blackvale in Verbindung stehen könnte, keinen Hehl gemacht. Das Telefonat hatte rund dreißig Minuten gedauert, aber es hatte Kate nicht vorangebracht. Ihr wurde aufgetragen, weiterhin eng zusammenzuarbeiten und alle Informationen zu teilen.

Die Ausmaße der Zusammenarbeit mit dem FBI waren für sie noch nicht greifbar. Der Captain hatte mehrfach erwähnt, dass sie bei Bedarf auf die Expertise und Möglichkeiten des FBI zurückgreifen konnte, speziell was technische Ressourcen wie forensische Labore und Analysemethoden anging. Ohne konkrete Hinweise fiel es ihr im Moment aber schwer, eine sinnvolle Anfrage zu stellen. Wenn sie keine neue Ermittlungsspur aufdeckte, würde es bei gegenseitigen Statusberichten bleiben.

Steven kam mit warmem Blick und beruhigendem Lächeln aus der Küche, setzte sich neben sie und legte seinen Arm um ihre Schultern. Gemeinsam schauten sie eine Episode von Stevens Lieblings-Anwaltsserie an, aber Kate konnte sich nicht konzentrieren. Ihre Gedanken schweiften immer wieder zum Fall ab.

Trotzdem genoss sie Stevens Nähe und die Geborgenheit. Seine Zärtlichkeit tat ihr gut, und seine Fürsorglichkeit und Unterstützung, der Kerzenschein und das liebevoll gekochte Essen zeigten ihr wieder einmal, was für einen großartigen Mann sie an ihrer Seite hatte. Steven und sie hatten völlig andere Herangehensweisen an eine Beziehung, und Kate befürchtete, dass sie sich irgendwann fragen musste, was sie ihm eigentlich zu bieten hatte.

Steven kam aus einem familiären Umfeld, das auf Zuneigung, Harmonie und bedingungsloser Liebe fußte. Und genau dies gab er in ihrer Partnerschaft weiter. Kates Elternhaus war von lauten Auseinandersetzungen, unvorhersehbaren Stimmungsschwankungen und einem Mangel an Stabilität geprägt. Als Kind vermittelte sie oft zwischen ihren Eltern oder versteckte sich, um den lautstark ausgetragenen Konflikten zu entkommen. Ohne ihr geliebtes Kindermädchen hätte sie all das nicht ertragen. Sie fragte sich oft, ob diese frühe Prägung dazu führte, dass für sie Liebe mit Intensität, Drama und damit auch Streit einherging. Zu viel Zuneigung ohne Spannung und Konflikte wurde ihr schnell zu eng. Und jedesmal, wenn es zu eng wurde, zog sie die Reißleine. War Steven nur ein weiterer Versuch, eine liebevolle, konfliktfreie Beziehung zu führen, obwohl Kate tief in sich wusste, dass diese Ruhe nichts für sie war? Dabei sehnte sie sich danach, die Vergangenheit hinter sich zu lassen und gesündere Beziehungen aufzubauen, die auf Vertrauen, Respekt und gegenseitiger Unterstützung basierten.

Ihr Telefon klingelte. Brads Name leuchtete auf dem Display auf.

»Geh ruhig ran.« Steven streichelte ihren Arm.

»Ich mache es kurz.« Dankbar gab sie ihm einen Kuss auf die Wange und stand auf.

Brad sprach aufgeregt und hektisch. »Kate, entschuldige bitte die späte Störung.«

»Kein Problem. Was gibt's?«

»Ich habe mit Dever gesprochen. Wir glauben, dass er in seiner Vision einen Recyclinghof gesehen hat.«

»Okay. Passt grob zu dem, was er mir gesagt hat.«

»Basierend auf seinen Aussagen haben wir drei Skizzen erstellt. Ich glaube, ich habe einen Entsorgungsdienstleister in der Vorstadt gefunden, der zu diesen Skizzen passen könnte.«

»Wie ist der Name?«

»Republic Services – Blackvale Recycling.«

»Und was sind das für Skizzen?«

»Ich habe Dever mit einem Zeichner zusammengesetzt. Finn hat ihm detailliert beschrieben, was er gesehen hat. Blackvale Recycling hat Fotos auf seiner Homepage. Eins sieht verdammt wie eine von diesen Skizzen aus. Ich vermute, die anderen Stellen finde ich vor Ort auch.«

»Du willst da hinfahren?«

»Ich denke, wir sollten die Bude näher untersuchen, bevor möglicherweise wichtige Beweise verschwinden.«

Kate nahm einen Schluck Wein. »Verstehe. Mach das morgen früh bei Geschäftsöffnung. Aber sei vorsichtig und stell sicher, dass alles legal zugeht. Wir können uns nicht leisten, irgendwelche Fehler zu machen. Halt mich auf dem Laufenden.«

»Perfekt, danke.«

Kate zögerte. »Brad, nimm bitte Mr. Dever mit.«

»Der kann nicht. Muss arbeiten. Was wäre mit Gerda?«

»Geht nicht. Dann nimm bitte eine Streife mit.«

»Alles klar, schönen Abend dir.«

»Dir auch, bis morgen.«

Zurück auf der Couch entschuldigte Kate sich erneut bei Steven. Statt zu antworten, zog dieser sie enger in seinen Arm und küsste sie leidenschaftlich.

$$* * *$$

Schlaf fand Finn in dieser Nacht nicht. Schwer und tief atmend lag Elia an seiner Brust, während er mit leerem Blick die Decke fixierte. Unaufhörlich kreisten seine Gedanken um die Ereignisse des Nachmittags. Diana hatte ihn nach dem Podcast aufgewühlt angerufen – ihre Verunsicherung war ihm schon während der Aufzeichnung nicht entgangen. Die Sorge, die Zuhörer könnten durch die Folge Details zu den Ermittlungen im Ripper-Fall erhalten haben, die bisher nicht an die Öffentlichkeit gegeben wurden, ließ Diana nicht los. Finn hatte sie beruhigt, dass niemand sicher wissen konnte, dass JTR888 mit seinen Fragen zur Strangulation in den Ripper-Fällen genau ins Schwarze getroffen hatte. Lees Zuhörer hörten jede Woche so viele Gerüchte. Fakt und Fiktion konnten hier leicht verschwimmen.

Finn hätte trotzdem gerne gewusst, wie manche Menschen in den Foren an ihre Informationen kamen. Die Polizei hatte nie veröffentlicht, dass bei allen vorherigen Ripper-Morden ein organisches Strangulationsmaterial verwendet worden war. Darum gingen die Ermittler bei Julia Lang auch nicht von einem neuen Ripper-Fall aus. Wieso hätte der Ripper bei diesem Mord auf einen herkömmlichen Draht umsteigen sollen?

Am Ende des Telefonats hatte sich Diana wieder beruhigt und zu Lees Erleichterung die Folge für die Ausstrahlung freigegeben. Hoffentlich würde sie keine Schwierigkeiten bekommen. Auf der einen Seite brauchte der Podcast Diskussionen wie diese. Spannende Fakten, die die Hintergründe beleuchteten. Auf der anderen Seite war Finn besorgt, seinen Zugang zur Polizei und seine Beratertätigkeit bei den Ermittlungen zu gefährden, indem er Diana eingeladen und mit Lee in Kontakt gebracht hatte.

Für ihn bedeutete die Mitwirkung am Podcast eine Gratwanderung zwischen dem Bedürfnis nach Offenheit und der Notwendigkeit, sensible Informationen zu schützen. Jede unüberlegte Äußerung könnte das Vertrauen des BPD in die Zusammenarbeit mit ihm untergraben.

Er hatte jedoch nicht das Gefühl, dass er schnell einschlafen würde.

KAPITEL 6

VOR 5 MONATEN   *NEWS*
BLACKVALE, 17. JANUAR 2023

Lon: Wir schalten nun live zu unserer Reporterin Lisa, die mit Anwohnern gesprochen hat und uns ein Bild der aktuellen Stimmung in der Bevölkerung geben kann. Lisa, wie ist die Lage vor Ort?

Lisa: Guten Morgen, Lon! Die Lage hier ist angespannt, und die Angst der Menschen ist deutlich spürbar. Seit acht Monaten leben die Bewohner unserer Stadt in ständiger Furcht vor dem Ripper, der bisher fünf Menschenleben gefordert hat. Die Polizei ist rund um die Uhr im Einsatz, doch bislang ohne Erfolg. Ich habe mit einigen Anwohnern gesprochen, die mir von ihren Sorgen und Ängsten berichtet haben.

Lon: Das klingt sehr beunruhigend, Lisa. Kannst du uns konkrete Beispiele geben, wie die Menschen hier mit der Situation umgehen?

Lisa: Natürlich, Lon. Ich habe zum Beispiel mit Melissa Yates gesprochen, die mir erzählte, dass sie abends das Haus nicht mehr verlässt und ihre Kinder nicht mehr alleine draußen spielen lässt. Sie sagte, dass sie ständig in Sorge lebt und jede fremde Person in ihrer Nachbarschaft misstrauisch beäugt.

Dann gibt es Richard Soler, einen Ladenbesitzer, der jetzt seine Öffnungszeiten geändert hat. Früher hat er bis spät in die Nacht seinen kleinen Lebensmittelladen offen gehalten, doch nun schließt er bereits um sechs Uhr abends. Er hat außerdem Sicherheitskameras installiert und ist ständig wachsam, wenn jemand sein Geschäft betritt.

BLACKVALE, 20. JUNI 2024

Kate rieb sich die Augen, während sie auf die Monitore starrte. Der Raum der Datenanalysten im Polizeirevier erinnerte sie an ein Dozentenzimmer an der Universität. Moderne Computer und technische Geräte, daneben Bücher über Datenanalyse, Programmierung und mathematische Modellierung. Zumindest roch es nach Kaffee und frischen Bagels. Gedankenverloren schweifte ihr Blick über die mit Karten, Diagrammen und Organigrammen der Ripper-Fälle tapezierte Pinnwand, die Bücher und Technik trennte. Im Revier wurde diese Ermittlungstafel gerne auch als »Wall of Shame« bezeichnet. Aktuell gab es zu keinem der Ripper-Morde eine Spur. Kate schluckte. Der Julia-Lang-Fall sollte nicht hier enden.

»Du siehst müde aus.« Olexiys Augen lugten hinter einem der Laptops hervor.

»Alles gut. Was hast du gefunden?« Kate beobachtete den jungen Russen, der schon wieder konzentriert auf seinen Bildschirm starrte. Anfangs war sie nicht sicher, ob der dürre Olexiy mit den zerknitterten Hemden und der schlaff um den Hals hängenden Krawatte der Richtige für den Polizeidienst war. Schließlich aber hatte er Kate mit seiner am MIT erworbenen Expertise bei den Besprechungen doch überzeugt.

Olexiy hob den Blick wieder von seinem Monitor. Seine durchdringenden Augen leuchteten unter den buschigen Augenbrauen.

»Ich denke, ich habe etwas Interessantes entdeckt. Eine verschlüsselte Datei, versteckt in den Systemen von Julia Lang. Die Verschlüsselungsmethode ist äußerst raffiniert. Ich denke, AES-256.«

»Das sagt mir nichts«, erwiderte Kate.

Olexiy rieb seinen wilden und buschigen Bart. »Diese Verschlüsselung ist äußerst robust und erfordert normalerweise einen starken Schlüssel, um sie zu knacken.«

»Okay, kannst du das irgendwie umgehen? Mit einem Programm?«

»Um die AES-Verschlüsselung aufzuheben, benötigt man den Schlüssel, der während des Verschlüsselungsvorgangs verwendet wurde. Ohne diesen ist es praktisch unmöglich, auf die Daten zuzugreifen.«

»Was heißt ›unmöglich‹? Du kannst nichts machen?«

»Für eine AES-Verschlüsselung mit einem starken Schlüssel von 128 Bit Länge, vielleicht länger, würde selbst ein leistungsstarker Computer mit modernster Technologie eine nahezu unvorstellbare Zeit benötigen.« Die Anspannung ließ seine sowieso schon scharfen Konturen noch deutlicher hervortreten.

»Die Begriffe sagen mir nichts. Hast du nicht einen Algorithmus oder so was? Der alle Kombinationen durchgeht?«

Olexiy schmunzelte. »Das ist es ja. Um den Schlüssel durch Ausprobieren aller möglichen Kombinationen zu erraten, bräuchten wir Hunderte von Jahren oder sogar länger.«

»Kannst du anders herausfinden, worum es in der Datei geht? Hängt die Datei mit dem Fall zusammen?«

»Ich weiß es nicht. Ich screene weiter den Rechner. Aber die meisten Dateien sind ganz normaler Hearium-Kram. Dies ist die einzige verschlüsselte Datei, und Julia Lang hat sie zwei Mal weitergeleitet, jeweils vertraulich.«

»An wen?«

»An zwei Mailadressen. Keine Klarnamen dabei – me@securemail.com und spike81@outlook.com. Ich versuche, die Eigentümer herauszufinden.«

Kate rieb sich die Augen. »Und was machen wir mit der verschlüsselten Datei?«

Olexiy zuckte mit den Schultern. »Ich müsste das Passwort erraten.«

»Können wir irgendwie helfen?«

»Theoretisch könnte alles helfen. Hinweise auf persönliche Details des Opfers, bestimmte Hobbys oder eine besondere Vorliebe. Möglicherweise steckt das Passwort in privaten Chats, E-Mails oder Fotos.«

»Oder es ist völlig willkürlich.«

»Dann müsste sie den Schlüssel gespeichert haben. Solche Schlüssel sind komplex. Die entscheidende Frage ist die nach dem Grad an Entropie.«

Ein Stöhnen entfuhr Kate. Sie wusste aus vorherigen Treffen, dass Olexiy sich niemals Gedanken machte, ob seine Gesprächspartner mit seinen Begriffen etwas anfangen konnten.

»Was heißt das?«, grummelte sie.

»Entropie ist das Maß an Unvorhersehbarkeit oder Zufälligkeit bei der Generierung von Schlüsseln oder anderen kryptografischen Parametern. Je höher die Entropie, desto schwieriger ist es für Angreifer, den Schlüssel zu knacken.«

»Zusammengefasst: Wenn wir keine Idee für den Ursprung des Schlüssels entwickeln, wird es schwer?«

»Ich kann noch Algorithmen testen, aber es wird sehr, sehr unwahrscheinlich, dass wir damit das Ding knacken können.«

Kate erhob sich. »Wenn ich einen Hinweis für dich finde, melde ich mich.«

»Gut. Und ich suche weiter auf dem Laptop und dem Handy.«

Ernüchtert verließ Kate den Raum.

* * *

Die Gebäude des Recyclinghofs bildeten im Morgengrauen eine düstere Silhouette. Brad erkannte die Umrisse der Lagerhallen und Schrottplätze, sie stimmten mit Finns Skizzen überein. Der Geruch von verbranntem Plastik hing schwer in der Luft, das spärlich beleuchtete Gelände strahlte eine unheimliche Atmosphäre aus.

Mit seinem Team aus zwei Zivilpolizisten machte sich Brad auf die Suche nach dem stillgelegten Tunnelsystem, das laut Finns Vision tief unter dem Areal lag. Zuvor hatte die Firma Blackvale Recycling Services einen Mitarbeiter aus der Presseabteilung damit beauftragt, sie in Empfang zu nehmen. Als dieser merkte, dass eine schweißtreibende Suche auf dem Gelände bevorstand, schützte er plötzlich einen wichtigen Termin vor. Nun begleitete sie ein übergewichtiger Wachmann, der zu Brads Verärgerung mit ihrem Tempo kaum Schritt halten konnte. Wenigstens kannte er das Gelände. Nachdem sie sich an einigen weißen Lagerhäusern und mit Unkraut überwucherten Betonwegen vorbeigekämpft hatten, standen sie tatsächlich vor dem Zugang zum Kanalsystem, den Finn beschrieben hatte.

Brad rieb sich die Hände und suchte nach einem Gegenstand, um das rostige Gitter am Eingang aufzustemmen. Dann sah er: Das Gitter konnte im besten Fall als angelehnt bezeichnet werden. Zu dritt betraten sie die düsteren Gänge, der Sicherheitsmann wollte draußen warten. Nur das schwache Licht der Taschenlampen erhellte den Weg vor ihnen. Das dumpfe Echo ihrer Schritte hallte von den Wänden, während sich der Gestank von feuchtem Beton und übel riechendem Abwasser in ihre Nasen drückte. In Brad kam der Abenteurer hervor, trotz der Mischung aus Ekel und Aufregung. Sein Bauchgefühl sagte, dass er erfolgreich sein würde.

* * *

Finn hatte Rhonda Whitmores seltsames Haus nicht mehr aus dem Kopf bekommen. Jedes Detail – die merkwürdig verstärkten Kellerfenster, die ungepflegte Fassade, die unheimliche Stille – hatte er noch vor Augen. Irgendetwas lockte ihn dorthin zurück.

Doch jedesmal, wenn er darüber nachdachte, spürte er eine seltsame innere Unruhe. Als ob sein Geist stimuliert würde, als ob das Haus selbst eine Wirkung auf ihn hätte. Dieser Reiz war subtil, aber konstant und produzierte Fragen, die er nicht ignorieren konnte. Warum hatte Rhonda diese übertriebenen Sicherheitsvorkehrungen getroffen? Musste sie etwas verbergen? Er konnte sich nicht mehr von dem Gedanken lösen, dass das, was er dort gesehen hatte, nur die Spitze des Eisbergs war. Ihm war, als ob das Haus bewusst Signale schickte, die seine Neugier anstachelten und ihn tiefer in das Mysterium hineinzogen, das er noch nicht ganz begriffen hatte.

Bryan Malahs lautes Auflachen holte ihn zurück in die Realität der Hearium-Konzernzentrale. Der CEO strich sich über das mit seinen eigenen Initialen bestickte Hemd. Finn vermutete, dass Bryan einen Scherz gemacht hatte, während er selbst in Gedanken der Situation im großen, gläsernen Meetingraum entflohen war.

Jetzt musste er sich konzentrieren. Er war zwar bestens mit Daten und Fakten zu seinen Vertragsabschlüssen vorbereitet, doch die CEO-Reviews konnten schnell eine andere Wendung nehmen, wenn Bryan schlechte Laune hatte. Finn rutschte auf seinem Stuhl hin und her. Die vierteljährlichen Besprechungen, bei denen der Geschäftsführer mit ihnen die Zahlen und Projekte des letzten Quartals diskutierte, waren supernervig und kosteten ihn wertvolle Freizeit. Er musste dafür seine Unterlagen zusammenstellen, sich vorher mit seinem Team abstimmen und aufpassen, bei Bryan nicht mit einer unüberlegten Bemerkung in Ungnade zu fallen.

Und schlimmer: Statt mit Brad zur Entsorgungsanlage zu fahren, saß er in einem stickigen Besprechungsraum mit Bryan, dem

Vertriebschef Peter de Graot und Umut Yalzin, dem Technikchef von Hearium, und musste sich mit den anderen sechzehn Mitgliedern aus seinem Sales-Team endlose Diskussionen über Zahlen und Strategien anhören.

Einen Lichtblick gab es aber: Hannah Dressal, die über ihren Laptop gebeugt das Meeting protokollierte. Sie war heute Morgen sein eigentliches Ziel.

Hannah wohnte der Besprechung nur als Vertretung von Bryans Assistenten Declan Walsh bei, der bei seiner Familie in Irland im Urlaub weilte. Finn wunderte sich, dass man die Referentin von Julia Lang als Ersatz für Declan ausgewählt hatte.

Hannah und Bryan hatten eine Vorgeschichte. Die zierliche Frau hatte mehrere Jahre im Projektmanagement direkt für den Geschäftsführer gearbeitet und wurde von diesem sichtbar protegiert. Jeder hatte erwartet, dass Hannah über kurz oder lang zur rechten Hand von Bryan aufsteigen würde. Überraschend war sie dann vor zwei Jahren zu Julia Lang gewechselt. Hinter ihrem Rücken wurde bei Hearium gemunkelt, dass der CEO und seine Projektmanagerin in strategischen Themen nicht mehr übereinstimmten und sie bei ihm in Ungnade gefallen war.

Finn schob den Gedanken beiseite. Hannahs Anwesenheit spielte ihm in die Karten. Als er ihren Namen unter den Teilnehmern in seinem digitalen Kalender gesehen hatte, wusste er, dass das Review den idealen Aufhänger geben würde, um mit Hannah zu sprechen.

Das Meeting näherte sich dem Ende, und Finn entspannte sich. Bryan hatte aufgehört, Fragen an einzelne Teilnehmer zu stellen. Zwar konnte er davon ausgehen, dass der Geschäftsführer ihn wegen seiner guten Zielerreichung sowieso nicht ansprechen würde. Aber wenn, dann sollte er auf Zack sein und seine Zahlen im Kopf haben. Es war schon vorgekommen, dass der CEO Mitarbeiter mit Sprüchen wie »Know Your Numbers« zusammengestaucht hatte.

Peter de Graot fasste den Tag gerade grob zusammen, und gleich würde Bryan das Wort ergreifen und das Team loben. Beeindruckende Umsatzzahlen, blabla, große Bedeutung einer starken Vertriebsleistung, blabla, weiter hart arbeiten, blabla.

Finn fokussierte sich auf Hannah, die das Tippen eingestellt hatte. Wieso kam sie überhaupt zur Arbeit? Man sagte ihr eine sehr persönliche Beziehung zu ihrer bisherigen Chefin nach, andernfalls hätte sie es nicht lange mit Julia ausgehalten. Finn wäre in solch einer Situation erst einmal zu Hause geblieben, um die grausamen Ereignisse sacken zu lassen. Anscheinend hatte sich in Hannah das Arbeitstier durchgesetzt. Vermutlich, weil sie nach höheren Positionen im Konzern strebte.

Überhaupt hatte nicht nur Hannah, sondern aus Finns Sicht ganz Hearium schnell wieder in einen operativen Modus gefunden. Business as usual. Bryan hatte nach Julias Tod zunächst unverzüglich eine Krisensitzung der Geschäftsführung einberufen, um das weitere Vorgehen zu besprechen. Danach wurden die Mitarbeiter per E-Mail und Intranet über den tragischen Vorfall unterrichtet. Auf Unternehmenskosten wurde psychologische Unterstützung für diejenigen angeboten, die es brauchten, und Bryan organisierte eine Gedenkveranstaltung, um gemeinsam Abschied von Julia zu nehmen. Außerdem lief eine interne Untersuchung, um einen Zusammenhang ihres gewaltsamen Todes mit dem Unternehmen auszuschließen. Die Mitarbeiter sollten sich sicher fühlen. Bei der Arbeit erkannte Finn aber keinen Unterschied zu den Tagen vor dem Tod von Julia. Die Führungskräfte unterhalb der Finanzleiterin ersetzten sie in den einzelnen Meetings, und bis auf die lebhaften Spekulationen auf den Fluren hätte man meinen können, es wäre nichts Außergewöhnliches passiert.

Bryan beendete das Meeting, indem er aufstand und symbolisch in die Runde applaudierte. Finn packte langsam seine Sachen zusammen. Sein Blick suchte den von Hannah. Sie schien vertieft in ihre Gedanken, hatte aber schneller zusammengepackt, als Finn vermutet hätte. Ruckartig sprang er vom Stuhl hoch, um sie an der Türe abzufangen.

»Hallo, Hannah,« sagte er mit einem warmen Lächeln.

Die kleine, blonde Frau stoppte und blickte ihn überrascht an.

»Hi, Finn«, antwortete sie unsicher und distanziert.

Sie kannten sich aus Meetings bei Hearium zum Austausch über neue Projektideen. Schon bei den ersten Unterhaltungen beim Kaffee hatte er gespürt, dass sie ihn mochte. In der Zwischenzeit aber hatten ihre Gespräche die Leichtigkeit der früheren Treffen verloren. Es hatte da diesen Moment gegeben, als die beiden am späten Abend nach einem Meeting allein auf dem Flur standen. Hannah hatte ihm über ihr Wochenende in einer wunderschönen Hütte außerhalb der Stadt erzählt, in der sie mit ihrer krebskranken Mutter immer zur Ruhe kam. Ohne Hintergedanken hatte Finn hatte erwähnt, wie idyllisch sich das anhörte. Unbehaglich wurde ihm, als Hannah beiläufig einwarf, dass sie ihm gerne die Hütte zeigen würde und man dann den fünfzehnminütigen Weg bergauf zu einer weiteren Hütte mit einem romantischen Sonnenuntergang spazieren könne. Finns Alarmglocken schrillten. War das eine romantische Einladung? Wollte Hannah mehr als eine Arbeitsbeziehung? Hatte er erwähnt, dass er mit Elia zusammen war? Finn hatte das Gespräch nach ein paar alibimäßigen Fragen zur Hütte höflich, aber rasch beendet und sich von Hannah verabschiedet. Seit diesem Moment hatte ihre Beziehung die unbeschwerte Leichtigkeit verloren. Ihre Gespräche blieben distanziert, und beide spürten den Elefanten im Raum.

»Lange nicht gesehen! Wie geht's dir?«

Demonstrativ lehnte Finn sich entspannt gegen die Wand, was Hannah dazu brachte, abrupt innezuhalten.

»War eine harte Woche …«

Finn meinte, ein Runzeln in ihren akkurat gezupften Augenbrauen zu erkennen.

»Habe ich gehört. Das tut mir leid mit Julia. Ist alles okay bei dir?«

»Na ja«, sie schaute ihm tief in die Augen. »wie gut kann es einem gehen? Das ist schon ein schwerer Schlag.« Ihr Blick fiel nach unten. »Für alle im Team.«

»Das kann ich mir vorstellen. Kommst du denn klar?«

»Geht schon. Es tut gut, sich auf der Arbeit etwas abzulenken.«

»Und ich spreche dich auch noch darauf an …« Finn zog die Mundwinkel nach unten und blickte kurz zu Boden.

Hannahs schmale Lippen formten sich zu einem Lächeln. »Schon gut.« Sie drehte mit dem Finger an einer Haarsträhne und lehnte sich ebenfalls gegen die Wand.

»Hast du die Berichterstattung im Fernsehen gesehen?«

Hannah nickte. »Die gehen von einem Ripper-Mord aus.«

»Du nicht?«

»Doch, ist möglich.«

Finn beugte sich nach vorne und flüsterte. »Ich glaube das nicht.«

»Wieso? Vom Ripper hört man doch immer, dass er seine Opfer willkürlich auswählt und deswegen noch nicht gefasst wurde.«

»Ich glaube, es könnte Julias Mann gewesen sein. Ich habe gehört, die hatten zuletzt nur Stress.«

Hannah löste sich von der Wand und flüsterte ebenfalls. »Es gab ständig Stress mit Robert, also ihrem Ex-Mann. Nicht erst in letzter Zeit.«

»Denkst du denn, er könnte etwas mit dem Mord zu tun haben?«

Geschmeidig tippelte Hannah zur Seite. »Ich weiß nicht. Die Beziehung wirkte schwierig. Doch bei Problemen begeht man nicht direkt einen Mord.«

»Und ansonsten ist dir an ihr nichts aufgefallen?« Finn verbarg seine Anspannung.

Hannahs Miene blieb völlig unbewegt. »Die Polizei hat die gleichen Fragen gestellt.« Nach einer kurzen Pause flüsterte sie weiter. »Julia schien in letzter Zeit abwesend zu sein und wirkte gestresst. Mehr kann ich dazu auch nicht sagen.«

Finn hielt den Atem an. Er musste dafür sorgen, dass Hannah noch ein wenig länger blieb. »Hast du denn bemerkt, ob sie irgendwelche persönlichen Probleme hatte, die sie belastet haben könnten?«

»Warum willst du das wissen?«

Finn hob entschuldigend die Arme und löste sich von der Wand, bereit zum Weitergehen. »Tut mir leid. Ich wollte dich nicht ausfragen. Manchmal hilft es ja, über Dinge zu reden. Und ich bin ehrlich: Natürlich interessiert es mich, ob du etwas mitbekommen hast.«

Hannahs Züge wurden weicher. »Schon gut. Kannst ruhig fragen. Ich kann dir nur nicht viel erzählen. Bei Julia war immer viel los. Ihr Sohn Ethan scheint nicht einfach. Ansonsten hatte sie kein Privatleben. Sie war immer hier. Sie lebte für die Arbeit.«

»Verstehe. Was war mit ihrem Freund?«

Hannah musterte ihn wieder länger. Vielleicht überraschte es sie, dass Finn von Matthew Coldwell wusste.

»Ich weiß nicht. Die beiden waren ja auch schon etwas zusammen. Das war nicht frisch. Und sie war ein Profi. Ich habe nie bemerkt, dass irgendetwas aus ihrem Privatleben ihre Arbeit beeinflusst hätte. Vor anderthalb Jahren zum Beispiel ist ihre Schwester gestorben. Sie hat den Anruf auf der Arbeit erhalten, kurz ihrer Sekretärin das Vorgehen für die Beerdigung und die Blumen diktiert und ging dann direkt ins nächste Meeting mit Bryan, wo sie alle an die Wand diskutierte. Ich habe keinen Unterschied gemerkt. Dabei stand sie ihrer Schwester nah.«

»Was glaubst du denn, warum sie jetzt so gestresst wirkte?«

»Ich weiß es wirklich nicht. Sie schien nervös und wirkte ängstlich, besonders wenn sie allein arbeitete.«

Langsam bewegte sich Hannah in Richtung Großraumbüro. Finn folgte ihr.

»Vielleicht ist etwas auf der Arbeit vorgefallen?«

»Was soll denn hier passieren?« Hannah lachte auf. »Wenn, dann habe ich es in der Zusammenarbeit nicht gemerkt. Mit Bryan und den anderen aus der Geschäftsführung schien Julia wie immer. Sie hatte nur mehr ›Nicht-verfügbar-Blocker‹ als sonst im Kalender, Zeiten, wo sie allein an Dingen gearbeitet hat. Ich dachte, dass sie ihre Bewerbungsunterlagen sortiert und sich woanders bewirbt.«

»Wie kommst du darauf?«

»Das ist nur geraten. Sie hatte letzte Woche drei private Blocker in den Abendstunden, die es vorher nicht gegeben hatte. Sie hat sich selbst die Adressen dazu aufgeschrieben. Da dachte ich an andere Firmen.«

»Oder Treffen mit ihrem Freund?«

Hannah schüttelte den Kopf. »Den hat sie normal ohne Sperre in den Kalender eingetragen. Die Termine konnte ich sehen.«

Bingo. Finn lächelte. Bestimmt hatte das BPD den Kalender von Julia Lang. Er musste Gerda anrufen. Er hielt es für eine gute Idee, sich diese drei Adressen aus den Blockern näher anzugucken.

* * *

Brad und die Polizisten wateten seit Stunden durch den dreckigen Abwasserkanal, ihre Taschenlampen beleuchteten nur spärlich die dunklen Wände. Gestank stieg ihnen in die Nase und drang in ihre Kleidung, während sie sich mühsam durch das schlammige Wasser kämpften. Brad schleppte sich vorwärts, jeder Schritt schwerer als der letzte. Seine Muskeln zitterten vor Erschöpfung. Frustriert griff er seine Taschenlampe immer fester. Nur sein Ehrgeiz und seine Entschlossenheit trieben ihn voran. Von klein auf war ihm beim Sport eingebläut worden, dass Aufgeben nicht zu seinem Wortschatz gehörte.

In diesen Momenten erinnerte er sich gerne zurück an den Fall, der ihm die Laufbahn zum Detective eröffnet hatte. Als Streifenpolizist hatte er im Fluss die Leiche eines Geschäftsmanns entdeckt. Anfänglich deutete alles auf einen Unfall hin. Doch Brads Bauchgefühl sagte ihm etwas anderes. Er kämpfte sich durch den zähen Morast am Ufer des Flusses, auf der Suche nach weiteren Hinweisen. Der Geruch von fauligem Wasser und Verwesung hing in der Luft, aber sein Wille erwies sich als stärker als sein Ekelgefühl. Hartnäckigkeit und Entschlossenheit trieben ihn an. Nach Stunden der Suche hatte er einen Stein mit dem Blut des Opfers gefunden, und die zuständigen Detectives und die Forensik konnten mit diesen Spuren den Täter überführen. Dieser Erfolg diente Brad als Steigbügel in die höhere Laufbahn. Und er nahm daraus mit: Manchmal benötigt man mehr als nur Talent und Technik – es braucht einen unerschütterlichen Willen, auch in den ekligsten Situationen die Wahrheit finden zu wollen.

»Detective!«

Brad drehte sich ruckartig um. Einer der Polizisten hinter ihm deutete auf ein Licht am Ende der Röhre.

»Ich glaube, wir sind im Kreis gelaufen.«

Brad fixierte den Lichtkegel. Viele Möglichkeiten zum Abzweigen hatte es nicht gegeben. Alle Arme der Kanäle, die nicht direkt unter dem Firmengelände lagen, stellten sich als entweder abgesperrt oder zugeschüttet heraus.

»Scheiße, stimmt«, grummelte Brad.

Sie stapften zum Ende der Röhre und sahen zu ihrer Enttäuschung das Gitter, durch das sie eingestiegen waren.

»Besorgen Sie mir bitte einen alten Plan von dem System. Und Nachtsichtgeräte. Mit den Taschenlampen wird das nichts.«

Er war noch nicht bereit, die Suche aufzugeben.

* * *

Kate betrat den Pausenraum des BPD, in dem die Jugendarbeiterin Ethan nach einem Gespräch zurückgelassen hatte. Der Junge hatte seine Füße auf den Tisch gelegt und tippte auf seinem Smartphone herum. Obwohl Kate sich bei der Jugendarbeiterin versichert hatte, dass sie Ethan aufgrund der besonderen Umstände befragen durfte, kämpfte sie gegen das enge Gefühl in ihrem Hals. Die Vernehmung von Kindern und Jugendlichen stellte für sie eine der schwierigsten Aufgaben dar. Sie hatte großen Respekt davor, wie gefasst Ethan mit der Situation umging, und sie wollte ihn nicht noch weiter verängstigen oder traumatisieren.

Sie setzte sich ihm gegenüber. Ethan wendete den Blick nicht von seinem Smartphone. Aus dem Augenwinkel erkannte Kate ein Rennspiel.

»Hey, Ethan«, sagte sie mit einem freundlichen Lächeln. »Ist es okay, wenn wir noch einmal über deine Mutter reden?«

Der Junge hob den Kopf, und Kate sah tief in seine großen, ängstlichen Augen, unter denen sich dunkle Ringe abzeichneten.

»Okay«, flüsterte er leise. Seine Lider flatterten erschöpft, und als sich Tränen in seinen Augen sammelten, spürte Kate, wie sich ihr Magen verkrampfte.

»Du musst mir nichts erzählen, was du nicht möchtest. Ich möchte dafür sorgen, dass so etwas Schlimmes nie wieder passiert.«

Einen Augenblick verharrte sie, um Ethans Reaktion abzuwarten. Der Junge nickte, woraufhin Kate ihm ein aufmunterndes Lächeln schenkte.

»Kannst du mir vielleicht erzählen, ob dir nach den Gesprächen mit Gerda noch etwas eingefallen ist? Hast du vielleicht etwas an deiner Mutter bemerkt? Ist in der letzten Woche etwas passiert? Ich bin hier, um dir zuzuhören und dir zu helfen.«

Mit einem schweren Schlucken senkte Ethan den Blick. »Ich … ich bin keine große Hilfe«, sagte er zögernd. »Ich kann Ihnen nur sagen, dass meine Mutter sich in den letzten Wochen seltsam verhalten hat.«

»Kate. Du kannst mich gerne Kate nennen. Wieso seltsam? Jedes Detail könnte wichtig sein.«

Ethan drehte sein Smartphone auf der Handfläche. »Ich habe sie nachts gehört, wie sie mit jemandem geredet hat, als sie dachte, ich würde schlafen. Leise. Am Telefon.«

»Weißt du, worum es ging?«

»Um meinen Vater. Meine Mutter hat über Sorgerecht und Geld geredet.«

»Kannst du mir genauer sagen, was sie gesagt hat?«

»Ich glaube, ich sollte nicht mehr zu ihm gehen. Und sie wollte ihm Geld wegnehmen.«

»Welches Geld?«

»Meine Mutter zahlte meinem Vater seit der Trennung Geld. Weil sie viel mehr verdiente und er ständig Probleme damit hatte.«

»Gab es deswegen Streit zwischen deinen Eltern?«

»Ich glaube ja. Aber ich war nie dabei.« Er zögerte kurz. »Meine Mutter verabscheute sein Trinken. Sie hat mich immer danach gefragt, wenn ich bei ihm war.«

»Wie war das für dich?«

»Mir war das egal.«

»Aber du willst nicht zu deinem Vater zurück?«

»Nein, er kümmert sich nicht.«

»Was meinst du damit?«

»Er arbeitet nur. Oder trinkt. Und schreit viel.«

»Was machst du denn, wenn du bei ihm bist?«

»Eigentlich nur zocken.«

»Videospiele?«

Ethan nickte. Schnell schob er hinterher: »Ich weiß, dass zu viel Zocken dumm macht.«

Ein Schmunzeln lag ihr auf den Lippen, doch Kate unterdrückte es. »Was sagt dein Vater über deine Mutter?«

»Dass sie ihn anlügt und mit Mr. Malah unter einer Decke steckt.«

»Was meint er damit?«

»Weiß ich nicht.«

Kate bedankte sich bei ihm und versprach, alles zu tun, um herauszufinden, was passiert war. Beim Aufstehen fiel ihr Blick auf Ethan, dem man seinen Schmerz deutlich ansah. Sie musste alles tun, um Gerechtigkeit für ihn und seine Mutter zu erlangen.

»Kate?«

Die Ermittlerin stand schon in der Tür, als Ethan mit resolutem Blick noch einmal das Wort ergriff.

»Ja.«

»Ich möchte nicht wieder zu Kelly. Sie ist nett ... aber lieber nicht.«

Kates Miene verhärtete sich, und ein Schatten des Bedauerns schlich über ihr Gesicht. »Wir suchen nach einer Bleibe für dich. Da ihr keine näheren Verwandten in der Nähe habt, müsste ich dich ins Kinderheim schicken. Wir arbeiten mit der netten Frau vom Jugendamt daran, etwas Besseres für dich zu finden.«

Nach dem letzten Satz biss Kate sich auf die Zunge. Was, wenn der Junge ins Heim kam?

»Niemals, da gehe ich nicht hin. Das ist unfair.« Frustriert deutete Ethan auf den Analystenraum und ließ seinen Blick dabei auf Kate ruhen. »Kann ich nicht zu Rhonda gehen? Ich kenne sie.«

Kate stutzte kurz. Hatte der Junge eines der Flipcharts im Raum sehen können? Nur dort stand Rhondas Name angeschlagen. »Das ist im Moment nicht möglich. Sie ist keine Verwandte«, log sie.

»Ich mag sie und kenne sie. Da könnte ich bleiben.«

»Das geht wirklich nicht. Eine oder zwei Nächte noch bei Kelly, und dann haben wir eine Lösung. Bei Kelly bist du vorerst sicher.«

Ethan sackte tiefer auf den Stuhl und blickte Kate genervt hinterher.

* * *

Der alte Ford kam mit einem lauten Röhren zwei Querstraßen entfernt von der dritten Adresse aus den Blockern in Julia Langs Kalender zum Stehen. Ein Anruf bei Gerda hatte ergeben, dass die ersten beiden Adressen zu einem Irish Pub geführt hatten. Kurioserweise lag dieser von Hearium aus gesehen am anderen Ende der Stadt. Dort hatte man Gerda nicht weiterhelfen können. Niemand vor Ort kannte Julia Lang. Der dritte Blocker wies auf die 25 East Stanston Park Avenue hin, eine Adresse, die das BPD bisher noch nicht überprüft hatte. Gerda hatte darauf bestanden, dass Finn nicht ohne Brad oder sie das Gelände aufsuchte. Dabei hatte sie ihm die Adresse versehentlich verraten. Finn hatte gegoogelt. Abgesperrtes Firmengelände. Kein Firmenname bekannt.

Zu Fuß und mit einer schwarzen Cap auf dem Kopf brachte Finn die zwei Blöcke mit schnellen Schritten hinter sich. Er näherte sich dem abgeschotteten Grundstück. Die hohen Mauern wurden von Stacheldraht gekrönt. Dieses Unternehmen nahm seine Sicherheit ernst.

Finn vermied es, am Haupttor gesehen zu werden, und bog in eine Seitenstraße ein. Als er ein weiteres Tor entdeckte, vergewisserte er sich, dass niemand ihn beobachten konnte. Er setzte seinen Fuß auf eines der rostigen Scharniere und stemmte sich empor. Mit leicht gebogenem Rücken drückte er sich durch die schmale Gitteröffnung in der Mitte des Tores, um hindurchzuspähen.

In der Mitte des Geländes stand ein einziges Gebäude, das auf den ersten Blick wie eine unscheinbare Halle wirkte. Unter dem Flachdach, in mindestens drei Metern Höhe, gab es eine Reihe von Fenstern, die von Weitem wie leere Augen aussahen. Darunter erkannte Finn eine glatte, glänzende Metallverkleidung. Er würde definitiv keinen Blick ins Innere bekommen. Das Gebäude schien von außen verlassen zu sein. Doch wofür dann die strengen Sicherheitsvorkehrungen?

Plötzlich sackte das Scharnier unter seinem Fuß weg. Der Schreck fuhr Finn in die Glieder. Das laute Bersten des Eisenteils hallte in der Stille. Er klammerte sich stärker an das Gitter, um die Last von seinem Fuß zu nehmen. Ewig würde er sich so nicht halten können.

Beim Blick an der Außenseite des Gebäudes entlang bemerkte Finn mehrere Autos, die ordentlich in einer Reihe geparkt waren. Alles schwarze Toyota Prius. Wie auf eine Schnur aufgereiht. Er presste die Augen zusammen und konzentrierte sich auf die Kennzeichen. Bingo. Sein erster Gedanke hatte ihn nicht getäuscht. Sein

Herz begann schneller zu schlagen, als er die vertrauten Dienstwagen seiner eigenen Firma Hearium erkannte.

Finn überlegte kurz, sprang dann auf den Boden und eilte zurück zu seinem Ford. Den Mutigen gehört die Welt, sagte er sich. Mit einer Umhängetasche um den Hals und dem Dienstausweis von Hearium in der zittrigen Hand näherte er sich schweißgebadet dem Haupteingang des abgesperrten Geländes. Er guckte demonstrativ nicht zum Wachhäuschen, um sich nicht auffällig zu machen. Mit vor Anspannung angehaltenem Atem zeigte er dem muskelbepackten Sicherheitsbeamten seinen Ausweis und wartete, bis dieser ihn überprüft hatte. Wenn der sauer wird, zerdrückt er mich mit einer Hand, schoss es ihm durch den Kopf.

Überraschenderweise nickte der Wachmann nur knapp und ließ ihn passieren. Finns Erleichterung war immens, wenn auch sofort überschattet von der Erkenntnis, dass er dabei war, unberechtigt ein gesichertes Gelände zu betreten. Sein Herz hämmerte in der Brust.

Als er an der einzigen Tür des Gebäudes und dem dazugehörigen Kartenscanner an der Seite ankam, hielt er seinen Ausweis zur Probe davor. Das rot blinkende Licht bestätigte ihm, was er geahnt hatte: Dies schien ein Teil der Innovationsabteilung von Hearium zu sein. Zumindest hatte er bei der Einführung in seinen Job gelernt, dass seine Karte an allen Türen funktionieren würde, außer an denen der Innovationsabteilung. Hier wurden die bahnbrechenden Ideen und Produktneuheiten geboren. Doch niemand außerhalb der Abteilung sollte davon erfahren, bis die Produkte bereit waren, das Licht der Welt zu erblicken. Dieser Teil des Unternehmens benötigte die spezifische Freigabe der Geschäftsführung.

Finn hatte nur gehört, dass alle Mitarbeiter, die hier arbeiteten, einer strikten Geheimhaltungspflicht unterworfen waren, was der Abteilung eine Aura der Exklusivität verlieh. Wie ein spezieller Club, dessen Aktivitäten für Außenstehende verborgen blieben.

Nach kurzem Überlegen zog Finn sein Smartphone hervor. Dort waren neue Nachrichten eingegangen:

> **JTR888**: Hab einen Tipp bekommen. Dawson Pelter. Hat angeblich vor 8 Monaten jede Menge organischen Draht gekauft. Arbeitslos, sollte für mind. zwei Morde kein Alibi haben. Hab noch mehr dazu, gerne PN an mich.

> **ft@dt!1**: Spannend. Meinung @VisionFox?

> **JTR888**: Eventuell ein Ausflug ans Meer lohnenswert. Verpflegung kann ich gerne zur Verfügung stellen.

Seine Antwort musste warten. Gerade hatte er keine Zeit. Welche Möglichkeiten hatte Finn, um in die Halle zu kommen? Der Schweiß rann ihm über die Stirn. Ihm fiel nichts Besseres ein, als einen Anruf zu simulieren. Gestikulierend stapfte er minutenlang vor dem Eingang hin und her in der Hoffnung, dass jemand die Tür öffnen würde. Seine Gedanken rasten.

Da! Finn beobachtete aus dem Augenwinkel einen Toyota Prius, der auf das Firmengelände rollte. Eine Mitarbeiterin stieg aus, eine mütterliche Frau von der Sorte, die einen mit jedem Blick willkommen heißt. Er nickte ihr zu und sprach weiter leise in sein Smartphone. Zum Glück schien sie ihn nicht zu kennen.

Die Frau hielt ihren Ausweis vor den Kartenleser, die Tür öffnete. Nachdem sie im Gebäude verschwunden war, zögerte Finn keine Sekunde. Im letzten Moment griff er nach dem Knauf, bevor die Tür ins Schloss fiel. Während er innerlich bis fünf zählte und nicht wagte, den Blick zum Wachmann am Tor zu heben, schlüpfte er mit einer geschmeidigen Bewegung durch die Tür und trat in die Halle ein. Sein Herz raste vor Aufregung, als er merkte, dass sein Versteckspiel an dieser Stelle ein Ende finden würde. Der Eingang führte direkt in eine weitläufige Industriehalle voller Menschen, und Finn stand mitten auf dem Präsentierteller.

* * *

Zusammen mit der Polizeistreife und ausgestattet mit den Grundrissen des Abwasserkanals arbeitete sich Brad erneut durch das düstere Labyrinth. Die Mischung aus Moder, Fäulnis und verrottendem Müll setzte ihm mehr und mehr zu. Jeder Atemzug wurde zur Qual, während das kalte Wasser knöcheltief um ihre Stiefel plätscherte. Ein unheimliches Echo begleitete jeden Schritt durch die röhrenförmigen Gänge. Ihre Taschenlampen warfen gespenstische Schatten an die feuchten, von Algen und Schlamm bedeckten Wände.

Brad hielt einen Infrarotsensor fest umklammert, der Temperaturänderungen oder Bewegungen in der Umgebung anzeigen sollte. Er ärgerte sich immer noch, dass sie keine Nachtsichtgeräte hatten besorgen können. Dieser verdammte Sparzwang des BPD.

Brads Aufmerksamkeit fiel auf seinen Kollegen, der den Lichtkegel seiner Taschenlampe zwischen einem Grundriss und der Wand pendeln ließ. Im gedämpften Licht bemerkte er eine feine Linie, die sie zuvor nicht erkannt hatten. Eine Verschiebung direkt an der Wand.

»Schaut mal hier«, flüsterte der Polizist aufgeregt und deutete auf die Stelle. »Hier muss laut Plan ein zusätzlicher Gang sein.« Die anderen folgten seinem Blick und richteten ihre Taschenlampen auf die Unebenheit. Als Brad die Wand berührte, gab sie unter seinen Fingern nach. Mit einem kräftigen Ruck zog er an einer von Schmutz und Algen bedeckten Plane, die den Zugang zu einem verborgenen Gang offenbarte.

Angewidert schüttelte er den Dreck von seiner Hand und betrachtete misstrauisch den dunklen Weg, der leicht abschüssig schien.

»Zehn Mäuse, dass es noch rutschiger wird«, grummelte er vor sich hin und stieg langsam die kleine Rampe hinab.

Keiner der drei sagte ein Wort. Die Anspannung war mit Händen greifbar. Der feuchte, glitschige Schmutz an den Tunnelwänden hatte deutlich zugenommen, und ihr Vorankommen wurde durch das widerliche Gemisch aus stehendem Wasser und modrigem Schlamm, der allmählich über die Stiefel bis an ihre Kleider reichte, erschwert. Brad fühlte Übelkeit in seinem Magen aufsteigen.

Die Rampe wollte nicht aufhören. Was war das? Hörte er vor sich ein Geräusch? Oder täuschte ihn das Plätschern des Wassers? Ein kalter Hauch zog durch den Tunnel, und Brad bildete sich ein leises Flüstern ein, das aus den tiefen Schatten zu kommen schien. Sein Nacken verkrampfte sich. Sie mussten in dieser gruseligen Umgebung auf der Hut sein. Mit jedem Schritt tiefer in den Tunnel wurde die Dunkelheit dichter und undurchdringlicher. Die Taschenlampen schienen kaum Licht zu spenden, und sie mussten sich auf all ihre Sinne verlassen.

Plötzlich öffnete sich der Gang und wurde breiter. Brad versuchte, einen Punkt zu fixieren, doch das Licht verlor sich in der dunklen Leere vor ihm. Vorsichtig tasteten sie sich nebeneinander in den Raum, jeder leuchtete in eine Richtung.

»Da«, hörte Brad eine Stimme neben ihm. Im gedämpften Licht erkannte er eine Reihe von Fässern, die aufgereiht nebeneinanderstanden.

»Bleibt zurück«, flüsterte Brad und schritt vorsichtig in Richtung der Fässer. Seine Taschenlampe zitterte in seiner Hand, während er den Lichtkegel zwischen den Tonnen und dem Boden vor ihnen pendeln ließ. Beim ersten Fass angekommen, versuchte er, die Aufschrift zu entziffern. Brad pfiff durch die Zähne. Flavor Fusion. Die Cateringfirma. Mit einem tiefen Atemzug und einem schnellen Blick auf seine Kollegen griff er nach dem Verschluss des Fasses und öffnete ihn langsam.

Der Geruch von verfaulten Lebensmitteln schoss ihm entgegen, und er legte die Hand über Nase und Mund. Wer macht denn so was, und warum?, fragte er sich. Essensreste konnten auf dem Recyclinghof regulär entsorgt werden. Die musste man nicht nach hier unten schleppen.

Er nahm die Taschenlampe in die linke Hand und fing an, angeekelt in den feuchten und schmierigen Essensresten zu wühlen, tapfer gegen seinen Würgereflex ankämpfend. Nur nicht übergeben, dachte er sich. Handtief in den zermatschten Speisen fühlte er etwas Metallisches an seiner Fingerspitze. Schnell schaufelte er die Lebensmittel aus der Tonne auf den Boden. Sein Instinkt hatte sich bestätigt, hier handelte es sich nicht um stinknormale Essensreste! Zum Vorschein kam ein ihm wohlbekanntes Fass aus robustem Stahl, zylindrisch geformt und, wie Brad aus einem vorherigen Fall des BPD wusste, mit einer dicken Außenwand versehen.

Ruckartig drehte er sich um. »Scheiße. Weg hier. Sofort!«, rief er in Richtung der anderen Polizisten. Sie mussten hier raus, falls es nicht schon zu spät war. Bei diesem Schlamm nur leider kein leichtes Unterfangen. Jeder Schritt wurde zur Qual, die klebrige Masse hielt sie fest, und die Dunkelheit erschwerte ihre Flucht zusätzlich. Auf dem Weg zum kleinen Gang fiel Brad ein zartes rotes Flackern neben der Tür auf. Im Vorbeihasten richtete er seine Taschenlampe auf die Stelle.

Sein Blick fiel auf eine Kamera, die sie die ganze Zeit gefilmt hatte.

KAPITEL 7

GOOD MORNING BLACKVALE

VOR 3 MONATEN   *NEWS*
BLACKVALE, 03. MÄRZ 2024

Sehen Sie nach der Pause: Er hat wieder zugeschlagen. Nachdem die Polizei aufgrund der relativen Ruhe der letzten drei Monate gehofft hatte, dass der Ripper vorerst aufgehört hätte, bestätigen die jüngsten Ereignisse das Gegenteil. Nach dem Mord am arbeitslosen Hausmann Todd Bowley ist sich die Polizei sicher: Der Ripper treibt weiterhin sein Unwesen. Bleiben Sie bei uns für die Hintergründe.

BLACKVALE, 20. JUNI 2024

Finn hatte keine Sekunde gezögert und sein Glück direkt in die Hand genommen. Als sich vor ihm die weitläufige Halle des Innovationsgebäudes auftat, lief er, berauscht von dem euphorischen Gefühl, das seit dem Eintritt in das Gebäude durch seinen Körper zog, direkt los. Nur nicht den Anschein erwecken, er habe nichts in dieser Halle verloren. Mit Blick auf hochmoderne Geräte und lange Produktionstische, auf denen sich Prototypen und Modelle verschiedener, futuristischer Headsets ausbreiteten, steuerte er auf direktem Weg auf einen Serviceschalter in der Nähe des Eingangs zu. Eine ältere Mitarbeiterin mit strenger Hochsteckfrisur beugte ihren Kopf tief über eine Tastatur.

Finn saugte die lebhafte Atmosphäre in der Fabrik, in der Ingenieure, Designer und Techniker eifrig an ihren Projekten arbeiteten, auf. Das Summen von Computern und das Surren von Maschinen erfüllten die Luft, die Mitarbeiter saßen diskutierend in Gruppen oder alleine konzentriert an ihren Arbeitsplätzen. Trotz des geschäftigen Treibens fiel Finn eine gewisse Ordnung und Effizienz auf, die dieses Team erfahren und professionell wirken ließ.

»Guten Tag.« Finn legte bewusst eine übertriebene Freundlichkeit in seine Stimme, als er den Serviceschalter erreicht hatte. »Ich habe für Julia Lang gearbeitet und soll für die Abteilung noch einmal die Unterlagen durchgehen, die Julia zuletzt angefordert hatte.«

Wer nicht wagt, der nicht gewinnt. Er hatte keine Ahnung, ob Julia Lang Unterlagen eingesehen hatte. Dies war aber seine einzige Chance, an Informationen zu kommen. Die Mitarbeiter hier würden sowieso nicht mit ihm reden. Sie kannten ihn nicht.

Vergeblich suchte er Blickkontakt zu der Servicemitarbeiterin, um sein euphorisches Gefühl für eine Vision zu nutzen. Den Gefallen tat sie ihm aber nicht. Stoisch tippte sie auf der Tastatur.

Dann hob sie in Zeitlupentempo ihren Kopf, ohne ihn anzusehen. Mit zusammengekniffenen Augen starrte sie auf den Monitor vor ihr.

»Beileid zum Tod. Und wer sind Sie genau?« Die Worte quollen scharf und gedämpft durch ihre Zähne.

»Dressal, Hannes. Ich habe direkt für Mrs. Lang gearbeitet.« Finn wusste, dass im Intranet von Hearium nach dem Nachnamen der Mitarbeiter nur das Kürzel des Vornamens auftauchte. Eine oberflächliche Prüfung würde ihn nicht entlarven. Wenn die Frau hinter dem Schalter jedoch auf den Namen klickte, würde Hannah Dressals Foto ihm nicht ähnlich sehen. Was würde er unternehmen, sollte sie ihn nach seinem Ausweis fragen?

»Wann soll denn das gewesen sein?«, blaffte die Dame ihn an.

»Puh, letzte Woche. Den genauen Tag weiß ich nicht mehr.«

Die Frau drehte den Kopf, und ihre eiskalten Augen trafen seine. »Hör mal …«, fing sie an. Doch Finn hörte die weiteren Worte nicht mehr, da er bereits in eine Vision abdriftete.

Nach deren Ende schüttelte er sich. Direkt am Anfang des Films vor seinen Augen hatte er gesehen, wie sein Gegenüber im Nachgang des Gesprächs mit Finn Julia Langs Einsichtsprotokoll aufgerufen hatte. Diese Informationen mussten direkt genutzt werden.

»Mir ist es wieder eingefallen: Es handelt sich um die Unterlagen mit dem Kürzel AJ3221/E bis AJ3228/E. Julia hatte nicht alle Daten an uns weitergeleitet.«

Die Frau beäugte ihn von unten bis oben. »Entschuldigen Sie, aber ich kann nicht einfach sensible Unterlagen herausgeben. Ich muss das erst überprüfen.«

»Verstehe ich.« Finns Handflächen waren schweißnass.

Die Frau tippte auf ihrem Computer in einem Tempo, als müsste sie jeden Buchstaben sorgfältig abtasten, bevor sie ihn benutzte. Nach einer gefühlten Ewigkeit hob sie wieder den Kopf.

»Für diese Akten brauche ich eine schriftliche Genehmigung eines Vorgesetzten.«

»Mrs. Lang ist meine einzige direkte Vorgesetzte. Ich wusste das auch nicht.«

Die Frau verzog den Mund, als würde ihr die Aussage einen schlechten Geschmack verursachen. »Ich kann Ihre Situation nachvollziehen. Dann von Ihrem neuen Vorgesetzten oder Mrs. Langs Vorgesetzten.«

»Das wäre Bryan Malah. Den kann ich nicht wegen einer Unterschrift belästigen.«

»Ich sag es relativ einfach: keine Unterschrift, keine Akten.«

Resigniert blickte Finn in Richtung der Arbeitsfläche. »Okay, danke. Ich besorge eine Unterschrift.«

Ein paar Meter vom Serviceschalter entfernt nahm er sein Smartphone in die Hand. Elia hatte geschrieben.

> **Elia**: Wie läuft es auf der Arbeit? Wann bist du heute zu Hause?

Er antwortete seiner Freundin schnell und hielt sich das Smartphone ans Ohr, um erneut ein Telefonat vorzutäuschen. Sein Blick schweifte durch die Produktionshalle. Er suchte einen Durchgang. Da die Frau am Serviceschalter laut seiner Vision gleich ins Archiv gehen würde, hatte sie Finn unwissentlich verraten, wie er selbst dorthin gelangen konnte.

Überall sah er Mitarbeiter, die engagiert an ihren Aufgaben arbeiteten. Das Tageslicht, das durch die großen Fenster unter dem Hallendach in den Raum fiel, blendete ihn. Schließlich wurde er fündig.

Er drehte sich zum Serviceschalter um, die Mitarbeiterin hielt ihre Augen weiterhin starr auf ihre Tastatur gerichtet und drückte Buchstaben im meditativen Tempo. Mit einem kleinen Schlenker in Richtung Ausgang, falls die Frau doch den Blick hob, beschleunigte er seine Schritte. Plötzlich blieb er abrupt stehen. Ein scharfer Schmerz schoss durch seinen Kopf, als hätte ihm jemand mit einem glühenden Dorn direkt ins Gehirn gestochen. Sein Blick verschwamm, der Boden unter ihm schwankte, und im nächsten Moment explodierte ein greller, weißer Blitz vor seinen Augen, so hell, dass er die Hände reflexartig zum Gesicht hob. Sekundenbruchteile später wurde es still – die Halle, die Mitarbeiter, das Licht –, alles verschwand in einer tiefen, undurchdringlichen Dunkelheit.

* * *

Finn tauchte langsam aus der Ohnmacht auf. Der Boden unter ihm war überraschend weich. Seine Augenlider flatterten, das grelle Licht, das den Raum durchflutete, stach ihm in die vom Schlaf benebelten Sinne. Ein scharfer Geruch nach Desinfektionsmittel und feuchter, abgestandener Luft drang in seine Nase, während ihm Schweiß auf der Stirn stand. Und was ihn am meisten irritierte – das euphorische Gefühl, das seinen Kopf durchströmt hatte, war verschwunden. Wie weggeblasen. Ungünstiger Zeitpunkt.

Ein leises Rascheln lenkte seine Aufmerksamkeit zur Seite. Eine Frau kniete neben ihm, dunkelhäutig, geschätzt Anfang fünfzig. Ihre schlichten, grauen Klamotten ließen sie beinahe mit dem staubigen Hallenboden verschmelzen. Mit ihrem krausen, schwarzen Haar, das in locker gebundenen Zöpfen unter einem blauen Kopftuch hervorlugte, erinnerte sie Finn an eine Piratin aus einem alten Hollywoodfilm – exotisch, mit einem Hauch von Geheimnis.

»Bleiben Sie ruhig«, sagte sie leise. Ihre Hände arbeiteten flink, aber vorsichtig, als sie mit einem Wattebausch über seine Stirn fuhr. Die kühle Flüssigkeit hinterließ ein leichtes Prickeln auf seiner Haut. Langsam fokussierten sich Finns Augen, und er betrachtete sie genauer. Ihre klobige Brille, die schief auf ihrer Nase saß, verdeckte Teile ihres Gesichts. Aber ihr konzentrierter Blick verriet, dass sie vermutlich nichts dem Zufall überließ. Alles an ihr wirkte bedacht, wie jemand, der seine Bewegungen stets kalkulierte.

Finn blinzelte mehrmals, sein Kopf pochte heftig. »Was ... was ist passiert?«

Seine raue Stimme klang schwerfällig. Der Raum um ihn herum schien zu verschwimmen. Er lag auf einem quietschgelben Sofa, verdeckt durch eine riesige, unnatürlich grüne Topfpflanze. Der Ort, an dem er sich befand, schien für vertrauliche Arbeitsgespräche gedacht zu sein – abseits der hektischen Betriebsamkeit.

Die Frau, die weiter seine Stirn betupfte, wich seinem Blick aus. »Sie hatten eine Reaktion«, sagte sie, fast beiläufig, als wäre es nichts Ungewöhnliches. Ihr merkwürdig emotionsloser Tonfall irritierte ihn. »Ihnen geht es gleich besser.«

Finns Puls beschleunigte sich. »Eine Reaktion?« Sein Atem ging schneller. »Ich ... ich muss los.«

Mit einem Ruck richtete er sich auf, ignorierte das Schwindelgefühl und versuchte, sich zu orientieren. Sein Kopf schien jeden Moment zu explodieren, aber das spielte keine Rolle. Er war illegal hier, an einem Ort, an dem er nicht sein durfte. Es war Zeit zu verschwinden.

Die Frau hielt ihn mit festem Griff zurück, ihre Finger krallten sich in seinen Arm. Ihr stoischer Gesichtsausdruck blieb unverändert, aber ihre Augen musterten ihn forschend.

»Warten Sie. Sie sollten nicht aufstehen. Wir müssen noch einen Test machen, um sicherzugehen, dass alles in Ordnung ist.«

Ihre Stimme blieb ruhig, doch der Befehlston gefiel Finn gar nicht. Er hatte das Gefühl, wie ein Kind behandelt zu werden.

»Test?« Finns Herz raste. »Nein. Alles okay. Ich fühle mich gut.«

Seine Worte kamen hastig, und er versuchte, sich aus ihrem Griff zu befreien. Die Erinnerung an das grelle Licht, den stechenden Schmerz, das darauffolgende Schwarz – alles ließ Unruhe in ihm aufsteigen. Was war hier passiert? Und was wollte diese Frau mit ihm testen? Er hatte keine Zeit, weiter darüber nachzudenken. Nicht jetzt. Nicht hier.

Der Griff der Frau verstärkte sich, und ihre Augen suchten erneut seinen Blick. Fast mechanisch langte sie in die Tasche ihres Hoodies und zog ein Gerät hervor, das Finn bekannt vorkam. Es war das gleiche Gerät, das sein Augenarzt für Netzhautuntersuchungen verwendete.

»Es ist wichtig.«

Ihre Stimme klang nun drängender, aber das Zögern in ihren Bewegungen war nicht zu übersehen.

Mit einem Ruck entwand sich Finn ihrem Griff, das Adrenalin gab ihm die nötige Kraft, um auf die Beine zu kommen. Wackelig, aber entschlossen. Hierbleiben war keine Option. Zu viele Unbekannte, zu viel Risiko, entdeckt zu werden. Was immer dieser Test beinhaltete, er wollte es nicht herausfinden.

»Nein, wirklich. Ich muss gehen«, sagte er, ohne sie anzusehen. Sein Kopf dröhnte, seine Gedanken überschlugen sich, doch er wusste, dass er hier wegmusste. Jetzt. Ohne einen weiteren Blick drängte er sich an der riesigen Topfpflanze vorbei in Richtung Durchgang.

»Ich weiß, dass Sie Fähigkeiten haben«, hörte er plötzlich ihre Stimme leise hinter sich. »Sie verstehen sie nur nicht.«

Finn erstarrte mitten im Schritt. Die Worte hingen in der Luft. Wie konnte sie das wissen? Sein Verstand raste. Hatte er etwas verraten? Hatte sie ihn beobachtet? Das Kribbeln in seinem Nacken verstärkte sich, sein Mund fühlte sich trocken an. Wer war diese Frau?

Noch während er darüber nachdachte, trat sie wieder an ihn heran, leise und bedächtig, als würde sie ihn nicht weiter verschrecken wollen. Aus dem Augenwinkel konnte er erkennen, wie sie eine abgenutzte Visitenkarte aus der Bauchtasche ihres Hoodies zog, auf die sie hastig etwas kritzelte. Ihr Gesichtsausdruck blieb stoisch, doch ihre Hand zitterte leicht, als sie ihm die Karte entgegenstreckte.

»Wenn Sie reden wollen. Hier ist nicht der richtige Ort.«

Finn schnappte sich die Karte, sein Blick wanderte nervös durch die Halle. Die Angst, gesehen zu werden, saß ihm im Nacken. Ohne einen Blick darauf zu werfen, schob er die Karte in die Hülle seines Diensthandys und zwang sich zur Ruhe. Das scharfe Ziehen in seinem Magen war unerträglich. Er musste hier raus.

Er verschwendete keine weitere Zeit. Mit einem knappen Wort des Dankes ließ er seine Helferin stehen und schritt schnell auf den Durchgang zu, den er vor dem Zusammenbruch bemerkt hatte. Die Worte der Frau »Sie verstehen sie nur nicht …« kreisten in seinem Kopf. Doch jetzt war nicht die Zeit, darüber nachzudenken. Nicht hier.

Vor einer verschlossenen Tür blieb er stehen, sein Herz hämmerte. Ein Tastaturfeld blinkte ihn an. Finn tippte den Code ein, den er in seiner Vision bei der Dame am Serviceschalter gesehen hatte, und die Tür glitt auf. Ohne zu zögern, schlüpfte er hindurch und verschwand in der Dunkelheit.

Der Weg führte ihn eine lange Metalltreppe hinunter, und vorsichtig schritt er durch die ihm aus der Vision vertrauten Flure des Gebäudes. Finn konnte Orte ohne Fenster nicht leiden, und die Neondeckenleuchten mit ihrem kalten, unnatürlichen Licht ließen die leeren Korridore bedrohlich erscheinen. Froh darüber, die Abzweigungen aus der Vision exakt nachverfolgen zu können, stand er schnell vor dem Archiv. Eingerahmt von grauen, in die Jahre gekommenen Akustikplatten, saß hinter einer Glasscheibe ein kräftiger Wachmann mit ernster Miene in einer Ecke. Der Sicherheitsbeamte drehte sich auf einem zu kleinen Holzstuhl und vertrieb sich die Zeit mit Zeitunglesen. Seine klobige Uniformmütze lag neben ihm auf einem Tisch, und das Licht der Leselampe warf Schattenmuster auf sein faltiges Gesicht, was seine mürrische Miene verstärkte.

»Guten Tag«, eröffnete Finn die Unterhaltung.

Zu seiner Überraschung reagierte der Wachmann freundlich.

»Hallo. Wie kann ich helfen?«

»Ich müsste Unterlagen einsehen. Unterschrift habe ich vorne abgegeben und wurde hierhin geschickt.«

Der Wachmann tippte mit dem Finger auf den Monitor vor ihm.

»Natürlich, Sir. Wenn Sie mir sagen, nach welchen Kürzeln Sie suchen, werde ich sie Ihnen gerne heraussuchen.«

Sein zuckersüß freundlicher Ton irritierte Finn, da dieser nicht ansatzweise zur grimmigen Gesichtsmimik passte.

»Das ist nicht nötig. Ich kann selbst nach den Unterlagen schauen. Ich weiß genau, wonach ich suche.«

Der Wachmann veränderte die Form seiner Lippen, und Finn hatte das Gefühl, dass das ein Lächeln darstellte.

»Ich verstehe, aber ich kann Ihnen versichern, dass es Vorschrift ist. Sie können gerne Platz nehmen, und ich bringe Ihnen die Akte. Wir haben einen ruhigen Raum, den ich Ihnen anbieten kann, wenn Sie möchten.«

Finn zögerte. Der Mann wirkte nicht wie jemand, mit dem man diskutieren wollte.

»Wo ist denn der Raum?«

Der Wachmann nahm seine Schlüssel, kam seitlich aus dem Glaskasten und deutete Finn an, ihm zu folgen.

Er wurde in einen kleinen, schlichten Raum gesetzt, der von einem großen Schreibtisch mit einem ausgeschalteten Computer dominiert wurde. Der Wachmann knipste eine weiße Stehlampe aus den Achtzigerjahren an, die das Zimmer spärlich erhellte, und Finn nahm auf einem der um den Tisch stehenden Stühle Platz.

»Ich bin sofort wieder da«, säuselte der weiterhin grimmig blickende Mann, nachdem Finn ihm das Kürzel der Unterlagen gegeben hatte.

Finn blieb auf dem ihm zugewiesenen Stuhl sitzen. Mit jeder Minute wuchs sein Unbehagen, gefangen in dieser fremden Umgebung. Der Gedanke, ob der Wachmann Rücksprache mit der Empfangsdame halten würde, ließ ihn nicht los. Bei jedem Geräusch draußen im Flur schlug sein Herz schneller.

Endlich schob sich die Tür langsam auf. Finns Blick fiel nicht auf den erwarteten Sicherheitsbeamten, sondern auf eine hochgewachsene Gestalt, die mit einer autoritären Aura den Raum betrat. Bryan Malah sah ihn mit einem überlegenen Lächeln an.

* * *

Die Luft auf dem Recyclinghof flirrte vor Hitze, und Kate hing der Geruch von verbranntem Metall in der Nase.

»Wie geht es ihm?«, rief sie Gerda zu, die ihr aus dem Dekontaminationszelt mit dem Aufdruck NNSA des Nationalen Instituts für Nukleare Sicherheit entgegenkam.

»Alles gut. Er scherzt schon.«

Die kleine Frau fuhr sich mit beiden Händen durch ihr Haar und band es in Windeseile zu einem Pferdeschwanz. Kate stach

Gerdas schwarze Seidenbluse in Kombination mit einer nacht-
blauen Hose ins Auge, die ihre Figur vorteilhaft betonte. Ihre geschmackvollen Outfits strahlten Selbstbewusstsein aus und sorgten
zugleich subtil dafür, ihre Rundungen zu kaschieren. Kate hatte
mitbekommen, dass Gerda sich für zu dick hielt. Eine Meinung,
die sie nicht teilte.

»Was sagen die Ärzte?«

»Anscheinend alles in Ordnung. Alle drei haben keine Strahlung abbekommen. Die Fässer waren fest verschlossen, und es ist
nichts ausgetreten.«

»Was ist mit den Fässern?«

»Das NNSA ist dran.« Gerda deutete auf den großen Wagen
neben dem Zelt mit dem Logo der Einheit für radioaktive Vorfälle.
»In den Fässern ist radioaktiver Müll. Das NNSA wird sich um die
Entsorgung kümmern.«

»Was wissen wir sonst noch?«

»Bisher keine Hinweise auf den Verursacher. Aber: Die Fässer
sind von Matthew Coldwells Cateringfirma. Finn hat uns wegen
seiner Vision bei Coldwell darauf hingewiesen. Da sollten wir anfangen zu fragen.«

»Ist die Fahndung raus?«

»Alles erledigt. Wir suchen nach Coldwell.«

»Danke dir.«

»Noch eins, Kate. Ich habe wie besprochen eine Streife abge-
stellt, die das Haus von Rhonda Whitmore überwachen soll und
uns meldet, sobald sie zu Hause eintrifft.«

»Perfekt.« Kate interessierte sich mehr für den Eingang des alten Kanalsystems und beobachtete gespannt, wie das NNSA-Team
eifrig arbeitete. Die Männer und Frauen in ihren Schutzanzügen
suchten, vom leisen Summen der Geigerzähler begleitet, die Umgebung nach Strahlung ab.

Einige Mitglieder des Teams hatten mobile Laborgeräte aufgebaut, um die bisher genommenen Proben sofort zu analysieren. Andere scannten den Boden mit Georadargeräten, um nach möglichen weiteren Quellen zu suchen.

Für Kate hatte es etwas Beruhigendes zu sehen, wie professionell und effizient das Strahlenteam vorging. Die Anwesenheit der Profis beruhigte sie.

»Gerda, Brad hat am Telefon etwas von einer Kamera gesagt?«

»Ach ja, genau. Wir haben eine gefunden. Und die hat gesendet.«

»Da unten?« Kate deutete hinter das offen stehende Gitter.

»Es scheint ein sogenanntes …«, Gerda hielt sich den Notizblock direkt vor die Nase, »… Molecam Underground Inspection Camera System zu sein. Die Kamera ist speziell für den Einsatz in unterirdischen Umgebungen entwickelt worden. Sie ist dazu fähig, eine Liveübertragung aufzubauen und in Echtzeit auf die Aufnahmen zuzugreifen.«

»Ich will wissen, wohin diese Kamera die Bilder gesendet hat.«

»Da werden wir dich enttäuschen müssen. Olexiy hat das System analysiert, und ich habe immerhin so viel verstanden, dass diverse Zwischenserver benutzt wurden. Olexiy kann diese nicht zurückverfolgen. Irgendwie spielt noch ein verschlüsselter Router mit rein.«

»Geht das gar nicht, oder dauert es nur lange?«

»Ich glaube, dass es nicht geht. Ich frage ihn später noch einmal. Er wirkte gerade zu gestresst.«

»Danke. Wir müssen herausfinden, wo diese Fässer herkommen. Irgendwem müssen sie gehören.«

»Da sind wir dran.« Gerda schob ihre Brille nach oben. »Ich denke, es wird Coldwell sein.«

Kate nickte. »Ich informiere Thake.«

Sie drehte sich weg und zog missmutig ihr Smartphone aus der Tasche. Ihr Chef würde nicht begeistert sein, wenn sie ihm anstelle von Lösungen nur weitere Rätsel präsentierte.

* * *

Bryan Malah starrte auf Finns Dienstausweis, den er in der Hand hielt.

»Was glaubst du, hast du hier zu suchen?« Seine Stimme strotzte vor Selbstsicherheit.

Der eiskalte Blick und der unmissverständliche Tonfall brachten Finn fast um seine Fassung. Was blieb ihm anderes übrig, als wild zu improvisieren?

»Sir, ich möchte mir einen gedanklichen Vorsprung erarbeiten.«

»Einen gedanklichen Vorsprung? Soso …« Bryan saß zurückgelehnt in dem für seine große, schlanke Gestalt viel zu kleinen Stuhl.

»Ich habe versucht, mir einen Überblick über die neuesten Entwicklungen zu machen. Hast du nicht selbst auf dem Sales-Kick-off letztes Jahr gesagt, es sei wichtig, über den Tellerrand zu blicken und nicht nur den aktuellen Trends zu folgen, sondern ihnen stets einen Schritt voraus zu sein? Ich versuche nur zu verstehen, wie ich unsere Kunden überraschen kann.« Finn schluckte. Das Duzen in dieser Situation kam ihm befremdlich vor.

Bryans Gesichtsausdruck blieb ausdruckslos. »Warum die Akten?«

»Ich habe einen Tipp bekommen, dass ich darin nähere Informationen über geheime Produkte bekomme.«

»Von wem?«

»Du verstehst sicherlich, dass ich das nicht preisgeben werde. Ich ziehe niemanden in meine Probleme hinein.«

»Und du verstehst hoffentlich, in welcher Lage du dich befindest. Allein das Eindringen in gesicherte Bereiche unseres Unternehmens kann nicht toleriert werden. Selbst gute Absichten rechtfertigen nicht das Brechen von Regeln.« Als Bryan sich leicht nach vorne beugte, wich Finn instinktiv in seinem Stuhl zurück. »Ein letztes Mal also: Warum bist du wirklich hier?«

»Ich bin wirklich nur neugierig gewesen, und es tut mir leid.«

Bryan lehnte sich mit einem Ruck zurück. »Ich kann mit solchen Ausreden nichts anfangen. Ich kenne deine Vorgeschichte. Ich weiß, dass du auch bei der Polizei arbeitest.« Die folgende Pause kam Finn lang vor. »Du hast unser Vertrauen, mein Vertrauen missbraucht und gegen klare Unternehmensrichtlinien verstoßen. Ich habe keine andere Wahl, als dich sofort zu entlassen.«

»Sir ...«, setzte Finn an, doch der Geschäftsführer hob die Hand.

»Erspare uns das. Bitte leg dein Diensthandy auf den Tisch. Der Kollege begleitet dich gleich vom Gelände. Es gibt in diesem Unternehmen klare Regeln, die Konsequenzen nach sich ziehen.«

Geschickt fingerte Bryan Finns Ausweis aus der transparenten Schutzhülle, knickte ihn mit einer schnellen Bewegung in der Mitte und ließ die zerstörte Plastikkarte achtlos auf den Tisch fallen.

Mit offenem Mund versuchte Finn, diese Nachricht zu verarbeiten. Er saß wie gelähmt auf seinem Stuhl. Sein Herz hämmerte so laut, dass die ganze Welt es hören musste. Er hatte gerade seinen Job verloren. Die Gedanken rasten in seinem Kopf. Wie würde Elia reagieren, wenn sie von seiner Entlassung erfuhr? Die Miete – seine Freundin konnte das Geld nicht allein aufbringen. Die Krankenversicherung – ohne Arbeit würde er den teuren Versicherungsschutz verlieren, und was wäre, wenn er krank würde? So konnte seine Karriere bei Hearium nicht enden.

Bryan stand auf und wandte sich dem Wachmann zu, der ihm wie auf ein stummes Signal hin einen Stapel Akten reichte.

»Und nur, damit du dir deiner Dummheit vollends bewusst wirst: Hier sind die Unterlagen, die du sehen wolltest.« Bryan legte den Stapel vor Finn und klappte die erste Akte auf. »Nimm dir ruhig noch ein paar Minuten. Ich möchte nicht, dass die Polizei denkt, wir würden etwas verbergen.«

Mit zur Schau gestellter Gelassenheit schritt er zur Tür. »Auf die Gültigkeit deiner Verschwiegenheitsklausel im Vertrag muss ich dich, denke ich, nicht extra hinweisen. Sonst wird es richtig teuer.«

Mit zwei großen Schritten verließ der Geschäftsführer das Zimmer, und Finn blieb allein zurück.

*   *   *

Kates Smartphone vibrierte in ihrer Tasche.

Steven: Btw Samstag wäre Pokerrunde bei Cooky

Würde nur gehen, wenn du arbeitest

Ein warmes Gefühl durchströmte sie: Steven wollte lieber Zeit mit ihr als mit seinen Freunden verbringen. Doch ihr Lächeln verschwand schnell, als ihr bewusst wurde, dass der Fall kein freies Wochenende zuließ. In der abendlichen Stille im Revier setzte sich Kate mit einem frisch gebrühten Kaffee an ihren Schreibtisch. Ihr Blick glitt über die Fotos neben dem Monitor: Erinnerungen an vergangene Fälle, die sie gelöst hatte. Sie seufzte unhörbar. Sie liebte diesen Job, trotz all der Opfer, die er erforderte. Die Herausforderungen, die intellektuelle Stimulation, die jeder Fall mitbrachte. Die Gerechtigkeit, wenn sie den Opfern eine Stimme gab und die Täter überführte. Das Arbeiten im Team erfüllte sie und gab ihr dieses einzigartige Gefühl von Gemeinschaft und Unterstützung, das sie in ihrem persönlichen Leben oft vermisste. Selbst in den dunkelsten Momenten war sie sich der Sinnhaftigkeit ihrer Aufgabe bewusst.

Aber die unregelmäßigen Arbeitszeiten und die ständige Bereitschaft erschwerten jedes Privatleben und verhinderten oft, Pläne zu schmieden oder Versprechen zu halten. Dazu die emotionale Belastung und die immer wiederkehrende Konfrontation mit Gewalt und Leid, die auch an ihrem Leben nicht spurlos vorbeigingen. Jeder Partner musste mit der fortwährenden Angst um ihre Sicherheit leben. Kates Magen verkrampfte sich, als sie sich klarmachte, was sie Steven alles zumutete, gerade in Momenten wie diesen, als sie seine liebevolle Nachricht schon wieder mit einer Absage beantworten musste. Würde sie das später im Leben bereuen? Solange sie diesen Job ausübte, hatte sie keine andere Wahl.

»Kate?«

Gerda ließ sie aus ihren Gedanken hochschrecken.

»Gerda?«

»Ich hätte noch drei Dinge.«

»Das sind einige.« Kate lächelte. »Gerne.«

»Den Fall des ermordeten Journalisten Ejoussouf habe ich Thake, wie von ihm gewünscht, zur Weiterverteilung im Revier übergeben. Ein anderes Team wird sich jetzt darum kümmern. Wenn die Zusammenhänge zu unseren Fällen entdecken, melden die sich.« Ihr Blick huschte auf ihre Uhr. »Die Streife hat durchgerufen. Rhonda Whitmore ist wohl zu Hause eingetroffen.«

»Perfekt. Brad und Finn sollen dort noch einmal vorbeischauen.« Sie zögerte. »Natürlich nur, falls es Brad den Umständen entsprechend geht.«

»Der will weiter arbeiten, keine Sorge. Den kriegt man nicht klein. Radioaktive Strahlung hat er ja nicht abbekommen. Wahrscheinlich geht er heute Abend sogar auf ein Date.«

Kate konnte sich ein Schmunzeln nicht verkneifen.

Gerda schaute wieder auf die Uhr. »Ein letzter Punkt noch …«

»Du musst los?«

Gerda errötete. »Ich habe meinen Mann versprochen, dass wir etwas essen gehen. Er hatte einen großen Geschäftsabschluss heute auf der Arbeit. Und Jake übernachtet bei einem Freund.«

»Klar. Was ist das Letzte?«

»Ich habe Robert Lang genauestens durchleuchtet. Ich habe seine finanziellen Aktivitäten geprüft und bin auf eine ungewöhnlich hohe Wette gestoßen. Vor einem Jahr hat er mehr als eine halbe Million Dollar auf ein Konto überwiesen, das uns aus einem anderen Fall bekannt ist. Er hat das Geld auf das Ergebnis eines sehr ungewöhnlichen Ereignisses gesetzt – auf den Sieg eines bestimmten Kämpfers bei einem bevorstehenden illegalen Straßenkampf.«

»Aha, woher weißt du das?«

»Ich habe einen Kontakt bei der Abteilung für Glücksspielkriminalität. Vor sechs Monaten haben die eine Gruppe wegen dieser illegalen Straßenkämpfe festgenommen. Daher kennen wir auch das Konto, auf das Robert Lang das Geld überwiesen hat. Mein Kontakt konnte dessen Wette anhand eines Codes einem genauen Kampf und Kämpfer zuordnen.«

»Kannte dein Kontakt Robert Lang? Im System taucht er nicht auf.«

»Nein, Robert Lang tauchte im Rahmen der Ermittlungen bisher nicht auf. Bei der Festnahme haben die sich auf die Veranstalter konzentriert. Bisher.«

»Was ist mit der Wette passiert?«

»Verloren. Ein verdeckter Ermittler aus dem Team des Kollegen konnte sich erinnern. Der Kampf verlief ungewöhnlich. Der Kämpfer, auf den Robert Lang gewettet hat, bekam Angst und ist vor dem Start vom Veranstaltungsort geflohen.«

»Ui, da hat Robert Lang eine schöne Stange Geld verloren.«

»Genau.«

»Kennt man den Kämpfer, der verloren hat?«

»Nein. Die Sportler sind nicht registriert. Und dies ist sein einziger bekannter Kampf. Mein Kollege meint, dass der Kämpfer in der Szene völlig unbekannt war, und er wurde danach nie wieder gesehen.«

»Haben die ein Phantombild?«

Gerda schüttelte den Kopf. »Die Kämpfer tragen Masken. Ich denke, falls jemand Fotos macht.«

»Und Robert Lang setzt eine halbe Million auf jemand völlig Unbekanntes?«

Gerda zuckte mit den Schultern. »Der wird irgendetwas gewusst haben.«

»Irgendetwas Falsches, vermute ich dann.« Kate zögerte. »Kannst du bei deinem Kollegen nachhaken, ob er über den Kampf etwas Genaueres weiß?«

»Ich bin schon dran.«

»Wie viel Geld hat er genau gesetzt?«

»Sechshunderttausend Dollar.«

»Wissen wir, woher Robert Lang das Geld hat? Sechshunderttausend Dollar liegen ja nicht zu Hause einfach rum.«

»Genau diese Frage haben wir uns auch gestellt. Es gibt keine Spur. Das Geld wurde cash eingezahlt und direkt auf das Konto des Wettanbieters überwiesen.«

»Er könnte Schulden bei jemand haben.«

»Denke ich auch. Ich könnte mir vorstellen, dass er diese aber beglichen hat. Wir haben noch eine weitere Transaktion gefunden. Erst letzte Woche hat Robert Aktien verkauft und damit sechshunderttausend Dollar gemacht.«

»Verkauft? Hat er ein Aktienportfolio?«

»Das ist es ja: Hat er nicht!«

»Was hat er dann verkauft?«

»Er hat einen sogenannten nackten Leerkauf von Aktien gemacht.«

Angestrengt rieb Kate sich den Kopf. »Was war das noch mal?«

»Man verkauft die Aktien eines Unternehmens, obwohl man
diese nicht besitzt. Dadurch bekommt man Geld – Robert Lang
in diesem Fall seine sechshunderttausend Dollar.«

»Das kann man doch nicht beliebig machen, oder?«

»Nein, meistens gibt es einen festen Termin für die Rückzah-
lung. Zu diesem Termin muss man die Aktien dem Käufer wirklich
liefern. Dazu hätte Robert die Aktien dann selbst kaufen müssen.«

»Wieso also sollte Robert Lang so etwas machen?«

»Er spekuliert. Für den Moment hat er erst einmal sechshunderttausend Dollar. Die hat er direkt abgehoben, und sie tauchen
nicht mehr auf. Er könnte damit seine Schulden von damals aus
der Wette beglichen haben.«

»Oder das Geld in bar irgendwo haben. Immer gut, wenn man
fliehen will.«

Gerdas Blick schnellte zur Uhr an der Wand. »Dann müsste er
aber komplett verschwinden. Bei der Größenordnung würde er
landesweit gesucht, wenn er seinen Broker betrügt.«

»Okay, nehmen wir an, er wollte nicht verschwinden. Wenn er
nicht der Täter ist, kann er den Mord an Julia Lang vor einer Woche nicht vorausgeahnt haben. Dann hätte er die Aktien in diesem
Konstrukt doch zu einem festen Termin demnächst kaufen und an
den Broker liefern müssen, oder?«

»Genau. Vielleicht hat er aber spekuliert. Ein Leerkauf lohnt
sich am meisten, wenn der Wert der Aktien drastisch fällt. In diesem Fall hätte Robert Lang die Anzahl an Aktien, die er liefern
muss, für viel weniger Geld kaufen können.«

»Er spekulierte auf einen fallenden Aktienkurs?«

»Falls er die Aktien zurückkaufen wollte: ja. Wenn die Aktie einbricht und nur noch einen Bruchteil des ursprünglichen Wertes hat, dann hat Robert Lang selbst sechshunderttausend Dollar bekommen, muss aber zum Beispiel nur hunderttausend Dollar oder noch weniger für die gleichen Aktien zahlen. Er streicht also einen dicken Gewinn ein.«

»Muss Robert Lang für so einen Leerkauf nicht irgendwelche Sicherheiten haben?«

»Sicherlich. Ich kenne mich da nicht im Detail aus. Generell aber gilt bei solchen Leerkäufen: Robert Langs Risiko ist groß. Theoretisch könnte der Aktienkurs nämlich signifikant steigen, und wenn Lang die Aktien kaufen muss, zahlt er viel mehr als die ursprünglichen sechshunderttausend Dollar und muss einen hohen Verlust verschmerzen.«

»Also entweder hatte Robert Lang vor, sich mit dem Geld abzusetzen, oder er hat darauf spekuliert, dass die Aktien an Wert verlieren.« Kate knetete ihre Finger. »Von welchem Unternehmen hat er denn Aktien verkauft?«

Gerda lächelte triumphierend. »Das ist es ja: Alle Aktien sind von Hearium.«

* * *

Fassungslos starrte Finn auf das Lenkrad seines Fords, seine Hände verkrampft, die Fingerknöchel weiß vor Anspannung. Die Straße um ihn herum fühlte sich seltsam still an, als ob die ganze Welt stillstand, um das Ausmaß seines Desasters zu begreifen. Seine Brust hob und senkte sich unregelmäßig, das Atmen fiel ihm schwer. Der Job war weg. Aufgrund eines einzigen Fehlers – einer Dummheit, die er nicht ungeschehen machen konnte. Er hatte es verbockt, und zwar so richtig.

Finn bezeichnete sich normal nicht als Typ, der sich leicht aus der Ruhe bringen ließ, aber diesmal war es anders. Alles schien ihm zu entgleiten. Wie konnte er nur so dumm sein?

Elia! Der nächste Gedanke schoss ihm schmerzend durch den Kopf. Sie würde bald nach Hause kommen. Wie sollte er ihr das alles erklären? Er hatte ihr in den letzten Monaten genug zugemutet. Eigentlich spürte er das dringende Bedürfnis, den Rausschmiss für sich zu behalten und sie nicht zu belasten. Doch er wusste, dass es nicht lange dauern würde, bis sie herausfand, dass etwas nicht stimmte. Und solche Heimlichkeiten gehörten nicht in eine funktionierende Beziehung. Aber wie erzählt man so eine Geschichte? »Hey, ich habe meinen Job verloren, weil ich illegal in ein Gebäude eingebrochen bin …?« Finn schüttelte den Kopf, als ob er damit seine Gedanken vertreiben könnte. Zum Glück arbeitete Elia noch. Ein wenig Zeit, bevor er sich der Realität stellen musste.

Ach Mist, die Karte! Das Geräusch der Eisentür, die sich hinter ihm geschlossen hatte, nachdem er sein Diensthandy abgegeben hatte, hallte noch in seinen Ohren. Doch erst jetzt realisierte er, dass er nicht nur das Smartphone zurückgelassen hatte, sondern auch die Karte. Die Visitenkarte der Frau. Sie klemmte in der Hülle. Das war momentan zwar nicht sein größtes Problem. Aber da gab es all die Fragen, die ihn seit der Begegnung mit seiner Helferin verfolgten. Wer war die Frau? Was wusste sie? Und der einzige Hinweis auf mögliche Antworten war wahrscheinlich für immer verloren. Finn vergrub verzweifelt den Kopf in seinen Händen.

Doch im nächsten Moment rappelte er sich auf. Jetzt nur nicht in Selbstmitleid versinken! Stattdessen lenkte er seine Gedanken auf das, was er kurzfristig zu tun hatte. Rhonda Whitmore. Seit einer Stunde saß er im Wagen vor ihrem heruntergekommenen Wohnhaus und wartete auf Brad, der sich mit ihm hier treffen wollte. Er freute sich darauf, so konnte er sich von seinen Gedanken an Elia ablenken und ein bisschen an seinem Stundenkonto bei der Polizei arbeiten. Jeder Dollar würde in den nächsten Tagen gebraucht werden.

Ein lauter Schlag an die Autoscheibe ließ ihn hochschrecken. »Eingeschlafen?« Brad zog seine Faust zurück.

Mühsam schälte sich Finn aus seinem Sitz. »Nee, nee, alles gut.«

»Du siehst richtig durch aus, Mann. Alles in Ordnung?«

»Ja, lass uns einfach reingehen.« Finn konnte solche Scherze gerade nicht brauchen.

Brad hatte anscheinend verstanden und schwieg. Gemeinsam betraten sie die schiefe Veranda. Jeder Schritt auf den knarrenden Dielen hallte auf der ruhigen Straße wider. Als sie vor der Haustür standen, zögerte Brad kurz. Spürte er es auch? Irgendetwas stimmte nicht. Das fühlte Finn. Doch er wusste nicht genau, was es war. Das letzte Mal hatte niemand geöffnet. Brad hob die Hand und klopfte – ein Mal, zwei Mal, drei Mal –, bevor er zurücktrat.

Die Sekunden dehnten sich in die Länge. Kein Geräusch von innen. Kein Licht. Doch das Gefühl, dass Rhonda da war, ließ Finn nicht los.

Unvermittelt öffnete sich die Tür mit einem leisen Quietschen, und Finn hielt unwillkürlich den Atem an. Der Spalt wurde größer, und er traute seinen Augen nicht. Vor den beiden stand die dunkelhäutige Frau, die ihm erst heute nach seinem Zusammenbruch geholfen hatte. Ihre schlichte, graue Kleidung schien auch hier wieder mit dem Hintergrund zu verschmelzen, als wäre sie ein Teil des Hauses. Ihre Augen weiteten sich, als sie Finn erblickte.

Für einen Moment standen sie beide da, starrten einander an. Die Zeit schien stillzustehen. Brad, der nichts von der seltsamen Spannung zwischen ihnen bemerkte, trat einen Schritt nach vorn.

»Hallo, Miss Whitmore. Mein Name ist Brad Hale, BPD, und

das hier ist mein Kollege Finn Dever.« Er flippte seine Marke vor das Gesicht von Rhonda. »Wir wollten Ihnen ein paar Fragen stellen.«

Doch die Frau beachtete ihn nicht. Ihr Fokus blieb unerschütterlich auf Finn gerichtet, als versuchte sie, ihn zu durchbohren und seine Gedanken zu lesen.

»Wir sind beauftragt, den Mord an Julia Lang zu untersuchen, und würden mit Ihnen gerne über einige Details sprechen«, fuhr Brad fort, scheinbar ohne die subtile Spannung wahrzunehmen, die zwischen Rhonda und Finn herrschte. Er öffnete den Mund für eine weitere Frage, doch bevor er dazu kam, hob Rhonda roboterartig die Hand und nickte knapp.

»Was wollen Sie denn?«

»Ma'am, könnten wir dafür vielleicht hereinkommen?«

»Geht das auch hier?« Rhonda sprach so leise, dass sie fast nicht zu hören war.

»Ich würde es drinnen bevorzugen, da es sich um eine delikate Angelegenheit handelt.« Brad trat einen Schritt nach vorne.

Rhonda schien einen Moment zu zögern, bevor sie schließlich die Tür weiter öffnete und die beiden wortlos hineinbat. Ihre Augen ließen keinen Moment von Finn ab, als könne er sonst wieder verschwinden. Im Inneren des Hauses empfing sie eine gedämpfte Atmosphäre. Nur wenig Licht fiel durch die schmutzigen Vorhänge, die fast wie Schutzschilde an den Fenstern hingen. Hohe Decken ließen das Haus größer als vermutet wirken. Der muffige Geruch von altem Holz und Staub fuhr Finn in die Nase. Durch seine Sneaker spürte er seltsam weich und stellenweise klebrig die altmodischen, abgetretenen Teppiche.

»Setzen Sie sich«, forderte die Frau sie auf.

Finn und Brad schoben sich an einem alten, zerkratzten Couchtisch und einem abgewetzten Ledersessel vorbei zu einem Sofa und setzten sich auf eine Decke, die vermutlich die Flecken auf der Garnitur verdecken sollte.

Rhonda war in der angrenzenden Küche verschwunden, von wo aus das leise Summen eines Kühlschranks zu hören war.

Mit einem Biss auf seine Unterlippe beugte sich Brad zu Finn hinüber.

»Kennst du sie?«

Seine Stimme war kaum mehr als ein Hauch, die Spannung in seinen Worten aber nicht zu überhören.

Finn schüttelte intuitiv den Kopf und hielt den Blick starr auf den Couchtisch gerichtet.

»Nein«, log er, während sein Herz in der Brust raste. Nicht die Wahrheit, aber auch nicht komplett gelogen. Er wusste nicht, wer diese Frau genau war. Sie hatte ihm geholfen, eine Karte zugesteckt, und nun saßen sie hier in ihrem Haus, als wäre all das ein Zufall gewesen. Doch nichts an dieser Begegnung fühlte sich zufällig an.

Rhonda kam zurück und manövrierte ein Tablett mit drei Gläsern und einer Karaffe Wasser auf den Tisch. Schnell schenkte sie ein. Dabei musterte Finn den Raum. Keine persönlichen Gegenstände, keine Fotos – fast so, als hätte niemand wirklich hier gelebt.

»Was wollen Sie wissen?«

Schwerfällig ließ Rhonda sich in den Ledersessel fallen, der dumpf unter ihrem Gewicht ächzte. Ihre Augen blieben fest auf Finn gerichtet, als ob sie erwartete, dass er antworten würde, obwohl Brad das Gespräch begonnen hatte.

Der Detective ergriff das Wort. »Zunächst einmal unser Beileid für Ihren Verlust. Sie müssen Mrs. Lang nahegestanden haben.«

»Danke.« Rhondas Gesicht zeigte keine Reaktion.

»Miss Whitmore, laut Mrs. Langs Kalender haben Sie sich regelmäßig gesehen. Jede Woche. In welchem Verhältnis standen Sie zu ihr?« Brads Stimme klang sachlich, aber überzeugt.

Rhonda saß regungslos auf ihrem alten Ledersessel, die Hände fest auf den Armlehnen, als ob sie sich daran festhalten wollte. Ihre Augen, ruhig und kalt, wanderten kurz von Brad zu Finn und dann wieder zurück.

»Julia war eine Freundin«, sagte sie schließlich. Eine Antwort, die keine Fragen zuließ. Kein Hauch von Emotion in ihren Worten.

Brad ließ sich nicht abwimmeln. »Eine Freundin, die Sie jede Woche gesehen haben. Das würde ich als intensiv bezeichnen, nicht wahr?« Er lehnte sich etwas weiter vor, seine Augen blieben fest auf Rhonda gerichtet. »Können Sie uns die Freundschaft näher beschreiben? Was war der Grund für Ihre regelmäßigen Treffen?«

Rhonda wich dem Blick aus und verschränkte die Arme vor ihrer Brust. »Wir haben über alles Mögliche gesprochen. So wie Sie auch mit Ihren Freunden. Unsere Unterhaltungen waren aber eher oberflächlich«, sagte sie kühl. Ihre Finger krallten sich tiefer in die Armlehnen des Sessels. »Ich sehe nicht, was das mit Ihrem Fall zu tun haben soll.«

Ihre Stimme blieb gleichgültig, doch die Anspannung war nicht zu übersehen.

Brad blieb geduldig, ließ sich jedoch nicht beirren. »Ist Ihnen etwas aufgefallen an Julia Lang in letzter Zeit?«

»Nein.«

Brad atmete durch. »Können Sie uns denn sagen, ob Julia Lang irgendwelche Feinde hatte? Oder ihr jemand etwas Böses wollte?«

»Nein.«

»Wenn Sie sich so häufig mit ihr getroffen haben, würde ich vermuten, dass Sie mit Julia Lang auch sehr persönliche Dinge besprochen haben. Sehe ich das richtig?«

»Nein. Julia und ich hatten eine oberflächliche Beziehung. Ich kann Ihnen nicht weiterhelfen.«

Brad machte eine kurze Pause, beobachtete ihre Reaktion genau. »Gibt es etwas, das Sie uns nicht sagen wollen?«

Rhondas Kiefer mahlte unmerklich. »Nein«, antwortete sie knapp, ihre Stimme kälter. »Ich habe alles gesagt. Julia war eine lockere Freundin. Mehr gibt es nicht zu sagen. Ich habe keine tiefgreifenden Informationen, Tratsch oder gar Verschwörungstheorien für Sie.«

Brads Ton wurde rauer. »Es gibt Zeugen, die etwas anderes behaupten«, sagte er. »Es wurde beobachtet, wie Sie und Julia Lang heftig auf der Straße gestritten haben. Worum ging es in diesem Streit?«

Rhonda blieb äußerlich ruhig. »Das ist nicht wahr«, sagte sie schnell, vielleicht zu schnell. »Ich habe nicht mit ihr gestritten. Sie müssen sich irren.«

»Es ist kein Irrtum«, fuhr Brad fort. »Jemand hat gesehen, wie Sie und Julia Lang vor dem Haus heftig diskutiert haben. Der Zeuge sagte, Mrs. Lang sei aufgebracht gewesen, und ihr Sohn Ethan soll nahezu bewusstlos gewesen sein. Wollen Sie dazu etwas sagen?«

Rhondas steinerne Fassade bröckelte für einen Moment, so flüchtig, dass man es kaum bemerkte. Doch Finn entging es nicht. Sie nahm einen tiefen Atemzug, als ob sie ihre Nerven unter Kontrolle bringen wollte.

»Das sind falsche Informationen«, sagte sie schließlich, doch ihre Stimme war nicht mehr so ruhig wie vorher. »Ethan war niemals bewusstlos. Und ich habe nicht mit Julia gestritten.«

Brad ließ sich nicht täuschen. »Es klingt, als wüssten Sie sehr wohl, was an diesem Tag passiert ist. Ethan ist minderjährig, Miss Whitmore. Und er war bewusstlos. Nachdem er bei Ihnen im Haus war. Wie kam es dazu?«

Rhonda wurde still. Ihre Augen wanderten wieder kurz zu Finn, bevor sie Brad anstarrte.

»Ich habe nichts damit zu tun«, wiederholte sie, diesmal jedoch leiser. »Ich denke auch, dass ich Ihnen alles gesagt habe. Und mir ist wichtig: Hier war niemand bewusstlos.«

Während er sich in die Couch zurücklehnte, ließ Brad Rhonda nicht aus den Augen. »In welcher Beziehung stehen Sie zu Ethan Lang?«

»Ich kenne ihn über Julia. Und er war mehrmals mit ihr hier. Mehr gibt es dazu nicht zu sagen. Ich kenne auch den Jungen nicht näher. Ich kann Ihnen sagen, dass er gerne Videospiele spielt. Das hat er hier öfter gemacht.«

Brads Zeigefinger deutete auf die Küche. »Können wir uns hier einmal umsehen, Miss Whitmore?«

Rhonda stand abrupt auf. »Es ist Zeit, dass Sie gehen«, sagte sie fest. Ihre Hände zitterten leicht. »Ich habe Ihnen alles gesagt, was ich weiß.« Ihre Stimme klang nun feindselig.

Brad sah zu Finn, der schwieg. Widerwillig erhoben sich die beiden.

»In Ordnung«, sagte der Ermittler und hielt Rhonda seine Visitenkarte hin. »Wenn Ihnen doch noch etwas einfällt, rufen Sie mich gerne an.«

Für Finn fühlte es sich an, als würde die Luft in dem dunklen, düsteren Wohnzimmer immer dicker werden, während er Rhonda beobachtete, wie sie versuchte, sich zu beherrschen. Da war etwas. Ihre abweisende Haltung, die Art, wie sie ausweichend antwortete, ohne je wirklich ins Detail zu gehen – das war nicht nur Verschlossenheit. Konnte es Angst sein?

Aber warum? Finns Gedanken rasten, als er die Fassade, die Rhonda aufrechterhielt, zu durchdringen versuchte. Als Brad Ethan erwähnt hatte, der angeblich bewusstlos geworden war – da war sie für einen winzigen Augenblick aus der Rolle gefallen. Sie wusste mehr, als sie zugab, das war sicher. Aber was?

Mit einer Handbewegung deutete Rhonda auf die Eingangstür, und Brad und Finn setzten sich in Bewegung. Ein letztes Mal wanderte Finns Blick durch das Zimmer und blieb an der Tür zur Küche hängen. Und dann fiel sie ihm auf: eine zweite, unscheinbare, aber robuste Tür, vermutlich der Weg in den Keller. Nichts Besonderes, sollte man meinen. Doch Finn sah mehr. Erst wenige Wochen zuvor hatten sie sich in Lee Trans Podcast intensiv mit Sicherheitstüren auseinandergesetzt. Und diese Tür hatte nun mehrere passende Merkmale: ein verstärkter Rahmen, die Riegel neu, glänzend, als wären sie erst kürzlich angebracht worden. Sie passte nicht zu der vernachlässigten Aura des restlichen Hauses. Was befand sich hinter der Tür? Hatte dies etwas mit den ebenfalls ungewöhnlich stark gesicherten Fenstern des Kellers zu tun, die sie bei ihrem ersten erfolglosen Besuch an der Seite des Hauses gesehen hatten?

Rhonda öffnete ihren Gästen ohne ein Wort des Abschieds die Haustüre. Ihre Finger krallten sich um die Türklinke. Finn und Brad traten hinaus auf die Veranda, der warme Wind des Sommertages schlug ihnen entgegen, trotz der Hitze eine willkommene Erleichterung nach der stickigen Luft im Haus. Die Tür fiel mit einem lauten Knall ins Schloss.

Sie entfernten sich vom Grundstück und stellten sich vor das Nachbarhaus, bevor Finn als Erster anfing zu reden.

»Hast du das gesehen?«

Hastig tippe Brad auf seinem Smartphone.

»Was meinst du?«

»Die Tür zum Keller«, antwortete Finn leise, als ob er befürchtete, dass Rhonda sie noch hören könnte. »Sie war verstärkt. Die Riegel waren neu. Das ist eine Sicherheitstür.«

Brad zögerte, sein Blick verfinsterte sich. »Echt? Habe ich nicht gesehen.« Er lehnte sich gegen einen alten Lattenzaun des Nachbarhauses und verschränkte die Arme. »Sie verbirgt etwas, das ist sicher. Der steht doch Schuld auf die Stirn tätowiert.«

Finn nickte. »Ich glaube, sie hat Angst. Vielleicht sogar um ihr eigenes Leben.«

Brad ließ einen leisen Seufzer hören und schüttelte den Kopf. »Das hier wird noch kompliziert. Wenn sie wirklich etwas verheimlicht, dann werden wir es nicht auf die einfache Art herausfinden.«

»Was machen wir jetzt?«

Brad blickte noch einmal auf das Haus, die Dunkelheit, die durch die schmutzigen Vorhänge kroch, die Abwesenheit von Licht und Leben im Inneren.

»Wir brauchen einen Grund, um wieder reinzukommen«, sagte er schließlich. »Aber wir müssen vorsichtig sein. Sie wird nichts freiwillig preisgeben. Aber was auch immer da unten im Keller ist ...« Er beendete den Satz nicht.

»Was ist ...?«, begann Finn.

»Moment.« Hastig drückte sich Brad nach vorne, lief den kleinen Gehweg zum Nachbarhaus von Oliver entlang und pochte wild an die Tür. Finn blieb am Lattenzaun vor dem Haus stehen. Mehrmals hämmerte Brad gegen die Tür. Erfolglos.

»Scheiße. Ich dachte, der Typ ist vielleicht da. Wir brauchen eine offizielle Aussage von ihm, dann können wir die Whitmore vielleicht vorladen und in die Mangel nehmen.« Brad holte sein Smartphone wieder hervor. »Kommst du mit ins Revier?«

Bei diesem Stichwort durchzuckte es Finn wie ein elektrischer Schlag. Elia! Sie würde bald nach Hause kommen, und er hatte immer noch keinen Plan, wie er ihr seine Kündigung erklären sollte. Ein Kloß formte sich in seinem Hals, während sich seine Gedanken überschlugen.

»Nein, ich fahre nach Hause. Es wird spät.«

»Elia?« Zwinkernd blickte Brad ihn an.

»Hm …«

»Dann nichts wie los, du Pantoffeltiger.« Er streckte Finn die Hand entgegen. »Ich bin dann mal weg. Ich brauche dringend etwas zu futtern auf dem Weg.«

Finn blieb noch einen Moment auf der Straße stehen, seine Augen auf Rhondas Haus gerichtet. Etwas an dem Ort zog ihn in seinen Bann. Trotz der bedrückenden Atmosphäre spürte er eine seltsame, kaum greifbare Energie, die durch die alten Mauern zu fließen schien. Es war, als würde das Haus ihn auffordern, näher zu kommen, mehr zu erfahren, obwohl sein Instinkt ihm sagte, dass dort ein Geheimnis lauern konnte, das besser im Dunkeln blieb. Zugleich wusste er tief in seinem Inneren: Schon bald würde er wieder hier sein.

* * *

»Du hast waaas?« Das letzte Wort kam so lang gezogen und schrill aus Elias Mund, dass sich Finns Magen verkrampfte.

Seine eigene Stimme wirkte dagegen leise. »Es tut mir leid, ich habe einen großen Fehler gemacht.«

Er hatte nie erwartet, dass Elia ihn so entsetzt anstarren könnte. Mit einem Ruck erhob sie sich vom Sofa.

»Wie konntest du nur so leichtsinnig sein? Ein gesichertes, abgesperrtes Gebäude? Sind wir bei der versteckten Kamera?«

Mit weit aufgerissenen Augen starrte sie Finn an, unfähig zu glauben, was sie gehört hatte.

»Ich weiß, ich weiß. Es tut mir wirklich leid. Ich dachte nicht, dass es so enden würde.«

»Du dachtest nicht, dass es so enden würde? Ehrlich? Wie dachtest du denn, dass es enden würde?« Finn kannte Elias stürmisches Temperament. »Was machen wir denn jetzt?«

»Ich werde mich sofort um einen neuen Job bemühen, versprochen. Ich werde das schaffen.«

Elia lief durch die Wohnung, wild gestikulierend. »Willst du mich verarschen?«, schrie sie. Mit dem Finger auf Finn gerichtet verharrte sie. »Ist dir überhaupt noch bewusst, was du machst? Ist das wegen diesem beschissenen Fall?«

Mit schuldbewussten Blick wandte Finn sich ihr zu. In solchen Momenten war es am klügsten, sich zurückzuhalten.

»Das ist wegen dem beschissenen Fall, oder? Antworte mir!«

»Ich hatte einen Hinweis.«

»Finn, du bist weder ein Detective noch Sherlock Holmes. Du verkaufst In-Ears. Dir wächst alles über den Kopf.«

»Elia, Sunshine, ich habe Mist gebaut. Es tut mir leid. Ich mache es wieder gut.«

»Nenn mich nicht Sunshine!« Sie hasste es, wenn Finn beim Streiten Kosenamen verwendete. »Du machst wohl nur noch, was dir Spaß macht, oder? Der Podcast und deine Detektivspiele scheinen wichtiger zu sein als deine Arbeit und ich. Lange habe ich zugesehen, wie du diese Dinge priorisierst. Und ich habe immer zu dir gehalten. Und jetzt kommst du und hast wegen all dem deinen Job verloren! Hast du einen Gedanken daran verschwendet, was das für uns bedeutet?«

»Es tut mir leid«, hauchte Finn.

»Ich muss hier raus!«

Mit entschlossenen Schritten steuerte sie auf die Garderobe zu, woraufhin er sofort aufsprang.

»Bitte geh nicht!« Er erwischte sie am Arm.

Robust entzog sie sich seinem Griff.

»Bitte, hör mir zu. Ich weiß, ich habe einen großen Fehler gemacht, und ich bereue es zutiefst. Ja, ich habe zu viel Zeit mit der Polizeiarbeit verbracht, und das tut mir leid. Aber ich verspreche dir, dass ich mich ändern werde. Ich finde einen neuen Job und ich werde mehr hier sein. Bitte geh nicht.«

»Ich höre das schon lange von dir. Aber in den letzten Monaten wurde es nur schlimmer.« Ihre Stimme nahm einen sanfteren Ton an.

»Ich weiß. Und ich weiß, dass das so nicht weitergeht.«

»Dann musst du aber was machen. Und mir nicht immer nur Sachen versprechen.«

Sie griff nach ihrer Jacke. Finn fragte sich, wie ernst Elia die Drohung ihres Abgangs meinte. Zwar neigte sie zu schnellen, impulsiven Reaktionen, doch konnte er sich nicht vorstellen, dass sie tatsächlich im knappen Schlafanzug auf die Straße gehen würde.

»Das mache ich. Sag mir, was ich machen soll.«

»Das ist das Problem. Ich möchte dir das nicht sagen müssen. Ich finde, dass das von dir kommen muss. Du bist alt genug.«

»Ich kann aufhören, an den Fällen zu arbeiten.«

Elia ließ die Jacke nach unten sinken. »Und was bitte schön willst du ab morgen machen? Du musst doch zum BPD gehen und deine Stunden machen. So erhalten wir zumindest etwas Geld für die Miete.«

»Dann suche ich eben etwas Neues. Ich kann all das aufgeben. Die Arbeit beim BPD. Meine Recherchen. Den Podcast. Ich will unsere Beziehung nicht gefährden.«

Elias Züge wurden weicher, und Finn griff nach ihrer Hand. Sie zog sie nicht weg.

»Ich liebe dich und ich will, dass wir glücklich sind.« Er nahm Elia in den Arm und küsste sie.

»Und ich will dich unterstützen. Du weißt, ich finde es gut, wenn du eine Leidenschaft für etwas hast. Es darf uns nur nicht zu stark einschränken. Und vor allem darfst du deinen Job nicht verlieren.«

»Ich weiß, und es tut mir so leid.« Das vorletzte Wort zog Finn in die Länge und lächelte sie an.

Elias Kopf ruhte an seiner Brust.

»Du musst auch nicht alles aufgeben. Das Geld vom BPD brauchen wir ja jetzt dringend. Du könntest Thake fragen, ob du dort einen festen Vertrag für den nächsten Monat bekommst. Das verschafft uns etwas Luft, bis du einen neuen Job hast.«

»Ja, das kann ich machen.« Es gelang ihm nur mühsam, seine Zufriedenheit zu verbergen.

»Aber bei den Recherchen und dem Podcast kannst du gerne weniger machen.«

»Ich weiß. Und wenn ich einen Job habe, überlegen wir neu. Drei Dinge parallel sind vielleicht zu viel.« Schweißperlen standen ihm auf der Stirn. Er konnte kaum fassen, welche Worte ihm über die Lippen kamen.

»Das gucken wir zusammen.« Sie drückte ihm einen Kuss auf die Wange.

Mit festen Armen zog er sie enger an sich, und vorerst schien Elia beruhigt. Die letzten Tage hatten ihren Tribut gefordert, und er wusste, dass er sich bei ihr keinen Fehltritt mehr leisten durfte. In seinem Inneren betete er inständig, dass sie niemals nach dem verschwundenen Rucksack fragen würde.

* * *

BLACKVALE, 21. JUNI 2024

»Du hast was?« Mit weit aufgerissenen Augen starrte Kelly ihn an.

»Ich weiß. Elia hat genauso reagiert. Ich habe mein Fett abbekommen.«

Finn hob beschwichtigend beide Hände. Die Nacht und der Schlaf hatten ihm gutgetan. Er hatte die Erlebnisse des vorherigen Tages verarbeitet, und ein neues Feuer war in ihm entbrannt. Er war bereit, sich den bevorstehenden Aufgaben mit frischer Entschlossenheit zu widmen und das Beste aus der Situation zu machen. Mit zu seiner guten Stimmung trug bei, dass sich das euphorische Gefühl im Revier zurückmeldete.

»Dann aber hoffentlich nicht zu knapp, du Trottel.« Kellys Augen blitzten vor Empörung. »Was machst du jetzt?«

»Mich hier stärker einbringen.«

»Mehr Stunden?«

»Ja, Thake meinte, dass ich gerne verstärkt aushelfen kann. Ich glaube, der Druck setzt ihm zu.«

»Das machst du, um mich öfter zu sehen.« Kelly zwinkerte ihm übertrieben zu.

»Klar, sicher.«

»Was muss ich denn bei meinem sowieso schon viel zu großen Arbeitspensum für dich vorbereiten?«

Mit einem Fingerzeig wies er auf Kellys Smartphone. »Du guckst dir lustige Videos an. So stressig kann dein Tag nicht sein.«

»Brüderchen, als Motor dieses Systems hier brauche ich Pausen zwischendurch. Sonst raucht hier alles ab.« Ihr lautes Lachen ließ zwei Tische weiter einen älteren Detective genervt hochblicken. »Bekommst du einen festen Vertrag?«

»Das bekommt Thake in der Personalabteilung nicht durch. Anderer Budgettopf.« Finn rollte mit den Augen.

»Du wirst das schon machen. Bisher bist du noch immer auf den Füßen gelandet.«

Kellys Ton wirkte abfällig. Finn beschloss, nicht weiter darauf einzugehen. Gespräche über Karriere und Leistung berührten einen wunden Punkt in der Beziehung zu seiner Schwester.

Schon früh in der Kindheit hatten ihre Eltern Finns außergewöhnliche Auffassungsgabe bemerkt. Im Gegensatz zu Kelly flogen ihm die Dinge nur so zu. Sein Erfolg und seine Errungenschaften wurden von seinen Eltern stets mit Stolz betrachtet, während Kelly früh ihre rebellische Natur auslebte und oft aneckte. Sie hatte sich nie bemüht, Anerkennung zu erlangen, und die häufigen Reibereien mit ihren Eltern schienen Kelly sogar zu gefallen. Trotzdem hatte sie es immer als unfair empfunden, dass Finn ständig gelobt wurde, während sie selbst mehr Kritik und häufigere Strafen einstecken musste. Ganz zu schweigen von der großen Aufmerksamkeit, die Finns viel beschäftigter Vater ihm im Gegensatz zu seiner Tochter schenkte. Dieses Ungleichgewicht hinterließ tiefe Spuren in ihrer Beziehung zu ihrem Bruder und prägte ihr Verhältnis bis ins Erwachsenenalter. Finn vermutete, dass Kelly hinter ihrer selbstbewussten Fassade das Gefühl hatte, unverstanden und unterbewertet zu sein.

»Ist das jetzt dein dauerhafter Begleiter?« Finn zeigte auf Ethan, den seine Schwester nach der Ankunft am Morgen wieder mit seinem Smartphone im Pausenraum abgesetzt hatte.

»Wo soll er denn hin?« Ein Handyvideo, in dem ein Hund auf einem Skateboard durch einen Park sauste und dabei verzweifelt versuchte, einen fliegenden Ball zu fangen, fesselte Kellys Aufmerksamkeit. »Ähm … Er hat einiges mitgemacht, und wir wissen nicht, ob er in Gefahr ist. Er kann nicht in ein Heim oder zur Schule, solange er separaten Schutz benötigt. Das Jugendamt versucht, eine längerfristige Therapie für ihn zu organisieren, um ihm bei der Verarbeitung des Traumas zu helfen und sicherzustellen, dass er keine langfristigen psychischen Probleme davonträgt.«

»Bleibt er jetzt länger bei dir?«

»Kate hat gesagt, dass es nur bis morgen ist.« Sie senkte die Stimme zu einem flüsternden Murmeln. »Dann reicht es auch.

Mit ihm im Haus und der Polizei davor fühle ich mich ständig beobachtet. So kann ich meine Zweitkarriere als Drogendealerin vergessen.« Kellys Lachen schallte wieder über die Bürofläche.

»Kann ich mir vorstellen«, murmelte Finn, ohne ihren Scherz zu kommentieren. Seine Aufmerksamkeit war zu Kate gewandert, die ihn zu sich herübergewunken hatte. Mit einer knappen Entschuldigung an seine Schwester bahnte er sich den Weg an den Schreibtischen vorbei.

»Mr. Dever«, Kates Stimme klang genervt, »Sie haben also etwas mehr Zeit, uns zu unterstützen.«

»Leider unfreiwillig …« Finn folgte ihr in einen der Seitengänge. Bei ihren schnellen Schritten kam er fast nicht hinterher. »Obwohl ich für Sie immer gerne Zeit habe, Detective.«

Kate ignorierte seinen Kommentar und öffnete die Tür zu einem Besprechungsraum, in dem ihn Brad freudestrahlend erwartete.

»Wenn das nicht unser arbeitsloser Berater ist«, platzte es aus ihm heraus. »Warum hast du mir gestern noch nichts von den tollen Neuigkeiten erzählt?«

Finn setzte sich Brad gegenüber auf einen zu harten Stuhl und beschloss, die Frage zu ignorieren.

»Hast du das nicht per Vision kommen sehen?« Ein spöttisches Lächeln zeichnete sich auf Brads Gesicht ab.

Finn warf ihm einen genervten Blick zu. »Manchmal kannst du ein echter Scheißkerl sein.«

»Das hat mein Therapeut mir auch gesagt.«

Jetzt schmunzelte Finn ebenfalls.

»Habt ihr beiden es?«, fragte Kate mit irritiertem Gesichtsausdruck.

Finn und Brad richteten sich auf.

»Mr. Dever, ich habe Ihren kurzen Bericht gelesen. Für uns

wäre es vorher noch wichtig, etwas detaillierter zu verstehen, was Hearium macht.«

Mit dem beigen Pullover und der engen Jeans erinnerte Kate Finn an die frühere Pressesprecherin seines Vaters, als dieser Bürgermeister von Blackvale war. Im Alter von sechzehn war diese zehn Jahre ältere Frau seine erste Liebe gewesen. Er hatte ihr nie davon erzählt.

»Gerne«, sagte Finn. »Also: Hearium vertreibt In-Ear-Kopfhörer. Unsere … also deren Kopfhörer decken in der Basisversion alle Old-School-Funktionen ab. Musik abspielen, mittels KI den Herzschlag überwachen oder eine Playlist für die aktuelle Stimmung erstellen.«

»Klappt das?« Brad ließ seinen Blick neugierig auf ihm ruhen.

»Schon. Die Kunden sind zufrieden. Aber ich stelle meine Musik lieber selbst zusammen.«

»Was gibt es weiterhin an Produkten?«, drängte Kate.

»Die Advanced-Option der In-Ears verfügt über eine Sprachsteuerung, die auf natürliche Weise mit dir interagiert. Du kannst Fragen stellen, Aufgaben delegieren und sogar über deine Kopfhörer telefonieren, ohne sie aus den Ohren zu nehmen. Es ist wie ein persönlicher Assistent direkt in deinem Ohr. Zudem ist eine fortschrittliche Geräuschunterdrückungstechnologie integriert, die Umgebungsgeräusche analysiert und filtert. Du kannst dich also vollständig auf deine Musik, deine Anrufe oder deine Podcasts konzentrieren, ohne von der Außenwelt gestört zu werden.«

Finn holte kurz Luft. »Die richtig coolen Anwendungen gibt es bisher nur in der Businessversion, vorrangig für Unternehmen und Branchen ausgelegt. Es gibt mit einer hoch entwickelten Übersetzungssoftware die Möglichkeit, Sprache in Echtzeit zu übersetzen. Egal, ob du im Ausland reist oder mit jemandem kommunizierst, der eine andere Sprache spricht. Gesprochenes wird sofort in deine Muttersprache übersetzt. Außerdem gibt es die Funktion der biometrischen Gesundheitsüberwachung: Die Kopfhörer verfügen über Sensoren, die wichtige biometrische Daten wie Blutdruck, Sauerstoffsättigung und Körpertemperatur messen können. Diese Daten werden in Echtzeit analysiert und können dem Benutzer helfen, seinen Gesundheitszustand zu überwachen und potenzielle Gesundheitsprobleme frühzeitig zu erkennen.«

Ein Schmunzeln breitete sich auf Brads Lippen aus. »Du könntest die Dinger echt verkaufen, bei deinem Enthusiasmus.«

Der Kommentar ließ Finn kalt. Er befand sich im Vertriebsmodus.

»Letzte neue Anwendung sind virtuelle Realitätserlebnisse. Die Kopfhörer bieten eine immersive Virtual-Reality-Audioerfahrung, die es dem Benutzer ermöglicht, in virtuelle Welten einzutauchen. Die Kopfhörer erzeugen ein beeindruckendes 3D-Klangfeld um den Benutzer herum, das ihm das Gefühl gibt, mitten im Geschehen zu sein – beim Gaming, bei virtuellen Konzerten oder bei interaktiven Geschichten.«

»Wie erfolgreich sind sie auf dem Markt?«

Wenn Kate so schnell laufen könnte, wie sie mitschrieb, wäre ihr eine olympische Medaille im Sprintrennen sicher, dachte sich Finn.

»Seit der Gründung des Unternehmens gab es kein Jahr mit nicht mindestens zweistelligen Wachstumzahlen. Die Nachfrage ist enorm. Hearium peilt für dieses Jahr siebenundsiebzig Millionen verkaufte Headsets an – weltweit.«

Brad fingerte einen Zeitungsausschnitt aus einem ungeordneten Papierstapel vor ihm hervor.

»Das stand in der Presse: ›Zusätzlich zu seiner innovativen Produktlinie für den Verbrauchermarkt produziert Hearium spezielle Headsets für Regierungsbehörden, die für verschiedene Anwendungen im Bereich der Sicherheit und Kommunikation eingesetzt werden.‹«

Finn nickte. »Intern wurde das groß gefeiert.«

»Hier steht noch, dass Hearium aufgrund dieser bedeutenden Rolle im Bereich der nationalen Sicherheit beträchtliche staatliche Fördergelder für die Entwicklung und Herstellung dieser speziellen Headsets erhält.«

»Ich habe zur Zeit des Vertragsabschlusses mit der Regierung über meine internen Quellen gehört, dass die Fördermittel in Form von Verträgen, Steuervergünstigungen und anderen Finanzinstrumenten sich auf etwa hundert Millionen US-Dollar pro Jahr belaufen. Bryan hat damals gesagt, dass durch diese staatliche Unterstützung das Unternehmen eine führende Position im Bereich der Regierungsaufträge einnimmt und gleichzeitig dazu beiträgt, die nationale Sicherheit zu stärken.«

Kate schaltete sich wieder in das Gespräch ein.

»Wie sieht es im Unternehmen selbst aus?«

»Ich habe gerne da gearbeitet. Super Unternehmenskultur. Kreativität und Innovation werden großgeschrieben, und wir hatten unglaublich viele Freiheiten – solange die Zahlen gestimmt haben.«

»Und die Hierarchie?«

»Die ist veraltet und nicht sehr modern. Es gibt eine klare Struktur, klare Verantwortlichkeiten und Entscheidungswege. Bryan will Effizienz und Effektivität. Und er regiert mit eiserner Hand. Da redet niemand mit einem höheren Tier, ohne vorher seinen eigenen Chef gefragt zu haben.«

»Das hört sich widersprüchlich zur Unternehmenskultur an.«

»Es funktioniert intern. Die Teams sind alle komplett offen untereinander, und auch Bryan teilt Informationen sehr gut. Es darf nur niemand aus der Reihe tanzen.«

»So wie du.«

Finn hatte nur auf den Kommentar von Brad gewartet.

»Hearium legt großen Wert darauf, dass sensible Informationen und neue Produktideen geschützt werden, um sicherzustellen, dass sie nicht vorzeitig an die Öffentlichkeit gelangen oder von Wettbewerbern übernommen werden. Dies wird durch strenge interne Richtlinien und Sicherheitsmaßnahmen gewährleistet, die sicherstellen, dass nur autorisierte Mitarbeiter Zugang zu vertraulichen Daten haben und dass geistiges Eigentum angemessen geschützt wird. Und ja, das wurde mir zum Verhängnis.«

»Okay, danke. Das reicht mir.« Kate erhob sich.

»Ich hätte auch noch etwas.«

Brad schien schon länger versucht zu haben, den richtigen Moment abzupassen. Durch seine nahezu feierliche Betonung blitzte Interesse in Kates Augen auf.

»Und was?«

Brad zog ein Foto aus seiner Akte und legte es auf den Tisch. Finn erstarrte, und sein Herz setzte einen Schlag aus. Schockstarre machte sich auf seinem Gesicht breit. Das Foto zeigte seinen blauen Rucksack, der auf dem Boden des Tatorts lag. Finn schüttelte sich. Nur nicht auffallen.

»Wir haben uns ja gefragt, wieso jemand in Julia Langs Haus einbrechen wollte. Wenn es nicht wegen des Laptops war, ist vielleicht dieser Rucksack eine Spur.«

Kates Augen verengten sich, als sie das Bild studierte.

»Wieso?«

Ein zweites Foto wanderte aus Brads Papierstapel, das den Finn wohlbekannten Inhalt seines Rucksacks zeigte.

»Wir haben eine Reihe von Gegenständen gefunden, die eindeutig für Einbrüche verwendet wurden. Neben Schraubenziehern und Dietrichen waren eine große Taschenlampe, ein Paar schwarze Handschuhe und eine Sturmhaube darin. Außerdem entdeckten wir ein Werkzeugset, das spezielle Hebel und Brechstangen enthielt. Dazu kamen ein Satz von Schlüsselkopien, ein Sicherheitscode-Entschlüsselungsgerät und ein Funküberwachungsgerät. Da hat jemand die ganz großen Dinger geplant.«

Während Kate Fragen stellte und sich weiter in die Details vertiefte, konnte Finn beim Blick auf seine teuer erworbenen Habseligkeiten nicht verhindern, dass Schweißtröpfchen von seiner Stirn perlten. Doch er schwieg und versuchte, seine Nervosität zu verbergen. Sie konnten den Rucksack nicht mit ihm in Verbindung bringen.

Kate strahlte vor Begeisterung über die neue Spur.

»Wir sollten Fingerabdrücke nehmen lassen.«

»Längst geschehen«, antwortete Brad. Finns Magen zog sich weiter zusammen. Obwohl seine Fingerabdrücke nicht registriert sein dürften, rebellierte sein Inneres.

»Treffer?«

»Leider nein.«

»Mist«, entfuhr es Kate. »Wir sollten Personen aus Julia Langs Umfeld dazu befragen. Der Rucksack könnte dem Täter gehören.«

Ihr Blick verharrte auf Finn. Der nutzte die Gelegenheit und erwiderte diesen. Tief sah er ihr in ihre grüngrauen, von langen Wimpern eingerahmten Augen, während er das euphorische Gefühl für eine Vision nutzte.

Ein Anruf. Ein hastiger Aufbruch. Kate, wie sie sich in der Hektik die Finger in der Wagentür klemmt. Der schwarze Dodge, der mit Sirene durch die Stadt rast.

Finn legte den Finger an seine Stirn, froh, vom Foto mit dem Rucksack ablenken zu können.

»Ihr solltet zusammenpacken.« Während die beiden ihn anstarrten, fuhr er fort. »Detective, passen Sie bitte beim Einsteigen in den Wagen auf. Sie werden sich die Finger klemmen.«

Brads Augen quollen hervor. »Was wird passieren?«

Finn deutete auf Kate. »Sie werden gleich angerufen. Robert Lang wurde gesehen.«

Während Brad nach oben schnellte, blieb Kate regungslos stehen. Als ihr Smartphone plötzlich zu vibrieren begann, wandte sie sich mit einem erschrockenen Blick an Finn.

»Wo ist er?«, fragte Brad.

Bevor Kate abnehmen konnte, legte Finn nach. »Bei Hearium. Er bedroht Bryan Malah mit einer Waffe.«

* * *

Mit quietschenden Reifen kam der Dodge zum Stehen. Kate folgte Brad, der als Erstes den Wagen verlassen hatte, und holte sich ihre kugelsichere Weste aus dem Kofferraum. Sie massierte kurz ihre schmerzende Hand, der die zurückschwingende Tür beim Einsteigen zugesetzt hatte. Wie hatte Finn das voraussehen können?

Schon von Weitem hatte sie das von ihr angeforderte mobile Einsatzteam gesehen. Die Streifenpolizei hatte eine großräumige Sicherheitszone um Hearium errichtet. Am Ende der Straße erkannte Kate trotz der vielen flimmernden Blaulichter die aufgebaute Sperre und die dahinter wartenden Fußgänger. Die Kollegen hatten solide Arbeit geleistet.

In Windeseile hatten sich Kate und Brad ein Bild der Situation verschafft. Robert Lang hatte sich mit Bryan Malah im gläsernen Gebäude verschanzt. Alle anderen Mitarbeiter waren bereits evakuiert. Trotz mehrerer Versuche, Kontakt über Lautsprecher oder Telefon aufzunehmen, hatten sie es nicht geschafft, eine Leitung zum Geiselnehmer aufzubauen. Jeder neue Anlauf wurde von einer eisigen Stille beantwortet.

Kate beschloss, dass sie in dieser Konstellation nicht länger warten wollte, und trat vor das Team, ihre Miene entschlossen und ihre Stimme fest.

»Hört gut zu«, begann sie, bemüht, ihre Worte klar und präzise zu wählen. »Wir haben es mit einem bewaffneten Verdächtigen zu tun, der sich laut unseren Kontakten zusammen mit einer Geisel im Büro des CEO befindet. Niemand sonst ist in der Nähe. Ziel ist es, die Geisel unversehrt zu befreien und den Geiselnehmer zu überwältigen.«

Die anderen Polizisten nickten zustimmend, und Kate erläuterte die Schritte des Vorgehens, bevor sie die Personen aufteilte.

»Smith und Stevenson, ihr bleibt draußen und sichert die Umgebung. Hale, Lopez und Garcia, ihr geht mit mir durch den Haupteingang.«

Nachdem Kate ihr Ohrstück justiert und den Funkverkehr mit den anderen überprüft hatte, formierte sie das Team vor dem Eingang des Unternehmens und bereitete den bevorstehenden Zugriff vor. Mit einem klaren Kommando führten sie die Gruppe durch die Drehtür und betraten geschlossen das Gebäude.

Im Inneren herrschte Chaos. Das dumpfe Echo ihrer Schritte hallte durch die verlassene Zentrale. Überall lagen Akten, Büromaterial und offene Laptops verstreut, Zeichen des überstürzten Abgangs der Mitarbeiter. Kate schritt voran, ihr Blick fest und unerschütterlich, ihrem Team mit knappen Handzeichen und lautlosen Anweisungen den Weg durch das verlassene Gebäude weisend. Zum Glück kannte sie sich aus. Je näher sie Bryans Büro kam, desto mehr wuchs der Druck in ihrer Brust. Ihr Herz klopfte schneller, und ihre schmerzende Hand pulsierte.

Als Kate die Treppe zum zweiten Stock hinaufhastete, sah sie die Anspannung in den Augen der anderen. Sie nahm das Tempo heraus, atmete tief durch und konzentrierte sich auf ihre Aufgabe. Vor dem Gang zu Bryans Büro gab Kate mit einem knappen

Handzeichen das Signal, sich bereit zu machen. Das Adrenalin rauschte durch ihre Adern, als sie den Griff ihrer Waffe fester umklammerte, ihre Hände leicht zitternd vor Anspannung. Sie musste die Situation unter Kontrolle behalten.

Nach wenigen Schritten blickten sie auf die gläserne Wand von Bryans staatsmännisch aussehendem Büro mit dem massiven Schreibtisch aus poliertem Mahagoni. Robert Lang, im fleckigen Hemd mit aufgekrempelten Ärmeln und mit trüben, von dunklen Schatten umrandeten Augen stand in der Mitte des Raums und richtete eine Waffe auf Bryan. Der Geschäftsführer saß am Tisch, leicht zusammengesunken, aber seine natürliche Ausstrahlung hatte er nicht verloren.

Mit einer knappen Anweisung forderte Kate die anderen auf, auf Distanz zu bleiben. Ihr Blick suchte den von Robert Lang, um eine Verbindung aufzubauen. Sie senkte ihre Waffe, hob die andere Hand zur Beruhigung und nickte ihm langsam zu. Obwohl sie bereits drei Geiselnahmen erlebt hatte, war dies ihre erste als Einsatzleiterin. Szenen aus ihrem Training, Deeskalationsstrategien mit mehreren Alternativen und Wegen, wie man in solch einer Situation Vertrauen aufbaut, schossen ihr durch den Kopf. Ihr fiel es schwer, einen klaren Gedanken zu fassen.

Kate positionierte sich an der Tür zu Bryans Büro, ihr Team hielt sich in Sichtweite. Robert sagte etwas zu Bryan, doch durch die Glasscheibe hörte sie seine Stimme nicht.

Robert Lang fing ihren Blick auf. Sein struppiges Haar klebte an seinem nassen Gesicht, gezeichnet vom Kampf gegen die Dämonen des Alkohols und der Verzweiflung.

Mit einem entschlossenen Griff öffnete sie die Bürotür, ihren Blick fest auf den Geiselnehmer gerichtet.

»Mr. Lang, mein Name ist Kate Okon. Ich komme jetzt rein.«

Alkoholdunst strömte ihr entgegen.

»Robert Lang, lassen Sie Mr. Malah gehen und legen Sie die Waffe nieder«, forderte Kate unmissverständlich.

Robert reagierte mit einem höhnischen Lachen. »Sie verstehen nicht, was hier vor sich geht«, lallte er sie an. »Dieser Mann ist schuldig an den Verbrechen dieses Unternehmens, und er muss gestehen.«

»Es gibt immer einen anderen Weg. Lassen Sie uns gemeinsam eine Lösung finden, ohne dass jemandem Schaden zugefügt wird.«

Unbeirrt schüttelte Robert den Kopf. Der Schweiß ran ihm von der Stirn. Er fuchtelte mit der Waffe in Richtung Bryan, der schweigend auf seinem Stuhl saß.

»Ich will nur eins hören – gestehen Sie! Gestehen Sie all Ihre Taten!«

»Mr. Lang, schauen Sie mich an.« Kate trat einen Schritt in den Raum, um Roberts Reaktion zu testen.

Robert ignorierte sie, seine Stimme wurde deutlich lauter, sein Ton aggressiver.

»Sie können sich nicht mehr verstecken! Ihre Verbrechen werden ans Licht kommen, ob Sie gestehen oder nicht«, lallte er.

Kate umklammerte ihre Waffe entschlossen. Langsam bewegte sie sich weiter vor. Sie war fünf große Schritte von Robert entfernt. Gleichzeitig versuchte sie, ihn zu beruhigen.

»Mr. Lang, ich verstehe, dass Sie frustriert sind. Gewalt löst aber keine Probleme. Lassen Sie uns einen anderen Weg finden, um Ihre Botschaft zu übermitteln. Ich möchte Sie verstehen.«

»Nein! Ich will, dass er vor laufender Kamera die Wahrheit zugibt!« Er trat einen Schritt näher an Bryan.

Kates hielt es für möglich, dass Robert das Gespräch aufzeichnete. Ihre Stimme wurde leiser.

»Mr. Lang, denken Sie an die Folgen. Wenn Sie schießen, wird niemand gewinnen.«

»Gestehe, du Bastard! Ich zähle bis zehn. Zehn, neun …«

Nun zeigte Bryan eine Reaktion. Seine Brust spannte sich, und in seinen Augen flammte Zorn auf. Seine bebenden Hände verrieten, dass er sich nur mühsam beherrschte.

»Was wollen Sie? Ich weiß nicht, worum es geht.«

»So ein Scheiß. Acht, sieben …«

Kate trat einen weiteren Schritt näher an Robert heran.

»Wie können wir Ihnen anders helfen, Mr. Lang?«

»Einen Scheiß können Sie. Sechs, fünf, vier …«

»Denken Sie an Ihren Sohn. Der sitzt bei uns auf dem Revier und wartet auf Sie.«

Robert Lang lachte hysterisch auf. »Bullshit! Das verlogene Blag. Dieser Taugenichts.« Beim Zurückweichen wäre er beinahe nach hinten gefallen. »Zu nichts zu gebrauchen. Erst kann er alles, und sobald es ernst wird, rennt er doch weg wie ein kleiner Feigling!«

Um seine Aussage zu unterstreichen, fing Robert an, mit beiden Armen in der Luft zu fuchteln. Sobald seine Waffe nicht mehr Bryan im Visier hatte, drückte Kate ihren Abzug.

* * *

Zögernd trat Finn vor die verwitterte blaue Tür von Rhonda Whitmores Wohnhaus, in seinem Inneren ein Wechselspiel aus Furcht und Neugier, nachdem der erste Besuch an diesem Ort ihn so aufgewühlt hatte. Er war frustriert, dass er nicht mit zu der Geiselbefreiung bei Hearium fahren durfte. Aber zumindest entkam er so der prekären Diskussion über seinen Rucksack und dessen Inhalt. Würden die Ermittlungen dazu im Sande verlaufen? Oder konnte es doch sein, dass jemand den Rucksack mit ihm in Verbindung brachte?

Im Moment lief so viel schief. Viel schlechter konnte es eigentlich gar nicht laufen. Klar wusste er, dass er alleine bei Rhonda Whitmore, einer potenziellen Zeugin, absolut nichts zu suchen hatte. Aber das war jetzt auch schon egal.

Nach dem Verlassen des Reviers hatte er sich an sein Versprechen an seine Freundin erinnert und sich etwas lustlos um seine Jobsuche gekümmert, eine aufstrebende Softwarefirma besucht und im Anschluss einen Elektronikhersteller und Initiativbewerbungen abgegeben. Man würde sich bei ihm melden. Finn war bewusst: Bei der derzeitigen wirtschaftlichen Lage würde die Suche nach einer neuen Anstellung kein Kinderspiel.

Er schob die Gedanken beiseite. Eben wollte er an Rhondas Tür klopfen, als diese plötzlich aufgerissen wurde, so abrupt, dass er einen Schritt zurückmachte. Bevor er reagieren konnte, nahm die dunkelhäutige Frau seinen Arm und zog ihn mit festem Griff hinein. Die Tür fiel mit einem dumpfen Knall ins Schloss. Wie gelähmt stand er im muffigen Flur.

Rhonda sah seltsam verändert aus. Ihre Augen, beim letzten Mal wachsam und kühl, blickten leer. Ihr Gesicht war ausdruckslos, die Stirn glatt. Wenn sie angespannt war, so gelang es ihr gut, das zu verbergen. Das blaue Kopftuch schien straffer um ihr krauses Haar gebunden, und ihre knappen Bewegungen hatten immer noch etwas Unnatürliches, wie ein präzise ablaufendes Uhrwerk.

»Wurdest du verfolgt?«

Die Frage kam scharf und zielgerichtet, als wollte Rhonda ohne Umschweife zur Sache kommen. Finn spürte sein Herz schneller schlagen. Verfolgt? Daran hatte er nicht einmal gedacht. Wer sollte ihn denn verfolgen?

»Ich ... ich glaube nicht ...«, stammelte er.

Nervös versuchte er, die letzten Minuten des Weges zu rekonstruieren. Theoretisch könnte jeder dem Ford gefolgt sein.

Rhonda schüttelte den Kopf. »Das ist wichtig, Finn.« Ihre Stimme war gedämpfter, fast bedrohlich.

»Ich habe nicht darauf geachtet.«

Für einen merkwürdigen Moment blieb Rhonda wie zur Salzsäule erstarrt stehen. Dann gab sie sich einen Ruck. »Okay, das können wir nun auch nicht ändern.« Mit der Hand deutete sie in Richtung Küche. »Schön, dass du gekommen bist.« Sie lugte nervös aus dem kleinen Fenster neben der Tür.

Erst jetzt bemerkte Finn, dass sie einen langen, schwarzen Mantel trug. War sie auf dem Sprung? Wortlos führte ihn Rhonda durch den schmalen Flur in die dunkle Küche, die nur durch das matte Licht einer nackten Glühbirne an einem verdreckten Kabel beleuchtet wurde. Das Linoleum klebte unter seinen Schuhsohlen und erzeugte bei jedem Schritt ein leises, schmatzendes Geräusch.

Rhonda stellte sich an die überraschend saubere Arbeitsfläche und nahm schweigend einen Kessel vom Herd. Das Plätschern des Wassers klang durch die Stille. Mit der Hand wies sie Finn, der unbeholfen im Raum stand, an, sich auf einen der klapprigen Holzstühle zu setzen.

Elendig lange Minuten des Schweigens vergingen. Finn beobachtete angespannt, wie der Dampf allmählich aus dem Kessel aufstieg. Das Geräusch des kochenden Wassers war seltsam beruhigend. Seine Hände fühlten sich aber immer noch kalt und schwitzig an.

»Ich weiß, dass du Fragen hast.« Rhonda sprach, während sie ihm eine dampfende Tasse Tee vor die Nase stellte. Ihre ruhige Stimme hatte einen dringlichen Unterton. »Aber wir müssen vorsichtig sein. Wenn ich richtigliege, gibt es nur wenige Leute, denen wir trauen können.«

Finn nickte nur, Tausende Fragen schwirrten durch seinen Kopf, doch er brachte keine davon über die Lippen. Stattdessen fokussierte er sich auf die Tasse vor ihm. Der Geruch von starkem Schwarztee stieg ihm in die Nase. Der Geschmack war bitter beim ersten Schluck. Seine Zunge klebte am Gaumen, und er räusperte sich mehrmals, während er nach Worten suchte. Wusste Rhonda genau, wie seine Fähigkeit aussah? Oder musste er sie ihr erklären? Würde sie ihm glauben? Er nahm all seinen Mut zusammen.

»Es ist schwer zu beschreiben, aber …«

Rhonda hob die Hand. »Wir können nicht reden, bevor ich mir nicht sicher bin …« Ruckartig zog sie eine Schublade in der Küche auf, das hölzerne Knarren des altmodischen Schränkchens hallte durch den Raum. Finn beobachtete sie aufmerksam. Er wollte sich gar nicht vorstellen, was sich in den Schubladen dieses verwahrlosten Hauses verbarg.

Das schlanke, metallische Objekt, kaum größer als eine Zigarettenschachtel, das Rhonda schließlich hervorholte, war, als gehörte es in eine andere Welt. Seine Oberfläche schien in von rosa bis blau schimmerndem Licht zu pulsieren und erinnerte Finn an einen futuristischen Kompass. In der altmodischen Umgebung wirkte es völlig fehl am Platz, als wäre es direkt aus einem hochmodernen Labor in dieses verstaubte Heim teleportiert worden.

Mit weit aufgerissenen Augen starrte Finn das Gerät an. »Das … das passt irgendwie gar nicht hier rein«, murmelte er.

Kommentarlos legte Rhonda das changierende Amulett vor ihn auf den Tisch. Die leuchtende, glatte Oberfläche zog Finns Blick magisch an.

»Ich werde jetzt auf dieses Gerät drücken«, flüsterte Rhonda ihm zu.

»Du drückst auf … das Gerät?«, fragte Finn irritiert.

»Genau, auf die vibrierende Fläche.«

»Was passiert dann?« Unbehagen stieg in Finn auf.

»Du kannst mir vertrauen.«

»Kann ich nicht vorher erfahren, was passiert?«

»Zu viel zu erklären. Ich möchte es dir zeigen. Ohne Vertrauen kann ich dir nicht helfen, und du wirst ein Suchender bleiben.«

»Ich bin kein Suchender.«

Rhonda neigte den Kopf nach vorne. »Sicher?« In einer fließenden Bewegung zog sie die Miniaturscheibe zu sich. »Um deine Fähigkeit besser zu verstehen, musst du dich öffnen und mir erlauben, dir zu helfen.«

»Warum willst du mir helfen?«

Rhonda zögerte kurz. »Erst einmal möchte ich sicherstellen, dass es dir nach unserem … nennen wir es ›umwerfenden‹ Start bei Hearium gut geht.«

»Und warum sollte es das nicht?«

»Geduldе dich einen Moment.«

»Ich habe keine Lust, mich zu gedulden. Ich will verstehen, was du vorhast.«

»Finn, ich bin nicht verpflichtet, dir zu helfen. Ich tue es, weil ich es will. Und deine Fragen werde ich dir gleich beantworten. Aber wenn du lieber gehen möchtest, steht es dir frei. Überleg dir nur, wie viel du ohne mich über deine Fähigkeiten herausgefunden hast.«

Finn schwieg. Mit skeptischem Blick betrachtete er das pulsierende Objekt. Was würde passieren, wenn Rhonda darauf drückte? Sein Blick wanderte auf den durchgehenden Bodenbelag, als müsste er sich versichern, dass er nicht über einer verborgenen Falltür saß.

»Dir passiert nichts«, sagte Rhonda beruhigend. »Schließe die Augen und lass dich von deinem Inneren leiten.«

Vorsichtig führte sie ihre Hand zur leuchtenden Mitte des Objekts. Daumen, Zeige- und Ringfinger griffen den Rand der pulsierenden Fläche und drehten einen Mechanismus im Uhrzeigersinn. Das Objekt leuchtete greller, erst rosa dann blau. Finns Herz schlug ihm bis zum Hals. Nun wanderte Rhondas Zeigefinger auf die Mitte des Objekts, und sie drückte vorsichtig auf die nun blaue Fläche.

Sofort spürte Finn die Wirkung. Zu seiner Verwunderung setzte das ihm so bekannte euphorische Gefühl ein, das er für seine Visionen brauchte. Er fühlte sich befreit und voller Leichtigkeit, sein Misstrauen trat in den Hintergrund.

»Ich spüre etwas in mir … ein unbeschreibliches Gefühl.«

Rhonda löste ihre Finger vom Amulett und zog den Kragen ihres schwarzen Rollkragenpullovers weiter nach oben.

»Es muss ein überragendes Gefühl sein. Ich würde es gerne spüren.«

Finn stemmte beide Hände auf die Oberschenkel. »Du kannst es nicht damit spüren?« Das Amulett in der Mitte des Tisches hatte aufgehört zu pulsieren und schimmerte jetzt mattrosa.

»Ich reagiere darauf nicht. Das ist deine Gabe. Meine Rolle ist eine andere.«

»Woher weißt du von meiner Gabe?«

»Das ist eine lange Geschichte. Für den Moment nur so viel: Ich habe deine Fähigkeit intensiv studiert. Ich weiß, was du kannst. Dein Geist ist in der Lage, Dinge zu sehen, die anderen verborgen bleiben. Visionen, die nur von wenigen Menschen erlebt werden können. Und ich vermute, du kannst viel mehr, was dir jedoch bisher verborgen ist.« Ihr Blick senkte sich langsam. »Um das klarzustellen: Bitte sieh mir nicht in die Augen. Ich würde ungern eine Vision mit dir teilen. Es ist meine Privatsphäre.«

Finn senkte ebenfalls den Blick. »Selbstverständlich.« Die Fragenwelle in seinem Kopf rollte aber an. »Es gibt noch andere Menschen mit einer Fähigkeit wie meiner?«

»Das ist richtig.«

»Wie viele Menschen sind das denn?«

»Das kann ich dir nicht sagen. Generell haben meines Wissens sehr wenige Menschen ähnliche besondere Fähigkeiten. Unter diesen gibt es manche häufiger, andere seltener. Die Gabe, Visionen zu empfangen, haben nur sehr, sehr wenige Menschen. In Blackvale kann man aber schon etwas häufiger als an anderen Orten auf der Welt auf Menschen mit dieser Gabe treffen. Das vermute ich zumindest.«

»Wieso denn hier?«

»Sagen wir so: Blackvale als Ort fördert das Aufkommen von diesen Fähigkeiten.«

Finn wollte sich so leicht nicht abspeisen lassen und hakte nach. »Und es gibt verschiedene Fähigkeiten? Nicht alle Menschen mit besonderen Fähigkeiten haben Visionen so wie meine?«

»Nein.«

Rhonda holte einen Bogen Papier aus der Schublade und zeichnete darauf ein Dreieck. An die obere Ecke malte sie ein Auge, an die rechte Ecke eine Hand und an die linke Ecke ein Blatt.

»Es gibt drei Arten von Fähigkeiten.« Sie fuhr mit dem Finger auf das Auge. »Da sind zum einen Visionen anderer Menschen, wir nennen diese Gabe TimePulse. Ich vermute, die hast du bisher bei dir kennengelernt.«

Finn nickte.

»Manche Menschen haben die Fähigkeit, den Körper anderer Menschen zu kontrollieren, genannt BodyPulse«, sagte Rhonda und fuhr entlang des Dreiecks auf das Handsymbol, »wieder andere besitzen die Fähigkeit, die Umwelt um sich herum zu kontrollieren, das wird als TerraPulse bezeichnet.« Ihr Finger zeigte auf das Blatt.

Finn starrte Rhonda mit weit aufgerissenen Augen an. »Time-Pulse? BodyPulse?«

Schwerfällig erhob sich Rhonda aus dem Stuhl, während ihre Stimme den gesamten Raum auszufüllen schien.

»Du weißt noch gar nichts über diese Welt?«

»Welche … Welt?«, stammelte Finn verwirrt.

Rhondas Augen sahen so aus, als würden sie explodieren. »Finn, es gibt noch weitere Menschen mit ähnlichen Fähigkeiten. Menschen, die die Kontrolle über andere Körper übernehmen können. Menschen, die die Umwelt um uns herum kontrollieren können.«

Ein Feuerwerk von Fragen rotierte in Finns Kopf. »Weitere Menschen mit anderen Fähigkeiten?«

»Richtig. Es ist wie bei dir. Wenn sich dieses spezielle Gefühl in ihrem Kopf meldet, können sie ihre Fähigkeiten einsetzen. Man trifft solche Menschen nicht gerade häufig, aber BodyPulse und TerraPulse müssten dir schon häufiger im Leben begegnet sein. TimePulse, deine Kraft der Vorhersage, ist die seltenste Fähigkeit.«

»Was können denn die Menschen mit BodyPulse oder TerraPulse genau?«

»Mit BodyPulse können Menschen andere kontrollieren – ihre Bewegungen, ihre Körperfunktionen. Aber das Ausmaß ist unterschiedlich. Manche können jemanden nur kurz den Finger heben lassen, während andere ganze Körperpartien bewegen lassen können oder die komplette Kontrolle über den Körper übernehmen.« Sie machte eine kurze Pause, ihre Augen verengten sich leicht. »TerraPulse erlaubt es, die Umwelt zu beeinflussen – Materie zu verformen, Pflanzen wachsen zu lassen oder sogar die Elemente zu manipulieren. Aber nicht jeder hat die gleiche Kontrolle. Manche können nur kleine Objekte bewegen, vielleicht einen Stein, oder ein Stück Metall leicht verbiegen. Andere können ganze Bäume wachsen lassen oder Wände durch reine Willenskraft formen. Doch kaum jemand hat die Macht, seine Fähigkeit vollständig zu beherrschen.«

Finns Kinnlade hing gefühlt schon weit unter der Sitzfläche seines Stuhls. »Und meine Fähigkeit? TimePulse?«

»Bei dir ist es komplizierter. Dazu kommen wir noch. Du bist besonders.«

»Besonders inwiefern?«

»Ich bin mir noch nicht ganz sicher. Deswegen für den Moment: TimePulse ist eine besonders seltene Fähigkeit. Sie erlaubt es dir, in die Zukunft und in die Vergangenheit zu sehen.«

Rhondas Intensität und die Selbstverständlichkeit, in der sie so etwas nie Gehörtes erklärte, machten Finn schwindelig.

»Das kann ich nicht. Ich sehe nur die Zukunft, nicht die Vergangenheit. Meist Dinge, die in der unmittelbaren Zukunft passieren.«

Rhonda stand auf und beugte sich zu ihm hinunter. Ein dezenter, metallischer Geruch stieg in Finns Nase, gemischt mit dem erdigen Aroma von Maschinenöl und Schweiß. Sie trug kein Parfüm, aber er konnte die Spuren von Elektronik und Kabeln wahrnehmen, die an ihren Fingern haften geblieben waren.

»Du bist weit davon entfernt, dein volles Potenzial zu erkennen. Du kannst nicht in die Vergangenheit sehen, weil du es nicht gelernt hast.«

»Was meinst du damit?«

»Jede dieser Fähigkeiten hat verschiedene Ausprägungen. Du musst lernen, sie zu beherrschen.«

»Kann ich das lernen?«

»Ich weiß es nicht. Es kommt auf dein Gehirn an. Manche Menschen sind dazu in der Lage, andere nicht. Du bist auf der ersten Stufe von TimePulse. Du siehst zeitnahe Ereignisse in der Zukunft. Manchmal länger, manchmal kürzer. Wie ergeht es dir dabei?«

»Es ist wie in einem Film. Ich sehe eine Sequenz und kann mir alles im Detail angucken. Vor- und zurückgehen. Aber es gibt … Grenzen.«

Händeklatschend richtete Rhonda sich wieder auf. »Siehst du. Wenn du so etwas ohne Anleitung hinbekommst, wirst du viel mehr können.«

»Was meinst du damit? Wie kann ich die Fähigkeit beherrschen?«

»Durch geeignetes Training kann sich dein Gehirn daran gewöhnen, mehr zu leisten. Erreichst du die zweite Stufe, kannst du damit in die Vergangenheit blicken. Auf der dritten Stufe kannst du deine Zukunftsvisionen kontrollieren. Du kannst mühelos das Zimmer in der Vision wechseln oder in einem Buch blättern.«

»Und das alles könntest du mir beibringen?«

Rhonda setzte sich wieder. »Bei dir ist sogar viel mehr möglich. Dir muss nur klar sein, dass nicht jeder den ganzen Weg gehen kann. Aber ich könnte dich begleiten.«

»Und die anderen Fähigkeiten? BodyPulse … oder wie hießen die noch mal? Haben die auch Stufen?«

»BodyPulse mit der Kontrolle von Körpern und TerraPulse mit Kontrolle der Umwelt haben ebenfalls drei Stufen. Manche Menschen erreichen je nach Kapazität des Gehirns nur die erste Stufe, die wenigsten schaffen es in die höheren Stufen.«

Finn rieb sich die Schläfen. Diese Flut an aberwitzigen Informationen war nicht leicht zu verarbeiten. Sein Verstand fuhr Achterbahn. Niemals hatte er erwartet, dass der Besuch bei Rhonda seine Welt so ins Wanken bringen könnte. Und wie kam es, dass er selbst dazu nie etwas bei seinen Recherchen gefunden hatte? Er fühlte sich verwirrt wie nie zuvor.

Trotzdem durchflutete ihn plötzlich eine unerwartete Leichtigkeit. Das rosa schimmernde Metallobjekt kam ihm wieder in den Sinn.

»Wie bekomme ich das euphorische Gefühl in meinem Kopf? Normal kommt es einfach und geht wieder.«

»Was ist deine Vermutung?« Mit einem ernsten Blick musterte sie ihn.

»Früher habe ich gedacht, dass es gewisse Orte gibt, an denen das Gefühl auftaucht.«

»Da bist du auf der falschen Fährte«, antwortete Rhonda schroff, und Finn fragte sich, ob er sie mit der Annahme enttäuscht hatte. »Du bekommst es von den Menschen um dich herum.« Sie zeigte wieder auf das Dreieck und fuhr auf die Hand unten rechts. »Triffst du eine Person mit BodyPulse, löst sie bei dir das Gefühl aus, und du kannst deine Fähigkeit ausleben.« Sie bewegte ihren Finger auf das Blatt an der linken unteren Ecke des Dreiecks. »Eine Person mit TerraPulse blockiert deine Fähigkeit.«

»Das heißt, das Gefühl tauchte auf, weil sich in der Nähe eine Person mit der Fähigkeit BodyPulse befand?«

»Genauso ist es. Die Person muss sich nicht direkt bei dir befinden, aber zumindest im Umkreis.« Rhondas Ton wurde freundlicher.

»Und bei den anderen Fähigkeiten?«

»Das gleiche Prinzip. BodyPulse wird von TerraPulse ermöglicht und von deiner Fähigkeit blockiert. TerraPulse wird von deiner Fähigkeit ermöglicht und von BodyPulse blockiert. Immer in diesem Dreieck.«

Finn biss sich auf die Unterlippe. Wie erstaunlich, dass seine Visionen durch andere Menschen mit besonderen Fähigkeiten ausgelöst wurden.

»Was meinst du mit blockieren? Wenn also drei Personen mit jeweils einer der Fähigkeiten sich treffen, kann niemand seine eigene benutzen?«

»So sieht es aus.«

Rhonda stand langsam auf, schob den Stuhl ein Stück zurück, griff nach einer Schüssel mit knusprigen kleinen Brezeln auf der Arbeitsplatte und stellte sie vor Finn auf den Tisch.

Finn ignorierte die Schale.

»Ich brauche also eine BodyPulse-Person für meine Fähigkeit. Ohne so eine Person bin ich nicht in der Lage, das euphorische Gefühl zu entwickeln. Und eine TerraPulse-Person würde das Gefühl, wenn ich es gerade habe, auslöschen.«

»Genau, es gibt aber eine Möglichkeit, das euphorische Gefühl selbst zu erzeugen.«

Finn merkte, wie ihm die Fülle der Informationen zusetzte. »Das auch noch?«

»Hast du dich nicht gefragt, warum du jetzt das euphorische Gefühl hast? Wir sind allein, und ich habe dir gesagt, dass ich keine dieser Fähigkeiten besitze.«

Mit dem Finger deutete er auf das wieder schwachrosa pulsierende Amulett vor ihm.

»Das Ding etwa? Damit ging es los.«

Triumphierend wedelte Rhonda mit dem schimmernden Gerät. In ihrer Hand wirkte es winzig. »Ein Pulse-Aktivator. Er sendet einen Stimulus aus und verstärkt gewisse … nein, sagen wir eher, er stimuliert alle Fähigkeiten.«

Sie legte das Gerät vorsichtig wieder auf den Tisch und sah Finn an, der fragend die Stirn runzelte.

»Kann man den ständig nutzen?«, fragte er.

Rhonda zögerte. »Nein, weil er zu viel Energie verbraucht. Drei bis vier Mal kannst du ihn nutzen, je nach Stärke deines Drucks. Dann braucht er eine Zeit, um sich wieder aufzuladen – und das ist keine einfache Sache. Es ist nicht nur Strom, es ist … komplex. Du kannst ihn nicht einfach jeden Tag aktivieren.«

»Und wie lange hält so ein Impuls an?«

Finn griff abwesend nach der Schüssel mit den Brezeln, doch die Schale entglitt seinen zittrigen Fingern. Mit einem dumpfen Schlag fiel sie auf den Linoleumboden.

Rhonda sammelte mit mürrischem Gesichtsausdruck die verstreuten Brezeln auf.

»Schwer zu sagen, bei jedem unterschiedlich. Die Stärke des Drucks bestimmt die Länge, entzieht dem Gerät aber auch entsprechend mehr Energie. Normal reicht ein solider Druck auf den Knopf für ein paar Stunden. Aber die Wirkung lässt bei häufiger Benutzung nach. So wie bei Alkohol.«

»Wenn ich den Pulse-Aktivator nutze und eine TerraPulse-Person in meiner Nähe ist: Bleibt dann das Gefühl?«

»Nein, der Aktivator kann dir da auch nicht helfen. Das Gefühl würde trotzdem geblockt.«

Finns Blick haftete auf dem Aktivator, der im schwachen Licht verlockend glitzerte. Wie kam Rhonda an so ein Gerät? Der Gedanke, selbst eines zu besitzen, ließ sein Herz schneller schlagen. Wie verlockend es war, seine Fähigkeiten willentlich aktivieren zu können.

»Kann ich so einen haben?«

Rhonda lächelte. »Nein.«

Finn schaute perplex. »Ich kauf ihn dir ab.«

Rhondas Blick verriet ihm, dass das keine Option war. Mit einem leisen Seufzer öffnete sie eine Finn vorher unsichtbare Seitenplatte des Pulse-Aktivators und drehte einen kleinen Regler, während sie nahezu gleichzeitig einen Schalter umlegte. Ein kurzes, leises Klicken ließ die rosa schimmernde Oberfläche nun schwarz pulsieren. Bevor Finn nur eine Frage stellen konnte, hatte sie bereits ihren Finger auf die Mitte des Objekts gedrückt. Sofort durchströmte ihn ein seltsames Gefühl der Leere – das euphorische Kribbeln in seinem Kopf verschwand, als hätte jemand das Licht ausgeknipst.

»Was … was hast du gemacht?«, stammelte er überrumpelt.

Rhonda blickte ihn kühl an. »Ich habe den Stimulus umgekehrt. Statt dich anzuregen, blockiert es jetzt alles, was dich antreibt. So einfach ist das.«

»Ach …«, rutschte es Finn heraus. »Für wie lange?«

»Es funktioniert ähnlich wie mit dem anregenden Impuls. Aber die Wirkung der Blockade lässt wesentlich schneller nach.« Rhonda ließ den Pulse-Aktivator wieder in die Küchenschublade gleiten.

Cool, dachte Finn, und irgendwie auch erschreckend. Jetzt fühlte es sich tatsächlich noch mehr wie eine Superkraft an, aber eine, die ihm ebenso schnell entrissen werden konnte, wie sie aktiviert wurde. Ein anderer Gedanke beschäftigte ihn.

»Warum hat nicht jeder diese Fähigkeiten?«

Die Frage rutschte ihm fast automatisch heraus. Wenn dieser Pulse-Aktivator Fähigkeiten so einfach unterdrücken oder freisetzen konnte, wieso konnten dann nicht alle Menschen darauf zugreifen? Er schaute Rhonda erwartungsvoll an.

Rhondas wich seinem Blick aus, und Finn konnte ihr Unbehagen spüren. Da war sie wieder, die Rhonda, die er mit Brad kennengelernt hatte – kontrolliert, ängstlich.

»Ich … weiß nicht, Finn«, murmelte sie schließlich. »Das ist … Ehrlich, es wäre zu viel, das jetzt alles zu erklären.«

Doch er ließ nicht locker. »Was meinst du? Zu viel für heute? Rhonda, ich muss das wissen. Was lauert denn hier noch?« Seine Stimme klang drängender, als er es beabsichtigt hatte.

Rhondas Augen wanderten wieder zum Fenster, als suchte sie eine Fluchtmöglichkeit.

»Es ist kompliziert«, sagte sie schließlich. »Es hat mit dir … und dem, was in dir ist, zu tun.«

Unsicher beugte sich Finn nach vorne. »Was ist denn in mir?«

Mit gequältem Gesichtsausdruck fuhr Rhonda leiser fort. »Nicht jeder kann auf die Impulse reagieren, weil nicht jedes Gehirn darauf vorbereitet ist ...«

Finn unterbrach sie. »Vorbereitet? Was meinst du damit? Was ist in mir?«

Er konnte das Gefühl nicht abschütteln, dass sie ihm etwas Entscheidendes vorenthielt.

Rhonda atmete tief ein und biss sich auf die Unterlippe.

»Du ...« Sie stockte und sah Finn an, als überlegte sie, ob sie wirklich weitermachen sollte. Ihre Stimme wurde weich, fast als würde sie mit einem Kind reden, dem man schonend die Wahrheit beibringen musste. »Finn, du trägst etwas in dir, das dir diese Fähigkeiten verleiht. Ein neuronales Implantat. Das wurde dir eingesetzt und direkt mit deinem Gehirn verbunden. Und genau das stimuliert der Pulse-Aktivator. Deswegen reagieren nicht alle Menschen auf den Impuls. Nicht jeder hat so ein Implantat, und vor allem kann man nur bei sehr wenigen Menschen so etwas überhaupt in ihrem Gehirn andocken lassen, ohne dass es abgestoßen wird.«

Finn erstarrte. Er brauchte einen Moment, um zu verstehen, was er eben gehört hatte.

»Ein ... was?«, fragte er, und seine Stimme klang hohl. »Ich habe ein ... Implantat?«

Das Wort fühlte sich fremd an, als er es aussprach. Verstand er richtig: Man hatte ihm die Kontrolle über sein eigenes Leben entrissen, ohne dass er es je bemerkt hätte?

Rhonda nickte langsam, ihre Augen mieden die seinen.

»Ja, Finn, so ist es. Ich vermute, es wurde dir ohne dein Wissen eingesetzt.«

Finn traute seinen Ohren nicht. Ein Implantat? Eingepflanzt? Die Vorstellung war absurd, grotesk sogar, und doch ... je mehr er darüber nachdachte, desto mehr begann alles einen Sinn zu ergeben. Die Visionen, seine seltsame Fähigkeit, diese Momente, in denen er fühlte, dass etwas in ihm arbeitete, das euphorische Gefühl in seinem Kopf – all das fügte sich nun zu einem schrecklichen, klaren Bild. Finn wurde es plötzlich eiskalt. Was war mit ihm passiert? Wann? Warum?

Alles in ihm fühlte sich auf einmal fremd an. Sein Körper war ein Verräter, sein Gehirn ein Gefangener in einem Käfig aus unsichtbaren Drähten und Metall. Implantat – das Wort hallte höhnisch in seinem Kopf, und das Echo ließ ihn in einer Spirale aus Zweifel und Panik versinken. Es dauerte eine Weile, bis er seine Sprache wiederfand.

»Wie … wie funktioniert es?« Finns Stimme klang brüchig. »Rhonda, wie funktioniert das Ding in meinem Kopf?«

Immer noch zögerlich schaute sie ihn an, als ob sie abwog, wie viel sie ihm wirklich sagen konnte.

»Das Implantat ist präzise mit mehreren Schlüsselbereichen in deinem Gehirn vernetzt. Darunter zum Beispiel der präfrontale Kortex, der für Entscheidungsprozesse und komplexes Denken zuständig ist, sowie der motorische Kortex, der Bewegungen steuert. Zusätzlich ist es mit dem Hippocampus verbunden, der für Erinnerungen und räumliche Wahrnehmung verantwortlich ist, und dem Thalamus, der als Umschaltstation für sensorische Informationen dient. Durch diese Verbindungen kann das Implantat neuronale Impulse empfangen, analysieren und verstärken.«

»Und dadurch habe ich meine Visionen? Wie denn? Nur durch Impulse?«

»Nein. Es ist mehr. Es ist eine künstliche Intelligenz,« begann Rhonda, und ihre Worte klangen fast klinisch. »Diese KI arbeitet mit deinem Gehirn zusammen. Sie erkennt deine neuronalen Muster, verstärkt sie, verarbeitet sie schneller, als du es allein je könntest. Das Teil ist wie ein Beschleuniger, der deine Fähigkeiten in bestimmten Momenten …«, sie stockte, suchte nach den richtigen Worten, »… über das hinaushebt, was normal wäre. Aber du steuerst es nicht bewusst, Finn. Es agiert von selbst, je nachdem, welche Reize es erhält.«

Finn zögerte einen Moment. »Ist das der Reiz, dass ich jemandem tief in die Augen sehe? Ist das der Auslöser für die Visionen?« Seine Stimme war leise, fast zögerlich, als ob er die Antwort bereits ahnte.

Rhonda nickte langsam, ihr Blick war ernst. »Wenn du jemandem in die Augen siehst, Finn, verbindet die KI nicht nur, was du siehst oder was die Person dir zeigt. Sie greift tiefer. Durch die Augen erfasst sie unbewusste Signale deines Gegenübers – winzige Veränderungen in der Mimik, der Haut, dem Blutfluss –, all das wird verarbeitet. Aber das Entscheidende ist, dass die KI Zugang zu einem gigantischen Datenpool hat, umfassender, als du dir vorstellen kannst. Sie saugt alles, was eine Person jemals an digitalen Spuren hinterlassen hat, in einem Modell auf.«

Finn runzelte die Stirn. »Ein Modell?«

»Genau. Wenn du so willst, sammelt die KI alle Daten zusammen, die sie gerade braucht, vor allem zu der Person vor dir.« Mit ausgestreckten Händen zeichnete Rhonda eine große Blase in die Luft. »Die KI gleicht diese Informationen mit einem Netzwerk von Daten ab – historische Ereignisse, Verhaltensmuster anderer, sogar Daten, die über Jahre gesammelt wurden. Es ist, als würde sie Millionen von Verhaltensmustern anderer Menschen in ähnlichen Situationen abgleichen.«

»Okay, und was passiert dann mit den Daten? Wie erhalte ich meine Visionen?«

»Die Visionen, die du siehst, basieren auf diesen Verknüpfungen. Dinge, die du gar nicht weißt oder verstehst, werden durch die KI aus deinem Gehirn und den zusätzlichen Daten herausgefiltert und projiziert. Das Implantat zeigt dir die wahrscheinlichste

Zukunft, die auf der Summe all dieser gesammelten Informationen basiert – Informationen, die tief in der KI stecken, dir aber unbekannt sind.«

»Das heißt, dies ist nur *eine* wahrscheinliche Zukunft? Wie kann ich mich darauf verlassen? Was, wenn die KI falschliegt?«

Rhonda hielt seinem Blick stand. »Sag mir, Finn, hast du in letzter Zeit jemals eine falsche Vision gehabt?«

Er zögerte, dachte nach. »Früher … da haben manchmal Details nicht gepasst. Dinge, die nicht genauso passiert sind, wie ich es gesehen hatte. Aber in den letzten Jahren …« Er brach ab, die Wahrheit sickerte langsam in sein Bewusstsein. »In den letzten Jahren ist alles genauso eingetroffen.«

Genau das schien Rhonda erwartet zu haben. »Das ist der Punkt. Die KI hat gelernt. Anfangs macht sie Fehler – wie ein Kind, das erst die richtigen Schlüsse ziehen muss. Aber mit jeder neuen Vision, jedem neuen Detail, das sie aufnimmt, verfeinert sie ihre Vorhersagen. Sie gleicht deine Wahrnehmungen und ihre Berechnungen immer weiter ab, bis es keine Lücken mehr gibt – es gibt keine Fehler mehr, Finn.«

Finns Gedanken versanken in einem Wirbel aus Misstrauen, Panik und Neugier. »Also … kontrolliert sie mich?« Seine flüsternde Stimme hörte sich selbst für ihn so an, als würde er die Antwort fürchten. »Bin ich … bin ich nur eine Marionette?«

»Nein …«

Doch bevor Rhonda etwas erwidern konnte, ertönte ein lautes, durchdringendes Piepsen, als ob jemand einen Alarm losgetreten hätte. Finn zuckte zusammen. Das Geräusch schien direkt aus dem Keller zu kommen. Rhonda fuhr blitzschnell herum, ihre Augen weiteten sich.

»Verdammt«, murmelte sie. »Finn, wir müssen das Gespräch jetzt beenden.«

Bevor er etwas sagen konnte, war Rhonda schon auf den Beinen. Sie packte ihn fest am Arm, mit einer Dringlichkeit, die ihn erstarren ließ. »Hör mir zu«, sagte sie mit weit aufgerissenen Augen. »Du musst dir keine Sorgen machen. Dir wird nichts passieren. Das Implantat wird dir nicht schaden. Verstehst du?« Ihr Blick suchte seinen, als wollte sie sicherstellen, dass er ihr wirklich glaubte. »Es ist da, um dir zu helfen. Du bist nicht in Gefahr.«

»Der Alarm …«, wollte Finn noch fragen, doch sie schnitt ihm das Wort ab.

»Der hat nichts mit dir zu tun«, versicherte sie, jetzt drängender. »Vertrau mir. Du musst gehen, aber dir wird nichts passieren.«

Finn sah ihr an, dass sie es ernst meinte, aber die Nervosität in ihrer Stimme war nicht zu überhören. Irgendetwas Bedrohliches war passiert. Etwas, das sie nicht teilen wollte.

Sie zog ihn vom Stuhl nach oben. Erneut ertönte der Alarmton. Mit einem zu ihm gehauchten »Moment« machte Rhonda einen überraschend schnellen Satz ins Wohnzimmer, und Finn konnte erkennen, dass sie sich am Sicherungskasten an der Wand zu schaffen machte.

Er reagierte reflexartig. Schneller, als er selbst denken konnte, hatte er die Küchenschublade geöffnet, den Pulse-Aktivator gegriffen und in seine Tasche gesteckt. Sekunden später stand er wieder vor seinem Stuhl. Sein Herz pochte wie wild.

Rhonda kehrte zurück. »Geh einfach nach Hause, Finn«, sagte sie, während sie sich hektisch in Richtung der Tür bewegte. »Und mach dir keine Sorgen. Komm die Tage bei mir vorbei, und wir reden noch einmal. Wir haben keine Eile.«

Bevor Finn protestieren konnte, hatte sie ihn bereits über die Schwelle geschoben und die Haustür hinter ihm geschlossen.

KAPITEL 8

VOR 2 MONATEN   NEWS
BLACKVALE, 22. MÄRZ 2024

Rory: *Ich bin Bürger dieser Stadt und ich sage: Wir sollten Angst haben. Wo soll das enden? Es ist entsetzlich, dass dieser Mörder bereits sieben Menschen das Leben genommen hat, davon zwei allein in diesem Monat. Ich mache mir ernsthafte Sorgen um meine Familie. Wie soll ich meinen Kindern erklären, dass sie in einer Stadt leben, in der der Ripper frei herumläuft? Die Polizei ist doch überfordert, das wächst denen über den Kopf.*

BLACKVALE, 21. JUNI 2024

Nach der Rückkehr von der Geiselnahme bei Hearium ins Polizeirevier wimmelte es im Großraumbüro rund um Kates Schreibtisch nur so von Menschen – Kollegen, Zeugen, Verdächtige anderer Fälle –, die hin- und hereilten. Kate gelang es nicht, das Klingeln von Telefonen, das Klappern von Tastaturen und das Murmeln angespannter Gespräche auszublenden. Ihre Augen brannten vor Müdigkeit, und jeder Muskel in ihrem Körper schrie nach einer Pause. Sie sehnte sich nach einem Moment der Stille, einem Augenblick der Erholung, um ihre Gedanken zu sammeln und ihre Kraft zu erneuern. Doch das hektische Treiben des Reviers ließ ihr keine Atempause.

Ein Streifenpolizist kam mit einem kurzen Bericht zum Zustand von Robert Lang. Kate ließ sich erschöpft auf ihren Schreibtischstuhl im Revier fallen. Ihre rechte Hand, die von dem andauernden festen Griff um die Waffe und dem Unfall mit der Autotür lädiert war, pochte schmerzhaft.

Sie fühlte sich erschöpft und todmüde. Gerade erst hatte sie das Telefonat mit Steven beendet und erinnerte sich schon nicht mehr, worüber sie alles gesprochen hatten. Jetzt, wo das Adrenalin des Einsatzes verflogen war, spürte sie erst, welche Anstrengung und welchen Stress die Situation bedeutet hatte.

Nachdem sie Robert Lang in die Schulter geschossen und entwaffnet hatte, war er unverzüglich in ein Krankenhaus gefahren worden, um medizinisch versorgt zu werden. Trotz der Schusswunde ging es ihm laut dem Bericht in ihrer Hand gut, und es wurden keine lebensbedrohlichen Verletzungen festgestellt. Er würde unter Bewachung die notwendige ärztliche Betreuung erhalten, bis sich sein Zustand stabilisiert hatte und er als transportfähig galt. Im Anschluss würde man ihn ins örtliche Untersuchungsgefängnis überführen.

Jetzt wenigstens ein Kaffee! Auf dem Weg zum Pausenraum merkte sie, wie sich ihre Beine wackelig anfühlten. Ihr Kopf spielte die Situation immer wieder durch, vom Eintreffen am Gebäude bis zum Schuss und der Entwaffnung. Der heutige Tag hatte einmal wieder gezeigt, dass selbst langjährige Erfahrung und ihre Art, bedacht und methodisch zu arbeiten, sie nicht für jede neue, schwierige Situation präparieren konnten. Was für eine Herausforderung, letztendlich alleine für die Sicherheit der Geisel Bryan Malah verantwortlich zu sein. Es hatte, auch wenn sie das nach außen nicht gezeigt hatte, durchaus Momente gegeben, in denen sie sich deutlich überfordert fühlte.

In Gedanken versunken gab sie der Kaffeekanne einen unbedachten Ruck und hatte plötzlich mehr Kaffee auf dem Tisch vor sich als in ihrer Tasse. Sie fluchte leise und dachte an Brads kaffeegetränktes Hemd. Ihr Blick fiel auf einen der Glaskästen, in dem sie verschwommen das Flipchart mit den Notizen zu den Serienkillerfällen sah. In ihren Gedanken hatte sich ein Muster verfestigt. Neben dem abweichenden Vorgehen beim Mord selbst hatte sie auch bei den Gegebenheiten rund um die Tat Zweifel, ob diese zum Modus Operandi des Serienkillers passten. Die vorherigen Morde hatten Personen getroffen, die vollkommen unauffällig durchs Leben gingen und in deren Umfeld man keine Verdächtigen ausmachen konnte. Der Fall Julia Lang wirkte deutlich anders.

»Kate, hast du kurz Zeit?« Gerda winkte ihr aus einem der Glaskästen zu.

Kate wischte schnell den Kaffee vom Tisch und goss sich eine neue Tasse ein. Schweren Schrittes machte sie sich auf den Weg in den Besprechungsraum und gesellte sich zu Gerda, die vor ihrem Laptop saß, daneben ihr Notizbuch, übersät mit Klebezetteln.

»Hallo.«

Olexiy schob seinen Körper unter einem Tisch hervor, wo er seinen Stift hatte fallen lassen. Kate zuckte zusammen, als der Analyst so unvermittelt auftauchte. Olexiy nahm wieder Platz, richtete seinen Blick auf seinen Monitor und strich sich nachdenklich über den Bart. Eine überdimensionierte blaue Trinkflasche verdeckte Kate die Sicht auf den Bildschirm.

Gerda tippte schon mit dem Stift auf ihren Notizblock.

»Hast du die Berichte über die Untersuchung von Julia Langs Wohnung gesehen?«

»Ich glaube nicht.« Die Worte verschwammen, als Kate durch die Stapel von Dokumenten blätterte. Ihre Augen schmerzten vor Erschöpfung. »Irgendetwas Interessantes? Brad hat mir von dem Rucksack erzählt.«

»Das ist eine der vielversprechendsten Spuren. Ansonsten findet sich nichts wirklich Ungewöhnliches. Aber das Interessante ist, dass der Einbruch ins Haus vermutlich vorgetäuscht war.«

»Vorgetäuscht? Wie meinst du das?«

»Es sieht zumindest nach einer Inszenierung aus. In der Tür steckte der Schlüssel von innen. Die Tür war allerdings offen, ansonsten hätten die Brüche und Spuren am Türrahmen anders aussehen müssen.«

»Vielleicht hat Julia Lang den Schlüssel in die Tür gesteckt und vergessen abzuschließen?«

»Möglich. Aber wer steckt schon den Schlüssel ins Schloss und schließt nicht ab? Ich glaube, der Täter hat ihn dort platziert und anschließend die Tür hinter sich dann nur zugezogen. Außerdem haben wir das Geräusch, als die Türe eingetreten wurde, auf der Überwachungskamera des Nachbarn nachweisen können. Wenn die zeitliche Abfolge laut Forensik passt, war Julia Lang zu diesem Zeitpunkt bereits tot.«

»Der Todeszeitpunkt kann ja nicht auf die Minute genau bestimmt werden ...«

»Stimmt. Julia Lang hätte einen so lauten Tritt gegen ihre Haustür aber schwer überhören können. Man müsste eigentlich annehmen, sie hätte sich dann versteckt oder um Hilfe gerufen?«

Kate nickte. »Das passt alles zu unserer These, dass Julia Lang ihren Mörder kannte. Und es spricht gegen einen neuen Serienkillermord.«

»Ich denke auch.« Gerda fingerte an ihrer zarten Perlenkette. »Sollen wir erst über Matthew Coldwell oder Robert Lang reden?«

Kate zuckte mit den Achseln. »Gerne erst Robert Lang.«

»Das ist mein Stichwort«, polterte Olexiy von der Seite. »Ich habe die Lebensversicherungsdatenbanken überprüft und festgestellt, dass Julia Lang eine Lebensversicherung hatte. Basierend auf dieser Information und anderen Datenpunkten ...«

Kate atmete tief durch. »Olexiy, tut mir leid, es war ein anstrengender Tag. Mach's bitte kurz: Was ist die Erkenntnis?«

Der Analyst hob verschwörerisch eine Augenbraue und sprach weiter. »Robert Lang ist noch als Begünstigter eingetragen. Die Summe müsste sich, nach meinen Berechnungen, auf circa 2,5 Millionen Dollar belaufen.«

»Also ein Motiv für einen Mord ...«, sprach Kate ihre Gedanken aus, während sie sich auf einen der Stühle sinken ließ. »Ich muss so schnell es geht mit ihm reden.«

»Dann zu Matthew Coldwell«, Olexiy rieb sich die Hände. »Wir haben auf seinem Laptop E-Mails gefunden. Meiner Meinung nach gibt es klare Anzeichen für geheime Absprachen mit einem Mann namens Colby. Es scheint, dass er logistische Details für den Transport von Gütern mit ihm besprochen hat. Mehrmals wurden besondere Sendungen, die außerhalb des normalen Betriebs stattfinden sollten, erwähnt. Wir haben die logistischen

Daten der Sendungen abgeglichen, und sie führen uns alle auf das Firmengelände von Hawson Chemicals.«

»Okay, worauf möchtest du hinaus?«

»Wir konnten seinen Chatpartner anhand der Nummer identifizieren. Es handelt sich um einen Colby Snieder. Und jetzt rate mal, wo der arbeitet?«

»Hearium?«, versuchte es Kate.

»Falsch.« Olexiy grinste wieder. »Bei Hawson Chemicals.«

»Oh!« Kate rutschte auf dem Stuhl nach oben. »Ist das nicht die Firma, bei der Matthew Coldwell gefeuert und verklagt wurde?«

»Korrekt.« Olexiy ballte eine Faust. »Und man würde eigentlich vermuten, dass er dort nicht mehr gerne gesehen ist. Es kommt übrigens noch besser. Ich habe mir die Schreiben der Klage bezüglich Matthew Coldwell und Hawson Chemicals angesehen. In der ursprünglichen Version hieß es, dass Matthew über fünfhundertdreißigtausend Dollar veruntreut hat. Auf Anweisung der Anwälte von – jetzt passt auf – Hawson Chemicals selbst wurde die Summe später auf unter fünfzigtausend Dollar gedrückt. Die sind plötzlich zurückgerudert. Und damit musste Coldwell nicht lange ins Gefängnis.«

»Ihr denkt, dass Coldwell mit seiner alten Firma unter einer Decke steckt?«

Olexiy stand triumphierend auf. »Es wird noch besser. Der Typ ist datentechnisch nicht bewandert und ein offenes Buch. In seinen Finanzdaten finden wir regelmäßige Bareinzahlungen. Kleine Beträge, 1000 Dollar pro Monat. Genau über diese Beträge redet er mit Colby Snieder im Chat.«

»Kate«, Gerdas große Augen leuchteten. »Wir haben radioaktives Material in Fässern der Cateringfirma, für die Matthew Coldwell arbeitet. Wir wissen, dass er diese regelmäßig zur Entsorgung fährt. Wir haben Protokolle, die ihn mit seiner alten Firma Hawson Chemicals in Verbindung bringen, die genau solche radioaktiven Abfälle produzieren. Und wir haben Hinweise, dass er Zahlungen angenommen hat.«

Kate lehnte sich nach hinten und verschränkte die Arme hinter ihrem Kopf. »Das muss zum FBI. Die müssen die Ermittlungen aufnehmen.«

Gerda hielt ihr eine Akte entgegen. »Hier sind alle Informationen.«

Kates Beine schmerzten, als sie sich aus dem Stuhl nach oben drückte. »Danke euch. Ich gehe jetzt zu Thake. Die Fahndung nach Coldwell läuft ja schon.«

»Ja«, sagte Gerda. »Wenn Julia Lang von den Fässern und Hawson Chemicals Wind bekommen hat … hätten wir auch hier ein Tatmotiv.«

»Ich weiß.« Kate stand in der Tür. »Vergesst aber bitte nicht, dass Coldwell ein solides Alibi hat.« Sie wandte sich noch einmal zurück in den Glaskasten: »Ach, Olexiy, irgendetwas zu den Daten von Julia Langs Laptop?«

»Bisher nicht. Ich habe ein Entschlüsselungsprogramm laufen. Ich bin aber nicht besonders zuversichtlich. Wir suchen da eine Nadel in einem Heuhaufen.« Olexiy hatte sich wieder hingesetzt. »Ich habe auch nichts zu verdächtigen Tätigkeiten bei Hearium. Ohne Durchsuchungsbeschluss komme ich nicht an die Unterlagen, um mehr zu prüfen.«

»Ich weiß«, sagte Kate. »Wir haben aber nicht genügend Hinweise für einen Durchsuchungsbeschluss. Gerda, ich möchte mit den Leuten da über die Geiselnahme sprechen. Lass uns überlegen, wie wir das machen.«

»Kein Problem. Brad hat schon mit Bryan Malah gesprochen. Keine intensive Befragung. Malah sollte erst untersucht und psychologisch beraten werden.« Gerda rutschte auf ihrem Stuhl hin und her. »Und Kate, eine letzte Sache: Die Polizeistreife vor dem Haus von Rhonda Whitmore hat sich gemeldet. Unser Finn hat sich da sehen lassen.«

Kate wirbelte herum. »Warum das denn?«

»Keine Ahnung.«

Kate stöhnte. »Gib das bitte an Brad. Er soll nachfragen und ein letztes Mal klarstellen, dass keine Verdächtigen ohne uns befragt werden. Das ist schon Devers zweite Chance!«

* * *

Nach dem Treffen mit Rhonda war nichts mehr wie vorher. Jede Bewegung, jeder Gedanke, jeder Atemzug fühlte sich für Finn plötzlich fremd an, als ob er nicht mehr ganz er selbst wäre. Sein Körper, einst vertraut und selbstverständlich, fühlte sich an wie ein Gefängnis, kontrolliert von etwas, das tief in ihm lauerte. Seine sogenannte Superkraft, die ihm immer einen Hauch von Kontrolle gegeben hatte, fühlte sich jetzt an, als hätte sie sich gegen ihn gewendet. Seine besondere Fähigkeit, die er einst als besondere Gabe gesehen hatte, sollte nichts anderes als eine Manipulation sein? Finn hinterfragte plötzlich alles, was er dachte und fühlte, nichts fühlte sich mehr authentisch an.

Aber hatte Rhonda ihm überhaupt die Wahrheit gesagt? Da waren diese winzigen Pausen, wie ein Rumdrucksen, die ihm nicht aus dem Kopf gingen – jedes ihrer Worte schien einen Schatten zu haben, als wäre es nicht vollständig. Was hatte sie verschwiegen? Sie wusste definitiv mehr, als sie zugeben wollte. Konnte er ihr die Geschichte mit dem Implantat abnehmen? Und die künstliche Intelligenz? Doch dann war da der Pulse-Aktivator. Er erinnerte sich daran, wie das Gerät sein Implantat aktiviert hatte, wie das Kribbeln in seinem Kopf gekommen und verschwunden war. Diese Maschine hatte definitiv etwas in ihm ausgelöst, das konnte er nicht leugnen. Also, so schwer es ihm auch fiel, er musste sich eingestehen, dass das Implantat wahrscheinlich existierte. Und er musste für den Moment einen Weg finden, damit zu leben.

Vielleicht würde ihm etwas Ablenkung helfen. Genau deswegen war er hier. Die untergehende Sonne ließ Elias Lieblingsrestaurant, eine italienische Trattoria namens »Vale un Peccato«, mit ihren roten Ziegelsteinen fast magisch glühen. Finn konnte verstehen, warum seine Freundin sich hier wie in Italien fühlte.

Als Finn und Elia durch den roten Vorhang am Eingang traten, wurden sie begrüßt vom Duft von Knoblauch, Tomaten und frischen Kräutern. Das warme Licht der Kronleuchter und das gedämpfte Murmeln der Gäste waren eine wunderbare Kulisse für einen romantischen Abend. Die beiden wurden zu einem besonders gemütlichen Tisch am Fenster mit Blick auf die belebte Straße geführt. Ihr Stammplatz. Schon praktisch, dachte Finn, dass die Familie seiner Freundin den Besitzer kannte.

Elia hatte sich sehr gefreut, dass Finn so früh nach Hause gekommen war und dann auch noch mit ihr essen gehen wollte. Lebhaft erzählte sie von ihrem Unterrichtstag an der Schule. Finn versuchte, aufmerksam zuzuhören. Die Begeisterung der Kinder, die im Biologieunterricht einen lebendigen Regenwurm entdeckten und vor Aufregung gejubelt hatten … Ein schwieriger Schüler, der endlich verstanden hatte, wie er ein lineares Gleichungssystem lösen konnte … Die von ihr geleitete Diskussion auf der heutigen Konferenz über das Sommerfest … Elia sprühte vor Begeisterung, und Finn konnte nicht anders, als von ihrer Leidenschaft und Hingabe beeindruckt zu sein.

Doch seine Gedanken schweiften immer wieder ab. Selbst Elia, sein Anker, schaffte es nicht, ihn von seinen Selbstzweifeln zu befreien. Würde sie ihn noch so ansehen wie früher, wenn sie von dem Implantat erfahren würde? Würde sie gar selbst bemerken, dass er sich verändert hatte? Während Elia fröhlich weitersprudelte, wälzte Finn im Kopf die Frage, ob er ihr von dem Treffen mit Rhonda erzählen sollte. Wie auch seine Familie und die Menschen, mit denen er regelmäßig umging, wusste sie um seine Visionen. Und ihm lag viel daran, seine Freundin an den wichtigen Dingen in seinem Leben teilhaben zu lassen. Aber war dies jetzt wirklich der richtige Zeitpunkt für so eine Enthüllung? Immerhin hatte er ihr in letzter Zeit auch so schon viel zugemutet. Und noch war er nicht einmal sicher, ob er Rhondas Enthüllungen vertrauen konnte.

Elia bemerkte seinen abwesenden Blick und unterbrach ihre Erzählung. »Ist alles in Ordnung?«, fragte sie besorgt.

Finn schüttelte den Kopf. »Ja, alles gut. Ich habe über die Vorstellungsgespräche nachgedacht. Tut mir leid. Der Tag war intensiv.«

Elia musterte ihn skeptisch, bevor sie ihm einen beruhigenden Blick zuwarf. »Mach dir keine Sorgen. Du wirst sicher den perfekten Job finden«, sagte sie und nahm seine Hand über den Tisch hinweg. »Aber jetzt genießen wir das Essen und lassen den Abend entspannt ausklingen.«

»Das machen wir.« Finn zwang sich zu einem Lächeln.

Draußen wurde es langsam dunkel. Das Kerzenlicht verlieh ihrem Tisch ein romantisches Ambiente, als die Kellnerin die köstlich duftenden Gerichte servierte. Elia lächelte, als sie den ersten Bissen von ihrem zarten Lachsfilet probierte. Finn liebte es, sie so entspannt und glücklich zu sehen, und widmete sich mit Appetit seiner Schinken-Champignon-Pizza. Jetzt plauderten sie über ihre Pläne für das Wochenende. Elia hatte sich mit ihrer Freundin zum Einkaufen verabredet.

»Gehst du morgen mit bei den Ermittlungen?«

»Detective Okon hat angefragt, ob ich morgen früh bei den Befragungen von den Hearium-Mitarbeitern anwesend sein kann.«

»Das machst du doch nicht, oder?« Der Mund seiner Freundin stand weit offen.

»Wenn es für dich okay ist und du sowieso unterwegs bist, wollte ich schon hingehen«, erwiderte Finn mit unsicherer Stimme. »Dafür gibt es auch einen Wochenendzuschlag.«

»Klar, für mich wäre das okay«, Elia sah ihn weiter verständnislos an, »aber meinst du nicht, dass das einen merkwürdigen Eindruck machen könnte?«

»Ich mache die Verhöre nicht mit. Ich stehe nur hinter dem Spiegel im Beobachtungsraum und berate bei Bedarf.«

»Das heißt, die sehen dich nicht?«

»Wenn ich aufpasse, nein.«

Elia entspannte sich, und ihr gelassenes Lächeln kehrte zurück. »Und Detective Okon hat dich persönlich eingeladen?«

»Genau.«

»Also hat sie dich nicht zu Brad abgeschoben.« Elia zwinkerte ihm zu.

»Das wäre für mich auch kein Problem, mit Brad komme ich gut klar. Ich arbeite am liebsten mit Leuten, bei denen ich das Gefühl habe, dass sie mich mögen.«

»Vielleicht muss die Detective mit dir erst warm werden.«

»Na ja …«, erwiderte Finn, bevor das Klingeln seines Telefons ihn unterbrach.

»Geh ran.« Elia nickte ihm mit Blick auf das Display zu.

Finn überlegte kurz, hob dann ab. Normal rief seine Schwester ihn nicht nach acht Uhr abends an. Er versuchte, trotz der Geräuschkulisse im Restaurant leise zu sprechen.

»Schwesterherz, was kann ich für dich tun? Ich bin gerade essen mit Eli.«

Kellys Stimme zitterte, und ihre Worte klangen drängend und eindringlich.

»Finn, hörst du mich? Ich habe Angst. Es fühlt sich an, als wäre jemand im Haus.«

* * *

Kate saß in ihrer Wohnung am Schreibtisch und beobachtete Steven, der es sich auf der Couch gemütlich gemacht hatte. Die Zeit seit ihrer Rückkehr vom Revier hatte sie produktiv genutzt: Die Arbeitspläne der Cateringfirma Flavor Fusion waren eingetroffen, und sie konnte Molly Quinn als die Person identifizieren, die am Abend der Ermordung von Julia Lang mit Matthew Coldwell zusammengearbeitet hatte. Brad und Gerda sollten Molly befragen. Außerdem hatte sie sich den Durchsuchungsbericht von Matthews Wohnung durchgelesen. Es wurden unter anderem In-Ears von Hearium gefunden. Bestimmt hatte er diese über Julia Lang erhalten. Sie hatte Bryan Malah direkt angeschrieben, dass die Polizei alle verfügbaren Daten zu diesem Headset für die Ermittlungen benötigte. Vielleicht konnten sie so die letzten Kontaktpunkte von Matthew Coldwell identifizierten. Anschließend hatte sie die neuen Hinweise im Fall Julia Lang wieder routinemäßig mit der Serienkillerakte abgeglichen, landete aber wie so oft schon in einer Sackgasse.

* * *

»Was? Beruhige dich, Kelly.« Finn stellte sein Telefon auf laut, sodass Elia mithören konnte. »Was ist passiert? Hast du etwas gehört oder gesehen?«

Kellys Stimme zitterte. »Ich bin im Wohnzimmer gesessen, als ich plötzlich Schritte draußen auf der Veranda hörte. Es klang so, als ob jemand ums Haus geht. Ich bin mir sicher, dass ich es gehört habe.«

»Kann das Ethan sein?«

»Der ist oben im Zimmer. Ich habe ihm gerade noch etwas zu essen gebracht. Der spielt seine Videospiele.«

»Was ist mit der Streife vor dem Haus?«

»Ich stehe am Fenster. Ich sehe den Wagen. Die Polizisten müssten da drin sein. Im Dunkeln kann ich aber nichts sehen.«

»Traust du dich raus?«, fragte Finn.

Elia sah ihn verständnislos an.

Kellys Stimme verkam zu einem leisen Säuseln. »Nein, ich habe alles abgeschlossen.«

Ein fragender Blick von Finn traf Elia, deren knappes Nicken die Antwort lieferte.

»Okay, okay, bleib ruhig.« Er holte seinen Geldbeutel aus der Tasche. »Wir kommen sofort vorbei. Und ich rufe auf dem Revier an. Die sollen die Streife kontaktieren, okay?«

»Ja, ja, danke. Aber beeil dich bitte.«

»Keine Sorge, wir sind gleich da. Alles wird gut.«

Elia schnappte ihre Jacken, während Finn die Rechnung bezahlte. Mit schnellen Schritten eilten sie zum Ford.

* * *

Brad hatte es sich auf der Couch gemütlich gemacht. Gestern Abend hatte er schon Überstunden geschoben und heute freute er sich über etwas Ablenkung vom Fall. Wenn da nicht sein knurrender Magen gewesen wäre. Er ärgerte sich, dass er auf dem Nachhauseweg nicht etwas zu essen mitgenommen hatte. Jetzt wartete er auf seine Bestellung vom Thailänder um die Ecke. Unwillkürlich wanderte sein Blick immer wieder zum Laptop auf dem mit Zeitungen und Akten bedeckten Wohnzimmertisch. Die Essenslieferung würde noch etwas dauern; solange wollte er kurz mal schauen, was sich auf seiner Lieblingsplattform tat.

Beim Scrollen durch die Profile auf Bumble überkamen ihn gemischte Gefühle. Er hatte die Datingplattform erst vor Kurzem für sich entdeckt. Gefühlt tummelten sich auf dieser Seite mehr Frauen als auf anderen Partnerbörsen, und er nahm an, dass es daran lag, dass hier die Frau den Kontakt initiieren musste. Er betrachtete die ersten Fotos, die auf seinem Bildschirm erschienen. Das Wochenende stand vor der Tür, und er hatte Lust auf etwas Leichtes und Lockeres, ein unbeschwertes Treffen, das ihn von der Arbeit und den täglichen Verpflichtungen ablenken würde.

»Wo bleibt eigentlich der verdammte Lieferdienst …?«, fluchte er leise vor sich hin. Diese Idioten hatten die versprochene Lieferzeit schon fast eine halbe Stunde überschritten.

Brad überlegte, wonach er dieses Mal filtern sollte, um jemand Interessantes kennenzulernen. Welche Art von Verabredung würde er bevorzugen? Ein gemütliches Abendessen in einem netten Restaurant? Ein Spaziergang durch den Park? Oder ein ungezwungenes Treffen in einer Bar?

Hatte Gerda nicht gesagt, er solle sich endlich um eine längerfristige Beziehung bemühen? Auf der einen Seite sehnte er sich nach genau so etwas, nach jemandem, mit dem er auch den Alltag teilen konnte. Aber zugleich plagten ihn Zweifel. War er wirklich bereit für eine ernsthafte Beziehung? Konnte er dem Reiz widerstehen, immer wieder jemand Neues kennenzulernen?

Er scrollte durch die Profile und betrachtete die Fotos. Humorvoll, interessant und aufgeschlossen sollte sie schon sein – eine, mit der er sich unterhalten konnte und die ihm ein Lächeln ins

Gesicht zauberte. Wenn sie dann noch für einen One-Night-Stand zu haben war …

Sein Telefon klingelte und zeigte eine unbekannte Nummer an.

Hatte der Lieferant sich jetzt auch noch verfahren? War ja wohl typisch … Er hob ab. »Ja, Hale«, raunzte er in den Hörer.

»Detective Hale?«

Die Stimme am anderen Ende der Leitung klang gehetzt.

Brad richtete sich auf. Der Lieferdienst konnte nicht wissen, welchen Job er ausübte. »Mit wem spreche ich?«

»Sie hatten mir Ihre Karte bei Ihrem Besuch gegeben. Hier ist Matthew Coldwell.«

* * *

»Ist das ein Scherz?« Brad starrte ungläubig auf das Display. Die Stimme kam ihm aber vertraut vor.

»Nein, Mann.« Matthew wirkte verärgert. »Sie waren zur Befragung bei mir. Graues Sakko, blaues Polo drunter. Ich habe Artischocken vor Ihnen ausgeputzt.«

Brad war überzeugt. »Coldwell, verdammt, wir suchen Sie.«

»Ich weiß. Ich brauche Ihre Hilfe.«

»Wobei soll ich Ihnen denn helfen?«

»Ehrlich, mir wächst die Scheiße über den Kopf.«

»Wo sind Sie?«

»Ich will einen Deal!«

»Was für einen Deal?«

»Verarsch mich nicht. Das, was ihr immer anbietet. Ich habe Informationen und will Straffreiheit.«

»Coldwell, wir sind hier nicht bei Wünsch-dir-was.«

»Was sind meine Informationen denn wert?«

»Das kommt auf die Informationen an.«

»Nicht am Telefon. Ich will vorher etwas Schriftliches.«

Brad witterte seine Chance. »Soll ich Sie abholen?«

»Wie sieht der scheiß Deal denn aus?«

Verärgert, dass er den Anruf nicht zurückverfolgen konnte, blaffte Brad zurück. »Es gibt keinen Deal am Telefon.«

»Welche Sicherheiten habe ich denn?«

»Gar keine, Mann. Sie rufen mich an. Sie werden gesucht.«

Matthew verstummte.

Brad wollte ihn nicht verlieren und entschloss sich, wieder das Wort zu ergreifen. »Hören Sie: Stellen Sie sich, und ich garantiere Ihnen, dass ich zusehen werde, dass Sie fair behandelt werden.«

»Scheiß auf eure faire Behandlung.«

»Dann versuchen Sie Ihr Glück. Sie werden bald landesweit gesucht. Fassen wir Sie so, wird es sicherlich keinen Deal geben.«

Brad hatte sich entschlossen zu lügen. Matthew Coldwell schien in einer verzwickten Situation. Warum sonst rief er ihn an?

»Scheiße, scheiße, scheiße.«

»Kommen Sie, Coldwell, das ist Ihre letzte Chance. Wenn Sie so etwas wie einen Deal wollen, gibt es nur diesen Weg.«

»Scheiße ...«, fluchte Matthew wieder. »Laxington Avenue, im Motel One, Zimmer 12.«

»Ich schicke eine Streife.«

»Nein, Sie kommen. Oder ich bin weg.«

Brad atmete tief durch. Der Thailänder konnte sich sein Essen sonst wohin stecken, dies ging vor. »Sind Sie bewaffnet?«

»Nein.«

»Okay, ich bin unterwegs. Ich brauche etwas, mindestens sechzig Minuten, eher mehr. Ich bin am anderen Ende der Stadt.«

Finn versuchte erst gar nicht, den Ford in eine Parklücke zu fahren, sondern stellte sich direkt hinter die parkenden Polizeiautos mitten auf die Straße. Beim Blick auf das Haus seiner Kindheit verdichtete sich die unheimliche Spannung in seiner Brust. Elia legte besorgt eine Hand auf seine Schulter, und eilig stiegen sie aus. Finn warf einen Blick auf den Streifenwagen, aus dem die Polizisten in den letzten Tagen das Haus bewacht hatten. Er stand leer.

An den rot und blau blinkenden Lichtern der Polizeiautos vorbei marschierten sie zum Haus, dessen Fassade gespenstisch von den Einsatzfahrzeugen beleuchtet wurde. Finn nahm die Treppen zur Veranda in einem Satz. Im Haus sah er, wie zwei Polizisten mit ernsten Mienen das Haus durchkämmten, jeden Winkel gründlich ausleuchtend. Einer von ihnen sprach leise in sein Funkgerät, der andere sah sich in der offenen Küche die Hintertür an.

Kelly saß zitternd auf dem Sofa, die Hände um eine Tasse geklammert. Nachdem sie Finn bemerkt hatte, schnellte sie nach oben und ließ sich in seine Arme fallen. Er sah, dass sie geweint hatte, und drückte sie fest an sich.

»Er ist weg, Finn. Ethan, er ist weg!«

Elia strich Kelly über den Rücken. »Beruhig dich. Wir sind da.«

Finn drückte seine Schwester wieder an sich und fragte: »Was ist denn passiert?«

Ein Schluchzen begleitete ihre Antwort. »Erst waren da die Schritte. Nachdem wir dann aufgelegt hatten, hat es oben geknallt, und dann ist jemand auf das Vordach gekracht. Dann habe ich wieder Schritte gehört … Ich … ich rannte nach oben. Als ich an der Tür zu deinem alten Zimmer ankam«, sie zeigte auf Finn, »war sie verschlossen. Ich habe nach Ethan gerufen, aber es kam keine Antwort. Ich hatte solche Angst …« Ihre Stimme brach, Tränen rannen über ihre Wangen.

Finns Blick wanderte zur Decke. Ja, das alte Vordach, direkt unter seinem früheren Schlafzimmerfenster … Seine nächtlichen Jugendabenteuer hatten immer damit begonnen, dass er versuchte, unhörbar auf den Dachvorsprung zu gelangen, damit seine Eltern nichts davon bemerkten. Das Vordach war seine geheime Brücke zur Freiheit.

»Was geschah als Nächstes?«, erkundigte sich Elia ruhig, ihre Stimme von sanftem Mitgefühl durchzogen.

Kelly schniefte und wischte sich die Tränen aus den Augen. »Ich bin nach unten gerannt, und dann habe ich die Polizisten draußen schon schreien hören. Sie rannten ums Haus in den Garten. Ich hatte Angst und habe Gerda angerufen.«

Finn war alarmiert. So hatte er seine Schwester noch nie erlebt.

Elia kramte in ihrer Handtasche und reichte Kelly ein Taschentuch, die es dankbar entgegennahm. Währenddessen schob Finn die bunten Kissen auf der Couch beiseite, und gemeinsam nahmen sie Platz.

Elia sprach mit größter Vorsicht in der Stimme: »Denkst du, Ethan ist abgehauen?«

Kelly brach erneut in Tränen aus. »Ich weiß es nicht. Aber die Polizisten«, sagte Kelly wimmernd und blickte Finn direkt an. »Du musst dir das im Garten angucken. Es ist so schlimm. Und ich habe mich hier feige versteckt.«

Finn legte behutsam eine Hand auf ihre Schulter, um sie zu trösten. »Es ist okay«, flüsterte er. »Du hast in einer extremen Situation gehandelt, und niemand kann dir Vorwürfe machen.« Er versuchte, fest und entschlossen zu klingen, doch er sorgte sich um Kelly.

Schweigend saßen sie auf der Couch. »Danke, dass ihr da seid«, flüsterte Kelly.

»Hast du sonst noch etwas gehört?«, nahm Finn das Gespräch wieder auf.

Seine Schwester schüttelte den Kopf.

»Wo ist Gerda?«

Kelly deutete auf die Hintertür. »Im Garten.«

»Ist es okay ...«, begann Finn.

»Klar, geh ruhig.« Sie drückte seine Hand.

Finns Blick begegnete dem von Elia, die ihm durch ein leichtes Nicken signalisierte, dass sie bei seiner Schwester bleiben würde. Langsam stand er auf und bewegte sich durch die Küche zur Hintertür hinaus.

Der Geruch von nassem Gras und Blumen schlug ihm entgegen. Der Garten, der Rückzugsort und Abenteuerspielplatz seiner Kindheit, wirkte bei Nacht im blinkenden Licht der Einsatzwagen unheimlich und bedrohlich.

Die beiden Polizisten, die er zuvor im Haus gesehen hatte, sicherten jetzt den Tatort. Er erkannte Gerda, die sich über zwei leblose Körper beugte, und trat näher. Basierend auf den Uniformen war dies vermutlich die Polizeistreife, dachte Finn. Beim Anblick der beiden Toten verkrampfte sich sein Magen.

»Was ist passiert?«, fragte er.

Gerda schreckte hoch. »Finn!« Sie fasste sich ans Herz. »Du kannst dich nicht so anschleichen!«

»'Tschuldigung.«

Gerda schüttelte das Tauwasser von ihren Schuhen. »Meine Kollegen ...«, sie deutete auf die beiden Leichen. »Wir haben keine Ahnung, was sie umgebracht hat. Keine sichtbaren Spuren. Keine Verletzungen, keine Anzeichen von Gewalt. Nichts. Die liegen da, als wären sie tot umgefallen.«

»Und Ethan ist verschwunden?«

»Ja. Das Fenster zum Vordach steht offen. Aber auf den ersten Blick gibt's auch hier keine Spuren.« Gerda sah ihn müde und verzweifelt an.

»Was, denkst du, ist hier passiert?«

»Ich kann dir das nicht erklären.« Gerda deutete auf die Leichen. »Aber wir können nicht ausschließen, dass der Junge entführt wurde. Es muss mindestens eine weitere Person hier gewesen sein – irgendjemand muss die Streife ja so zugerichtet haben. Dafür braucht man eine immense Kraft. Beiden wurde das Genick gebrochen.«

Finn kratzte sich am Kopf. »Denkst du, Ethan wurde entführt, weil er etwas gesehen hat? Warum sonst würde jemand den Jungen entführen und dann diese zivilen Beamten umbringen?«

»Das könnte die Verbindung sein.« Gerda richtete sich so abrupt auf, dass sie fast hintenüber gefallen wäre. »Vielleicht wollte der Täter verhindern, dass er plaudert.«

»Aber warum macht er sich die Mühe, ihn zu entführen? Er hätte ihn auch direkt umbringen können.«

»Das müssen wir herausfinden. Vielleicht weiß Ethan etwas, was ihm nicht wichtig genug vorkam, um es bei seiner Befragung zu erwähnen.«

Finn war aufgestachelt. »Was sollen wir tun? Wie können wir den Jungen finden?«

Gerda bremste ihn. »Zuerst müssen wir alle Spuren am Tatort sichern. Kate wird mit Thake besprechen, ob wir den Fall übernehmen oder ob er an die Spezialermittlung weitergereicht wird. Wenn es eine Entführung ist, geht es nicht um Lösegeld oder andere Forderungen. Robert Lang ist der einzig verbliebene Elternteil.«

»Du denkst, der Entführer will Informationen von Ethan.«

»Ich denke leider ja.«

»Was ist mit der Öffentlichkeit?«

»Das liegt bei Kate und Thake.«

»Hast du die anderen schon informiert?«

»Kate ist informiert und kommt. Brad kann ich nicht erreichen.«

»Ich will helfen, aber ich habe keine Ahnung, wo ich anfangen soll«, sagte Finn ehrlich.

»Lass uns auf Kate warten und gemeinsam das Vorgehen besprechen. Es passiert gerade so viel, und wir hatten für morgen eigentlich einen anderen Plan.«

* * *

10 Minuten

Kate bereitete mit schnellen, geübten Handgriffen ihre Tasche für den Tatort vor. Die Mappe mit den Notizen und Unterlagen lag bereits auf dem Tisch. Sie überprüfte die Batterien ihrer Taschenlampe und steckte sie in die Seitentasche ihrer Jacke. Die Waffe glitt in das Holster unter ihrem Arm, und ihre Dienstmarke klemmte sie an den Gürtel. Das alles dauerte nur wenige Minuten. Die Zeiten, als die Vorbereitung auf einen Einsatz noch ein aufregender, feierlicher Akt war, waren längst vorbei.

Während Kate zusammenpackte, tauchte Steven aus der Küche auf und reichte ihr ein Glas Wasser. Sie lächelte ihm dankbar zu und nahm einen Schluck, bevor sie noch ihr Portemonnaie und ihre Schlüssel in die Tasche legte. Ein kurzer Blick auf die Uhr. Halb zehn. Schon wieder eine Nachtschicht.

6 Minuten

»Danke dir«, hauchte sie Steven zu. Sie drückte ihm einen Kuss auf die Wange.

»Nicht dafür!« Er lächelte gequält. Kate wusste, dass er sich den Abend völlig anders vorgestellt hatte.

»Es tut mir so leid.«

»Muss es nicht, alles okay.« Er wedelte mit der Fernbedienung in der Hand und zwinkerte ihr zu. »Dann kann ich in Ruhe ›Chef's Table‹ weiterschauen.«

Ein Lächeln spielte um Kates Lippen. Sie konnte sich nicht erklären, was ihn an dieser Serie so fesselte. Sie selbst hatte sich aber auch nie fürs Kochen interessiert, geschweige denn kochen gelernt. Der Chinese um die Ecke war immer ihre Rettung.

4 Minuten

»Pass bitte auf dich auf.« Steven hielt ihr die Tür auf und küsste sie ein letztes Mal.

»Mach ich.« Ihre Hand streichelte über seinen Arm. »Keine Sorge, es ist doch nur ein Tatort. Und ich würde viel lieber hierbleiben.«

2 Minuten

Kate verließ hastig die Wohnung und zog die Tür in einer schnellen Bewegung hinter sich zu. Sie entschied sich für die Treppe, der Fahrstuhl brauchte ewig.

1 Minute

Unten angekommen, warf sie einen raschen Blick auf ihren überquellenden Briefkasten und eilte durch die schwere Haustür nach draußen. Die leisen Schritte, die sich übertönt von Blätterrascheln und entferntem Hundegekläffe von der Seite näherten, nahm sie nicht wahr. Arglos drehte sie sich nach links in Richtung ihres Autos.

KAPITEL 9

VOR 3 MONATEN   *NEWS*
BLACKVALE, 26. MÄRZ 2024

Lon: Senator Greaves, schön, dass Sie zugeschaltet sind. Nach dem Mord an der Bäckerin Stella Winston möchten wir heute mit Ihnen über den Ripper sprechen, der mittlerweile für sieben Morde in den letzten acht Monaten verantwortlich zu sein scheint. Was können Sie den Bürgern versprechen, um ihnen zu versichern, dass sie sicher sind und solche Fälle in Zukunft besser verhindert werden können?

Greaves: Vielen Dank für die Einladung. Ich verstehe die Sorgen der Bevölkerung und möchte betonen, dass wir alles in unserer Macht Stehende tun, um die Sicherheit zu gewähr-leisten. Erstens haben wir die Mittel für die Forensik und die digitale Kriminaltechnik erhöht, um schneller auf Spuren und Beweise reagieren zu können. Zweitens werden wir verstärkt in präventive Maßnahmen investieren, darunter erweiterte Schulungen für die Polizei und die Schaffung eines neuen Netzwerks zur Überwachung und Analyse von Gefährdungen durch Verdächtige. Unser Ziel ist es, durch diese Maßnahmen nicht nur diesen Fall zu lösen, sondern auch zukünftige Ver-brechen besser zu verhindern.

BLACKVALE, 21. JUNI 2024

Finn und Elia hatten entschieden, dass Kelly besser mit zu ihnen nach Hause kommen sollte, da sie sie nicht alleine lassen wollten. Gerda hatte Finn weggeschickt, da sie nicht wusste, wann Kate zu erwarten war. Sie versprach ihm aber, dass die Ermittlerin sich bei ihm melden würde.

Schweigend betraten die drei das Wohnzimmer. Kelly ließ sich aufs Sofa sinken. Finn und Elia setzten sich daneben. Wie befremdlich, seine normalerweise so lockere, fröhliche Schwester so verändert zu erleben, dachte Finn.

»Danke, dass ich hierbleiben darf«, sagte Kelly. »Jetzt allein im Haus zu sein, wäre fürchterlich.«

Finn reichte den beiden Frauen die Strickdecke, unter der er abends mit seiner Freundin kuschelte.

»Das ist doch selbstverständlich. Fühl dich wie zu Hause.«

Elia nickte begütigend. »Sie werden den Jungen bestimmt finden.«

Kelly schluchzte immer noch. »Ethan … so ein schüchterner, zurückhaltender und höflicher Junge. Das hat er nicht verdient. Erst seine Mutter. Und jetzt das. Man merkte kaum, dass er da war, so sehr war er in seine Bücher und Spiele vertieft.« Sie legte ihre Hände in den Schoß und schloss für einen Moment die Augen.

Finn fragte sich, ob Kelly das Zusammenleben mit Ethan im Licht des eben Geschehenen etwas zu positiv darstellte. Neulich noch hatte sie anders geklungen. Er ersparte sich jedoch einen Kommentar, legte stattdessen den Arm um seine Schwester und drückte sie an sich.

»Hast du Hunger oder Durst?«, fragte Elia.

Kelly seufzte wieder. »Nein, danke.«

»Ich hol uns Eis. Das geht immer.« Elia stand auf.

Endlich erschien ein kleines Lächeln auf Kellys Gesicht.

Finn stand ebenfalls auf und schloss sein Smartphone an das Ladekabel in der Küche an. Nicht ohne einen Blick in seine Onlineforen zu werfen. Endlich eine Antwort auf seine letzte Frage.

> **JTR888**: Daniel B. wieder frei. Hat sich durch Harald Youth ein Alibi verschafft. Shit.

> **VisionFox**: Daniel B.? Mir unbekannt … Info?

> **JTR888**: Vor 2 Monaten aufgrund seines privaten Insta-Profils festgenommen. Sein Tattoo wurde angeblich beim Stella-Winston-Mord des Rippers erkannt. Typ ist Einzelgänger, wirkte gefährlich. Beim letzten Ripper-Mord an Harald saß er aber in U-Haft. Mussten ihn laufen lassen.

Enttäuscht legte Finn das Smartphone weg. Diese Spur hatte ihm ohnehin keine Hoffnung gegeben. Er hatte Daniel B. bereits aus allen Perspektiven durchleuchtet. Doch stattdessen war plötzlich wieder etwas da: die Panik wegen seines Rucksacks.

* * *

Es war ein erschreckender Anblick: Die Leiche lag auf dem Rücken, die Augen friedlich geschlossen wie im Schlaf. Neben dem leblosen Körper kniend überprüfte Brad die Würgemale am Hals und tippte Notizen über deren Beschaffenheit und Position in sein Diensthandy. Mit seinen eng anliegenden Latexhandschuhen tastete er vorsichtig nach möglichen Spuren an den Handgelenken des Opfers. Nur keine potenziellen Beweise beseitigen. Zum Schluss fuhr er mit dem Finger in der Luft über die ihm wohlbekannten Schnitte auf den Augenlidern.

Er war seit etwa zwanzig Minuten hier. Verdammt, er musste Kate erreichen. »Scheiße …«, fluchte er leise. Wäre er nur eher angekommen. Er hatte Matthew Coldwell auf dem Bett seines Hotelzimmers auf einem Kissen gefunden. Unter ihm hatte sich ein dunkelroter Blutfleck gebildet. Penibel inspizierte Brad das Bett auf der Suche nach möglichen Blutspuren oder anderen Anzeichen, die auf den Tathergang hindeuten könnten. Mit der Taschenlampe leuchtete er in die dunklen Ecken des Zimmers. Keine Auffälligkeiten.

Gerda hatte er informiert, Kate nahm ihr Telefon nicht ab. Er bereute, dass er die beiden nicht direkt nach Matthews Anruf benachrichtigt hatte. Und vor allem, dass er keine Streife zum Motel geschickt und damit kostbare Minuten verloren hatte. Er hatte sich anderthalb Stunden durch diverse Verkehrsstaus kämpfen müssen. Wertvolle Zeit, die am Ende Matthew Coldwell das Leben gekostet hatte. Und das alles nur, weil er den verdammten Helden hatte spielen wollen und einen flüchtigen Verdächtigen, immerhin den Hauptverdächtigen in einem Mordfall, allein stellen wollte. Was für eine bescheuerte Solo-Wildwest-Cowboy-Mission! Wie sollte er den anderen sein Vorgehen erklären?

* * *

Die Hand auf ihrer Schulter ließ Kate vor Schreck zusammenzucken. Sie wirbelte herum und sah eine kleine, unbekannte Frau vor sich stehen, die sie mit besorgten Augen ansah.

»Bitte nicht erschrecken«, sagte die Frau schüchtern und trat mit erhobenen Händen näher.

Kate atmete tief durch und versuchte, ihre Nerven zu beruhigen. »Sie haben mich aber erschreckt.«

»Es tut mir leid. Sie sind Detective Kate Okon, richtig?«

»Ja, das stimmt. Wer sind Sie?« Kate musterte ihre Gegenüber. Mit ihren kurzen, dunklen Haaren und der schmalen Brille mit filigranem Metallrahmen hatte sie Ähnlichkeit mit einer Schach-meisterin, die Kate vor ein paar Tagen in der Lokalzeitung abge-druckt gesehen hatte.

»Mein Name ist Sky Miller.« Sie presste energisch ihre dünnen, dick mit rotem Lippenstift nachgezogenen Lippen zusammen. »Ich arbeite als Journalistin bei der Blackvale Times.«

Kate drehte sich auf dem Absatz um. Was eine Unverschämt-heit, was glaubte die nur …

»Kein Kommentar. Ich rede generell nicht mit der Presse«, blaffte sie und lief los.

Hastig setzte ihr Sky hinterher. »Bitte warten Sie. Nein, ich brauche nichts von Ihnen.«

Kate beschleunigte ihren Schritt. »Ich möchte nicht über lau-fende Fälle sprechen. Vereinbaren Sie dafür einen Termin mit dem Captain meines Reviers.«

»Bitte warten Sie.« Sky hatte Probleme, Kate zu folgen.

»Ich habe wichtige Informationen für Sie über den Fall, in dem Sie ermitteln.«

Abrupt wandte sich Kate der kleinen Journalistin zu und zog die Stirn in Falten. »Warum jetzt? Und warum hier?«

Sky blickte unruhig zur Seite, als Kate sie fixierte.

»Ich habe die Informationen gerade erst erhalten … oder sagen wir … verstanden. Und ich habe Angst«, gestand sie.

»Angst?« Dann läuft man nicht nachts in der Dunkelheit um-her, dachte Kate.

»Können wir irgendwo in Ruhe sprechen?«

»Nein«, antwortete Kate schroff. Selbst wenn sie gewollt hätte, gab es in der Nähe keinen solchen Ort.

Sky stockte kurz. »Ich bin Analystin. Ich analysiere für die Blackwell Times die Informationen zu den Recherchen.« Sky stand vor Kate wie ein Kaninchen vor der Schlange. »Ich habe mit Mohammad Ejoussouf zusammengearbeitet. Bevor er vor drei Tagen ermordet wurde.«

Jetzt hatte Sky Kates Aufmerksamkeit. Der Fall des toten Journalisten. Sie fragte sich, ob die Kollegen auf dem Revier, an die sie die Ermittlung abgegeben hatte, von Sky wussten.

»Was wissen Sie?«, fragte sie ruhig, obwohl sich ihr Puls beschleunigte.

Die Journalistin zog eine Mappe aus ihrer selbstgenäht aussehenden Hängetasche und hielt sie fest an ihre Brust gedrückt, als würde sie einen kostbaren Schatz beschützen.

»Ich habe einen Datenstick mit diesen Informationen von Mohammad erhalten«, begann Sky und schluckte. »Am Tag, an dem er sie mir gegeben hat, wurde er ermordet.«

Kates Augen verengten sich. »Haben Sie sie gesichtet?«

Sky nickte und öffnete die Mappe, in der einige ausgedruckte Tabellen mit Zahlen zu sehen waren.

»Es sind Daten der Firma Hearium. Ich habe die Theorie, dass Mohammad an einer Story dazu gearbeitet hat.« Die Journalistin schaute sich nervös um. »Bitte, Sie müssen mir helfen. Es scheint aktuell Mohammads einzige Story gewesen zu sein. Und mittlerweile befürchte ich, dass er genau deswegen ermordet wurde.«

Kate zog eine Augenbraue hoch. Diese Annahme schien ihr weit hergeholt. Aber ausschließen konnte man nichts.

»Danke, Frau Miller. Gut, dass Sie sich uns anvertraut haben. Aber wie kommen Sie darauf, dass diese Daten zu Mohammad Ejoussoufs Ermordung geführt haben?«

»Ich habe erst heute Morgen den Auftrag der Redaktionsleitung gesehen, mir Mohammads Arbeit genauer anzusehen. Ich kannte die Datei davor, habe mir dabei aber nichts gedacht. Das habe ich auch Ihren Kollegen gestern bei der Befragung gesagt.« Sky wurde immer leiser. »Ich glaube aber zu wissen, woher Mohammad die Daten hatte. Einiges spricht dafür, dass er die Daten von Julia Lang hatte. Er hat sich mehrmals mit ihr im Irish Pub getroffen. Ich weiß, dass auch sie ermordet wurde. Und ich glaube nicht an Zufälle. Beide arbeiteten an einer Story über Hearium und tauschten Daten aus. Und nun sind beide tot.«

Das hört sich wirklich nicht nach Zufall an, dachte Kate.

»Und wieso kommen Sie zu mir? Woher wussten Sie, wo Sie mich finden?«

Skys Blick wanderte vorsichtig zu Kate. »Ich habe aus einem offiziellen Polizeidokument im Fall Julia Lang Ihren Namen und wusste, dass Sie an dem Fall arbeiten. Ich habe dann recherchiert, bin Ihre Social-Media-Bilder durchgegangen und habe abgeglichen, wo Ihre Wohnung liegt. Ich konnte nur das genaue Haus nicht zuordnen, und da die Briefkästen innen liegen, habe ich draußen gewartet.« Sky wirkte stolz.

»Wie kommen Sie an meine Social-Media-Bilder? Die sind nur Freunden zugänglich.«

»Es gibt immer Schwachstellen, die man ausnutzen kann, Detective.«

Kate nahm sich vor, ihre Aktivitäten in den sozialen Medien zu überdenken. »Sie hätten sich an das Polizeipräsidium wenden können. Oder an die Kollegen, die Sie gestern befragt haben«, sagte sie schließlich. »Wir haben offizielle Kanäle für solche Mitteilungen.«

Nervös drehte Sky an einem ihrer vielen Ringe. »Ich wollte sicherstellen, dass diese Informationen Sie persönlich erreichen, ohne dass andere davon wissen. Ich habe gehört, dass Sie hartnäckig sind und die Wahrheit suchen, egal, wo sie versteckt ist. Der Kollege bei der Befragung gestern wirkte …«, Sky zögerte, »… nicht besonders hilfsbereit. Außerdem: Julia Lang wurde von diesem Serienkiller ermordet, und einer meiner Journalistenkollegen hat letztens erst einen Artikel darüber geschrieben, dass der Ripper einen Maulwurf beim BPD hat.«

»Vielleicht bin ich das ja.«

Skys Augen weiteten sich, und ihr Unterkiefer klappte nach unten. Ein laut dröhnender Wagen unterbrachte das Gespräch, bevor Kate erneut das Wort ergriff.

»Okay, ich kann die Daten unseren Analysten im Revier geben. Ich muss Ihnen aber ehrlich sagen: Die Unterlagen werden dann wahrscheinlich beim Ermittlerteam des Falls von Mohammad Ejoussouf landen.«

Die Mundwinkel der Journalistin zuckten. »Okay, danke.« Sie hatte sich von Kate anscheinend mehr erwartet.

»Soll ich eine Streife bitten, Sie nach Hause zu fahren?«

»Ich fühle mich dort nicht sicher. Kann ich mit Ihnen zum Revier fahren?«

»Ich bin nicht auf dem Weg zum Revier. Ich biete Ihnen aber an, dass man Sie dorthin fährt, und dort können Sie selbst mit unseren Analysten die Tabellen analysieren.«

Kate hatte Mitleid mit Sky. Vielleicht könnte es sogar helfen, wenn die Journalistin und Olexiy sich zusammen an die Daten setzten. Je schneller sie die Zahlen entschlüsseln könnten, desto besser.

* * *

BLACKVALE, 22. JUNI 2024

Draußen war es noch kalt und dunkel. Gähnend betrat Kate das Büro des Captains.

»Guten Morgen«, hauchte sie.

Die buschigen Augenbrauen des Captains zogen sich zusammen. »Wenn ich um fünf Uhr früh hier sitze, ist das kein guter

Morgen, Detective«, antwortete er gereizt und starrte finster auf die vor ihm verteilten Akten. »Kate«, raunzte er, »das hier entwickelt sich zu einem Problem.«

Verunsichert trat die Ermittlerin näher heran und ließ ihren Blick über die Papiere wandern.

»Sir, wir …«, begann sie ruhig, obwohl ihr Herz raste.

Der Captain unterbrach sie mit einem Handzeichen und wedelte mit einem Bericht. »Es gibt zu wenig Fortschritte. Und jetzt höre ich allen Ernstes, dass Sie den Jungen verloren haben? Aus Kellys Haus? Trotz Polizeistreife? Und wir haben zwei tote Kollegen?«

Kates Magen zog sich zusammen. Der Druck auf ihren Vorgesetzten musste enorm sein – und sie war immerhin die Hauptermittlerin in diesem Fall.

Der Captain kam langsam in Schwung. »Ich muss die Öffentlichkeit jetzt über eine Entführung informieren, und unten stapeln sich die Leichen. Wir haben gestern zwei gute Leute verloren. Das geht so nicht weiter. Warum zur Hölle gibt es immer noch keine Spur?« Seine Augen funkelten. »Gestern noch höre ich, dass sich der Verdacht bei diesem Cold… irgendwas … verdichtet – und heute ist er selbst zugerichtet wie Julia Lang?«

»Sir, wir sind dabei, den gestrigen Tag zu ordnen. Es ist viel passiert …« Kate versuchte, den ruhigen und professionellen Ton beizubehalten.

»Kate«, seine Stimme wurde milder, »ich frage jetzt mal ganz direkt: Ist Ihr Team der Sache gewachsen?« Er fixierte sie mit einem strengen Blick. »Wir brauchen Ergebnisse!«

Seine Worte trafen sie hart. Energisch richtete Kate ihre Schultern auf.

»Sir, bei allem Respekt: Mit der Entdeckung der Fässer und der Verhaftung von Robert Lang haben wir erste Ergebnisse. Lassen Sie uns einen Tag Zeit. Wir alle arbeiten seit gestern Abend durch«, antwortete sie ihm leise, aber bestimmt.

»Brauchen Sie mehr Leute? Arbeiten Brad und Gerda effektiv genug?«

»Sir«, Kates Stimme wurde lauter, »auf die beiden lasse ich nichts kommen. Sie arbeiten hervorragend. Normal müsste Brad, nach dem, was er erlebt hat, zu Hause sitzen und sich eine Pause gönnen. Bis vor ein paar Stunden mussten wir noch befürchten, dass er eine gehörige Dosis Strahlung abgekriegt hat. Das ist zum Glück vom Tisch. Und Gerda hat eine Geiselnahme hinter sich. Andere nehmen sich da mindestens einen Tag Urlaub.«

Der Captain nickte. »Was brauchen Sie?«

»Wir sind gut aufgestellt. Nur eines: Ich habe eine neue Informantin aufgetan, die den Mord an dem Journalisten Mohammad Ejoussouf eventuell mit Julia Lang in Verbindung bringen kann.« Kurz fasste sie ihre nächtliche Begegnung zusammen.

Nachdem er aufmerksam zugehört hatte, durchforstete der Captain seine Unterlagen. »Okay, verstanden. Sie bekommen den Fall von Mohammad Ejoussouf nicht zurück. Ich veranlasse aber, dass wir über die Ermittlungen dort im Bild bleiben. Die Daten bleiben vorerst bei Ihnen. Analysieren Sie sie in Bezug auf den Julia-Lang-Fall. Der hat aufgrund der möglichen Verbindung zu den Ripper-Morden Priorität.«

»Mehr wollte ich nicht.«

»Wie wollen Sie den heutigen Tag angehen?«

»Sir, ich möchte den Fokus auf Hearium legen. Mehreres deutet darauf hin, dass hier die Fäden zusammenlaufen.«

»Haben wir einen Verdacht? Einen Zeugen? Dann besorge ich einen Durchsuchungsbeschluss?«

»Leider habe ich bis jetzt keine belastenden Informationen, die direkt auf eine Straftat hindeuten.«

»Verstanden. Ich will weiter Ihre Berichte. Und sagen Sie mir Bescheid, wenn Sie Unterstützung brauchen. Ich stelle Ihnen alles zur Verfügung.«

* * *

Es roch streng nach Desinfektionsmittel und Formaldehyd. Zusammen mit Brad betrat Kate den kühlen Raum der Pathologie. Ihre Schritte hallten gedämpft auf dem glänzenden Linoleumboden. Die Körper der beiden toten Streifenpolizisten sowie der von Matthew Coldwell lagen, bedeckt von weißen Tüchern und gekennzeichnet durch Schilder, auf rollbaren Tischen aus Edelstahl.

Diana entdeckten sie am Ende des Raums, ihr schwarzes und glattes Haar unter einer Haube hochgesteckt, vertieft in ihre Arbeit. Kate fragte sich, ob sie ihren Kopf ebenfalls hätte bedecken sollen. Vorsichtig näherten sich die beiden Ermittler der Leiterin der Pathologie, die sich mit Schutzbrille und Latexhandschuhen über einen leblosen Körper beugte.

»Diana«, rief Kate.

Die Pathologin hob den Blick und spöttelte. »Na, da sind ja die zwei, die mir einen großen Kaffee schulden!« Nach einer kurzen Pause lächelte sie. »Also ihr beschert mir ordentlich Arbeit.« Sie deutete in den Nebenraum, in dem zwei ihrer Assistenten in weißen Kitteln ihren Aufgaben nachgingen.

»Wir haben die Leute nicht umgebracht«, sagte Brad mit einer ironischen Geste des Bedauerns.

Sie näherten sich dem ersten Tisch. Auch nach all den Jahren verspürte Kate beim Anblick der aufgebahrten Leichen jedesmal noch ein flaues Gefühl im Magen.

»Was kannst du uns sagen, Diana?«, fragte Brad.

»Die ersten beiden Opfer, Ihre beiden Kollegen, haben gebrochene Halswirbel. Die Verletzungen rühren von einem starken Drehmoment, das zu einem abrupten Bruch des Genicks geführt hat. Irritierenderweise gibt es jedoch keine äußeren Anzeichen von Gewalt, keine Hämatome, keine Anzeichen für einen Kampf. Es ist, als wären sie plötzlich zusammengebrochen.«

Kate starrte auf das bleiche, wächserne Gesicht der Leiche vor ihr. »Ein gebrochenes Genick ohne äußere Verletzungen? Das klingt seltsam.«

Sie und Brad tauschten einen besorgten Blick aus.

»Was könnte die Ursache für diese Verletzungen sein?«, fragte Kate.

»Da gibt es mehrere Möglichkeiten. Aber alle passen nicht zum Tatort. Eine schwere Osteoporose, degenerative Wirbelsäulenerkrankungen oder Knochenschwund können die Halswirbelsäule anfällig für Brüche machen. Oder auch ein Unfall wie ein plötzlicher Sturz aus großer Höhe könnte zu einem solchen Ergebnis führen. Dann würden die Leichen aber anders zugerichtet sein. Völlig unversehrte Leichen mit einem gebrochenen Genick habe ich noch nie gesehen.«

»Könnten die beiden auch so ... gefallen sein?« Brad runzelte die Stirn.

Diana schüttelte den Kopf. »Ein Unfall allein scheint unwahrscheinlich. Es ist, als ob jemand sie gezielt angegriffen und dann alle äußeren Hinweise auf Gewalt entfernt hätte. Aber wie?«

Zu dritt starrten sie schweigend auf die stummen Zeugen der Tragödie, jeder tief in Gedanken.

Diana unterbrach die Stille. »Theoretisch hätte es auch eine unerkannte Verletzung sein können. Das erklärt nur die Genickbrüche nicht. Wir schauen uns die beiden im Laufe des Tages noch genauer an.«

»Was ist mit dem dritten Opfer, Matthew Coldwell?«, fragte Kate.

Gemeinsam gingen sie zwei Tische weiter. Diana hob das Leichentuch hoch, und sie blickten auf die zugerichtete Leiche.

Mit ihrem Stift fuhr sie über den toten Matthew Coldwell. »Das dritte Opfer, Mr. Coldwell, weist Anzeichen einer Strangulation auf, verursacht durch einen Draht, der um seinen Hals geschlungen wurde. Die charakteristischen Merkmale dieser Methode sind deutlich sichtbar, einschließlich der Einblutungen und der Frakturen im Halsbereich.«

Ihr Stift wanderte zu den Augenlidern. »Was hier wieder besonders auffällig ist, sind die kleinen Schnitte. Diese Schnitte wurden postmortal zugefügt. Es besteht kein Zusammenhang mit der Strangulation.«

Brad trat näher an den Tisch heran, um die Wunden genauer zu betrachten. »Wie sehen die Schnitte für dich aus, Diana? Ist das mit denen der Ripper-Morde vergleichbar? Könnte es derselbe Täter sein?«

»Nach meiner vorläufigen Einschätzung glaube ich nicht, dass sie vom selben Täter stammen. Das Muster der Schnitte bei Matthew Coldwell ist anders und deutet auf eine andere Vorgehensweise hin.«

Von oben führte sie eine große Lupe an einem Schwenkarm über die Augenlider, um die Ränder der Wunden zu vergrößern. »Während die Schnitte in den Ripper-Fällen alle sehr präzise und professionell aussahen, zeigen diese eine deutliche Unregelmäßigkeit und Unebenheit. Die bisherigen Schnitte wiesen eine glatte, saubere Kante auf, was auf die gezielte und kontrollierte Anwendung eines scharfen Instruments hinweist, höchstwahrscheinlich ein Skalpell oder ein ähnliches chirurgisches Werkzeug. Hier hingegen sehen wir eine unregelmäßige Schnittführung mit Unebenheiten und Brüchen in der Hautstruktur. Dies weist auf eine viel schlechtere Klinge und eine unprofessionellere Technik hin. Die Schnitte bei Matthew Coldwell wurden von jemandem gemacht, der weniger erfahren ist oder unter Zeitdruck stand.«

Kate beugte sich nach vorne, um die Wunden besser zu sehen. »Könnte ein Laie versuchen, das Muster der Serienkillermorde zu imitieren?«

Diana zuckte mit den Schultern. »Möglich. Ich gehe wie bei Julia Lang davon aus, dass wir es mit einem anderen Täter zu tun haben. Das kann jemand sein, der die Mordserie bewusst nachahmt oder durch die vorherigen Fälle inspiriert wurde.«

»Sind die Schnitte bei Julia Lang und Matthew Coldwell ähnlich?«

»Ähnlicher jeweils als im Vergleich zu den Schnitten der Ripper-Morde. Mehr kann ich aktuell nicht sagen.«

Es gibt also die Möglichkeit, dass wir es mit einem völlig neuen Serienmörder zu tun haben, dachte Kate. Das irritierte sie. Zwar könnte es leichter sein, die aktuellen Morde aufzuklären, falls es sich hier um einen anderen Täter handelte. Aber die Vorstellung, es mit zwei verschiedenen Killern zu tun zu haben, machte die Sache noch komplexer, als sie ohnehin schon war – zwei Perspektiven, zwei Profile, tausend mögliche Verbindungen. Sollte etwa der Ripper einen Nachahmer haben, der eine eigene Mordserie zu verantworten hätte?

Nach einer Pause wandte Kate sich erneut an Diana. »Hast du eine Vorstellung davon, wann die Morde stattgefunden haben? Wir vermuten, dass die Officer zwischen 8 und 8:30 Uhr abends ermordet wurden. Gibt es Anzeichen dafür, dass Matthew Coldwell zu einem späteren Zeitpunkt getötet wurde?«

Nach kurzer Überprüfung ihrer Notizen nickte Diana. »Basierend auf der Leichenstarre und anderen postmortalen Veränderungen, schätze ich, dass die Todeszeitpunkte der Officer im von Ihnen angegebenen Zeitfenster liegen. Bei Mr. Coldwell sind die postmortalen Veränderungen weniger weit fortgeschritten, was darauf hindeutet, dass sein Tod später erfolgte. Ich würde den Todeszeitpunkt von Mr. Coldwell auf etwa eineinhalb bis zwei Stunden nach den anderen Opfern schätzen.«

Ein Hauch von Erleichterung huschte über Brads Gesicht. »Das bedeutet, dass der Killer beides getan haben könnte ...«

»Wie groß ist die Entfernung zwischen Kellys Haus und dem Motel, Brad?«, fragte Kate.

»Selbst mit Stau würde ich auf maximal zwanzig Minuten tippen.«

»Er hatte aber wahrscheinlich noch den Jungen dabei«, warf Kate ein.

»Vielleicht hat er den Jungen auf dem Weg eingesperrt ...«

»Das können wir als Idee durchspielen.« Kate dachte kurz nach. »Das glaube ich aber nicht, denn das würde ja bedeuten, dass der Täter einen Ort genau in dieser Gegend hätte, wo er den Jungen einsperren konnte.«

»Zufälle gibt es manchmal.« Brad zwinkerte ihr zu.

»Wir können via Olexiy zumindest eine Suche laufen lassen über mögliche Adressen der Verdächtigen, die wir im Julia-Lang-Fall haben.«

»Wobei sich der Kreis der Verdächtigen ja langsam, aber sicher ausdünnt«, bemerkte Brad und zeigte auf die Leiche von Matthew Coldwell.

* * *

In der Wohnung war am frühen Morgen alles still. Finn, der wenig Schlaf gefunden hatte, bewegte sich leise durch die Räume, bemüht, Kelly und Elia nicht zu stören. Er zog sich schweigend an und setzte Kaffee auf, in Gedanken schon wieder bei dem verstörenden Gespräch mit Rhonda.

Am beunruhigendsten war vielleicht die Frage, wie das Implantat in seinen Kopf kommen konnte. Er suchte in seinem Gedächtnis nach Momenten, nach Erklärungen. Wann hatte alles begonnen? Seine Visionen waren schon in seiner Teenagerzeit aufgetreten. Hatte er damals das Implantat erhalten? Aber wie? Zwei Operationen fielen ihm sofort ein. Erst eine Blinddarm-OP, die andere eine Verletzung an seinem Knie nach einem Sportunfall. Beide Eingriffe schienen völlig harmlos, nichts weiter als ein notwendiger Schritt, um wieder gesund zu werden. Konnte es wirklich sein, dass irgendjemand ihn genau dann ein Implantat eingesetzt hatte? Das klang ja wie ein Schauermärchen!

Je mehr er sich mit dieser Vorstellung auseinandersetzte, desto mehr Angst bekam er. Welche Absichten hatten die Leute, die ihm das Implantat verpasst hatten? War er nur ein Experiment für sie? Ein Mittel zum Zweck? Wussten seine Eltern von dem Implantat? All das fühlte sich jetzt groß und bedrohlich an, ganz, als ob er nur ein kleines Rad in einem riesigen, ihm unbekannten Spiel war. Diente das Implantat nur dazu, ihm Fähigkeiten zu verleihen? Oder sollte er damit überwacht werden? Gab es jemanden, der all seine Schritte beobachtete? Der wusste, was er dachte, was er tat? An wen übermittelte die künstliche Intelligenz seine Daten? Und welche Rolle spielte Rhonda in der Geschichte? War sie sogar Teil des Teams, das ihm das Implantat eingesetzt hatte? Er musste noch einmal mit Rhonda sprechen. Schnell. Sonst würde ihn seine Paranoia auffressen.

Für den Moment blieb ihm aber nichts anderes übrig, als sich krampfhaft in seinen Alltag zu stürzen, als könnte er dadurch die beunruhigenden Fragen zum Schweigen bringen.

Ausgestattet mit einem Frischkäsebagel schlich er sich verschlafen ins Wohnzimmer. Abrupt blieb er stehen: Kelly saß bleich und erschöpft auf der Couch. Vom Türgeräusch aufgeschreckt hob sie den Kopf und zupfte nervös an Elias zu engem Pyjama. Sie sah aus, als hätte sie in der Nacht kein Auge zugetan. Am liebsten wäre Finn unbemerkt wieder hinausgeschlichen. Stattdessen zwang er sich zu einem Lächeln.

»Hey«, murmelte Kelly, als er sich neben sie setzte. »Hast du irgendetwas Neues gehört?«

Mit düsterer Miene schüttelte Finn den Kopf. »Nein, nichts.«

Seine Schwester seufzte und wickelte sich in die Decke.

»Ich kann nicht glauben, dass jemand ihn mitgenommen hat«, flüsterte sie. »Und dann die ermordeten Polizisten …«

»Kanntest du die beiden?«

»Nein, nur vom Sehen.«

Schweigend saßen sie für einen Moment nebeneinander.

»Kann ich dir etwas Gutes tun?«, fragte Finn.

»Nein, danke. Mir hilft es, hier bei euch zu sein.«

»Solange du willst.« Er stand langsam auf. »Ich fahre jetzt los. Ich habe Detective Okon versprochen, heute zu helfen.«

Kelly blickte zum Fenster, durch das die aufgehende Sonne die Wohnung in ein mattes Licht tauchte. »Eine Sache noch, Finn, vielleicht hilft es …«

»Klar.«

»Ich glaube, dass der Täter nicht sehr viel wiegt.«

»Wie kommst du darauf?«

»Ich weiß noch, als Dad damals mit seinem Kollegen das Vordach repariert hat …«, sie überlegte, »Clark hieß er … oder so.«

»Ja, okay …?«

»Damals hat das Dach alarmierend unter ihrem Gewicht geknarzt. Vor allem bei Clark. Der hatte ja ordentlich was auf den Rippen.«

»Ich erinnere mich. Und gestern war das nicht der Fall?«

»Zumindest nicht so, wie ich es von damals in Erinnerung hatte.«

»Danke dir, das kann helfen.« Finn lächelte sie an.

»Viel Erfolg«, warf Kelly ihm zu.

Er nahm seine Schlüssel vom Haken neben der Tür und stand schon im Flur. Bevor er die Tür öffnete, vergewisserte er sich mit einem Griff in seine Tasche, dass das Wichtigste dabei war: der pulsierende Aktivator.

* * *

»Robert Lang liegt im Koma!« Die Worte schossen aus Gerda heraus, als sie den Glaskasten betrat, wo Kate, Brad und Finn warteten.

Kate sprang auf. »Was? Wegen meiner Schussverletzung? Der war doch stabil.«

Gerda ließ sich auf einen der freien Stühle fallen. »Laut Klinik hat er sich von den Schläuchen losgerissen. Wollte wohl fliehen. Es kam zu hohem Blutverlust und einer Stressreaktion des Körpers. Die Ärzte mussten ihn ins Koma versetzen, um sein Leben zu retten.«

»So 'ne verdammte Scheiße«, entfuhr es Brad.

»Das kann nicht wahr sein«, stammelte Kate, die Hand vor dem Mund. Sie setzte sich, und Finn merkte, wie sie den Schock erst verdauen musste.

Alle warteten darauf, dass Kate das Wort ergriff. Finn wollte Kate nicht zu auffällig anstarren, und sein Blick wanderte zwischen den anderen hin und her. Er hatte Brad selten mit einem so ernsten Gesichtsausdruck gesehen. Gerda dagegen wirkte auf ihn wie die Ruhe selbst.

Los geht's, dachte er. Das wohlbekannte prickelnde Gefühl strömte durch seinen Kopf. Wobei er diesmal nicht wusste, ob das an dem leichten Druck auf den Pulse-Aktivator lag, den er kurz vor dem Betreten des Reviers ausgeübt hatte. Er hatte keine Zeit zu verlieren. Ein paar Stunden würde das euphorische Gefühl in seinem Kopf jetzt anhalten. Es wirkte durch den Aktivator sogar intensiver als jemals zuvor. Aber vielleicht war das auch Einbildung? Zumindest sorgte die Energiewelle in seinem Kopf dafür, dass er die bedrückenden Gedanken an das Implantat für einen Moment in den Hintergrund drängen konnte und endlich wieder das Gefühl hatte, die Kontrolle zu haben.

»Okay, da können wir nichts machen. Wir warten, bis er aufwacht.« Kate hatte sich gesammelt. »Also, in dreißig Minuten haben wir Bryan Malah hier. Brad, wir beide machen die Befragung.«

»Kann ich zusehen?«, fragte Finn.

Kate nickte. »Aus dem Beobachtungsraum. Wir müssen dafür sorgen, dass er Sie nicht sieht. Bei Ihrer Vorgeschichte.«

»Klar.«

»Ich möchte bis dahin ein paar Punkte durchgehen.« Kate wandte sich Gerda zu. »Was haben wir zu Robert Lang?«

Die kleine Frau verschluckte sich fast an ihrem letzten Bissen Avocadotoast. »Ähm … Moment … runterschlucken.« Sie spülte schnell etwas Wasser hinterher. »Also, zur ominösen Wette habe ich keine neuen Informationen. Ein Motiv für den Mord an Julia Lang hat Robert Lang zwar. Aber wenn wir davon ausgehen, dass alle Mordfälle auf das Konto eines Täters gehen, wird Robert Lang aus dem Krankenhaus heraus nicht Matthew Coldwell umgebracht haben.«

»Er könnte mit einem Partner zusammenarbeiten«, warf Finn ein. »Motiv: Eifersucht und Rache am neuen Liebhaber seiner Ex-Frau.«

Kopfschüttelnd säuberte Gerda ihre Finger von den Avocado-cremeresten. »Wenn es ihm um Eifersucht geht: Warum sollte er einen Komplizen brauchen? Und wieso rennt er mit einer Waffe zu Hearium?«

Brad tippte mit dem Finger auf den Tisch. »Ist Robert Lang bei seinem Alkoholkonsum überhaupt so klar im Kopf, unbemerkt bei Julia Lang einzudringen und so eine Nummer durchzuziehen? Ethan hat angegeben, dass er bis kurz vor dem Tod unten in der Küche war und seine Mutter niemanden mehr erwartet hat.«

Als Kate den zweiten Avocadotoast ins Visier nahm, den Gerda sich gerade zum Mund führte, entging Finn ihr neidischer Blick nicht. Er selbst ließ indessen die Augen unauffällig durch den Raum schweifen.

»Hatte Robert Lang denn einen Schlüssel?«

Der Toast hatte Gerdas Mund noch nicht erreicht. »Laut Ethan nicht. Julia Lang hat die Schlösser nach der Trennung tauschen lassen.«

»In Ordnung«, Kate legte beide Hände auf dem Tisch ab. »Wir sollten uns regelmäßig über den Zustand von Robert Lang informieren lassen und, Gerda, wir brauchen alles, was die Kollegen zu der Wette auf den Straßenkampf herausfinden konnten.«

Die Ermittlerin nickte mit vollem Mund, und Kate fuhr fort. »Was ist übrigens mit dem Rucksack?«

Finns Körper versteifte sich.

Brad ergriff das Wort. »Leider kaum Hinweise. In seinem Inneren fanden wir nichts, was auf die Identität des Besitzers hindeutet. Fingerabdrücke haben wir genommen, die sind aber nicht im System.«

Finn wollte sich eben entspannen, doch Brad war noch nicht fertig.

»Wir gucken nun, ob wir ermitteln können, wo die Sachen aus dem Rucksack gekauft wurden.«

Finns Hände verkrampften sich in den Taschen seiner Jacke. Konnte man herausfinden, dass er diese Sachen gekauft hatte? Die Käufe lagen mehrere Monate zurück. Wie gut hatte er seine Spuren verwischt?

Zum Glück wechselte nun das Thema.

»Was haben wir zu Rhonda Whitmore?«, fragte Kate.

»Nicht viel. Laut Streife hat sie seit gestern Abend 9 Uhr ihre Wohnung nicht mehr verlassen. Das Licht brannte bis circa halb elf, und dann war Nachtruhe.« Brad fing an zu grinsen. »Aber Finn scheint da enger dran zu sein.«

»Irgendwer muss ja deinen Job machen …«

Obwohl er wusste, dass er lieber schuldig den Kopf senken sollte, konnte Finn sich die flapsige Antwort nicht verkneifen. Er hatte Brad weisgemacht, dass er gehofft hatte, dass Rhonda ihm unter vier Augen mehr zum Fall erzählen würde. Doch diese Hoffnung hätte sich nicht erfüllt. Brad hatte ihm erneut einen kurzen Einlauf gegeben, es aber dabei belassen. Finn hatte nur keine Ahnung, was der Ermittler den anderen dazu gesagt hatte. Kates kritischer Blick verunsicherte ihn.

Plötzlich schwang die Tür auf und krachte laut gegen die Glaswand. Herein stürmte Olexiy mit einem triumphierenden Lächeln auf dem Gesicht, seinen Laptop in beiden Händen balancierend.

»Wir haben es geschafft!«, rief er den Ermittlern strahlend zu. Hinter ihm trat Sky Miller zögerlich in den Raum. Schon bei der Begrüßung war Finn aufgefallen, wie sie nervös an ihrem Ärmel zupfte und ihre Blicke unsicher hin- und herwandern ließ.

Olexiy streckte den anderen seinen Bildschirm entgegen, als ob sie von Weitem erkennen könnten, was dort zu sehen war.

»Wir haben die Verschlüsselung von Julia Langs Laptopdatei geknackt!«

Alle im Raum sahen den Analysten erwartungsvoll an.

»Olexiy ... und?« Gerdas Augen weiteten sich vor Ungeduld, als keiner weitersprach.

»Ja, ja. Moment.« Olexiy trat an den Tisch und schloss den Laptop an den Beamer an. Die Spannung im Raum war mit Händen zu greifen.

Das Bild erschien auf der Leinwand, und Olexiy durchbrach die Stille. »Also, wir haben zwei Dateien. Die eine von Julia Langs Laptop. Gefunden bei der Durchsuchung. Die andere von Sky. Übergeben auf einem Stick von ihrem ermordeten Kollegen Mo Ejoussouf. Kate hat schon Ausdrucke davon gesehen.« Er kratzte sich mit den Händen am Bart. »Beide Dateien sind geschützt. 256-Bit-Schlüssel. Echt nicht leicht.« Olexiy wirkte wie ein Rennpferd, das man zu lange im Stall gelassen hatte und das jetzt durchging.

Kate versuchte, ihn zu beruhigen. »Olexiy, bitte einmal durchatmen. Was genau sehen wir hier?«

»Puh, ja klar«, antwortete der Analyst immer noch hektisch. »Zur zweiten Datei, die von Mo, dazu hat Sky ein Passwort. War mit auf dem Stick gespeichert.« Er holte Luft und nickte Kate dabei zu. »Wir hatten die Idee, dass die erste Datei, die von Julia Langs Laptop, mit dem gleichen Passwort verschlüsselt ist. Aber: falsch. Also haben wir uns das Passwort genauer angeguckt. Es sind die letzten Umsatzzahlen von Hearium. Alle schön aneinandergereiht.« Olexiy sah aus, als erwartete er, dass ihm gleich ein Verdienstorden umgehängt würde.

Aber im Raum herrschte verwirrte Stille. Also sprach er weiter: »Ähm, okay ... also, die erste Datei von Julia Langs Laptop ist älter. Manche der Umsatzzahlen, die das Passwort der zweiten Datei bilden, waren zum Zeitpunkt der Erstellung der ersten Datei noch unbekannt. Die konnten also nicht Teil des Passworts sein, und so haben wir sie gestrichen. Und Bingo, das hat gepasst. Und wenn man das ursprüngliche Passwort hat, kann man AES-256-Dateien entschlüsseln, indem man das Passwort zusammen mit dem verschlüsselten Inhalt verwendet. Ohne den Algorithmus und den kryptografischen Prozess zu kennen.« Olexiy zog seine Faust triumphierend durch die Luft.

»Also für uns Minderbemittelte: Ihr habt beide Dateien geknackt?«, fragte Brad.

»Ähm, ja, genau.« Olexiy schaute irritiert.

Dies war Kate nicht entgangen. »Toll, Olexiy, richtig gute Arbeit!« Sie lächelte ihn an.

Der Analyst nahm den Faden wieder auf. »In der ersten Datei«, er öffnete ein Fenster auf dem Laptop, »also der Datei von Julia Langs Rechner, haben wir eine umfangreiche Zuordnung von Regierungsgeldern zu verschiedenen Forschungsprojekten gefunden. Projekte im Zusammenhang mit verschiedenen Bereichen der Neurowissenschaften, darunter Neurostimulation, neuronale Schnittstellen und kognitive Forschung.«

Beim Scrollen durch die Datei sah Finn Überschriften wie »Finanzierung«, »Projektziele« und »Rechenschaftspflichten« über den Bildschirm fliegen.

»Und was steht in diesem Dokument?«, fragte Brad.

»Eine Beschreibung der Projekte und ein detaillierter Überblick über die Verwendung staatlicher Mittel für die Hearium-Forschungsprojekte im Bereich Neurowissenschaften. Alles haarklein erklärt.«

Plötzlich ergriff Sky das Wort mit einer für Finn überraschend selbstbewussten, festen Stimme. »In der zweiten Datei, von Mo, haben wir eine Fülle von Hinweisen auf neurostimulative Experimente an Menschen gefunden. EEG-Aufzeichnungen, ECoG-Messungen, fMRT-Scans und andere neurophysiologische Messungen, also Aufzeichnungen über Gehirnaktivität, physiologische Parameter, Verhaltensmuster und mehr.«

Brad runzelte die Stirn. »Noch mal für Idioten: Was wurde da gemessen?«

»Also, EEG ist eine nicht-invasive Methode zur Messung der elektrischen Aktivität des Gehirns. Dabei werden Elektroden auf der Kopfhaut platziert, um elektrische Signale zu erfassen, die von den Neuronen im Gehirn erzeugt werden. EEG-Aufzeichnungen werden verwendet, um Gehirnaktivität in Echtzeit zu überwachen ...«

Mit erhobener Hand stoppte Kate die Analystin. »Wir haben so viel verstanden, dass dies Messwerte von Hearium zur Neurostimulation sind. Wie hängt das alles zusammen? Warum sind die beiden Dateien interessant?«

»Das wissen wir noch nicht genau«, fuhr Sky fort. »Hearium hat Regierungsgelder gezielt für Forschungsprojekte in der Neurostimulation eingesetzt. Das ist an sich kein Problem. Durch die zweite Datei haben wir Zugang zu den Auswertungen dieser Experimente. Wir hoffen, dass wir erkennen können, ob Julia Lang hier etwas entdeckt hat.«

»Danke. Aber wie passt dies alles zu Hearium? Ich dachte, dass das ein Techkonzern ist.«

Kate schaute fragend zu Finn, der mit einer entschuldigenden Geste seine Hände hob. Dabei versuchte er, den Gedanken an das Implantat in seinem Kopf zu verdrängen.

Nach einem Räuspern ergriff Olexiy wieder das Wort. »Hearium scheint Projekte zu verfolgen, in denen sie an der Entwicklung von Neurostimulationsmethoden, die in In-Ear-Kopfhörern integriert sind, arbeiten.« Er fuchtelte wild mit den Armen. »Eine neue

Generation dieser Kopfhörer soll winzige eingebaute Elektroden enthalten, die durch gezielte elektrische Impulse bestimmte Gehirnregionen ansprechen.«

»Und wozu? Also was kann das bewirken?« Kates Hand wanderte unwillkürlich zu ihrem Ohr, als würde sie solch ein Gerät tragen.

»Die potenziellen Anwendungen dieses Neurostimulationsprojekts sind vielfältig«, schnellte Sky nach vorne. »Es könnte beispielsweise zur Verbesserung der kognitiven Leistungsfähigkeit, zur Behandlung von Stimmungsstörungen wie Depressionen und Angstzuständen oder sogar zur Linderung von chronischen Schmerzen eingesetzt werden.«

Kate nickte und fixierte erneut Finn. »Weißt du davon?«

»Noch nie gehört, noch nie gesehen«, murmelte er.

»Hört sich für mich innovativ an«, fasste Brad jovial zusammen. Sein Ton ließ darauf schließen, dass er die Brisanz dieser Informationen noch nicht erkannt hatte.

»Du wärst sicher der Erste, der sich so was kauft«, lachte Gerda ihn an.

»Klar, ich mag neue Technologien«, erwiderte Brad, »besser als wenn man, wie du, nicht einmal mit seinem Handy zurechtkommt.« Er zwinkerte ihr zu. »Stell dir vor, du könntest auf Knopfdruck deine Stimmung boostern.«

»Ich will gar nicht wissen, welche Bilder du jetzt im Kopf hast!« Gerda rollte mit den Augen.

»Nicht die, die du denkst«, lachte Brad laut auf.

Kate wandte sich wieder an Olexiy. »Danke, gute Arbeit, ihr beiden. Gibt es in den Dateien etwas, das uns im Mordfall Lang weiterhilft?«

»Hier wird es leider dünn.« Olexiys Stimme klang weniger enthusiastisch. »Eine Ungereimtheit haben wir allerdings gefunden:

Die Datei von Mo, unsere zweite Datei, wurde zuvor laut Metadaten auf einem Laptop bearbeitet, den wir Matthew Coldwell zuschreiben können.«

»Das muss nichts heißen. Mo hat diese Datei von Julia Lang bekommen. Woher soll er sonst interne Informationen von Hearium haben? Und Matthew Coldwell war Julias Freund. Vielleicht hat sie bei ihm die Datei geöffnet und bearbeitet, bevor sie diese an Mo übergeben hat. Vielleicht wollte sie bewusst nicht ihren Dienstrechner nehmen«, warf Finn ein.

Olexiy nickte. »Die erste Datei wirkt offiziell, und es steht nichts Ungewöhnliches drin. Bei der zweiten Datei von Skys Stick sind wir uns nicht sicher. Wir haben uns ein paar der medizinischen Werte angeguckt, auch unter Einbeziehung von Dianas Team in der Pathologie. Das sind aber Tausende Einträge. Wir wissen nicht, wonach wir suchen sollen.«

»Diana kann keine medizinischen Auffälligkeiten finden?«

»Na ja«, mit zwei Klicks öffnete Olexiy auf dem Laptop eine zweite Datei, die reihenweise unterschiedliche Zahlen zeigte, »also wir können …«

»Moment.« Finn sprang auf. »Diese Tabelle kenne ich.« Er starrte intensiv auf den Bildschirm und fing an, in seinem Smartphone zu suchen. »Das sind die Daten aus den Akten, die mir Bryan Malah vorgelegt hat, als er mich rausgeworfen hat. Die, die Julia Lang einsehen wollte. Ich habe heimlich Fotos gemacht.«

»Die haben dich Fotos machen lassen?« Brad hob erstaunt die Augenbrauen.

»Natürlich nicht!« Kopfschüttelnd scrollte Finn weiter, ohne den Blick vom Smartphone zu nehmen. »Der Wachmann war mit seinem Handy beschäftigt, und ich habe die Fotos beim Blättern heimlich gemacht.«

»Okay. Aber wonach suchst du jetzt?«, fragte Brad.

Finn scrollte schneller. »Bryan hat mir die Akten freiwillig gegeben. Sie werden kaum etwas Brisantes enthalten haben. Sonst hätte Bryan sie mir nicht gegeben.«

»Aha, und?« Brad wirkte nicht überzeugt.

Olexiy schnipste mit beiden Händen. »Das ist es! Wir machen einen Datenabgleich. Ob es Unterschiede zwischen unserer Datei und Finns Bildern gibt. Wenn Bryan die Daten manipuliert hat, wissen wir, nach welchen Einträgen wir in der Originaldatei von Julia Lang suchen müssen.«

Finn zeigte mit dem Finger auf ihn. »Bingo.«

»Hast du die Dateien als Bilder?« Olexiy schloss energisch seinen Laptop.

»Schicke ich dir.«

»Danke.«

Mit einem Fingerzeig bedeutete Olexiy Sky, dass sie ihm folgen sollte.

Kate stand ebenfalls auf. »Gut, und wir machen kurz Pause. Bryan Malah müsste sofort kommen.«

»Super, ich muss pinkeln.« Am Ende des Satzes hatte Brad den Raum bereits verlassen.

Kate deutete auf Finn. »Kommen Sie mit in den Überwachungsraum?«

Finn nickte und folgte ihr aus dem Raum. Ihr zarter Duft mit einer blumigen Note und frischer Süße, durchzogen von warmer Vanille, strömte ihm in die Nase.

»Detective«, sprach er sie an. Kate drehte sich um, und er schloss zu ihr auf. »Ich habe mir eine Frage gestellt.«

Sie hielt abrupt an, ihren Blick direkt auf ihn gerichtet. Finn wich einem intensiven Augenkontakt aus. Er wollte nicht mit einer Vision in ihre Privatsphäre eindringen. Stattdessen fuhr er fort:

»Neben der Frage, warum Julia Lang sich für einen Typen wie

Matthew Coldwell interessiert: Wie kommt so einer in den Dunstkreis dieser erfolgreichen Frau? Dazu noch mit einer Sprache wie ein Neandertaler. Die beiden bewegen sich doch in komplett unterschiedlichen Welten.«

»Darauf kann ich mir auch keinen Reim machen.«

»Ich glaube, dass Julia Lang etwas von Matthew Coldwell brauchte. Ich glaube, dass sie die Beziehung geplant hat.«

»Die Beziehung dauerte schon ein Jahr. Eine lange Zeit, um eine Zweckbeziehung auszuhalten.«

»Vielleicht haben sie nur zum Schein eine Beziehung geführt.«

»Dann hätte Ethan doch etwas mitbekommen müssen.«

»Was hat Ethan denn über Coldwell erzählt? Ich fand den Jungen nicht sehr mitteilsam.«

Finn ertappte sich dabei, dass er sich eng zu Kate geneigt hatte, und möglichst unauffällig wippte er zurück.

»Er hat nicht viel dazu gesagt. Er habe die Beziehung nur am Rande mitbekommen. Er sagte, er sei meist unterwegs, bei Freunden oder auf seinem Zimmer gewesen, wenn Matthew Coldwell seine Mutter besuchte. Zu dritt hätten sie nie etwas unternommen.«

»Und das kommt Ihnen nicht komisch vor?«

Kate überlegte. »Aber wenn man eine Beziehung hat, die keine Beziehung ist, merkt das ein Kind. Gerade im Umgang der Partner miteinander.«

Nun blickte Finn Kate doch tief in die Augen. »Je nachdem, wie man so eine Beziehung lebt.«

* * *

Bryan Malah saß aufrecht am Tisch, als Kate den Raum betrat. Mit einem kühlen und arroganten Gesichtsausdruck begrüßte er sie. Dieses Verhalten war Finn aus den CEO-Reviews bei Hearium vertraut: Bryan signalisierte damit, die Kontrolle über die Situation zu haben.

Hinter der Scheibe ballte Finn beim Anblick seines ehemaligen Geschäftsführers die Fäuste. Eine Mischung aus Scham, Wut und Rachegelüsten wirbelte durch seinen Kopf.

Kate setzte sich aufrecht gegenüber von Bryan hin und begann die Befragung mit einer klaren, aber höflichen Stimme. »Guten Morgen, Mr. Malah. Ich hoffe, Sie sind trotz der Umstände wohlauf.«

Mit einem selbstsicheren Lächeln lehnte sich Bryan zurück. »Guten Morgen, Detective. Es geht mir gut, danke der Nachfrage. Eins vorab: Ich würde Sie bitten, dass wir uns kurz fassen. Ich habe diese Woche schon viel Zeit verloren und würde gerne zurück ins Büro.«

Sein autoritäres Gehabe widerte Finn an.

Kate ließ sich davon nicht einschüchtern: »Ich verstehe Ihre Situation, aber wir würden Sie gerne um Ihre Kooperation bei unseren Ermittlungen bitten.«

»Dann legen wir los. Was immer Sie brauchen, Detective.«

»Mr. Malah, Robert Lang, der Mann, der Sie als Geisel genommen hat, behauptet, dass Sie Straftaten begangen haben. Könnten Sie uns erklären, was er damit meint und welche Art von Straftaten das sein könnten?«

Bryan hob eine Augenbraue, seine Miene blieb ungerührt. »Straftaten? Das ist lächerlich, Detective. Mein Unternehmen ist seit Jahren bekannt für ethisches Geschäftsverhalten und besondere Integrität. Ich habe hart dafür gearbeitet, Hearium aufzubauen, und ich lasse nicht zu, dass jemand meinen Ruf in den Schmutz zieht.«

»Ich verstehe Sie, Mr. Malah. Aber wir müssen jede Anschuldigung ernst nehmen. Haben Sie irgendeine Vermutung, warum er das denken könnte, auch wenn es nicht zutrifft?«

Bryan schnaubte verächtlich. »Robert Lang ist verwirrt, Detective. Er ist ein enttäuschter, gescheiterter Unternehmer, der mit seinem Leben nicht im Reinen ist. Er hat keinerlei Beweise für seine Anschuldigungen. Ich kann Ihnen versichern, dass mein Unternehmen alle Gesetze und Vorschriften eingehalten hat. Und ich persönlich sowieso.«

Knapp nickend schrieb Kate etwas in die Akte vor ihr. »Aber können Sie sich an irgendetwas erinnern, das Sie oder Ihr Unternehmen in ein schlechtes Licht gerückt haben könnte? Vielleicht eine strittige Geschäftsentscheidung oder eine Kontroverse?«

»Absolut nicht. Mein Unternehmen ist sauber. Wenn Sie mich fragen, braucht Robert Lang psychologische Betreuung. Und zwar im Gefängnis.«

»Wie glauben Sie, ist Robert Lang an diesen Punkt gekommen? Wieso beschuldigt er Sie?«

Mit einem kühlen Ausdruck betrachtete Bryan Kate. Ein spöttisches Lächeln huschte über sein Gesicht. »Detective, lassen Sie mich Ihnen etwas über Robert Lang erzählen. Er ist nicht nur der Mann meiner leider verstorbenen Finanzchefin, sondern ein Mann mit einer Reihe von persönlichen und beruflichen Problemen.« Bryan hob einen Finger. »Erstens: Robert kann sein Temperament nicht zügeln. Er und die liebe Julia stritten ständig in unseren Büros wegen ihrer Eheprobleme. Meine Mitarbeiter haben von häufigen, lautstarken Auseinandersetzungen berichtet. Und das lag sicherlich nicht an Julia mit ihrem ruhigen Gemüt. Zweitens«, fuhr er fort und hob einen weiteren Finger, »hat Robert ein eigenes Unternehmen, das kurz vor dem Bankrott steht. Vor ein paar Wochen kam er verzweifelt zu mir und wollte einen Deal machen. Er vertreibt diese nachhaltigen Becher. Besser als Plastik ... Nachhaltigkeit ... Umwelt ... der ganze Kram. Gutes Thema, schlechtes Geschäftsmodell. Er wurde wütend, weil ich mein Unternehmen nicht mit den Bechern ausstatten wollte. Ich habe ihm gesagt, wir seien kein Wohlfahrtsverein, sondern ein Wirtschaftsunternehmen, das seine überhöhten Preise nicht bezahlen möchte. Er ist also auf Rache aus und will durch falsche Anschuldigungen von seinen eigenen finanziellen Schwierigkeiten ablenken.«

»Und drittens«, der dritte Finger schoss in die Höhe, »hat Robert eine Vorliebe für riskante Geschäftspraktiken. In letzter Zeit war er in einige dubiose Transaktionen verwickelt, vermutlich, um sein Unternehmen über Wasser zu halten.«

»Auf welche Transaktionen spielen Sie an?«

»Er hat Verträge mit Leuten unterschrieben, die ihm Kredite gegeben haben. Leute, von denen man sich keine Kredite geben lassen sollte. Leute mit Verbindungen zu organisierten kriminellen Kreisen. Das macht ihn nicht gerade zu einer vertrauenswürdigen Quelle für Anschuldigungen.«

»Woher haben Sie die Informationen? Können Sie Ihre Behauptungen untermauern?«

»Hearium investiert seit Langem in Start-ups. Bereits bevor er mich nötigte, seine Produkte zu kaufen, hat Robert Lang bei mir gepitcht und mir ein Angebot zum Einstieg in seine junge Firma unterbreitet. Im Rahmen eines solchen Deals muss man Investoren und Gläubiger offenlegen. Ich lasse Ihnen über Juana, meine Sekretärin, alle diesbezüglichen Informationen zukommen. Sie haben unsere E-Mail heute am späten Abend.«

Finn wunderte sich, wie Bryan es bewerkstelligen wollte, so schnell diese Unterlagen zusammenzusammeln und zu schicken. Deutlich sichtbar war aber: Der Geschäftsführer trat bei dieser Befragung bis unter die Zähne bewaffnet mit Anschuldigungen gegen Robert Lang auf.

Kate blätterte langsam eine Seite ihres Notizbuches um. »Robert Lang hat Leerkäufe auf die Aktien von Hearium getätigt.

Wussten Sie davon etwas?« Sie zog einen Zettel aus der Akte vor ihr und legte eine Zahlentabelle auf den Tisch.

Bryan hob überrascht die Augenbrauen und nahm das Dokument entgegen, um es genauer zu betrachten. Seine Miene verfinsterte sich. »Das ist mir völlig neu«, murmelte er. Der Zettel wanderte wieder auf den Tisch, und Bryan seufzte. »Eine Frechheit«, sagte er ernst. »Dieser Mann möchte uns mit Dreck bewerfen, damit das Auswirkungen auf den Aktienkurs hat und er so sein windiges Geschäft rettet.«

Kates Stimme wurde lauter. »Mr. Malah, so eine riskante Zahlung tätig man meiner Erfahrung nach nicht ohne konkrete Hinweise auf Probleme des Unternehmens. Skandale, finanzielle Schwierigkeiten … Gibt es etwas, das Sie uns mitteilen möchten?«

»Detective, ich kann Ihnen versichern, dass mein Unternehmen auf einem soliden finanziellen Fundament steht. Wir haben keine Probleme.«

»Solch eine Transaktion deutet auf Unruhe innerhalb Ihrer Firma hin. Vielleicht gibt es interne Spannungen oder Herausforderungen?«

Bryans Kopfschütteln wurde energischer. »Jedes größere Unternehmen hat seine internen Konflikte und Reibereien. Sonst ist man nicht erfolgreich. Wir klopfen uns intern nicht jeden Tag auf die Schulter und loben uns gegenseitig, wie großartig wir alles machen. Aber zu Ihrer Frage: Nein, das kann ich ausschließen. Unser Unternehmen läuft reibungslos, und wir haben keine Probleme, die eine solche Aktion rechtfertigen würden.«

Ein Klopfen an der Tür des Verhörraums ließ Finn zusammenzucken. Mit einem Handzeichen signalisierte Kate Bryan, einen Moment Geduld zu haben. Sie ignorierte dessen Proteste und seine Drohung, in spätestens zehn Minuten das Gebäude zu verlassen, und ging aus dem Raum, um Sekunden später mit Olexiy zusammen im Beobachtungszimmer bei Finn aufzutauchen.

»Was gibt es?«, fragte Kate hektisch.

»Passt auf.« Olexiy ließ seinen Rechner beinahe auf den Tisch fallen. Finn und Kate stellten sich jeweils an eine der Seiten. Umständlich klappte der Analyst sein Notebook auf. Zu dritt betrachteten sie einen Programmiercode.

»Olexiy, mit dem Code können wir nichts anfangen«, stöhnte Kate.

»Klar, klar.« Mit einem schnellen Tastendruck wechselte der Analyst das Fenster, und eine Grafik ploppte auf. »Ich habe die Bilder von Finns Handy genommen und mit der Datei vom Stick von Mo abgeglichen. Simpler Datenabgleich.« Olexiys schnipste mit den Fingern. »Ich habe in den Dateien tatsächlich mehrere Zeilen gefunden, die in Finns Datei manipuliert wurden.«

»Okay.« Kate wippte auf und ab. »Bitte aber eine schnelle Erklärung. Wir sind mitten in einem Verhör.«

»Klar, klar.« Olexiy deutete auf den Bildschirm. Gemeinsam starrten sie auf ein buntes Liniendiagramm. »Wir sehen Werte für menschliche Hirnaktivität, Hirndurchblutung, elektrische Impulse und so weiter. Diese Werte kommen aus den Experimenten von Hearium. Hat mir Diana erklärt.«

»Olexiy, was genau hast du entdeckt?«

»Ich habe durch den Abgleich mit Finns Bildern drei Probanden identifiziert, deren Werte sehr auffällig sind. In Finns Datei sind die Werte einfach konstant. Das macht aber keinen Sinn. Es müsste immer leichte Schwankungen bei diesen Messungen geben.«

Finn kniff die Augen zusammen und musterte den Bildschirm vor ihm. »Und in der Datei von Mo?«

»Da steigen die Werte dieser Probanden rasant an.« Olexiy deutete auf drei Linien, die allesamt in die Höhe schossen und kurz danach abrupt endeten.

Finns Blick haftete auf der kleinen Legende neben dem Diagramm mit der Überschrift »Patient ID«. »Kannst du die Identitäten ermitteln? Gibt es Hinweise, was mit diesen Personen passiert sein könnte?«

Olexiy schüttelte bedauernd den Kopf. »Leider nicht. Sowohl zu Identität als auch Zustand der Personen gibt es keine Informationen.«

»Was sagt denn so ein Anstieg aus?«, fragte Kate.

»Darüber muss ich mit Diana sprechen. Ich weiß es nicht.« Olexiy klappte den Laptop zu. »Nur so viel: Gesund kann das für einen Menschen nicht sein. So viel hat mir meine eigene Recherche gesagt. Für mich deutet das darauf hin, dass die Personen in einem sehr kritischen medizinischen Zustand waren.«

»Danke dir. Kannst du bitte schnell bei Diana nachfragen?«

»Schon unterwegs«, rief der Analyst ihr von der Türschwelle zu und verschwand.

Finns Magen hatte sich zusammengezogen. Neurostimulation, Impulse im menschlichen Gehirn, gefährliche Werte – seine Alarmglocken schrillten. Es war, als hätte jemand ein Tor zu seinen schlimmsten Befürchtungen geöffnet. Hieß das, dass auch sein Gehirn in irgendwelche riskanten Tests involviert war? Wie zufällig war es, dass er so ein Ding im Gehirn hatte und jetzt über einen Fall stolperte, bei dem ebenfalls in den Köpfen von Menschen mit Impulsen herumgepfuscht wurde? Doch während er sich gegen die aufkeimende Angst stemmte, war er froh, dass das euphorische Gefühl die Sorgen für einen Moment begrub.

»Willst du das bei Bryan ansprechen?«, fragte Finn.

»Wie soll ich? Wir haben nichts in der Hand. Dafür hätte Olexiy mich nicht rausrufen müssen.« Kate rieb sich die Stirn.

Beide schauten durch die Scheibe in den Raum. Bryan war aufgestanden und vor den Spiegel gewandert. Nur wenige Zentimeter trennten die drei.

»Ich gehe wieder rein«, sagte Kate und verschwand durch die Tür. Finn beobachtete, wie sie im Nebenraum auftauchte und sich entschuldigte.

»Detective, sind wir fertig? Ich muss wirklich los.« Bryans zusammengepresste Lippen und tiefe Stirnfalten verliehen ihm einen beunruhigenden Ausdruck.

»Mr. Malah, ein letztes Thema.« Mit einem entspannten Lächeln glitt Kate auf den Stuhl und schlug behutsam ihre Beine übereinander. »Ich bin ein neugieriger Mensch und habe einige Recherchen zu Hearium durchgeführt. Interessanterweise bin ich auf einige Unterlagen gestoßen, die Hinweise auf Neuroexperimente an Menschen geben.«

Kate legte eine rhetorische Pause ein und beobachtete die Reaktion des CEO genau. Durch den Spiegel sah Finn, dass dessen Miene ausdruckslos blieb. Aber erkannte er da eine leichte Anspannung um die Augen?

»Neuroexperimente?«, wiederholte Bryan und hob eine Augenbraue. »Meine Firma ist in vielen Forschungsbereichen tätig, auch im Bereich der Neurowissenschaften, falls Sie darauf hinauswollen. Ich kommentiere aber keine laufenden Projekte.«

»Interessant. Ich …«

Abrupt drehte Bryan sich um und fiel ihr ins Wort. »Was sind das für Unterlagen? Kann ich sie sehen?«

»Ich verstehe Ihre Neugierde, Mr. Malah.« Kate hielt den Blickkontakt aufrecht. »Aber diese Unterlagen sind Teil einer laufenden Ermittlung, und ich kann sie Ihnen im Moment nicht zeigen.«

Bryans Körper baute sich vor dem Spiegel größer auf, als er sowieso schon war. »Das verstehe ich nicht«, entgegnete er. »Als

CEO von Hearium habe ich das Recht, Einsicht in alle von der Firma herausgegebenen Informationen zu erhalten.«

»Dies ist nicht korrekt, Mr. Malah. Ich kann Ihnen aber versichern, dass keine sensiblen Informationen …«

»Detective Okon.« Bryan klang gelassenen, aber bestimmt. »Ich bin ohne meinen Anwalt hier und möchte mich aktiv daran beteiligen, dass Ihnen geholfen wird. Ich bekomme aber langsam das Gefühl, dass Sie eine Hexenjagd auf mein Unternehmen starten.« Bryan ging zur Tür. »Ich habe mir das alles selbst aufgebaut, das Unternehmen ist mein Baby. So eine Schmutzkampagne lasse ich mir nicht gefallen. Ich werde jetzt gehen.«

Bryan öffnete die Tür, schloss sie aber noch einmal für einen Moment und senkte seine Stimme.

»Und noch etwas: Ich weiß, dass mein ehemaliger Mitarbeiter, Finn Dever, mit Ihnen zusammenarbeitet. Ich rate Ihnen zu einer kritischen Distanz.« Er warf einen flüchtigen Blick zum Spiegel, als könne er Finns Anwesenheit erahnen. Als Bryan fortfuhr, fing Finns Gesicht an, vor unterdrücktem Zorn zu glühen. »Lassen Sie mich Ihnen erklären, warum er entlassen wurde. Es gibt nicht eine, nicht zwei, sondern gleich mehrere klare Verfehlungen, die seine Entlassung rechtfertigen.« Wieder nutzte er die Finger seiner Hand, um Punkte aufzuzählen. »Wir sprechen über mehrmaliges unethisches Verhalten. Darunter die Weitergabe vertraulicher Informationen und der Missbrauch von Unternehmensressourcen. Des Weiteren hat Mr. Dever mehr Zeit und Energie in seine Freizeitaktivitäten investiert als in seine beruflichen Verpflichtungen.«

Hinter der Scheibe ballte Finn beide Fäuste, während Bryan allmählich in Fahrt kam.

»Zusätzlich wurden Fälle von Betrug festgestellt, die das Vertrauen des Unternehmens in Mr. Dever erschütterten. Unter anderem hat er interne Prozesse zu seinen Gunsten missbraucht, um persönliche Vorteile zu erlangen. So zum Beispiel Manipulationen bei der Vergabe von Vertriebsgebieten oder die Fälschung von Dokumenten, um sich finanzielle Vorteile zu verschaffen.«

Triumphierend schaute Bryan zu Kate. Demonstrativ grinste er in den Spiegel, bevor er die Tür erneut öffnete. Ahnte er, dass Finn dahinter zuhörte?

Der war auf hundertachtzig. Durch die Scheibe hindurch fixierte er die blaugrauen Augen seines Ex-Chefs, und sofort startete eine Vision: Bryan auf dem Weg zum Auto, sein erster Anruf, deutliche Geschwindigkeitsüberschreitungen auf dem Weg, laute Musik …

Die Vision endete, und Finn rieb sich die Augen. Vage bekam er noch mit, wie Bryan mit einem an Kate gerichteten »Wählen Sie Ihre Gesellschaft sehr weise« den Verhörraum verließ. Die Ermittlerin blieb allein sitzen.

Finn setzte sich, um die Informationen zu verarbeiten. Bryans Äußerungen hatten ihn überrascht. Ja, er hatte sich oft auf seine persönlichen Belange konzentriert, anstatt seiner Arbeit nachzugehen. Warum auch nicht? War er doch einer der besten Vertriebler des Unternehmens, der stets mühelos seine Umsatzziele erfüllt hatte. Und ja, er hatte private Zeit als Arbeitszeit deklariert. Sein Vertriebsleiter hatte das aber gebilligt, solange er seine Kunden im Griff hatte. Und die Strategie, sein Netzwerk und seine freundschaftlichen Beziehungen zu nutzen, um ein besseres Vertriebsgebiet oder mehr Flexibilität bei Angeboten zu bekommen, hatte man ihm in der Vertriebsschulung ab Tag eins im Unternehmen sogar beigebracht.

Finns Gedanken sprangen wild hin und her. Nach einem Moment von schlechtem Gewissen überwog die Wut auf Bryan. Klar hätte er sich anders verhalten können. Sein Fehler. Aber er war bei Weitem nicht der Einzige im Unternehmen. Viele seiner Kollegen hatten ähnliche Verfehlungen begangen. Sein Vorgesetzter persönlich hatte ihm solch ein Verhalten vorgelebt und dabei von »Bauernschläue« gesprochen und ihm signalisiert, dass man bei hervorragenden Arbeitsergebnissen seine Arbeitszeit völlig frei gestalten konnte.

Es waren nicht die Aussagen von Bryan an sich, die ihn störten. Die konnte er akzeptieren, auch wenn er sie als ungerecht empfand. Was ihn besonders ärgerte, war, dass sein früherer Chef ihn vor Kate in ein schlechtes Licht gerückt hatte. Die Vorstellung, das ohnehin nicht besonders ausgeprägte Vertrauen der Ermittlerin zu verlieren, beunruhigte ihn zutiefst. Eben erst hatte er sich als Unterstützer der Detectives einen gewissen Status beim BPD erarbeitet. Eine Schlammschlacht mit Bryan konnte seine Glaubwürdigkeit infrage stellen.

Mit pochendem Herzen und glühendem Kopf beschloss Finn, professionell zu agieren und seinen Mehrwert zu verdeutlichen. Er schnellte in den Nebenraum. Kate schreckte hoch.

»Detective«, platzte es aus ihm heraus. »Bryan wird Beweise vernichten.«

Kate zog die Augenbrauen hoch. »Was?«

»Ich hatte eine Vision. Gleich wird er aus dem Auto einen Anruf tätigen mit der Anweisung, Büro 51 zu räumen.«

»Was ist das Büro 51?«

»Keine Ahnung. Habe ich noch nie gehört.«

Kate wirkte, als ob sie gründlich abwog, ob ihm zu trauen war. Dabei rieb sie sich nachdenklich über die Nase. Die Müdigkeit stand ihr ins Gesicht geschrieben.

Finn legte Entschlossenheit in seinen Blick. »Sie können mir glauben. Er wird es tun.«

Kate nickte. »Ich rede mit Thake.«

* * *

Die Polizei hatte keine Freigabe für einen Durchsuchungsbeschluss erhalten. Frustriert verwiesen Kate und Finn mehrmals auf
die Messwerte der Neuroexperimente bei Hearium. Dem Richter
reichten diese Beweise nicht. Diana konnte ihnen auch nicht helfen. Auf eine finale Aussage legte sie sich nicht fest. Sie bestätigte
lediglich, dass die letzten Werte aus der Datei auf dem Stick des
Journalisten bei den drei Menschen potenziell gefährlich oder sogar tödlich sein konnten. Sie räumte aber ein, dass das ebenfalls
auf fehlerhafte Werte oder rechtzeitig abgebrochene Experimente
zurückzuführen sein konnte.

Der Captain und Kate hatten darüber spekuliert, ob Bryans
mächtiges Netzwerk und die substanziellen Spenden, die er regelmäßig an die Politik leistete, den zuständigen Richter eingeschüch-
tert hatten. Zähneknirschend blieb Finn nichts anderes übrig, als
zu akzeptieren, dass die vom Captain angeordnete Überwachung
von Hearium und dessen Geschäftsführer für den Moment der
einzige Hebel bleiben würde. Sowohl Kate als auch er versprachen
sich wenig davon.

Zusammen mit Brad und Gerda hatten sie im Anschluss über
Täterprofile diskutiert, um danach das weitere Vorgehen festzu-
legen. Kate stieg tiefer in die Koordination der nach Ethan su-
chenden Spezialeinheit ein und bereitete dafür mit dem Captain
einen Aufruf über die Medien vor. Gerda kümmerte sich um ihre
Recherchen zur Wette von Robert Lang, und Brad sollte Molly
Quinn, die Arbeitskollegin von Matthew Coldwell, befragen. Für
den Moment wurde Finn nicht mehr gebraucht, was ihm nicht
gefiel. Zu allem Überfluss ließ sein euphorisches Gefühl während
der Rückfahrt nach. Das frustrierte ihn zusätzlich.

Nachdem er einen kurzen Zwischenstopp bei Rhonda eingelegt hatte, die er zu seiner Enttäuschung nicht antraf, holte er Elia ab, deren Bekannte die Shoppingtour kurzfristig abgesagt hatte. Seine Freundin war dankbar für etwas Zeit ohne Kelly, und der Botanische Garten von Blackvale war für Finn genau der richtige Ort, um auf andere Gedanken zu kommen. In der warmen, von Blütenduft erfüllten Luft und an der Hand von Elia schlendernd, gelang es Finn, sich von den Gedanken an den Fall und an sein Implantat zu lösen und den sonnigen Nachmittag zu genießen. Immer wieder blieben sie stehen, und Elia, mit ihrer Leidenschaft für Botanik, erklärte ihm die Besonderheiten der exotischen Gewächse. Doch Titanenwurz, Riesenrafflesie oder der Regenbogen-Eukalyptus konnten ihn nur kurz ablenken.

Die Gedanken an Bryan und Hearium ließen Finn nicht los, was er seiner Freundin auf einer Bank unter einem blühenden Kirschbaum gestand. Ihn trieb die Frage um, ob nicht eine Observation des Innovationsgeländes, auf dem er seinen Job verloren hatte, ebenfalls Sinn ergeben würde. Zu seiner Überraschung ermutigte Elia ihn, Kate sofort dazu anzurufen.

Kate war einverstanden, unter der Bedingung, dass Brad ihn begleitete. Finn fuhr Elia nach Hause, nicht ohne unterwegs beim Japaner zu stoppen und Kelly und ihr eine große Sushiplatte als Entschuldigung für seinen abrupten Aufbruch zu besorgen.

Die Dämmerung senkte sich langsam über die Stadt, als Finn das Auto vor dem Innovationsgelände von Hearium parkte. Brad lehnte sich auf dem Beifahrersitz zurück und starrte durch die Windschutzscheibe auf das Gelände. Anders als bei Finns erstem Besuch versperrte ein hohes Gittertor die Zufahrt.

»Würdest du anderen eher deinen Suchverlauf im Browser zeigen oder deine Chats?« Brads Frage durchbrach die Stille.

»Wie kommst du denn darauf?«

»Komm schon, Dever. Hier ist es öde. Und du hast uns das hier eingebrockt.«

Finn verschränkte die Arme. »Ich glaube, dass Bryan hier etwas wegschaffen lässt.«

»Warum sollte er etwas wegschaffen? Warum nicht eventuelle Beweise gleich da drin vernichten?« Brad warf einen Blick auf seine geliebte Rolex Submariner und seufzte. »Es wird langsam dunkel. Glaubst du, wir werden heute Abend noch etwas Interessantes entdecken?«

Sein Hoodie schützte Finn nur unzureichend gegen die Kälte. Eine Jacke hätte sich als weitaus klügere Wahl erwiesen.

»Wer weiß? Vielleicht haben wir Glück und entdecken etwas, das uns auf die richtige Spur bringt.«

»Oder wir verbringen die ganze Nacht hier und sehen nichts als Staub und Schatten. Und dafür musste ich mein Date sausen lassen!«

Die Zeit verging, jeder hing seinen Gedanken nach. Je länger es dauerte, desto schuldiger fühlte sich Finn, dass er seinem Kollegen den Abend verdorben hatte und Elia mit Kelly allein zu Hause saß.

Längst war es stockdunkel. Brad fing an, nervös mit den Fingern auf das Armaturenbrett des Fords zu trommeln, und warf wieder einen Blick auf seine Uhr.

»Ich kann nicht glauben, dass wir hier stundenlang rumsitzen. Was soll hier schon passieren?«, murmelte er frustriert.

Finn richtete seinen Blick auf das Wachhäuschen am Eingangstor. »Ist dir aufgefallen, dass kein Licht dort drüben brennt?«, bemerkte er und runzelte die Stirn. »Das ist doch seltsam. Normalerweise sollte jemand dort sein, um das Gelände zu überwachen.«

»Ist das am Wochenende so?«

»Ein Wachhäuschen ist doch dazu da, dauerhaft besetzt zu sein.«

Brad gähnte. »Oder die überwachen das Gebäude per Kamera, wenn niemand arbeitet.«

»Sollen wir nachschauen?«

Brads Augen weiteten sich. »Vielleicht guckt der Wachmann Videos auf dem Handy. Oder sitzt drinnen im Gebäude. Wir gehen da nicht hin.«

»Das macht doch keinen Sinn. Selbst ein Handy würden wir sehen. Und würde ein Wachposten nicht direkt die Zufahrt überwachen?«

»Komm runter. Viele Firmen arbeiten ohne Wachpersonal«, entgegnete Brad genervt.

Finn beobachtete das Wachhäuschen aufmerksam und wurde hibbelig. Er hatte große Lust, sich anzuschleichen und nachzusehen, was auf dem Gelände vor sich ging. Was, wenn es noch eine zweite Zufahrt gab? Sein vernünftigeres Ich erinnerte ihn zugleich daran, dass sie keinen Durchsuchungsbeschluss hatten und sein vorschnelles Handeln gerade hier schon einmal unerwünschte Konsequenzen gehabt hatte.

Brad schien den Konflikt seines Kollegen zu bemerken. »Ey, wir können nicht ohne Beschluss in das Wachhäuschen eindringen«, flüsterte er nachdrücklich. »Es gibt Regeln.«

Widerwillig nickend musterte Finn Brad von der Seite. Diese ungewohnt konservative Haltung passte überhaupt nicht zu Brads entspannter Art. War etwas vorgefallen? Hing das etwa mit Brads intensivem Gespräch mit Kate zusammen, das Finn am Morgen auf dem Revier beobachtet hatte?

Natürlich hatte Brad recht. Finns Instinkt drängte ihn jedoch, etwas zu unternehmen.

»Dass ausgerechnet du das zu mir sagst …«, frotzelte er schließlich und zwang sich, still zu sitzen. »Ich kann nur dieses Gefühl nicht ignorieren. Was immer dort drin passiert, es fühlt sich nicht richtig an.«

Brad legte Finn die Hand auf die Schulter, möglicherweise nicht nur als Zeichen der Unterstützung, sondern auch, um ihn festzuhalten. »Ich kann dich verstehen, Mann. Aber wir müssen geduldig sein und legal vorgehen. Wir werden den Fall nicht dadurch lösen, dass wir uns über die Regeln hinwegsetzen. Lass uns weiterhin das Gelände observieren.«

»Wer bist du, und was hast du mit meinem Kumpel, dem coolen Brad, gemacht?«, frotzelte Finn wieder.

Für eine weitere Stunde observierten sie das pechschwarze Häuschen im fahlen Schein der Straßenlaternen. Nichts tat sich. Jetzt war Finns Drang, endlich etwas zu unternehmen, nicht mehr zu bremsen.

»Sorry«, raunte Finn und hievte sich mit einem schnellen Zug aus dem Wagen. Er schlug sich die Kapuze seines Hoodies über den Kopf und bewegte sich zielstrebig in Richtung Wachhäuschen. Brad folgte ihm leise fluchend und hielt Ausschau nach möglichen Beobachtern.

Das Gelände war nur spärlich beleuchtet. Finn näherte sich dem Wachhäuschen mit gedämpften Schritten, sein Herzschlag dröhnte laut in seinen Ohren. Er spähte durch das Fenster. Niemand zu sehen.

Zu seiner Überraschung stand die Stahltür einen Spalt offen. Vorsichtig drückte Finn gegen den Türgriff und betrat zögernd den Raum, gefolgt von Brad, der sich immer wieder in alle Richtungen umsah. Ein Hauch von Koriander hing in der Luft, als ob vor Kurzem noch jemand hier gewesen wäre.

Finn schaute durch das vergitterte Fenster an der Seite. Keine Autos, keine Menschen, kein Licht, alles dunkel. Als ob das gesamte Areal in einen tiefen Schlaf versunken wäre. Er spitzte die Ohren, aber die unheimliche Stille wurde nur vom leisen Rascheln der Blätter im Wind durchbrochen. Wieso wurde er trotzdem das Gefühl nicht los, dass sie beobachtet wurden? Er scannte die Umgebung erneut. Niemand zu sehen. Trotzdem: Irgendetwas stimmte hier nicht.

Brad, dessen grauer Anzug ihn im Dunkeln nahezu unsichtbar erscheinen ließ, spähte durch die Tür nach draußen auf die Straße.

»Alles reine Zeitverschwendung«, murmelte er. »Niemand hier.«

Finn runzelte die Stirn. Wieso war dieses Wachhäuschen verwaist? Wo waren die Sicherheitsbeamten? Wo war die Securityausstattung? Wieso standen nur ein alter Tisch und ein Stuhl im Raum?

»Die haben alles entfernt!«

»Was meinst du?«

»Hast du bei einem großen Technologiekonzern und einer wichtigen Zweigstelle schon ein Wachhäuschen ganz ohne Technik gesehen?«

Brad legte den Finger an seinen Mund. »Schrei nicht so. Du warst doch hier letztens? Wie sah es denn da aus?«

»Keine Ahnung. Ich bin schnell vorbeigelaufen, um nicht aufzufallen. Ich habe nicht hineingeguckt.«

»Na, super. Lass uns zurückgehen.« Brad deutete in Richtung des Fords.

Nach einem weiteren Blick auf das Gebäude schob sich Finn durch den Türspalt aus dem Häuschen. »Ich gehe rüber«, flüsterte er.

»Finn, Mann. Das ist eine Straftat.«

Brad hob hilflos die Arme, sah sich um und eilte seinem Kollegen dann doch nach. Mit vorsichtigen Schritten näherten sie sich der Tür, durch die Finn bei seinem letzten Besuch mithilfe einer

Mitarbeiterin geschlüpft war. Zu seiner Überraschung gab es anstatt des Scanners an der Tür nur eine Vertiefung in der Wellblechwand, und die Tür zum Gebäude stand ebenfalls offen. Ein schwacher Geruch von Desinfektionsmittel drang aus dem Gebäude.

»Ich weiß nicht, Finn. Ich habe schon genug Ärger am Hals. Wir haben keinen Durchsuchungsbeschluss, und ich brauche das nicht in meiner Personalakte«, flüsterte Brad leise.

Finn nickte verständnisvoll. »Alles gut. Geh zurück zum Wagen. Ich muss da aber rein. Zur Not auch alleine. Tut mir leid«, erwiderte er energisch.

Brad gab sich geschlagen, und gemeinsam betraten sie das Gebäude. Dunkelheit umhüllte sie. Brad zückte eine Taschenlampe mit einem winzigen Licht. Jedes Knarren und jedes entfernte Geräusch ließen sie zusammenzucken.

Finn konnte es nicht fassen: Die riesige Halle, wo vor zwei Tagen noch geschäftiges Treiben herrschte, lag wie ausgestorben. Nichts deutete darauf hin, dass im Gebäude in letzter Zeit jemand gearbeitet hatte. Die langen Tische, die modernen Geräte, der Serviceschalter: alles weg. Dafür lag Staub dick in den Ecken.

Im spärlichen Schein der Taschenlampe tauschten die beiden Männer einen bedeutungsvollen Blick aus.

»Kollege, du bist dir sicher, dass du hier warst? Hast du uns nicht etwas von einer belebten Hightechhalle erzählt?« Brad sah sich zweifelnd um.

»Ich schwöre, Brad, ich bin vorgestern genau hier gewesen. Alles war voller Menschen und Technik. Es ist unerklärlich, wie das alles verschwunden sein kann.« Finns Stimme klang verzweifelt.

»Puh. Lass mich ehrlich sein: Das ist schwer zu glauben. Warum sollte jemand alles so schnell entfernen? Es ist wahrscheinlicher, dass du dich irrst«, entgegnete Brad, seine Zweifel kaum verbergend.

Ein Stechen in der Magengegend ließ Finn zusammenzucken. »Bryan hat den Laden räumen lassen.«

»Innerhalb von ein paar Stunden? Ehrlich, ich glaube nicht ...«

»Guck doch mal«, unterbrach ihn Finn und zeigte auf eine der Außenwände. »Der Staub liegt nur in den Ecken. Wenn hier wirklich nichts gewesen wäre, wäre doch der ganze Boden gleichmäßig mit Staub bedeckt, oder?«

»Ich weiß nicht. Bei mir zu Hause liegt der Staub nach jeder Dienstreise auch nur in der Ecke.«

Finn griff die Taschenlampe aus Brads Hand und rannte zur Tür, die ihn vor zwei Tagen in den Keller zum Aktenarchiv geführt hatte. Mit einem Ruck riss er sie auf – und stand vor einem Loch.

»Vorsicht, da geht's abwärts«, rief Brad ihm zu.

»Hilf mir mal. Ich will da runter.« Hilfesuchend streckte Finn seine Hand aus.

Am Vorsprung angekommen, nahm Brad die Taschenlampe wieder und ließ den Lichtstrahl in den Keller fallen, während er Finns ausgestreckte Hand ignorierte. Finn konnte es nicht fassen: Auch hier alles verschwunden, keine Markierungen, keine Lichter.

Brad hatte sich schon wieder weggedreht. »Du weißt, ich mag dich, und ich glaube an dein Voodoo. Aber wir haben keinen Durchsuchungsbeschluss, und wir haben keine Beweise dafür, dass hier etwas passieren wird.« Seine Stimme klang gereizt.

Finn hörte, dass ihm die Geduld ausging. Er verstand Brads Frustration, doch in seinem Inneren gab es keine Wahl: Er musste die Wahrheit über die verlassene Halle ergründen. Jetzt.

»Bitte, Brad, wir können nicht aufgeben. Es muss eine Erklärung dafür geben, warum das Gebäude leer ist, und wir müssen sie finden. Unten gab es einen Verhörraum und ein Datenarchiv«, flehte er seinen Kollegen an.

»Deine Motivation ist klasse, aber du musst an die Konsequenzen denken. Kate ist sowieso schon skeptisch. Und wenn wir erwischt werden …« Er legte seine Hand auf Finns Rücken. »Solche Aktionen schwächen deine Glaubwürdigkeit und könnten unsere gesamte Arbeit gefährden. Die ganze Sache riecht verdammt nach Vergeltung für deinen Rausschmiss. Du bist zu verbissen, komplett auf Hearium versteift.« Brads Ton hatte etwas Belehrendes.

»Ich weiß, was ich gesehen habe. Es fühlt sich nicht richtig an, die Sache so stehen zu lassen.«

Was hatte er übersehen? Wo konnten sie noch suchen? Finn ging ratlos in die Hocke. Er war sich sicher, dass er auf diesem Gelände die belebte Abteilung besucht hatte. Gleichzeitig nagten Zweifel und Sorgen an ihm. Ihm war auch bewusst, dass diese Aktion und diese merkwürdige, verlassene Halle seinen Ruf und die Integrität seiner Arbeit aufs Spiel setzten.

Wie zur Bestätigung zog Brad seine Hand zurück und sagte: »Vielleicht hast du ja die Halle nur in einer deiner Visionen gesehen? Und die ist dieses Mal nicht eingetroffen.«

»Ich wurde wegen meines Eindringens in genau diese Halle gefeuert«, erwiderte Finn angesäuert.

»Hm …«

Brad hatte sicherlich gehört, was Bryan als Gründe für Finns Kündigung angegeben hatte. Vielleicht hatte das sein Vertrauen erschüttert?

»Mann, ich werde jetzt gehen. Wir finden hier nichts. Selbst wenn etwas hier gewesen ist, dann ist es weg.«

Mit einem resignierten Nicken fügte sich Finn und folgte Brad aus der Halle. Keiner würde ihm glauben, und als Nächstes würde man ihn wohl von diesem Fall abziehen. In seinen Frust mischte sich die Angst um seine einzige Einnahmequelle.

Schweigend liefen sie zum Ford. Finn ließ sich hinters Lenkrad fallen. Seine Glieder schmerzten.

»Sollen wir direkt los?«, fragte er.

»Wir können auch noch ein Stündchen bleiben.« Brad wollte ihm anscheinend entgegenkommen.

»Nein, nein. Schon gut. Da drinnen ist ja nichts mehr.«

»Sollen wir noch etwas essen? Ich habe einen Bärenhunger. Ich gebe einen Burrito aus.«

»Nein, ich will zu Elia und Kelly. Du kannst dir aber einen Riegel aus dem Handschuhfach nehmen. Notreserve.«

Finn startete den Motor, und sie setzten sich so ruckartig in Bewegung, dass der Inhalt des geöffneten Handschuhfachs durch den Wagen flog. Brad versuchte, die Gegenstände mit beiden Händen aufzufangen. Aus dem Augenwinkel sah Finn, wie sein Kollege einen Zettel, der zwischen alten Karten und einem zerknüllten Taschentuch lag, musterte. Eine wachsende Unruhe ergriff ihn.

»Finn«, begann Brad mit fester Stimme, »hier steht, der Wagen wurde am Montag, den 17.06.24 um 19:10 Uhr von deiner Freundin bei der Inspektion abgeholt.«

Finns Hände verkrampften sich am Lenkrad, seine Finger zuckten nervös. Er schielte zu Brad und schluckte schwer.

»Ähm, ja«, begann er holprig, »das ist … das ist richtig. Ich hatte den Wagen zur Inspektion gegeben.«

Brad ließ sich nicht beirren, sein Blick wurde schärfer. »Das Problem ist, Finn, dass du mir gesagt hast, du wärst zur Tatzeit des Mordes an Julia Lang mit diesem Fahrzeug unterwegs gewesen. Wie passt das zusammen?«

Hitze stieg in Finns Gesicht auf. »Ich … ich habe einfach den Überblick verloren. Vielleicht war das Datum falsch, oder ich habe es … verwechselt.«

»Scheiße, Mann, halt den Wagen an. Sofort.«

Nach einem vorsichtigen Tritt auf die Bremse stoppte der Ford mitten auf der Straße.

»Das glaub ich jetzt nicht! Erklär mir doch mal bitte, wie das alles zusammenpassen soll. Was ist hier los?«

Finn drehte den Kopf weg, seine Kiefermuskeln spannten sich, und er atmete tief durch, um sich zu sammeln. Was sollte er sagen? Darauf war er nicht vorbereitet.

Der Zettel glitt langsam aus Brads Hand, sein eindringlicher Blick auf Finn gerichtet. »Kollege, entweder du rückst langsam mit der Wahrheit raus, oder ich muss dich festnehmen.«

Es gab keinen Ausweg mehr. Die Lügen, die Finn so sorgfältig gesponnen hatte, waren nicht länger haltbar.

»Okay, die Wahrheit ist … ich habe mich in etwas hineingesteigert.« Seine Worte kamen stockend, als ob er sie mühsam hervorquetschen musste. »Ich konnte nicht tatenlos zusehen, solange der Ripper frei herumläuft. Ich glaube, ich habe mich verrannt.«

Verwirrung und Neugierde lagen in Brads Blick. »Was genau meinst du damit?«

Zusammengesackt deutete Finn auf den Zettel auf dem Boden. »Es gibt eine Online-Community, die den Ripper jagt. Dort werden Hinweise geteilt. Dort habe ich andere kennengelernt, um Dinge zu finden, die die Polizei übersehen hat oder denen die Polizei nicht nachgehen darf.« Er zeigte nach hinten in Richtung des Geländes, das sie gerade durchsucht hatten. »Zum Beispiel wenn man keinen Durchsuchungsbeschluss hat.«

»Was kommt denn jetzt?« Brad zog die Stirn nach oben.

»Ich bin in die Häuser von Verdächtigen eingebrochen, auf der Suche nach Hinweisen. Ich dachte, ich könnte so etwas entdecken, das euch weiterhelfen würde.«

Brads Augen weiteten sich vor Überraschung, als er die Verzweiflung in Finns Stimme hörte. »Du hast dich von einer Voll-pfosten-Community beeinflussen lassen und bist illegal in Häuser eingestiegen?«

»Ja«, bestätigte Finn, seine Stimme war kaum mehr als ein Flüs-tern. »Und zwar, ohne an die Konsequenzen zu denken. Ich war so besessen davon, den Fall zu lösen, dass ich alles andere aus den Au-gen verloren habe. Der Wagen … ich wollte einfach verhindern, dass jemand herausfindet, dass ich die ganze Zeit über unrechtmä-ßige Dinge getan habe.«

»Mann, das sind Straftaten. Das kannst du doch nicht machen. Du bist Berater der Polizei.«

Tränen der Reue standen in Finns Augen. »Ich weiß. Es tut mir leid. Ich wollte nur helfen.«

»Scheiße, ich muss das melden.«

»Ich weiß.« Finns Kopf sank nach unten.

»Was sind denn das für Leute, die da mit dir online zusammen-arbeiten?«

»Ich weiß es ehrlich gesagt nicht. Die haben kryptische Namen wie JTR888, und ich habe nur online mit denen zu tun.« Die Antwort kam ihm naiv und beschämend vor.

Beide hielten kurz inne, und Brad schien zu überlegen. »Mo-ment, ist der komische blaue Rucksack etwa von dir?«

Finn nickte.

»Ich fass es nicht! Wir rackern uns an dem Ding seit Tagen ab … Ich habe mich schon gefragt, warum du dazu nie eine Mei-nung hast.«

»Ich habe ihn bei Julia vergessen und dachte, dass sie ihn mir am nächsten Tag ins Büro mitbringen kann. Dann war sie plötzlich tot. Und ich bin danach mit dem Bus zu einem Haus außerhalb der Stadt gefahren. Dort bin dann ohne Ausrüstung in ein Haus eingebrochen. Ich wusste nicht, wie ich all das erklären sollte.«

»Wie oft hast du so was denn schon abgezogen?«

Finn zuckte mit den Schultern. »Ein paarmal.«

Ein leises Pfeifen entwich Brads Lippen. »Sind diese Einbrüche jemals bei uns aktenkundig geworden?«

»Nicht, dass ich wüsste. Ich stehle ja nichts und bin sehr vorsichtig.«

Brad fixierte die Straße vor ihnen, seine Fassungslosigkeit stand ihm ins Gesicht geschrieben.

Es ist vorbei, dachte Finn resignierend.

KAPITEL 10

VOR 2 MONATEN   *NEWS*
BLACKVALE, 17. APRIL 2024

Guten Morgen, Blackvale. Es gibt bedeutende Neuigkeiten zum »Ripper«, dem Serienkiller. Nach dem enttäuschenden Ausgang der jüngsten Ermittlungen hat die Polizei entschieden, die Leitung des Falls auszutauschen.

Der bisherige Leiter, Detective Mark Stevens, wird zum 1. Juni 2024 durch Detective Kate Okon ersetzt. Okon konnte umfangreiche Erfahrungen beim Monterey Police Department sammeln und wechselt dauerhaft zum BPD. Als Jahrgangsbeste in Monterey bringt sie Expertise bei der Lösung komplexer Kriminalfälle mit und hat in der Vergangenheit mehrfach bewiesen, dass sie auch unter großem Druck effektiv arbeiten kann.

Die Polizei hofft, dass dieser Wechsel frischen Wind in die Ermittlungen bringt und die dringend benötigten Fortschritte erzielt werden. Detective Okon betont, dass sie unermüdlich daran arbeiten wird, den Ripper zur Strecke zu bringen und die Sicherheit der Bürger wiederherzustellen.

Wir halten Sie über weitere Entwicklungen auf dem Laufenden.

BLACKVALE, 23. JUNI 2024

»Kate, Telefon.« Steven rief sie durch die bis auf den letzten Platz besetzte Squashhalle und hielt ihr Smartphone in die Höhe.

Beinahe wäre Kate ihre halb gefüllte Wasserflasche unter dem Zapfhahn aus der Hand geglitten, doch sie fing sich schnell wieder und eilte zu ihm hinüber. In der Halle war es lauter und trubeliger, als sie sich das gewünscht hätte, aber Steven und sie genossen es, zusammen zu spielen und waren froh, spontan einen Platz bekommen zu haben. Stephen hatte ein Lächeln auf den Lippen, als er sah, wie ambitioniert und aggressiv sie spielte, ganz so, als wollte sie allen Frust über den immer noch ungelösten Fall aus dem Squashball prügeln.

Der bisherige Sonntag hatte nur Enttäuschungen für sie bereitgehalten. Brad hatte am Abend zuvor mit Finn bei der Observation von Hearium keine Hinweise auf die Vernichtung von Beweisen gefunden. Und heute stellte sich bei der Suche nach Molly Quinn heraus, dass diese sich bis zum morgigen Montag zum Digital Detox in die Berge verabschiedet hatte. Gerda hatte herausgefunden, dass keiner aus der Abteilung für Glücksspielkriminalität etwas Genaueres über die Wette von Robert Lang wusste. Diese Spur mussten sie also beiseitelegen. Kate selbst hatte zwei kleinere Hinweise der Vermisstenhotline verfolgt, die sich als Sackgassen herausstellten. Der Austausch mit dem Ermittlerteam des Falls Mohammad Ejoussouf verlief ohne größere Erkenntnisse, und eine erneute Befragung von Sky hatte nichts ergeben.

Am späten Nachmittag war Kate umgeben von Akten und Notizen allein im Glaskasten des BPD gesessen. Viel Zeit, um ihren Sorgen nachzuhängen. Ihr war, als wäre die Lösung des Rätsels zum Greifen nahe, doch der Weg dorthin blieb ihr verborgen. Alle Spuren schienen im Sand zu verlaufen.

Stevens Anruf mit seiner Idee, sich gemeinsam beim Squash

abzulenken, kam ihr gelegen. Sein siebter Sinn hatte wieder zugeschlagen. Genau das hatte sie gebraucht. Beim rhythmischen Klatschen des Squashballs gegen die Wände des kleinen Courts hatte Kate den Eindruck, dass sie in dem hitzigen Match auf Augenhöhe spielten. Zwei Sätze hatte sie schon gewonnen. In Anbetracht der Tatsache, dass sie deutlich kleiner und weniger muskulös als Steven war, erfüllte sie das mit einer gewissen Zufriedenheit.

Und ausgerechnet jetzt klingelte das Diensthandy. Steven reichte ihr das Smartphone, das auf dem Rand der Sitzbank gelegen hatte, und warf einen kurzen Blick auf das Display, bevor er es ihr übergab.

Kate gab ihm einen flüchtigen Kuss. »Danke. Ich bin gleich zurück«, antwortete sie und machte sich mit dem Handy am Ohr auf den Weg zurück zur Wasserstation.

»Kate?«

»Ja. Wer ist denn da?« Sie konnte es nicht leiden, wenn ihr die Nummer nicht angezeigt wurde.

»Entschuldige die Störung. Ist nur kurz«, stammelte die Stimme am anderen Ende.

»Olexiy?«

»Ach ja, genau.«

»Was gibt es?«

»Ja … ja … also wir haben das Handy von Matthew Coldwell. Jemand hat es angeschaltet.«

»Wann?«

»Das weiß ich nicht genau. Irgendwann in den letzten acht Stunden, seitdem hatte ich nicht mehr geguckt.« Olexiys Stimme wurde leiser.

»Ach Mist. Okay, hast du eine Adresse?« Mit einer Geste bat Kate Steven, ihre Sachen zusammenzupacken.

»Ja, ich schick dir den Standort.«

»Ist eine Streife unterwegs?«

»Selbstverständlich.« Olexiy klang wieder lauter.

»Ich bin unterwegs.« Unglücklicherweise würde die Dusche warten müssen.

* * *

37 Minuten

Finn beobachtete, wie Kelly eingehüllt in Elias Strickdecke am Fenster stand und melancholisch hinaus in die Dunkelheit starrte. Beim Anblick von Kellys neonfarben gemustertem Dinoschlafanzug musste Finn grinsen. Das Lächeln verschwand jedoch schnell wieder. Normalerweise strahlte seine Schwester vor Lebensfreude und Energie. Waren das nun die Nachwirkungen des Einbruchs oder die Tatsache, dass Ethan unter ihrer Obhut entführt wurde? Oder beides?

Hoffentlich lag es an der Entführung. Wenn sie sich in ihrem Zuhause unsicher fühlen würde, täte sie ihm leid. Schlimmer noch: Er wusste, dass manche Überfallopfer nie wieder in ihr Haus zurückkehren wollten. Was würde dann aus seinem alten Elternhaus werden? Er hatte nicht das Geld, um es zu kaufen. Es tat ihm weh, Kelly so zu sehen. Er wünschte, er könnte sie trösten und beschützen. Doch alles, was er tun konnte, war, an ihrer Seite zu sein und ihr zu zeigen, dass sie nicht allein war. Entschlossen trat Finn zu seiner Schwester und lehnte sich an die kühle Fensterbank.

»Wir schaffen das gemeinsam«, sagte er leise.

Kelly schaute ihn mit traurigen Augen an.

32 Minuten

Schweigend standen sie eine Weile zusammen am Fenster. Dann ergriff Kelly das Wort:

»Alles gut mit eurer finanziellen Situation?«

»Das wird.«

Finn atmete tief durch. Es sah gerade alles andere als gut aus. Und er hatte keine Ahnung, ob Brad ihn melden würde. Falls ja, könnte er seinen Job als Berater auch noch vergessen. Immerhin: Seit Brad und er sich gestern Abend verabschiedet hatten, hatte sich niemand bei ihm gemeldet.

»Wenn du etwas brauchst …«, Kelly beendete den Satz nicht.

»Danke, das ist lieb, aber wir kommen klar. Ich hoffe, dass ich schnell Rückmeldungen auf meine Bewerbungen bekomme.«

Aus dem Augenwinkel fing er Kellys Blick auf. In ihren Augen blitzte ein Hauch ihrer alten Energie.

»Und zwischen dir und Elia?«, fragte sie.

Diese Frage überraschte Finn. »Ja, klar. Wieso? Hat sie etwas gesagt?«

»Hätte sie etwas sagen können?«

Finn lächelte. »Du hast meine Frage nicht beantwortet.«

»Nein, sie hat erzählt, dass du viel um die Ohren hattest. Und die Geschichte mit der Kündigung.«

»Das hast du nett umschrieben. Ja, ich habe ihr in letzter Zeit etwas zu wenig Aufmerksamkeit geschenkt.«

»Ist denn alles in Ordnung bei euch?«

»Ich denke schon. Ich muss mich nur wieder sortieren.«

»Ein gut gemeinter Rat: Warte damit nicht zu lange. Elia wird auch ihre Vorstellungen haben.«

»Was meinst du?«

Behutsam ließ Kelly ihre Hand auf seinen Arm gleiten. »Du weißt genau, was ich meine. Wie lange seid ihr zusammen? Sechs Jahre? Ihr seid nicht mehr zwanzig. Sie erwartet, dass eure Beziehung sich weiterentwickelt. Sie möchte sicherlich die nächsten Schritte gehen und eine gemeinsame Zukunft planen.«

Jetzt wurde es unbehaglich. Wollte er ausgerechnet dieses Gespräch mit seiner Schwester führen? Kelly hatte natürlich recht. Aber es fühlte sich gerade alles unsicher in seinem Leben an. Kein guter Moment, den nächsten großen Schritt in der Beziehung zu gehen.

»Ich weiß, dass Elia sich das wünscht. Ich weiß nur nicht, ob ich schon dazu bereit bin. Es ist gerade alles so unsicher.«

Kelly sah Finn über ihre Stupsnase hinweg tief in die Augen. »Nur weil du für kurze Zeit arbeitslos bist?«

Finn wich dem Blick aus. »Es ist nicht nur das. Ich finde, dass die Stimmung seit Lolas Tod nicht zu so etwas passt.«

»Für die Scheißstimmung bist du doch verantwortlich.« Kelly tippte energisch mit dem Finger gegen seine Schulter. »Wir alle hatten Lola lieb. Wir haben alle mitgelitten. Aber das ist zehn Monate her. Du musst dich wieder einkriegen. Das Leben geht weiter.«

Finn erwiderte nichts und starrte auf die menschenleere Straße.

»Frag dich mal, ob das wirklich die Gründe für deine Zurückhaltung sind.« Kellys Stimme hatte an Schärfe verloren. »Es ist nicht böse gemeint, aber du hast dir alles selbst eingebrockt. Im Übrigen: Einen neuen Job wirst du schnell finden. Und der Ripper geht Kate und den anderen irgendwann ins Netz.«

Finn nickte. »Ich weiß.«

»Versteh mich nicht falsch. Es ist lieb gemeint. Denk darüber nach, wie du zu Elia stehst. Und dann fackel nicht lange. Vielleicht ist etwas Positives in deinem Leben genau das, was du brauchst, um aus deinem Tief zu kommen.«

Hatte Kelly recht? Schob er seine persönlichen Probleme nur vor? Natürlich würde er irgendeinen Job finden. Notfalls musste er seine Erwartungen an einen neuen Beruf dämpfen. Aber er musste entscheiden, ob er wirklich bereit für eine Hochzeit und all das war. Lolas tragischer Tod war noch nicht gesühnt. Und dafür musste der Ripper seine gerechte Strafe bekommen.

25 Minuten

Kelly löste sich vom Fenster. »Ich geh kurz duschen.« Bevor ihr blonder Schopf im Bad verschwand, drehte sie sich noch einmal um. »Finn: Elia ist eine super Frau. Als Tipp von deiner dich liebenden Schwester: Versau das nicht. Sie ist es wert!«

* * *

16 Minuten

Kate trat langsam in die verlassene Lagerhalle. Das Geräusch ihrer Fußtritte verschmolz mit dem dumpfen Echo des leer stehenden Raums. Genau an dieser Stelle hatte Olexiy Matthew Coldwells Smartphone geortet. Die Ecken des Gebäudes waren in Dunkelheit gehüllt, und die verwinkelten Schatten boten unendlich viele Verstecke. Die dicken Mauern schirmten jedes Geräusch ab. Nervös knetete sie ihre Daumen: Dies hier war der perfekte Rückzugsort für einen Täter.

Es war heißer als draußen, und der Geruch von Staub und Verfall hing schwer in der Luft. Kate schaltete ihre Taschenlampe ein. Die Lichtkegel der anderen Beamten tanzten an den Wänden. Ihr Blick glitt durch den Raum, und vage erkannte sie die verwaisten Überreste eines einst pulsierenden Betriebs, wo sich nur noch leere Kartons und Kisten stapelten. Eine verrostete Metalltreppe führte zu einer höheren Etage, wo vermutlich Büros und Besprechungsräume lagen.

Ihr Interesse wurde von einem kleinen Raum in der hintersten Ecke der Halle geweckt. Je näher sie kam, desto stärker roch es nach ranzigem Fett und gammeligem Fleisch. Beim Blick durch die halb geöffnete Tür entdeckte sie den Grund: Vertrocknete Pommes und angebissene Burger lagen neben leeren Coladosen und zerknüllten Papiertüten.

Kate zog ihre Handschuhe an und trat in den Raum ein. Energisch wies sie die Beamten an, die Verpackungen und Behälter des Essens sorgfältig einzutüten und ins Labor zu schicken. Hoffentlich würde es Fingerabdrücke geben. Sie scannte den Raum, als ob sie die verborgenen Ereignisse der vergangenen Tage daraus herauslesen könnte. Die Möglichkeit, dass der Täter hier eine Zeit lang gehaust hatte, lag nahe. Die Menge an Fast-Food-Verpackungen deutete auf drei bis vier Mahlzeiten hin, die jemand an diesem Ort zu sich genommen hatte. Hatte der Täter diesen Ort aufgesucht? Oder wurde etwa Ethan hier festgehalten?

7 Minuten

Immer noch kein Zeichen von dem vermissten Smartphone! Kate wurde langsam ungeduldig. Trotzdem hieß es, konzentriert zu bleiben. Sie öffnete die Suchmaschine in ihrem Browser und nahm ihr Notizbuch zur Hand. Eine Liste der umliegenden Fast-Food-Restaurants musste her. Die Polizeistreife sollte alle überprüfen. Eventuell hatten die Mitarbeiter einen Hinweis auf den Täter oder sogar Ethan zusammen mit diesem gesehen.

* * *

BLACKVALE, 24. JUNI 2024

Während Finn schlaflos seit vier Uhr im Bett lag, hatte sich Elia in seinen Arm gekuschelt und atmete ruhig an seinem Brustkorb. Er spürte das sanfte Heben und Senken ihres Atems und genoss die tröstliche Nähe und Wärme, die von ihr ausgingen. Seine Gedanken kreisten unaufhörlich. Was würde der kommende Tag bringen? Er widerstand dem Impuls, auf eigene Faust weiter zu ermitteln. Seine Alleingänge mussten ein Ende haben. Er konnte es sich nicht leisten, sich abermals mit den Kollegen vom Revier zu überwerfen. Auch den Gedanken an einen weiteren Besuch bei Rhonda verwarf er. Vor allem fragte er sich jedoch, was passierte, sollte Brad seine illegalen Aktivitäten melden. Bei diesem Gedanken zog sich sein Magen zusammen. Die Konsequenzen wären verheerend. Damit stünden nicht nur seine Beratertätigkeit beim BPD und damit seine momentan einzige Einnahmequelle auf dem Spiel, sondern auch das letzte bisschen seiner Glaubwürdigkeit und sein Ruf. Das Vertrauen des BPD in ihn war angeschlagen genug, und eine offizielle Meldung über seine Einbrüche könnte es endgültig zerstören.

Finn warf einen Blick auf seinen Wecker. 6:47 Uhr. In drei Minuten würde das Radio anspringen, und Elia würde sich für die Schule fertig machen. Plötzlich blinkte das Display seines Smartphones: ein Anruf von Kate! Er gab sich Mühe, sich unter Elia herauszuwinden, ohne sie zu wecken. Hastig griff er nach dem Gerät auf dem Nachttisch.

* * *

Gerädert von der kurzen Nacht parkte Kate ihren Wagen am Straßenrand und betrachtete den abgesperrten Parkplatz von Hearium. Zum Glück hatte sie abends noch geduscht. Wegen des aufgeregten Anrufs des Captains früh am Morgen hätte es dafür wieder nicht gereicht.

Das schräg stehende Morgenlicht ließ die Stadt erstrahlen, und Kate setzte sich eine Sonnenbrille auf, um nicht geblendet zu werden. Ein überraschend kalter Wind strich über den asphaltierten

Boden und ließ die Blätter der umliegenden Bäume rascheln. Kate schloss die Knöpfe ihres blauen Trenchcoats. Sie passierte die Absperrbänder, die die Einfahrt zum Parkplatz versperrten. Auf dem Gelände rund um den Parkplatz waren bereits die Kollegen des Einsatzkommandos aktiv.

Schon von Weitem hatte Kate den Aston Martin mit seiner eleganten, aerodynamischen Silhouette, dem ikonischen Markenlogo auf der Motorhaube und dem spiegelnden Lack in Tiefschwarz bemerkt, der direkt vor dem Eingang parkte. Gerda kam vom Wagen auf sie zu.

»Ehrlich?«, fragte Kate.

Ihre Kollegin zuckte mit den Schultern. »Ich habe es auch nicht glauben können.«

»Was haben wir?« Die reflektierende Sonne machte es unmöglich, durch die Scheiben ins Wageninnere zu sehen.

Mit gesenkter Stimme deutete Gerda zur Fahrertür. »Er wurde auf dem Fahrersitz gefunden. Stranguliert mit einem Draht, anschließend aufrecht sitzend im Auto drapiert.« Sie rückte ihre Brille zurecht. »Außerdem finden sich wieder Schnitte auf den Augenlidern.«

»Konnte Diana etwas zur Todesursache sagen? Erwürgt?«

»Diana sagt Nein. Anscheinend wurde er stranguliert, nachdem er bereits tot war.«

»Das hört sich kurios an. Und was ist mit den Schnitten?«

»Die sehen für mich wie die Schnitte bei der Ermordung von Matthew Coldwell aus. Schnell durchgeführt, ohne Präzision. Der Draht geht auch nicht tief ins Fleisch. Das liegt vermutlich daran, dass er bereits tot war.«

»Also, sollten wir bei all unseren Leichen von zwei verschiedenen Tätern ausgehen, dann ähnelt dieser Mord dem von Matthew Coldwell und weniger dem von Julia Lang?«

»Für mich sieht es so aus, und so habe ich auch Dianas Aussagen verstanden. Aber sie möchte, dass wir ihre Laboranalyse abwarten.«

»Ansonsten irgendwelche Auffälligkeiten?« Kate konnte den Blick nicht von dem Wagen abwenden. Der Aston Martin strahlte eine Aura von Kraft und Eleganz aus.

»Wir haben auf die Schnelle nichts Ungewöhnliches gefunden. Geldbörse und Wertgegenstände sind da. Genau wie bei den Morden an Matthew Coldwell und Julia Lang. Ansonsten keine konkreten Hinweise auf den Täter. Wir haben allerdings dieses Mal ein Handy gefunden. Hinten im Kofferraum in der Aktentasche. Das Handy wirkt sehr alt. Möglich, dass es nicht das aktuelle Handy ist. Olexiy hat es zur Prüfung.«

Kate drehte sich ein Mal um die eigene Achse, um den Parkplatz mit seinen futuristischen Laternen und den zu Skulpturen geschnittenen Büschen in Augenschein zu nehmen.

»Überwachungskameras?«

Gerda schüttelte den Kopf. »Leider nein.«

»Elektroladestationen und Meisterwerke der Gartenkunst, aber keine Kameras …«, stöhnte Kate. »Danke, Gerda. Olexiy soll sich bitte mit dem Handy beeilen. Ansonsten weiter alles absperren. Thake ist sicher, dass wir einen Durchsuchungsbefehl bekommen. Die Befragungen machen wir alle auf dem Revier, ich will denen keinen Heimvorteil geben. Irgendetwas in dieser Firma stimmt nicht. Finn habe ich ebenfalls angerufen und dazugebeten.«

Gerda zeigte auf den Sportwagen. »Soll ich seine Frau informieren?«

»Ja, bitte.«

Gerda nickte, stieg über das leuchtend gelbe Absperrband, das um die Bäume und Laternenpfähle gewickelt war, und verließ das Gelände.

Behutsam trat Kate näher an den Sportwagen mit den weichen, beigen Ledersitzen und den hochglänzenden Armaturen heran und öffnete die Tür. Ein beklemmender Geruch schlug ihr entgegen. Ihr Blick fiel auf die leblose Gestalt, die reglos auf dem Fahrersitz saß. Die geschlitzten Augenlider und das Blut am Hals waren unübersehbar. Kate hätte nicht gedacht, dass ihre nächste Begegnung mit Bryan Malah so aussehen würde.

* * *

Kates frühmorgendlicher Anruf, um ihn bei den Befragungen der Hearium-Mitarbeiter hinzuzuziehen, hatte Finns Laune schlagartig steigen lassen. Eine letzte Chance. Genau der Start in den Tag, den er gebraucht hatte. Auch wenn er sie dem Tod eines Menschen verdankte. Doch diesmal war sein Mitgefühl auf ein Minimum beschränkt. Er hatte Bryan nie gemocht.

Finns positive Stimmung beherrschte auch die Gedanken rund um sein Implantat. Im Laufe des letzten Tages hatte sein anfängliches Entsetzen einer merkwürdigen Akzeptanz Platz gemacht. Auch bei kritischer Betrachtung musste er sich eingestehen, dass ihm in den letzten Jahren nichts Negatives widerfahren war – im Gegenteil. Seine Fähigkeit hatte ihm sogar einen gewissen Vorteil verschafft. Bei seinen Jobs, im Privatleben, bei Elia. Die Panik der letzten Tage hatte sich in ein Kribbeln verwandelt, ein Hauch von Neugier mischte sich darunter. Was, wenn er das Implantat als Werkzeug betrachtete, ein Mittel, um etwas Größeres zu verstehen?

Jetzt ging es darum, Funktion und Herkunft des Gehirnchips zu verstehen und Rhondas Rolle in dieser Geschichte zu beleuchten. Finn war zuversichtlich, dass er das aufklären könnte. Zunächst musste er sich aber auf die Mordfälle konzentrieren.

Berauscht von einem kleinen Druck auf den Pulse-Aktivator, dessen Leuchten daraufhin erlosch und das Display in tiefes Schwarz tauchte, konnte er es kaum erwarten, endlich mit der Arbeit zu beginnen. Dennoch betrat er das Polizeirevier mit einem mulmigen Gefühl. Er hatte keine Ahnung, was ihn heute erwartete. Seine Sorgen lösten sich aber schnell auf. Brad nahm ihn kurz zur Seite und flüsterte ihm zu, dass es wegen seiner Einbrüche keine Anzeigen gegeben habe und er Finn nicht melden würde.

»Dafür schuldest du mir aber was, Kollege! Und wehe, so etwas kommt noch einmal vor. Außerdem …«, fügte Brad mit einem eindringlichen Blick hinzu, »kein Wort von unserem illegalen Einstieg auf dem Gelände von Hearium. Wir haben von außen beobachtet, dass dort alles verlassen war. Verstanden?«

Ein dankbares Lächeln huschte über Finns Gesicht. Zum ersten Mal seit Tagen konnte er wieder frei atmen. Das durch seinen Körper schießende euphorische Gefühl trug sicherlich dazu ebenfalls bei. Jetzt brauchte er nur noch ein paar hilfreiche Visionen. Er musste schließlich beweisen, dass er zu etwas gut war.

»Hast du dir schon einmal die Frage gestellt, ob das Revier verwanzt sein könnte?« Angelehnt an Brads Schreibtisch spielte Finn mit dem übergroßen Wimpel von dessen College-Footballteam.

»Wenn überhaupt, müsste ich mich fragen, ob du das Revier verwanzt hast. Für deine eigenen Recherchen.« Brad grinste ihn an. Die alte Leichtigkeit zwischen ihnen hatte sich wieder eingestellt.

»Das habe ich auch. Aber ich habe ein Alibi für gestern Abend.«

»Deine Schwester und deine Freundin. Die decken dich doch beide.«

»Touché! Und wer kann dein Alibi bestätigen?«

»Vielleicht hätte ich eins gehabt, wenn ich nicht ständig mit dir sinnlose Observationen mitmachen müsste.« Brad schien ihm zumindest die fehlgeschlagene Überwachung noch übel zu nehmen. »Und jetzt lass endlich das Ding in Ruhe.«

Finn ließ den Wimpel los und beschloss, das Thema zu wechseln. »Ist es nicht seltsam: Kaum haben wir einen Tatverdächtigen, wird er auf mysteriöse Weise ermordet. Es ist, als ob der Täter jeden Schritt der Ermittlungen vorausahnt.«

»Bryan Malah war für dich der nächste Tatverdächtige?«

»Hattest du jemand Besseren?«

»Guter Punkt. Aber der macht sich die Hände nicht dreckig. So einer hat seine Leute für diese Dinge.«

»Mr. Dever!« Kate wedelte Finn aus einem der Seitengänge mit einer Mappe zu.

Nach vorne gebeugt zwinkerte Brad ihm zu. »Dein Typ wird verlangt.«

»Kommst du mit?«

»Nee. Wenn du dabei bist, bin ich überflüssig.« Der Ermittler lachte laut auf. »Kate hat andere Pläne für mich: Ich darf eine Arbeitskollegin von Coldwell besuchen. Wird bestimmt brutal spannend.«

»Dann bis später.« Finn erhob sich hastig.

* * *

Zum zweiten Mal stand Brad vor dem zweistöckigen Haus mit seinen hellblauen Fensterläden und der üppig blühenden Kletterrose an der Fassade. Er hasste die Ruhe in den Vororten. Hier würde er nie versacken. Er klopfte an die Tür. Ein Moment verging, bevor in der Tür eine ältere Frau mit freundlichem Gesichtsausdruck erschien.

»Guten Tag, wie kann ich Ihnen helfen?«, fragte sie höflich.

Mit gezogener Dienstmarke lächelte Brad zurück. »Guten Tag,

mein Name ist Brad Hale, BPD. Ich bin am Wochenende schon einmal hier gewesen und habe nur Ihren Mann erwischt. Ich möchte mit Ihrer Tochter Molly Quinn sprechen. Ist sie zu Hause?«

Er ertappte sich dabei, dass er langsam sprach. Wahrscheinlich, weil die Dame mit ihren grauen Haaren und dem ordentlichen Dutt ihn an seine Großmutter erinnerte.

Die Frau warf einen flüchtigen Blick über die Schulter in die Wohnung. »Oh, ja, Molly ist zu Hause. Darf ich fragen, worum es geht?«

Brads Augenbrauen zogen sich zusammen. Hatte ihr Ehemann gar nicht erwähnt, dass ein Ermittler ihre Tochter sprechen wollte?

»Natürlich. Es geht um eine laufende Ermittlung, in die Mollys Arbeitskollege Matthew Coldwell involviert ist. Ich muss ihr dazu einige Fragen stellen.«

Die Frau zögerte kurz, bevor sie nickte. »In Ordnung, kommen Sie bitte herein. Ich hole Molly.«

Brads Blick glitt durch das Wohnzimmer. Typisches Vorstadthaus, dachte er sich. Warme Farben, gerahmte Familienfotos, ein großer Kamin, bequeme Sessel und ein Sofa. Genau wie bei seinen Großeltern.

Als Brad sich in einem der Sessel niederließ, hörte er Schritte hinter sich. Er drehte sich um und sah eine junge Frau, die nervös in den Raum trat. Verwirrt schnellte Brad vom Sessel hoch. Die übergewichtige Molly mit den kräftigen Schultern sah so gar nicht wie ihre kleine, zierliche Mutter aus.

»Molly Quinn?«, begrüßte er sie freundlich. »Detective Brad Hale vom BPD. Ich hatte mich angekündigt. Danke, dass Sie Zeit für mich gefunden haben. Ich hoffe, ich störe nicht.«

Zurückhaltend lächelnd schüttelte Molly den Kopf, und ihre dunklen Locken fielen ihr ins Gesicht. »Nein, nein, überhaupt nicht. Bitte, wie kann ich Ihnen helfen?«

Ihre Stimme klang angespannt. Sie setzte sich auf die Couch gegenüber von Brad.

»Es ist nichts Ernstes. Ich möchte Ihnen ein paar Fragen über Matthew Coldwell stellen.«

»Ich habe von Matthews Tod gehört.« Sie zögerte. »Schlimm, wenn so etwas passiert.«

»Ja, es ist eine schreckliche Tragödie. Wir tun alles, um den Verantwortlichen zur Rechenschaft zu ziehen.«

Molly knetete ihre Finger. »Ich habe Gerüchte gehört ... über den Blackvale-Ripper. Ist es möglich, dass er ... dass er etwas damit zu tun hat?«

Brads Miene verfinsterte sich. »Ich kann leider keine laufende Ermittlung kommentieren. Das tut mir leid.« Er räusperte sich. »Können Sie mir stattdessen Ihr berufliches Verhältnis zu Matthew Coldwell beschreiben?«

Molly zupfte ihr blumiges Sommerkleid zurecht und setzte sich aufrecht hin. »Wir konnten gut zusammenarbeiten. Falls Sie das meinen.«

»Und zwischenmenschlich? Wie kamen Sie mit Matthew klar?«

Molly wandte den Blick ab. »Man sollte natürlich nicht schlecht über die Toten sprechen. Aber ich will ehrlich sein. Matthew und ich ... wir kamen nicht besonders gut miteinander aus. Er hat mich oft vor anderen Mitarbeitern herabgesetzt und mir das Gefühl gegeben, minderwertig zu sein. Ich habe öfter mit dem Gedanken gespielt, ihn wegen Mobbing zu melden.«

Bingo, dachte sich Brad. Genauso hatte er Matthew eingeschätzt. Seine Augen verengten sich. »Das tut mir leid zu hören, Miss Quinn. Wenn Sie sagen, Sie wollten es melden: Haben Sie jemals versucht, darüber mit jemandem zu sprechen?«

Molly schüttelte den Kopf. »Nein, ich hatte Angst. In der Küche hat man es als Frau nicht leicht. Ich habe versucht, es zu ignorieren und weiterzumachen.«

»Das muss schwer gewesen sein.«

»Ja …«

»Wieso haben Sie sich niemandem anvertraut?«

»Flavor Fusion ist mein Zuhause. Es ist mein erster und bisher einziger Arbeitgeber, und ich liebe die Arbeit. Ich habe darauf gehofft, dass Matthew irgendwann verschwindet.«

Das ist dann jetzt wohl eingetreten …, dachte sich Brad.

»Miss Quinn, könnten Sie mir etwas über den Montagabend vor einer Woche erzählen? Der letzte Tag, an dem Sie und Matthew gemeinsam gearbeitet haben?«

»Ja, sicher.« Molly hielt einen Moment inne, ihre Finger umspielten gedankenverloren eine Haarsträhne. »Letzten Montag … Wir hatten viel zu tun. Ein sehr, sehr stressiger Tag. Matthew und ich haben am Catering für das Sommerfest von McShaw Venture Capital gearbeitet. Über zweihundert Gäste, Start am nächsten Morgen um neun.«

»Können Sie sich an irgendetwas Besonderes erinnern? Gab es irgendwelche ungewöhnlichen Vorfälle oder Begegnungen an diesem Abend?«

Mit zusammengepressten Lippen dachte Molly intensiv nach. »Nichts Außergewöhnliches, soweit ich mich erinnere. Ich habe mich auf die Arbeit konzentriert.«

»Können Sie sich daran erinnern, wie Matthew auf Sie gewirkt hat?«

»Ich kann Ihnen da wenig helfen. Matthew und ich sind uns wie immer aus dem Weg gegangen. Jeder machte seinen Teil, und am Ende brachten wir es zusammen. Ich wollte meine Ruhe vor ihm.«

Brads Augen weiteten sich. »Sie haben nicht zusammen in der Küche gearbeitet?«

»Nein, das nicht. Matthew hat im Kühlraum hinten gearbeitet, ich vorne. Ehrlich gesagt war ich sehr froh darüber.«

»Das heißt, Sie haben ihn die ganze Zeit nicht gesehen?«

»Nein, ich bin ihm, wenn möglich, immer aus dem Weg gegangen.«

»Kann ihn jemand anderes gesehen haben?«

»Ich wüsste nicht, wer. Nur Matthew und ich waren so spät eingeteilt. Die anderen haben in der Tagschicht gearbeitet.«

»Kam diese Aufteilung des Teams so öfter vor?«

Molly zögerte. »Na ja, ich arbeite gerne abends. Da ist es ruhiger. Und normal gehe ich Matthew dadurch aus dem Weg. Er hat meistens in der Tagschicht gearbeitet. Die Abende wollte er lieber freihaben.«

»Wieso arbeitete Matthew dann am letzten Montag abends mit Ihnen?«

»Ich weiß es nicht.«

Brad musterte Molly. Ihr offener Gesichtsausdruck und ihre sachliche Art machten sie glaubwürdig. Gleichzeitig blieb eine Spur Skepsis. Ihre negative Einstellung gegenüber Matthew Coldwell war nicht zu übersehen.

»Dieser Kühlraum, den Sie erwähnt haben«, fuhr er fort. »Haben Sie dessen Tür im Blick gehabt? Hätten Sie Matthew gesehen, wenn er ihn verlassen hätte?«

Molly nickte wild. »Auf jeden Fall. Die Küche ist nicht groß. Aber er kann hinten hinausgegangen sein.«

»Hinten?«

»Der Kühlraum hat einen Zugang zum Hof. Für Lieferungen. Sonst müssten wir alles durch die warme Küche tragen.«

»Und das hätte niemand bemerkt?«

»Nein. Nur, wenn man auf dem Hinterhof ist, kann man die Hintertür sehen. Matthew geht öfter mal da raus.« Molly hob zwei

Finger an ihre Lippen und zog imaginär daran, als ob sie eine Zigarette rauchen würde. »Obwohl er das nicht darf.«

»Das heißt, Matthew Coldwell könnte jederzeit für eine Stunde oder länger während seiner Schicht verschwunden sein?«

Mollys rechter Mundwinkel zuckte. »Ja, das wäre möglich.«

»Eine letzte Frage noch: Hätte seine Abwesenheit nicht dazu geführt, dass er sein Arbeitspensum nicht geschafft hätte?«

Es dauerte wieder etwas, bis Molly antwortete. »Ich glaube, dass er aus Früchten die Skulpturen gebastelt hat, die wir als Deko aufstellen. Da zählt niemand am Ende durch, wie viele davon wir haben. Es gibt keine konkrete Anzahl, die er liefern muss.«

Brad hatte beide Hände fest auf seine Oberschenkel gestemmt. »Können Sie sich daran erinnern, wie viele dieser Figuren am nächsten Tag aufgestellt wurden?«

»Nein, keine Ahnung.

»Danke Ihnen, Sie haben mir sehr geholfen.« Brad stand auf und ging zur Tür. »Wenn Ihnen noch etwas einfällt, lassen Sie es mich bitte wissen.«

Nach einer kurzen Verabschiedung trat Brad hinaus in die strahlende Sonne. Auf dem Weg zum Tor des Grundstücks zückte er sein Smartphone.

»Detective Hale!« Schwerfällig wuchtete Molly sich durch die Tür und trat die Stufen hinunter, jeder Schritt ein leises Stampfen. »Eins ist mir doch eingefallen, was ich jetzt komisch finde.« Sie stöhnte, als sie am unteren Ende der Treppe vor ihm zum Stehen kam. »Wir tragen im Kühlraum Jacken, weil es dort so kalt ist. Matthew hat an dem Abend vier Stunden im Kühler gearbeitet. Aber als er herauskam, war sein T-Shirt verschwitzt.«

* * *

Finn saß an Kellys Schreibtisch auf dem Revier und stocherte frustriert in seinem Essen. Der Rote-Bete-Salat, den er auf die Schnelle aufgetrieben hatte, schmeckte schon etwas alt. Egal. Appetit hatte er sowieso nicht, und sein Kopf platzte vor Informationen, die er in den letzten zwei Stunden gesammelt hatte. Die Verhöre mit den Abteilungsleitern von Hearium hatten sich als zäh und wenig erkenntnisreich herausgestellt.

Alle befragten Führungskräfte des Unternehmens wirkten glaubwürdig überrascht, als sie von Bryans Ermordung erfuhren, darüber hinaus gaben sie nur politisch korrekte Antworten zur Arbeitsatmosphäre bei Hearium. Es gab keine konkreten Hinweise, keine neuen Spuren für die Ermittlung. Niemand hatte etwas bemerkt.

Finn hatte bei jedem Gespräch eine Vision. Die Erkenntnisse daraus gaben aber nichts her: Unterhaltungen mit Familienmitgliedern, Tagesgeschäftsinformationen von Hearium und Belanglosigkeiten, wie der Fakt, dass sich sein bisheriger Vertriebschef, Peter de Graot, die Hände nach dem Toilettengang nicht wäscht. Nichts, was den Fall voranbrachte.

Jetzt hatte er Kopfschmerzen. Lustlos stocherte er in seinem Salat und kämpfte gegen eine wachsende Unlust an. Nur noch wenige Gespräche lagen vor ihm. Trotz des immer noch anhaltenden euphorischen Gefühls fühlte er sich müde und ausgelaugt. Die Hoffnung, bei den Mitarbeitern etwas Wesentliches zu entdecken, konnte er wohl begraben.

Er fragte sich, woher Kate ihre scheinbar unerschöpfliche Energie nahm. Wie eine Maschine blieb sie konzentriert und gleichbleibend fokussiert. Müdigkeit schien sie nicht zu kennen.

»Hey, du!« Eine leise, melodische Stimme durchbrach Finns Gedanken.

Als er sich umdrehte und Hannah erkannte, breitete sich ein Lächeln auf seinem Gesicht aus. »Hey. Schön, dich zu sehen.«

Kate hatte Finn zu Hannahs Befragung nicht dazugebeten, weil sie Julia Langs Referentin lieber in Begleitung von Gerda sprechen wollte. Diese Entscheidung kam Finn entgegen. Abgesehen von seinem Vertriebschef, Peter de Graot, dessen Befragung er sich natürlich nicht entgehen lassen wollte, waren alle bisher Befragten Fremde für ihn gewesen. Und das war auch besser so. Nun freute er sich aber, mit Hannah jemanden zu treffen, der er kannte.

Hannah erwiderte sein Lächeln. »Wie geht es dir?«

Mit einem Schulterzucken antwortete Finn ehrlich: »Nun ja, es war ein harter Tag. Und dir?«

Ein Blick in ihre Augen hätte für eine Antwort auch ausgereicht. »Es ist so traurig. Erst Julia, jetzt Bryan …«

Tröstend legte Finn eine Hand auf ihre Schulter. »Es tut mir leid. Das muss alles unglaublich viel für dich sein.«

Hannah kämpfte mit den Tränen. »Danke. Es bedeutet mir viel, dass du das sagst. Bryan war mehr als nur mein Chef. Er war ein Mentor für mich. Er hat mir die letzten Jahre so viel ermöglicht.«

Hannah griff nach seiner Hand und hielt sie kurz fest. Finn erinnerte das an den unangenehmen Moment, als Hannah ihm von ihrer Hütte erzählt hatte. Wieder hatte er das Gefühl, dass sie sich mehr als eine flüchtige Bekanntschaft mit ihm vorstellen konnte. Er wusste nicht, was er sagen sollte. Jemanden zurückzuweisen oder zu enttäuschen, gehörte absolut nicht zu seinen Stärken.

Hannah wusste doch, dass er mit Elia zusammen war. Doch selbst ohne seine Freundin hätte er nie Interesse an einer Beziehung mit Hannah verspürt. Er mochte ihr warmes Lächeln und den Glanz in ihren Augen und konnte sich vorstellen, dass andere Männer von ihr fasziniert sein konnten, aber sie war einfach nicht sein Typ. Blonde Frauen hatten ihn nie angezogen.

Finn schüttelte den Kopf, um die Gedanken zu vertreiben, entzog Hannah seine Hand und steckte sie in die Hosentasche.

»Wie war die Befragung?«, fragte er, ohne Hannah direkt anzusehen.

»Es war … schwierig«, antwortete sie leise. »Ich habe nicht das Gefühl, dass ich wirklich helfen konnte.«

»Wichtig ist nur, dass du hier warst und dein Möglichstes getan hast. Es ist ja nicht gerade leicht, über die Vorfälle zu reden.« Er schaute ihr direkt in die Augen, um das euphorische Gefühl auszunutzen, solange die Wirkung des Aktivators noch anhielt. »Gehst du wieder arbeiten?«

»Nein. Ich brauche eine Pause. Ich brauche Abstand, um alles zu verarbeiten.«

Sie erwiderte Finns Blick, und die Vision startete sofort. Schnell schossen Bilder einer Hütte durch seinen Kopf. Ein gemütliches Wohnzimmer mit einem knisternden Kamin. Wände mit warmen Holzpaneelen. Fotos über dem Kamin mit einer Widmung von ihrer kranken Mutter an Hannah. Hannah, die mit einem Finger über das Bild streichelt.

Finn löste den Blick und zog sich aus Hannahs Zukunft zurück. Informationen zum Fall hätte er gerne erhalten, er fühlte sich aber unwohl dabei, noch tiefer in ihre Privatsphäre einzudringen. Sie hatte viel durchgemacht. Dass sie sich jetzt eine Auszeit nahm und nicht, wie nach dem Tod von Julia Lang, wieder direkt weiterarbeitete, freute ihn.

»Das ist eine gute Entscheidung. Es ist wichtig, sich die Zeit zu nehmen, um solche Ereignisse zu verarbeiten.«

Dankbar lächelnd trat Hannah auf ihn zu und drückte erneut seine Hand. »Danke, Finn. Du bist lieb.«

»Wenn du irgendwas brauchst, weißt du, wo du mich findest.«

* * *

Für ihre letzte Befragung hatte Kate Juana Parker, die Sekretärin von Bryan, ausgewählt. Ein Gespräch im Glaskasten anstatt in einem der Verhörräume schien ihr angemessen, um Juana nicht wie eine Verdächtige zu behandeln. Die elegante, mexikanische Frau in ihren späten Dreißigern erhob sich höflich, als sie Kate hereinkommen sah.

Die Befragung lief, wie es nach ihrem letzten Besuch und dem damaligen kurzen Gespräch mit Juana zu erwarten war. Die Sekretärin antwortete auf alle Fragen ruhig und sachlich, wobei sie jedes Detail mit erstaunlicher Präzision und Klarheit wiedergab. Kate schmunzelte innerlich, weil Juanas perfekt zum Knoten gebundenes dunkles Haar und das makellose Make-up auf ihren scharfen Gesichtszügen genau die Selbstsicherheit und Effizienz ausstrahlten, die man Juana beim Gespräch anmerkte. Sie war von Juanas professioneller Haltung und ihren fundierten Kenntnissen über Bryan und seine Arbeitsgewohnheiten beeindruckt. Sie fragte sich sogar, ob Juana den Geschäftsführer besser kannte als dessen eigene Frau. Von Gerda hatte sie gehört, dass Bryans Familie ihn nämlich nur äußerst selten zu Gesicht bekam. In Bezug auf persönliche Details über Bryan gab sich ihre Gesprächspartnerin aber auffällig zugeknöpft. Kate konnte sich des Eindrucks nicht erwehren, dass Juana mehr wusste, als sie zugeben wollte.

»Kann ich Sie zum Abschluss noch nach den Terminen von Mr. Malah in den letzten Tagen befragen?« Kate zeigte auf Juanas Smartphone. »Gab es ungewöhnliche Termine? Personen, mit denen er sich sonst nicht traf?«

Juana saß regungslos, nur ihr Mund bewegte sich. »Nun, Bryan hatte in der vergangenen Woche einige wichtige Meetings, meistens geschäftlicher Natur. Er hatte üblicherweise zehn bis fünfzehn Termine pro Tag. Auf was genau zielen Sie ab?«

»Gab es etwas, das Ihnen aufgefallen ist? Haben Sie sich mit Ihrer Erfahrung über etwas gewundert?«

Juana nahm ihr Smartphone und legte es so auf den Tisch, dass die Ermittlerin ebenfalls hineinschauen konnte. Nach dem Antippen eines App-Symbols ploppte Juanas eigener Kalender auf. Kate sah, dass es in der fraglichen Woche nur wenige Termin bei ihr gab. Hauptsächlich Terminfindungstelefonate oder Mittagessen. Über einen Button wechselte Juana die Ansicht, und auf dem Display erschien ein Kalender, vollgestopft mit bunten Kacheln, der Bryan gehören musste. Laut der Darstellung fing der Geschäftsführer spätestens um 7:30 Uhr an, und seine Meetings endeten meist abends um sieben. Dazwischen reihte sich ein Termin an den nächsten.

»Wie viele Tage wollen Sie zurückgehen?«, fragte Juana.

»Können wir uns die letzten drei Wochen exemplarisch angucken?«

Juana nickte. »Es gab in den drei Wochen genau einen Termin mit internen Mitarbeitern, der kein regelmäßig wiederkehrender Termin war. Vor zwei Wochen. Hier«, sie deutete auf eine grüne Kachel. »Der Teilnehmer ist einer unserer Abteilungsleiter. Der Mitarbeiter hat Bryan vorher seinen Lebenslauf geschickt, und ich vermute, dass er über eine Beförderung reden wollte.«

»Und externe Termine? Wie sieht es damit aus?« Für Kate stellte der Kalender nur einen Wirrwarr aus farbigen Blöcken dar.

Juana scrollte in Windeseile durch die Einträge der letzten Wochen. »Ich schließe wieder alle Regeltermine aus. Ich schließe alle verpflichtenden Kundentermine aus. Ich schließe die Branchenvertreter aus. Es bleiben drei Termine. Dieser hier«, sie zeigte auf einen rosafarbenen Blocker, »ist ein Interview für eine Zeitung.

Die Kontaktdaten der Dame kann ich Ihnen geben. Dieser hier«, sie scrollte zwei Wochen zurück und tippte auf einen weiteren pinken Eintrag, »ist ein Termin mit einem Start-up, die machen etwas mit künstlicher Intelligenz. Auch hier kann ich Ihnen den Kontakt geben.« Sie ging eine weitere Woche zurück. Wieder tippte sie auf eine pinke Kachel. »Und dieser ist zur Planung des CEO-Frühstücks.«

»Hatten Sie mir nicht gesagt, dass das CEO-Frühstück ein internes Format ist?«

Juana nickte unmerklich. »Korrekt.«

»Wieso bespricht er dies mit jemand Externem?«

»Ich denke, es ging um die Bewirtung.«

»Das hat Mr. Malah selbst geregelt?«

»Nicht immer. Aber Bryan war ein Mikromanager. Er wollte alles unter Kontrolle haben.«

»Okay, danke. Den Kontakt bräuchte ich auch.«

Juana blickte sie mit undurchdringlicher Miene an. »Den werden Sie schon haben.«

Kate sah sie mit fragenden Augen an. »Wieso?«

Mit erhobener Hand deutete Juana auf die offene Fläche. »Er hängt dort.«

Die Ermittlerin folgte ihrem Finger – sie zeigte auf den Analystenraum, in dem jemand ärgerlicherweise die Pinnwand zum Fall nicht verdeckt hatte. Dort hing das Foto von Matthew Coldwell.

* * *

»So, jetzt nicht gleich alle aus den Latschen kippen.«

Brad ließ sich auf den bedenklich wackelnden Stuhl am Tisch des Analystenraums fallen. Während Olexiy als Einziger regungslos blieb, vertieft in das Entsperren von Bryans Smartphone, das vor ihm auf dem Tisch lag, saßen Kate, Gerda und Finn angespannt auf den Stuhlkanten.

»Wir haben tatsächlich eine Verbindung«, spannte Brad sie weiter auf die Folter. »Ich habe nach Kates Hinweis in einigen Unterlagen gegraben und herausgefunden, dass Bryan Malah und Matthew Coldwell sich nicht nur flüchtig von der Arbeit kannten. Jetzt passt auf: Sie gingen auf dieselbe Schule.«

Selbst Olexiy hob den Kopf. Brad lehnte sich zurück und streckte die Beine aus.

»Aber das ist nicht alles. Es gibt eine weitere Verbindung zwischen ihnen, sogar noch vor der Schulzeit: Ihre Mütter sind langjährige Freundinnen. Beste Freundinnen. Gehen durch dick und dünn.«

Ungläubig schüttelte Finn den Kopf. »Waren Bryan und Matthew etwa befreundet?«

Er konnte sich nicht vorstellen, dass die beiden sich abends auf ein Bier getroffen hätten.

»Na ja, laut meinem Kontakt konnten die beiden sich eher nicht leiden. Ich vermute, dass sie keine Freunde waren. Zumindest konnte ich dafür keine Anhaltspunkte finden.« Er legte wieder eine dramatische Pause ein und hob den Finger.

Kate unterbrach ihn. »Wer ist dein Kontakt?«

»Ich habe einen alten Schulkameraden der beiden ans Telefon bekommen. Der wirkte auf mich glaubwürdig.« Erneut schnellte sein Finger in die Höhe. »Aber einen habe ich noch.«

»Dieser Schulkamerad hat uns einen weiteren Hinweis gegeben. Könnt ihr euch daran erinnern, dass Coldwell ins Gefängnis musste?«

Gerda nickte. »Er hat Geld seiner alten Firma Hawson Chemicals gestohlen, und dann hat seine Mutter die Strafe bezahlt.«

»Genau«, sagte Brad. »Die Mutter hat aber nicht irgendwie bezahlt. Sondern mit Cash. Hat denen einfach so das Geld auf den Tisch gelegt.« Er knallte seine Hand auf den Tisch.

»Ui«, raunte Finn.

»Der Schulkamerad hat mit mir dazu ein Gerücht geteilt. Und ich kann es nachweisen: Das Geld ist damals von Bryan Malah an die Coldwells geflossen. Ich habe die Nachweise dazu gerade bekommen.«

Diesmal entwich Finn ein Pfiff. »Bryan hat die Strafe von Coldwell bezahlt? Das macht man doch nicht einfach so.«

Kate wandte sich wieder an Brad. »Was wissen wir noch?«

»Nicht viel mehr. Wir haben ab da keine Kommunikation zwischen den beiden gefunden. Es gibt Treffen im Kalender von Bryan, die Juana Parker nicht kennt. Die Treffen sind als privat gekennzeichnet. Diese könnten theoretisch mit Matthew gewesen sein.«

»Ich will mehr Informationen. Klemm dich bitte dahinter. Wir müssen die Verbindung zwischen den beiden in allen Einzelheiten verstehen.«

Gerda beugte sich vor. »Die Frage ist nur, wie hier Julia Lang ins Spiel kommt.«

Genau dies beschäftigte Finn ebenfalls. »Nun, wir haben eine Verbindung. Wir haben uns ja gefragt, wie so einer Zutritt zu der Welt von Julia und Bryan erhält. Wenn er aber mit Bryan verbandelt war, konnte er auf diesem Weg in den Dunstkreis von Julia Lang eintreten. Wieso Frau Lang dann allerdings mit ihm eine Beziehung führte, kann ich trotzdem nicht nachvollziehen.«

Gerda legte theatralisch ihre Hand aufs Herz. »Man sollte die Macht der Liebe nicht unterschätzen. Coldwell hat vielleicht einfach ihr Herz erobert. Und selbst wenn es für ihn nicht die große Liebe war, finanziell war sie als Partnerin mehr als attraktiv.«

Das konnte Finn nicht glauben. »Die Julia Lang, die ich kennengelernt habe, ist nicht die Person, die sich leidenschaftlich verliebt. Ihre große Liebe war die Arbeit.«

»Wir sollten keine Möglichkeit ausschließen.« Gerda zwinkerte Finn zu.

»Jetzt brauchen wir einen Überblick über die Kommunikationen dieser drei untereinander«, sagte Kate. »Bisher gibt es keine Hinweise, dass die Mitarbeiter von Hearium Matthew Coldwell und Bryan Malah jemals zusammen gesehen haben. Wenn nicht einmal Juana Parker davon wusste. Wie sollte dann Julia Lang auf Matthew Coldwell getroffen sein?«

Gerda presste die Lippen zusammen. »Wenn wir davon ausgehen, dass die beiden eine ehrliche Beziehung geführt haben, muss Matthew Coldwell nicht über Bryan Malah vorgestellt worden sein. Es könnte sein, dass ein Blick oder ein flüchtiger Kontakt an der Kaffeebar passiert ist. Flavor Fusion ist der Caterer von Hearium. Coldwell könnte auch zufällig auf Julia Lang gestoßen sein.«

»Du solltest einen Schnulzenroman über die Geschichte schreiben.« Brad lachte laut auf.

Gerdas böser Blick sagte alles. »Ich möchte nur nicht, dass wir eine echte Beziehung ausschließen. Der Schlüssel zur Ermittlung des Täters liegt wahrscheinlich im Verständnis dieser Dreierkombination, aber wir sollten nicht vergessen: Alle drei sind tot. Wir suchen einen oder mehrere Täter, und vor allem ist ein Teenager entführt.«

Brad seufzte. »Durch diese Morde gehen uns die Verdächtigen aus. Vielleicht müssen wir doch wieder mehr in Richtung Blackvale-Ripper denken. Selbst wenn die Details im Moment nicht komplett passen.«

Die feinen Fältchen auf Gerdas Stirn wurden tiefer. »Für den Ripper wären das drei Morde in einer Woche. Bisher hat er mindestens immer einen Monat Pause gemacht.«

Kate schaltete sich wieder ein. »Und wenn die Ermordung des Journalisten Ejoussouf doch mit unseren Morden in Zusammenhang steht, sehen wir eine ganz andere Vorgehensweise. Gerade dieser Mord wirkt nicht sehr professionell.« Sie hob die Akte mit den Befragungsprotokollen der Hearium-Mitarbeiter hoch. »Die Morde an Julia Lang und Bryan Malah stehen im Zusammenhang mit Hearium. Matthew Coldwell können wir mit diesen beiden Opfern sowie auch Hearium in Verbindung bringen. Ich denke, wir sollten unseren Verdächtigenkreis im Unternehmen erweitern.«

»Detectives ...« Olexiy hob den Blick von seinem Schreibtisch. »... und Finn natürlich«, schob er hinterher.

»Hast du das Handy geknackt?« In Kates Stimme konnte man die Hoffnung nicht überhören.

»Ähm, nein«, antwortete Olexiy mit einem Gesichtsausdruck, als hätte Kate seine Arbeit kritisiert. »Ich habe mir Zugang zu Bryans Laptop verschafft. Und zack«, er projizierte eine Powerpoint-Präsentation auf den Bildschirm, »da habe ich das hier gefunden.« Auf dem Titel des ersten Slides stand »Kick-off Hearium – CoBi 2021 – Ride the Future: Innovation Meets Performance!«

Olexiy blickte erwartungsfroh in die Runde, als würde er erwarten, dass alle mit dieser Präsentation etwas anfangen konnten.

»Olexiy, Kontext ...«, sagten Kate und Gerda fast gleichzeitig.

»Ja, ja, klar. Also zunächst habe ich mir die Lagepläne von Hearium angesehen. Dort gibt es kein Büro 51. Aber dieses Büro sollte laut Finn für Mr. Malah ja geräumt werden.«

Kates Hand rotierte durch die Luft. »Und weiter?«

»Ja, ja. Ich habe mir über Brads Hinweis mit dem Gelände an der 25 East Stanston Park Avenue Gedanken gemacht. Dem Innovationsgelände, das Brad und Finn vorgestern observiert haben.«

Finns Augen weiteten sich, als er Brad ansah. Nach dem Fiasko vor zwei Tagen hätte er niemals erwartet, dass sein Kollege dem Innovationsgebäude auch nur einen weiteren Gedanken widmen würde.

Seinen erschreckten Blick bemerkte Brad sofort. »Nur weil du mir meine Abendplanung versaut hast, habe ich nicht den Glauben an dich verloren. Irgendetwas kann mit diesem Gelände nicht stimmen.«

Mit den Händen formte Finn ein Herz in Brads Richtung, woraufhin beide lächelten.

Olexiy räusperte sich leise, um die Aufmerksamkeit wieder auf sich zu lenken. »Ich habe im Register nachgesehen: Das Gelände läuft auf eine Firma namens Swifty. Laut meiner Recherche ein Hersteller von Fahrradkörben, Gepäckträgern, Fahrradständern und anderen Zubehörteilen.« Er machte eine seiner dramatischen Pausen, während alle ihn fragend ansahen. »Interessant ist, dass die Firma Swifty die Subfirma einer Firma namens Connected Bike ist. Connected Bike stellt Fahrräder mit einem Fokus auf Konnektivität und Smart Features her. Die Fahrräder sollen mit modernster Technologie ausgestattet sein, um eine nahtlose Konnektivität mit anderen Geräten und der digitalen Infrastruktur zu ermöglichen.«

Kate rotierte wieder mit dem Finger durch die Luft. »Olexiy, wo ist die Verbindung zu diesem Fall?«

Der Analyst nickte wild. »Diese Firma ist die Verbindung. Connected Bike kürzt sich offiziell als CoBi ab, und sie haben dazu ein nettes kleines Maskottchen.«

Kurz trippelte Olexiy von einem Bein aufs andere, hielt jedoch sofort inne, als ihm bewusst wurde, dass seine Imitation eines Maskottchens nicht den erhofften Anklang fand.

Kate zeigte auf den Bildschirm. »Und CoBi arbeitet mit Hearium zusammen?«

»Besser. Hearium hat die Firma gekauft. Dies ist eine Präsentation nach der Akquisition. Hearium hatte den Plan, sich mit den In-Ears in das Tech-Ökosystem der Fahrräder von CoBi zu integrieren. Als Marke sollte Hearium im Hintergrund bleiben und Technologie liefern, während CoBi weiter unter diesem Namen Fahrräder verkaufte.«

Kates fragende Augen ruhten auf Finn. »Kennst du das?«

Der kam sich mittlerweile so vor, als hätte er das wahre Hearium nie kennengelernt. »Noch nie gehört.«

Olexiy schaltete sich wieder ein. »Das kann er auch nicht. Laut Unterlagen und neuem Organigramm hat Bryan Malah die Mitarbeiter von CoBi innerhalb der ersten Monate entgegen dem ursprünglichen Plan in andere Bereiche bei Hearium versetzt. Meine Recherche hat ergeben, dass von den ursprünglichen Mitarbeitern von CoBi vor der Akquisition niemand mehr bei Hearium arbeitet. Niemand. Alle gegangen.«

»Und was ist mit CoBi? Gibt es die noch?«, fragte Finn.

»CoBi verkauft zwar kein einziges Fahrrad, auf dem Papier existiert die Firma aber noch. Als Geschäftsführer ist ein Mitarbeiter aus der Innovationsabteilung von Hearium eingetragen.«

Kate fuhr sich durch die Haare. »Wir haben also eine Firma namens CoBi, die nichts produziert, nichts verkauft und keine Mitarbeiter hat. Aber sie besitzt das Gelände, von dem Finn meint, dass dort ein Standort der Innovationsabteilung von Hearium war.«

»So sieht es aus.« Ungeschickt hantierte Olexiy mit seiner Maus, woraufhin sich plötzlich ein Browserfenster öffnete. »Sowohl CoBi als auch deren Subfirma Swifty haben die gleiche Anschrift. Und sie liegen im selben Gebäude.«

Kate zog ihren Notizblock. »Und wo?«

Olexiy lächelte. »18 East Stanston Park Avenue, direkt um die Ecke des angeblichen Innovationsgeländes von Hearium.« Er zeigte mit dem Finger auf Finn. »Ich habe es mir online angesehen. Über Street Cams. Ich erkenne an dieser Adresse nur ein ganz normales Wohnhaus.«

Kate klappte ihr Notizbuch zu und blickte zu Finn. »Begleiten Sie mich?«, fragte sie.

Der nickte, und während die Ermittlerin den anderen Anweisungen für deren weiteres Vorgehen erklärte, konnte er sich ein leichtes Lächeln nicht verkneifen.

KAPITEL 11

GOOD MORNING BLACKVALE

VOR 1 MONAT   *NEWS*
BLACKVALE, 08. MAI 2024

Wir beginnen mit einer beunruhigenden Nachricht: Der Serienkiller, bekannt als »Ripper«, hat erneut zugeschlagen. Das achte Opfer des Killers ist Harald Youth, ein 47-jähriger Fernfahrer. Die Polizei arbeitet rund um die Uhr, um diesen brutalen Mörder zur Strecke zu bringen. Bleiben Sie dran für weitere Details zu diesem Fall und die neuesten Entwicklungen.

Die Scheinwerfer des Dodge warfen ein fahles Licht auf die verwitterte Fassade des heruntergekommenen Wohnhauses, das im Schatten der umliegenden Fabrikgebäude stand. Kate und Finn stiegen aus dem Auto und betrachteten skeptisch die maroden Treppenstufen, die zum Eingang führten.

»Sieht nicht gerade nach einer seriösen Firmenadresse aus«, murmelte Kate.

Schweißperlen standen auf ihrer Stirn. Finn vermutete, dass sie bei der drückenden Hitze des Abends am liebsten ihren Blazer abgelegt hätte. Er schwitzte ebenfalls in seinem Polo und der Dreiviertel-Chino, die er heute Morgen ausgewählt hatte.

»Hier ist keine Firma. Sowieso ein seltsamer Ort für ein Wohnhaus, mitten in diesem Industriegebiet.«

Das Motorenröhren der vorbeifahrenden Lastwagen und Geräusche aus den nahe gelegenen Fabriken drangen gedämpft durch die Abendstille.

»Lassen Sie uns reingehen und sehen, was wir finden«, sagte Kate entschieden und betrat das düstere Wohnhaus.

Finn folgte dicht hinter ihr und konnte wieder ihr Parfüm riechen. Der Geruch hatte ihn die gesamte Fahrt begleitet. Auf dem Weg durch den hektischen Feierabendverkehr war Finn zunächst angespannt. Immer wenn er mit Kate zusammenarbeitete, hatte er das Gefühl, dass seine Arbeit auf dem Prüfstand stand und er sich beweisen musste. Doch dieses Mal plauderte Kate entspannt über ihre vergangenen Fälle und ermutigte Finn, seine Gedanken und Ideen beizutragen. Die Anspannung zwischen ihnen war verflogen, im Gegenteil, Finn verspürte ganz unerwartet ein Gefühl von Wohlbehagen, und das Gespräch floss mühelos. Steckte hinter der Fassade der strengen Ermittlerin doch eine warmherzige Person? Und das hatte nichts mit dem euphorischen Gefühl zu tun, das ihn immer noch seit dem Druck auf den Aktivator begleitete.

Mit angehaltenem Atem folgte er Kate durch die Tür ins Innere des Wohnhauses. Die Hand griffbereit auf ihrer Waffe, tastete sich die Ermittlerin vor ihm in den Flur. Jeder ihrer Schritte war vorsichtig und bedacht. Das Knarren des Holzbodens hallte in der Stille. Kate verhielt sich jetzt völlig anders als während der Autofahrt, ihre Aufmerksamkeit geschärft, ihre Sinne auf jede noch so kleine Bewegung gerichtet. Überall konnte eine Bedrohung lauern.

Die beiden stießen auf eine Reihe von Briefkästen neben der Eingangstür. Da der Lichtschalter nicht funktionierte, zog Kate eine Taschenlampe aus der Tasche. »CoBi« und »Swifty« stand da. Finn nickte, wischte den Staub mit dem Handrücken von den eingravierten Namen und betrachtete sie genauer. Er öffnete eine der Briefkastenklappen. Umständlich leuchtete Kate in die schmale Öffnung, und er versuchte, bis zum Boden zu blicken.

»Hier ist nichts drin«, flüsterte Finn.

Kate sprach deutlich lauter. »Sie brauchen nicht so zu flüstern.« Sie deutete ihm an, weiter den Flur entlangzugehen.

Vorsichtig passierten sie einige Türen, die zu leeren Räumen führten. Überall Spinnweben und der muffige Geruch eines verlassenen Gebäudes. Finns Unbehagen wuchs mit jedem Schritt.

War dort eine Gestalt am Ende des Gangs? Das dämmrige Licht vom Fenster in der Haustür hinter ihnen warf schwache Schatten auf die Wände, die sich zu bewegen schienen.

Das Klingeln von Kates Telefon durchriss die Stille. Finn zuckte zusammen und drehte sich zu Kate. Der Ton hallte durch die leeren Flure und schien lauter zu werden. Die Ermittlerin bedeutete Finn mit einem Kopfnicken, das Haus wieder zu verlassen. Draußen stellte sie das Smartphone auf Lautsprecher.

»Ja«, raunte sie in die Sprechmuschel.

Am anderen Ende erkannte Finn Brads Stimme. »Olexiy hat Bryan Malahs Handy geknackt.«

»Oh, gut«, antwortete Kate. »Und?«

Brads Stimme klang mechanisch. »Es ist kein privates Handy. Zumindest haben wir keine privaten Nachrichten, Bilder oder Ähnliches gefunden. Dafür einige verdächtige Nachrichten und Anrufe. Es scheint, als ob er versucht hat, seine Kommunikation zu verschleiern, indem er dieses separate Handy verwendete.«

Kate ging mit ihrem Mund näher an die Sprechöffnung. »Was genau habt ihr gefunden? Gibt es konkrete Hinweise auf Aktivitäten oder Verbindungen zu Coldwell?«

»Zu Coldwell definitiv. Bryan Malah hat mehrmals die letzten Wochen mit ihm telefoniert. Allerdings haben die beiden sich keine Nachrichten geschrieben, die wir nachlesen könnten.«

»Okay, und deswegen rufst du mich an?« Kate wirkte verwirrt.

»Nein, nein. Auf dem Handy gibt es einen anderen Chat von Bryan Malah. Eine Nachricht. Genau eine. Hier steht nur: ›Planänderung. Vielleicht braucht unser Freund nur ein schönes Feuer an unserem Erholungsort. Kümmere dich.‹«

Finn sah, wie Kates Stirn sich in Falten legte. Er nahm ihr das Telefon aus der Hand.

»Brad, Finn hier, an wen ist denn die Nachricht adressiert?«

Die Antwort kam wie aus der Pistole geschossen. »Keine Ahnung. Es gibt keinen Klarnamen. Im Handy ist die Person unter ›Giggles‹ gespeichert.«

Finns Augen fielen fast aus dem Kopf. Ungeduldig tippte er auf Kates Arm. Seine Stimme überschlug sich.

»Ich weiß es«, schoss es aus ihm heraus. »Ich weiß, wer das sein könnte!«

Vor seinem inneren Auge erschien ein Bild. Eine alte Frau mit weißem Haar in einem eleganten, aber schlichten Kleid. Neben ihr steht eine zweite Frau, circa Ende fünfzig, ihr blondes Haar glänzt im warmen Sonnenlicht. Diese Frau umarmt zärtlich eine dritte, junge Frau: Ende zwanzig, mit einem strahlenden Lächeln, dünn und blond. Unter dem Bild steht mit geschwungener Handschrift: ›Danke, dass du immer an meiner Seite bist, Giggles. Ich habe dich lieb!‹

»Hannah Dressal ...« Finn hörte auf, Kate anzutippen. »Giggles ist der Spitzname von Hannah Dressal.« Er hatte ihren Kosenamen erst kurz zuvor auf dem Revier in seiner Vision gesehen.

»Sicher?«, fragte Kate skeptisch.

»Definitiv.« Finn stellte sich breitbeinig hin.

»Das kann passen«, röhrte es aus dem Handy.

Finn hatte Brad fast vergessen, während er Kate anstarrte.

Die Stimme aus dem Smartphone krächzte weiter. »Gerda hat Mr. Malahs Finanzen grob gescreent. Ihr ist aufgefallen, dass er monatlich Geld an das Blackvale Medical Center überweist. Damit bezahlt er Arztrechnungen. Und zwar von Hannah Dressals Mutter. Die unterzieht sich im Medical Center einer Krebstherapie.«

Für einen Moment wurde es still. Kate ergriff als Erste wieder das Wort.

»Wir müssen Hannah Dressal finden und sprechen.«

Finn hatte den Mund schon geöffnet. Doch im letzten Moment hielt er sich zurück. Theatralisch griff er sich an die Schläfe. »Ich glaube ... ich weiß, ... wo sie sein könnte.«

»Eine Vision?«, fragte Kate.

Finn fühlte sich unbehaglich, Kate anzulügen, und entschloss sich, diese Frage zu ignorieren. »Sie ist in einer Hütte außerhalb der Stadt in den Bergen. Ein Rückzugsort für sie und ihre Mutter.«

»Glauben Sie«, fragte Kate mit durchdringendem Blick, »Hannah Dressal steckt da mit drin? Vorhin auf dem Flur sah es so aus, als würden Sie sich persönlich kennen.«

Das Blut schoss in seinen Kopf, und er hoffte inständig, dass Kate das nicht bemerkte. Wie lange hatte Kate ihn und Hannah auf dem Revier beobachtet? Verlegen zuckte er mit den Achseln.

»Ich kenne sie nicht so gut. Wir haben an einer Handvoll Projekte zusammengearbeitet. Mehr nicht.« Finn spürte den unerklärlichen Drang, sich vor Kate zu rechtfertigen, obwohl es dafür keinen Grund gab. »Normal würde ich sagen: Hannah hat damit nichts zu tun. Aber sie und Bryan arbeiteten sehr eng zusammen.«

»Denken Sie denn, dass mit ›unser Freund‹ aus Bryan Malahs Nachricht Ethan gemeint sein könnte?«

Finn senkte den Blick und trat gegen einen Stein auf dem Gehweg. Wie hatte er sich in der zurückhaltenden Hannah so täuschen können? Sollte sie etwa Ethan entführt haben? Das passte so gar nicht zu der Frau, die er bei Hearium kennengelernt hatte.

Kate entschied: »Wir fahren zu dieser Hütte. Jetzt. Wir sind sowieso schon am Stadtrand.« Sie holte sich ihr Smartphone zurück. »Brad, bitte schick uns zwei Streifen hinterher. Ich schicke dir gleich aus dem Auto einen genauen Standort.«

»Verstanden«, dröhnte es aus dem Lautsprecher.

Anscheinend hatte Kate Finns ungläubigen Blick bemerkt.

»Wir müssen das überprüfen. Wir können nicht ausschließen, dass der Junge mit der Nachricht von Mr. Malah an Miss Dressal gemeint ist und dass sie nach Malahs Tod dabei ist, die Spuren zu beseitigen.«

* * *

»Ich glaube nicht, dass Hannah hinter den Morden steckt.« Finn
blickte nachdenklich aus dem Fenster des Dodge, der sich schwerfällig den steilen Berghang hinaufschlängelte.

Kates Blick blieb auf die kurvige Straße gerichtet. Die engen
Serpentinen zwangen sie dazu, die Geschwindigkeit zu reduzieren.
»Warum denken Sie das?«

Einen Moment lang zögerte Finn, bevor er schließlich antwortete. »Der Mord an Julia – es brauchte beträchtliche Kraft und
Aggression, um so etwas durchzuführen. Und Hannah … nun, sie
ist nicht gerade bekannt für ihre körperliche Stärke.«

»Das ist plausibel.« Kate hielt das Lenkrad fest umklammert.
»Aber bei den anderen beiden Morden wurden die postmortalen
Verletzungen mit weniger Gewalt durchgeführt.«

»Aber sowohl Matthew als auch Bryan wurde das Genick gebrochen. Für so etwas braucht man außerordentlich viel Kraft.
Und warum sollte Hannah mit Bryan den Ast absägen, auf dem
sie sitzt? Ich kann mir nicht vorstellen, dass sie die Arztrechnungen
ihrer Mutter ohne ihn zahlen kann und will.«

Je höher sie kamen, desto einsamer wurde die Umgebung. Der
Dodge schlängelte sich den Berg hinauf. Die immer zahlreicher
und dichter werdenden Bäume schienen die Straße fast zu ver-
schlucken. Genauso hatte Hannah Finn damals die Gegend um
die Hütte beschrieben. Finn überlegte, aus welcher Entfernung
sie oben zu hören sein würden. Sätze aus seiner Unterhaltung mit
Hannah tauchten während der Fahrt vor ihm auf. Zum Glück hatte Finn damals Rückfragen gestellt, um die unangenehme Spannung zwischen ihnen zu vertreiben. So hatte er von der genauen
Lage der Hütte erfahren. Ein Blick auf Maps hatte sie den Standort
schnell lokalisieren lassen.

Als sie das Gelände erreicht hatten, stellte Kate den Wagen ab, und das Scheinwerferlicht erlosch.

»Kann ich Sie dazu bewegen, hier zu warten?«

Finn lächelte schelmisch. »Detective, ist das der Moment, in dem Sie mich das bitten und ich Ihnen kurze Zeit später trotzdem folge? Oder soll ich auf einen Schrei warten und dann entsetzt losstürmen?«

Trotz der Anspannung lächelte Kate zurück. »Na gut, bleiben Sie hinter mir, und wenn ich sage, Sie sollen sich ducken oder verstecken, dann tun Sie das bitte. Und kommen Sie nicht auf die Idee, irgendwelche Alleingänge zu machen.«

»Verstanden, Detective.«

Sie schlichen am Rand eines Kiesweges entlang, und bald tauchte die Hütte zwischen den Bäumen auf. Licht drang aus den Fenstern. Geduckt und vorsichtig näherten sich die beiden. Kate schlich sich langsam zur Veranda hin, während Finn hinter einem Stapel Holzscheite in Deckung blieb. Sie erreichte das Fenster und spähte vorsichtig hinein.

Finn beobachtete Kate, wie sie sich geduckt zur Seite der Hütte bewegte und durch ein zweites Fenster spähte. Er knetete seine Finger. In seinem Rausch aus Adrenalin in Verbindung mit dem euphorischen Gefühl, das er seit der Ankunft auf dem Grundstück noch intensiver als durch den Druck auf den Pulse-Aktivator spüren konnte, wäre er am liebsten direkt durch die Vordertür gestürmt und hätte Hannah gestellt.

Kate deutete Finn mit einer Handbewegung an, zu ihr aufzuschließen. Er hielt den Atem an und bewegte sich langsam, jedes Geräusch vermeidend. Gemeinsam standen sie an der Tür. Kate nickte ihm zu. Der schmiedeeiserne Bügelgriff knarzte bei Kates vorsichtigem Druck. Finn schirmte die Ermittlerin von hinten ab und beobachtete den dunklen Wald um sie herum.

Mit einem Ruck öffnete Kate die Tür. Grelles Licht drang aus dem Inneren der Hütte. Sie trat einen Schritt vor, und ihre Augen durchkämmten den Raum. Finn folgte ihr in die Hütte und sah sich um. Vieles erkannte er aus seiner Vision wieder, die Holzpaneele, den Kamin, die rustikalen Holzmöbel mit ihren bunten Kissen …

Sein Blick fiel auf den Sessel an der Seite des Raums. Regungslos, wie ein Teil der Einrichtung, saß dort ein Junge, die Augen ausdruckslos auf die beiden Eindringlinge gerichtet. Ethan! Erleichterung durchströmte Finn. Aber warum hielt sich Ethan allein in der Hütte auf? Instinktiv wandte er den Blick zurück in den düsteren Wald.

Nachdem Kate die Räume gründlich durchsucht hatte, kniete sie sich neben Ethan und sprach flüsternd auf ihn ein.

»Hey, mach dir keine Sorgen, wir sind da. Bist du allein hier? Geht es dir gut?«

Der Junge sah zu ihr auf und hauchte: »Alles okay.«

Finn stellte sich ans Fenster und blickte hinaus. Im Dunkeln war nichts zu sehen. Keine Spur von Hannah. Er zog den Vorhang vor das Fenster.

»Ethan: War Hannah bei dir?«, hörte Finn Kate hinter sich sagen. Er drehte sich um und sah, wie der Junge nickte.

»Wo ist sie hin?«, fragte Kate mit einer Stimme, mit der sie sonst nur ein Kleinkind ansprechen würde.

Ethan deutete mit dem Finger auf das geöffnete Fenster am hinteren Ende des Hauses.

Kate und Finn starrten auf den Weg, der sich unterhalb des Fensters entlangzog, und Finn erinnerte sich an die Gespräche mit Hannah.

»Ich glaube, es gibt eine zweite Hütte auf dem Berg. Fünfzehn Minuten Laufdistanz.«

»Hast du das auch in einer Vision gesehen?«

»Nein, das hat Hannah mir in einem früheren Gespräch verraten.«

Mit hochgezogener Augenbraue musterte Kate ihn kritisch. Finn erwiderte ihren Blick, seine Augen bohrten sich in ihre. Die Vision startete sofort. Der Weg, die Dunkelheit, die zweite Hütte, der Ausblick ... Der Film riss ab.

»Sie könnte dort oben sein.« Mit dem Finger auf der Schläfe deutete Finn auf den Weg. »Es gibt eine zweite Hütte. Ich bin mir sicher.«

»Was macht sie dort oben?«

»Ich weiß es nicht.«

»Und wieso ist Ethan allein hier?«

»Keine Ahnung. Vor allem, wenn er einfach so abhauen könnte.« Kate kontrollierte ihre Waffe. »Bei der Dunkelheit? Da hätte er sich alle Knochen gebrochen.«

»Besser, als hier mit einer Psychopathin zu sitzen.«

»Sie haben Ihre Meinung über sie aber schnell geändert ...« Die beiden tauschten einen längeren Blick, bevor Kate wieder das Wort ergriff. »Ich werde nachschauen, wohin dieser Weg führt. Sie bleiben hier. Die Streife müsste gleich kommen. Machen Sie das Licht aus und verstecken Sie sich so lange. Wenn die Kollegen hier sind, geben Sie sich direkt zu erkennen.«

Ethan hatte ihre Unterhaltung gehört, blieb jedoch regungslos sitzen.

Finn folgte Kate mit den Augen. Entschlossen ging sie den Pfad entlang. Es war ihm nicht recht, dass sie alleine und schutzlos zur zweiten Hütte unterwegs war. Bei der Gefahr. Er hätte mitkommen sollen. Aber sie verließ sich darauf, dass er bei Ethan blieb und auf die Polizeistreife wartete. Er konnte ihr später immer noch folgen. Kate verschwand im Wald. Er fühlte sich hilflos. Doch er zwang sich, ruhig und aufmerksam zu bleiben. Wer sagte denn, dass Hannah wirklich in der zweiten Hütte war?

* * *

Die Reifen quietschten, als Brad seinen Mustang die kurvige Straße zur Hütte hochjagte. Das Navi zeigte an, dass er in zwanzig Minuten am Ziel sein sollte. Er musste schneller werden. Brad drückte das Gaspedal durch und ließ den Motor aufheulen. Zwei Polizeiautos mit Blaulicht begleiteten ihn. Sein Blick haftete auf der Straße. Er fühlte sich zurückversetzt in seine Jugend. Rallyespiele auf dem Computer. Eigentlich genoss er die rasante Fahrt.

Er hatte mehrmals versucht, Kate zu erreichen, aber die Anrufe landeten seit geraumer Zeit direkt auf der Mailbox. Wahrscheinlich kein Empfang auf dem Berg.

* * *

Auf dem steilen, dunklen Schotterweg kämpfte Kate sich zur zweiten Hütte den Berg hoch. Ihre Beine fühlten sich an wie Blei, und ihr Atem ging in schweren, keuchenden Stößen. Die Dunkelheit war unheimlich. Beim Ansteigen wurde der Pfad immer enger. Trotz der brennenden Oberschenkel zwang Kate sich, sogar noch zu beschleunigen, in ihrem Kopf das Ziel: Hannah stellen und den Jungen sicher nach Hause bringen.

Links fiel der Hang jetzt steil ab in einen tiefen, schwindelerregenden Abgrund. Gezwungenermaßen drosselte Kate ihr Tempo. Der Boden unter ihren Füßen wurde glitschig. Sie klammerte sich an den Felsen zu ihrer Rechten, um nicht ins Leere zu stürzen. Hörte sie Geräusche? Sie blieb kurz stehen, um zu lauschen. Nichts. Verbissen setzte sie ihren Weg fort.

Plötzlich tauchte vor ihr die zweite Hütte auf. Anders als erwartet brannte kein Licht in den Fenstern, und eine unheimliche Stille umgab das Gebäude. Die Hütte war größer als gedacht.

Schnell legte sie die letzten Schritte zurück und lauschte an der Tür. Nichts zu hören. Sie überlegte kurz und zog ihre Taschenlampe. Der Türknauf drehte sich widerwillig, und sie stand im dunklen Eingang.

Sie zwang sich, ihren keuchenden Atem zu beruhigen. Hörte sie drinnen etwas? Klang das wie ein leises Wimmern? Intuitiv verstärkte sie den Griff um ihre Waffe und folgte dem Lichtstrahl der Taschenlampe. Bei jedem Schritt knarzten die Dielen unter ihren Füßen.

War dort jemand? Verletzt oder verängstigt? Oder lauerte Hannah in einem Hinterhalt, darauf wartend, zuzuschlagen?

Kate schlich voran, bis sie eine weitere Tür erreichte. Das Wimmern war nun lauter zu hören. Kate richtete den Lichtstrahl nach vorne und fluchte leise. Jemand hatte die alte, marode Tür mit einem modernen Sicherheitsschloss gesichert. Das konnte sie nicht aufbrechen.

Das Wimmern hinter der Tür klang nun drängender und verzweifelter. Kate zwang sich zur Ruhe, schloss die Augen für einen Moment und atmete tief durch. Mit der Taschenlampe durchleuchtete sie dann den Raum. Gartengeräte, reparaturbedürftige Möbel, Kartons mit Weinflaschen. Neben einem Hackklotz lehnte eine Axt. Kate steckte sich den Knauf der Taschenlampe in den Mund und ihre Waffe in das Holster, um die Hände frei zu haben.

Die Axt war schwer und kalt. Kate fixierte die Tür. Mit festem Griff und einem tiefen Atemzug holte sie aus und ließ die Axt mit voller Wucht auf das obere Scharnier niederfahren.

Unter dem wuchtigen Schlag der Axt splitterte das Holz, und das erste Scharnier sprang krachend aus dem Rahmen. Drinnen ertönte ein Schrei. Kate legte ihre Hand auf die Waffe im Holster und trat einen Schritt zurück. Nichts passierte. Sie nahm die Axt wieder in beide Hände und schwang erneut. Nach dem dritten Versuch gab auch das zweite Scharnier nach. Sofort ließ Kate die Axt fallen. Die Tür stand einen Spalt offen.

Der beißende Geruch von Verwesung drang ihr entgegen. Vorsichtig zog sie die Tür mit dem Fuß in ihre Richtung, betrat den Raum und leuchtete ihn mit der Taschenlampe ab. Beim Anblick vor ihr konnte sie einen Würgereiz kaum kontrollieren. Am Boden lagen drei Leichen mit gräulich verfärbter Haut. Die eingefallenen Gesichter zeigten erste Spuren von Zerfall. So etwas hatte sie in all den Jahren nicht gesehen. Jetzt professionell bleiben und tief durchatmen!

Inmitten dieses Szenarios aus der Hölle kauerte Hannah am Boden, zitternd, ihre Augen weit aufgerissen. Kate richtete die Waffe auf sie.

Hannah blinzelte furchtsam in den Lichtkegel. Kate fixierte die zierliche Frau, während sie behutsam näher trat. Blut tropfte aus einer offenen Wunde an Hannahs Stirn. Ihr Gesicht wies Prellungen und Schnitte auf. Erst jetzt bemerkte Kate Hannahs verrenktes Bein. Das Bein, deutlich gebrochen, stand in einem unheimlichen Winkel ab. Hannahs Atem ging flach und hastig. In diesem Zustand stellte sie keine Gefahr dar. Trotzdem hielt Kate die Waffe zur Sicherheit im Anschlag.

Hannahs Augen füllten sich mit Tränen. »Bitte helfen Sie mir«, flüsterte sie leise. »Er kommt gleich wieder.«

Mühsam setzte sie sich auf, griff zitternd nach Kates Hand und blickte die Ermittlerin mit verzweifelten Augen an.

Kate senkte die Waffe. »Wer kommt wieder?«

Hannah brach in Tränen aus. »Ethan. Der Junge.«

* * *

Finn stand am Fenster von Hannahs Hütte und starrte hinaus in die Dunkelheit. Die Minuten verstrichen. Sein Blick huschte nervös zwischen dem Pfad, der zur zweiten Hütte führte, und der vom Mondlicht fahl erhellten Umgebung hin und her. Er sorgte sich um Kate. Jedes Knarren oder Rascheln ließ ihn zusammenzucken. Während er gebannt am Fenster klebte, hörte er hinter sich Ethan, der sich aus dem Sessel erhob. Das lenkte seine Aufmerksamkeit wieder zurück in die Hütte. Er war ja nicht allein, sondern trug die Verantwortung, auf Ethan aufzupassen.

»Sollen wir vielleicht …«, sagte Finn und drehte sich um. Mit ungläubigem Staunen registrierte er, wie der Junge eine Waffe festhielt. Ethan zielte auf ihn.

»Was … was … machst du denn?« Er hob eine Hand in Richtung von Ethan, als ob er damit Kugeln fangen könnte. Die Miene seines Gegenübers strahlte Entschlossenheit aus.

»Wie nah sind die Bullen?« Ethan stand ruhig vor Finn, sein Blick durchdringend und aggressiv.

Finn versuchte, die Nerven zu bewahren, und sprach beruhigend auf Ethan ein: »Hör zu, wir sind hier, um dir zu helfen. Wir müssen jetzt ruhig bleiben und zusammenarbeiten.« Er hatte Ethans Verwandlung vom unschuldigen, kindlichen Opfer zu einem gewaltbereiten Angreifer noch nicht realisiert.

»Sag mir, wie weit sind die Bullen weg? Ich will keine Spielchen mehr!« Finn spürte, dass die Situation sich rapide verschlechterte.

»Ich … ich weiß es nicht«, stammelte er. »Vielleicht fünfzehn Minuten entfernt.« Er musste Ethan emotional erreichen. »Ist das wegen deiner Angst vor Hannah?«, fragte er vorsichtig.

Ethans lautes Lachen erfüllte den Raum.

»Die kleine Schlampe?« Seine Stimme, einst warm und kindlich, klang kalt und berechnend. »Die ist nur ein Bauer in diesem Spiel. Glück für sie, dass ihr gekommen seid. Aber das Spiel ist nicht vorbei. Sie bekommt ihre Strafe.«

In seinem Grinsen lag eine bedrohliche Überheblichkeit.

»Spiel, was für ein Spiel?«, schoss es aus Finn heraus. Wie hatten sie den Jungen so falsch einschätzen können?

Ethan kramte in der Tasche seiner schwarzen Jeans und zog eine Sonnenbrille auf. Finn starrte ihn entgeistert an.

Ethan schien seine Verwunderung bemerkt zu haben. »Ich bin nicht blöd, Seher!«, raunzte er Finn an.

»Was?«

»Ich weiß, was du kannst. Du blockierst meine Kräfte. Denkst du, ich spüre das nicht?«

»Ich blockiere Kräfte? Bei dir?«

Für einen Moment wirkte Ethan überrascht. »Dann hat Rhonda wirklich nichts gesagt.«

Bei Finn war der Groschen gefallen. »Du hast eine Fähigkeit? Wie ich?«

»Natürlich. Und wenn du mich nicht blockieren würdest, hättest du schon zwei gebrochene Arme. Aber dafür habe ich ja diese kleine Schönheit.« Er hob die Pistole demonstrativ in die Luft.

»Du kannst andere Körper kontrollieren«, raunte Finn mehr zu sich selbst als zu Ethan. »BodyPulse – die Kontrolle des Körpers.«

»Zumindest hat Rhonda dich nicht komplett unwissend gelassen.«

»Woher weißt du von meiner Kraft?«, fragte Finn.

»Ich habe es bei unserer ersten Begegnung gespürt. Du hast mein Mojo ausgelöst.«

»Du meinst das Gefühl, dass du deine Fähigkeit einsetzen kannst?« Finn wurde sich in diesem Moment seines eigenen euphorischen Gefühls im Kopf wieder bewusst.

Ethan nickte. »Am Anfang wusste ich nicht, wer mich blockiert. Nachdem wir uns mehrmals gesehen hatten, kam ich auf die Idee. Und auf dem Revier redet man ja über deine Visionen.«

»Dann warst du es, der mein Gefühl auf dem Polizeirevier und bei Kelly ausgelöst hat?« Finn kratzte sich am Kopf. Er hatte wild spekuliert, wer das gewesen sein könnte, und sogar Kate in Betracht gezogen. Über Ethan hatte er nie nachgedacht.

»Du weißt sehr wenig.« Ethan fuchtelte wild mit der Pistole.

Finn musste Zeit gewinnen. Die Polizei konnte nicht mehr weit sein.

»Wie kannst du meine Fähigkeit auf dem Polizeirevier bemerkt haben? Wieso hattest du dein – wie hast du es noch genannt? – Mojo denn in diesen Momenten? Es kann kein TerraPulse-Mensch da gewesen sein, der deine Fähigkeit aktiviert. Denn sonst hätte ich meine Fähigkeit verloren.«

Ethan nahm die Waffe in die linke Hand und vergrub seine Rechte in der Bauchtasche seines schwarzen Hoodies.

»Den schon gesehen?« Er hielt Finn einen Pulse-Aktivator mit tiefschwarzem Display hin.

»Von Rhonda? Ein Aktivator?«

»Oho, ein bisschen was weißt du doch.« Er steckte das Gerät wieder in die Tasche und umgriff die Waffe erneut mit beiden Händen.

Finns Mund stand weit offen. »Hat Rhonda ihn dir gegeben?«

»Geliehen trifft es eher. Sie hat ihn mir gebracht. Nach dem Mord an meiner Mutter. Bevor die Polizei eingetroffen ist. Sie wollte, dass ich mich verteidigen kann, falls der Täter zurückkommt.«

»Wieso war Rhonda schneller da als die Polizei?«

»Ich habe sie zuerst angerufen.«

»Und du hast so eine enge Beziehung zu Rhonda, weil sie dich ... trainiert?«

»Rhonda ... sie hat mir unheimlich weitergeholfen.« In Ethans Stimme lag eine Mischung aus Bewunderung und Furcht. »Als meine Mutter Angst vor meinen Fähigkeiten bekam, hat sie mich an Rhonda übergeben. Rhonda ist die Einzige, die mich versteht. Sie hat mich ausgebildet und mir gezeigt, wie ich meine Kräfte kontrollieren kann. Sie hilft mir mit dem Mann im Kopf.«

»Ein Mann im Kopf?«

Ethan tippte mit der Pistole an seine Stirn. »Dieses Implantat, Mann. Das Beste, was mir je passiert ist.«

»Wieso das?«

»Verstehst du denn nicht? Es gibt mir die volle Kontrolle. Menschen sind wie Marionetten, und ich halte die Fäden. Jeder Widerstand bricht, und alles, was ich will, kann ich mir nehmen. Keiner kann mir etwas verweigern, wenn ich die Macht über seinen Körper habe.«

Finn schluckte. Aus Ethans Mund hörte sich diese Einordnung bedrohlich an.

»Wann hast du deine Fähigkeiten das erste Mal bemerkt?«

Ethan verzog sein Gesicht zu einem schiefen Lächeln. »Es begann, als ich merkte, dass ich anders war. Stärker. Besser. Ich konnte Dinge tun, die andere nicht konnten.« Er schien sich in Erinnerungen zu verlieren.

»Wussten deine Eltern davon? Und wann wurde dir das Implantat eingesetzt?«

Ethans Schultern zuckten. »Natürlich wussten meine Eltern davon. Ich vermute, dass sie es mir haben einsetzen lassen.«

Finn starrte ihn ungläubig an. »Sie haben dir nicht gesagt, warum und wann?

»Nope. Ich muss ziemlich klein gewesen sein. Meine Eltern haben danach nur gesagt, dass es medizinisch notwendig war und ich mir nicht so viele Gedanken machen soll. Das Implantat könne mir nicht schaden.«

»Weißt du denn, von wem uns diese Implantate eingesetzt wurden?«

»Nope. Juckt mich aber auch nicht. Hauptsache, die nehmen das Ding nicht wieder raus.« Finn staunte über Ethans Gleichgültigkeit. Das nahm er so nicht hin. Er nahm sich vor, die Wahrheit dahinter ans Licht zu bringen.

»Und konntest du immer schon deine Fähigkeit komplett ausleben?«

»Weiß nicht. Am Anfang war es ruckeliger. Ich habe es an Tieren ausprobiert, um herauszufinden, wie stark ich wirklich bin. Dann ging es schnell sehr gut.«

»Was hast du denn mit den Tieren gemacht?« Ein Schauer lief Finn über den Rücken.

»Du hörst dich an wie meine Mutter«, krächzte Ethan. »Du kannst die Wahrheit nicht ertragen ... genau wie sie. Zu weich.«

Was für Abgründe taten sich da auf! Finn musste Zeit gewinnen.

»Und dann hat deine Mutter dich zu Rhonda gebracht?«

Die Stimme des Jungen klang nun brüchig. »Sie konnte irgendwann nicht mehr mit mir umgehen und fürchtete sich vor dem, was ich tun konnte. Sie sagte, es breche ihr das Herz, mich so zu sehen.« Er schluckte schwer, bevor er weitersprach. »Sie zwang mich, zu Rhonda zu gehen. Sie sagte, die könne mir helfen, meine Kräfte zu kontrollieren, mich zu einem besseren Menschen machen.«

»Woher kannte deine Mutter Rhonda?«

»Anscheinend ist sie durch ein Projekt auf der Arbeit darauf gestoßen, dass Rhonda diesen Neuroquatsch kann. Keine Ahnung, auf einmal sollte ich da hingehen.«

Finn nahm seinen Mut zusammen und näherte sich einer der heikleren Fragen mit Vorsicht.

»Ethan, hast du deine Mutter ... umgebracht?«

Seine Antwort kam schnell und entschieden. »Nein, niemals! Ich habe meine Mutter geliebt, mehr als alles andere auf der Welt. Ich hätte ihr niemals etwas angetan.« Er riss die Waffe höher und richtete sie erneut auf Finn, der instinktiv beide Arme hob. »Aber ich habe es gesehen. Ich habe gesehen, wie sie starb, wie sie umgebracht wurde. Sie hat mich angeguckt. Ihr letzter Blick galt mir ...« Sein Gesicht mit der Sonnenbrille ähnelte einer Halloween-Maske. »Und ich konnte ihr nicht helfen, ich war zu ... zu schwach. Ich hatte keinen Aktivator, um meine Fähigkeit einzusetzen.« Sein Blick ging zu Boden. »Aber seitdem habe ich mir geschworen, Rache zu üben.«

Finn, mit einer Mischung aus Vorsicht und Neugier, wagte es erneut. »Hat Matthew Coldwell deine Mutter umgebracht?«

Ruckartig drehte sich Ethan wieder zu ihm. »Dieser erbärmliche Kerl. Was für ein Versager! Er war nicht einmal einen Blick von ihr wert, geschweige denn, in ihrer Nähe zu sein. Ein ganzes Jahr musste ich mir dieses Arschloch antun.« Sein Ton sprühte vor Abscheu und Enttäuschung. »Dann hat er meine Mutter getötet. Und es noch richtig schlecht wie einen Ripper-Mord aussehen lassen.« Ethan senkte den Blick und hielt einen Moment inne. Mit einem süffisanten Grinsen hob er langsam wieder den Kopf. »Aber er hat seine Strafe bekommen. Ich habe es genossen, als sein Genick geknackt hat. Gewimmert hat er, um sein Leben gefleht. Aber für jemanden wie ihn gibt es keine Gnade. Er hat bekommen, was er verdient hat. Inklusive genau der schicken ›Verkleidung‹ nach dem Tod, die er zuvor meiner Mutter verpasst hat.«

Schockiert lauschte Finn Ethans düsteren Enthüllungen. »Hast du auch Bryan Malah umgebracht?«

»Ja, natürlich. Dieser Großkotz. Ich wusste, dass Matthew, dieser dumme und schwache Typ, nicht allein gehandelt hat.«

Finn überschlug hektisch: Wie lange konnte es dauern, eine Streife zur Hütte zu bekommen?

»Wieso hast du das gemacht?«

Ethan zuckte mit den Schultern, als fände er die Frage belanglos. »Ich habe sofort vermutet, dass Big Boss Malah dahintersteckt. Und das hat mir Matthew dann auch bestätigt.« Seine Hand ballte sich zu einer Faust. »Du hättest Mr. Malah sehen sollen. So arrogant. Er hätte sich wohl nie vorgestellt, dass sein Abgang so aussehen würde. Leider hatte ich auf dem Parkplatz nicht so viel Zeit.«

Finn zeigte mit dem Finger auf Ethans Hosentasche, in der der Aktivator verschwunden war. »Du hast beide mit deiner Fähigkeit umgebracht.«

»Toll kombiniert.«

»Und die beiden Polizisten bei Kellys Haus auch?«

Ethans Schultern sackten herab, und sein Blick wanderte zum Boden. »Das war nicht geplant.« Er presste die Lippen aufeinander. »Sie haben mich überrascht und wollten mich aufhalten. Tja …«

Finns hätte Ethan am liebsten angeschrien: Tja?! Ist das alles? Du hast mehrere Menschen umgebracht! Darunter zwei völlig unschuldige Polizisten. Er musste sich sammeln. Bis jetzt hatte Finn zwar mit seinem Implantat gehadert, ansonsten aber auch die nicht von der Hand zu weisenden Vorteile gesehen. Irgendwo hatte er geahnt, dass seine Begabungen auch für schädliche Zwecke missbraucht werden konnten, doch dass damit ein solch enormer Missbrauch wie im Fall von Ethan möglich war, traf ihn unerwartet.

»Warum erzählst du mir das alles jetzt?«

»Warum nicht?«, antwortete Ethan achselzuckend. »Ich bin hier derjenige, der die Fäden zieht. Ich kann tun und sagen, was

ich will. Und du kannst nichts dagegen tun. Und Hannah würde
es sowieso weitererzählen.«

Finn bekam es nun wirklich mit der Angst zu tun. Dieser eiskalte und berechnende Jungen vor ihm war nicht zu bremsen.

»Es wird Zeit zu gehen.« Ethan schaute aus dem Fenster.

Finns Verstand lief auf Hochtouren. Würde der Junge ihn umbringen? Er musste einen Weg finden, Ethan zu überwältigen, bevor noch mehr Unheil geschah. Finn hatte keine Ahnung, wie er
ihm die Waffe abnehmen könnte. Panisch schaute er sich um.

»Du brauchst keine Angst haben, Seher«, schallte Ethans Stimme zu ihm herüber. »Ich habe Rhonda versprochen dass dir nichts
passiert.«

»Rhonda weiß von alledem?«

»Ich musste sie kurz besuchen. Ich habe das Ding hier leider
auf dem Revier schon leer geballert. Ich dachte, da ist mehr Power
drin.« Der Junge zeigte auf den Aktivator in seiner Hosentasche
und wandte sich abrupt ab. »Und schau mal nach ihr. Unser letztes
Treffen lief schmerzhaft für sie.«

»Was hast du ihr angetan?«

Ethan ignorierte Finns Frage. »Du wirst mich nicht aufhalten
können. Ich bin stärker, klüger und gefährlicher, als du je sein
wirst. Vergiss nicht, dass unser nächstes Treffen anders für dich
ausgehen kann, wenn du dich mir in den Weg stellst.« Er ging
zur Tür und zog sie auf. »Dein Mann im Kopf wird dich nicht
retten.«

Wann zur Hölle kamen endlich die Einsatzkräfte? Finn wusste:
Der Junge meinte seine düstere Prophezeiung ernst. Regungslos
verharrte er und dachte verzweifelt darüber nach, wie er Zeit gewinnen könnte. Da er Ethan nicht physisch überwältigen konnte,
entschied er sich für einen anderen Ansatz.

»Warte!«

Ethan stand bereits auf der Veranda. Er zögerte einen Moment, nahm die Sonnenbrille ab und drehte sich langsam um. Seine Augen blitzten vor Arroganz und Überlegenheit. Er betrachtete Finn misstrauisch.

»Was willst du noch?«, fragte er herausfordernd.

Finn hob beschwichtigend die Hände. »Hör zu, Ethan«, er atmete schnell und flach. »Ich weiß, dass du wütend bist und dass du deine Gründe hast. Aber du hattest deine Rache. Was willst du jetzt machen?«

Ethans Miene blieb ausdruckslos. Seine Stimme hatte jetzt einem Anflug von Bitterkeit. »Du kannst mir nicht helfen. Niemand kann das. Und ich bin nicht fertig. Hannah hatte ihre schmierigen Finger im Spiel. Du hast meine Rache an ihr verhindert. Sei gewarnt, Finn! Ich komme wieder. Stellst du dich mir entgegen, werde ich nicht zögern, dich aus dem Weg zu räumen.«

Endlich erhellten die Lichter der Polizeiautos den dunklen Waldweg. Das Grollen der Motoren drang durch die Nacht. Ethan drehte sich um und erstarrte. Finn duckte sich, während der Junge auf dem Absatz kehrtmachte. Mit weit aufgerissenen Augen stürmte er durch die Hütte auf Finn zu, in Richtung Hintertür.

So kam er ihm nicht davon! Finn warf sich instinktiv auf den heranstürmenden Jungen. Beide stürzten zu Boden. Finns Gesicht prallte gegen Ethans warmen Oberkörper. Direkt neben ihnen fiel die Waffe zu Boden. Finns Brille rutschte von der Nase und wurde über den Küchenboden geschleudert.

Finn spürte den heißen Atem des Jungen an seinem Arm. Beide versuchten, sich aufzurichten und den jeweils anderen auf den Boden zu drücken. Inmitten des Chaos tastete Finn verzweifelt nach der Waffe, die irgendwo zwischen ihnen liegen musste. Seine Finger fanden das kalte Metall, doch Ethan reagierte sofort. Flink schlängelte sich der Junge nach oben und entriss Finn die Waffe.

Mit einem lauten Klicken hielt Ethan sie triumphierend in die Höhe. Der Junge richtete die Pistole auf ihn. Ein Schrei zerriss die Luft, als die Kugel durch Finns Bein fuhr. Er krümmte sich auf dem Boden und spürte, wie warmes Blut seine Kleidung durchtränkte.

Ethan lief an Finn vorbei Richtung Hintertür, die Pistole fest umklammert. Finns Blick verschwamm vor Schmerzen, doch er gestattete sich nicht, ohnmächtig zu werden. Mit letzter Kraft streckte er seine Hand aus und angelte nach Ethans Fuß. Seine Finger schlossen sich fest um den Knöchel des Jungen, und er zog mit einen verzweifelten Ruck.

Ethan stolperte und verlor das Gleichgewicht. Er schlug hart mit dem Kopf gegen die Kante des Herds. Ein dumpfer Aufprall ertönte, gefolgt von einem kehligen Stöhnen. Der Junge ging neben Finn zu Boden. Die Pistole rutschte aus seiner Hand und glitt über die Dielen.

Finn blieb gelähmt vor Schmerz und Entsetzen liegen. Blut breitete sich vom Kopf des Jungen aus und erreichte seine ausgestreckte Hand. Wenn jetzt nicht Hilfe und Rettung kamen, war alles verloren. Finns Augen flackerten, bevor sie sich schlossen. Ethans Blut fühlte sich warm an seiner Hand an. Ein letzter, verbindender Kontakt.

KAPITEL 12

GOOD MORNING BLACKVALE

NEWS

BLACKVALE, 26. JUNI 2024

Jetzt im News-Update: Sensationelle Wendung im Mordfall Julia Lang – Verdächtiger mit persönlichem Bezug zum Opfer

Guten Morgen, Blackvale! Was zunächst wie das Werk des Rippers aussah, der die Stadt seit Monaten in Angst und Schrecken versetzt, hat sich nun als ein Verbrechen aus dem Umfeld des Opfers herausgestellt.

Die Polizei gab in den frühen Morgenstunden bekannt, dass neue Beweise darauf hindeuten, dass in diesem Fall keine Tat des Blackvale-Rippers vorliegt. Die Behörden haben für heute Nachmittag eine Pressekonferenz mit Captain Thake und der leitenden Ermittlerin Kate Okon anberaumt, auf der sie weitere Details zu den neuen Entwicklungen und den nächsten Schritten in den Ermittlungen bekannt geben wollen. Diese wird live übertragen, und wir werden natürlich ausführlich darüber berichten.

BLACKVALE, 26. JUNI 2024

Verwirrung. Trägheit. Müde blinzelte Finn ins matte Licht, das durch die Vorhänge des Krankenzimmers sickerte und den Raum in einen goldenen Schimmer tauchte. Langsam richtete er sich auf und sah sich um. Blumen in allen Farben des Regenbogens und kunstvoll arrangierte Körbe, gefüllt mit frischem Obst und anderen Leckereien, stapelten sich auf der Fensterbank. Hier hat sich wohl Elias Verwandtschaft ausgetobt, dachte Finn. Was sollte er mit all den Geschenken machen? Mit einem leichten Seufzen streckte er sich vorsichtig.

»Sie haben eine sehr nette Freundin.«

Kate stand im Türrahmen und blickte ihn mit einer Mischung aus Sorge und Erleichterung an.

Ein verlegenes Lächeln huschte über seine Lippen. Es war ihm unangenehm, dass Kate etwas von seinem Privatleben mitbekam. Und vor allem, dass sie ohne ihn Elia kennengelernt hatte.

»Wo ist sie hin?«, fragte er.

»Sie dachte, dass Sie länger schlafen. Sie ist kurz nach Hause.« Kate deutete mit dem Finger auf eine kleine Klappkarte, auf der Elia ihm eine liebevolle Botschaft hinterlassen hatte.

»Kann ich reinkommen?«, fragte Kate zögerlich.

»Natürlich, klar.« Finn deutete auf den Stuhl, auf dem Elia den ganzen Tag gesessen hatte.

Kate glitt leise durch den Raum und zog den Stuhl etwas nach hinten. »Ich will nicht stören.«

»Nein, nein. Ich brauche sogar Abwechslung. Mir geht es viel besser.«

Beim letzten Satz kamen Erinnerungen hoch, bruchstückhaft und verschwommen. Da war der Kampf mit Ethan, der Schmerz, als er niedergeschossen wurde, der Wirrwarr aus Stimmen, ein hektisches Durcheinander von Menschen, die ihn versorgten.

Er erinnerte sich an den Transport ins Krankenhaus. Die Sirenen während der Fahrt, die Räder der Fahrtrage auf dem Fliesenboden der Notaufnahme und das gedämpfte Murmeln der Ärzte, die leise über seine Verletzungen sprachen, kehrten langsam in sein Bewusstsein zurück. Der Moment, als er in den Operationssaal geschoben wurde, das routinierte Treiben der Ärzte und Chirurgen, die sich um ihn bemühten …

»Wie fühlen Sie sich heute?«, fragte Kate übervorsichtig.

Mühsam beugte Finn sich nach vorne und ließ den Blick auf das bandagierte Bein sinken.

»Besser, danke. Die Schmerzen sind erträglicher geworden.«

Im Anschluss an die OP hatte die Wunde noch bei jeder Bewegung geschmerzt. Mittlerweile war es nur noch ein dumpfes Pochen. Jetzt zählte nur eins: Er war am Leben.

Kate zog den Stuhl näher heran und setzte sich neben sein Bett. »Das freut mich zu hören. Die Ärzte haben gesagt, dass Sie sich gut erholen.«

Finn ließ sich wieder in die Kissen sinken. »Ja, es wird langsam besser. Wie läuft die Ermittlung? Irgendetwas von Ethan?«

Kate strich sich eine Strähne aus dem Gesicht. »Wissen Sie denn, was passiert ist?«

»Ich habe gehört, dass er auch im Krankenhaus ist.«

Kate nickte. »Er ist mit dem Kopf auf die Ecke der Kücheninsel geknallt. Die Ärzte haben ihn in ein künstliches Koma versetzt. Wie gravierend seine Verletzungen sind, können die Ärzte noch nicht sagen.«

Finn nahm die Nachricht, dass Ethan nicht entkommen war, mit Erleichterung und Freude auf. Er ertappte sich sogar dabei, dass er sich über Ethans Koma freute. Das bewahrte ihn noch vor der Entscheidung, wie er mit dem Geheimnis rund um dessen Implantat und Ethans Fähigkeit umgehen sollte.

Nachdem Finn aus der OP-Narkose aufgewacht war, hatte er Brad vom Gespräch mit Ethan in der Hütte berichtet und ihm alles mitgeteilt, was der Junge ihm gesagt hatte. Nur Ethans Implantat und seine daraus resultierende Fähigkeit hatte er bewusst verschwiegen. Zunächst musste Finn mehr darüber herausfinden – auch, ob für ihn selbst eine Gefahr bestand. Was, wenn die Existenz dieser Implantate an die Öffentlichkeit drang? Darüber hinaus würde er sich lächerlich machen, wenn er einfach so anfinge, über Hirnimplantate und Kontrolle über fremde Körper zu reden. Andererseits konnte Ethan immer noch brandgefährlich werden. Seine vier Opfer sprachen eine deutliche Sprache. Solange der Junge aber im Koma lag, konnte Finn guten Gewissens sein Geheimnis für sich behalten.

Kate interpretierte seine Mimik falsch. »Sie haben sich richtig verhalten. Sie hätten nichts anders machen können.«

Ihr Gesichtsausdruck erinnerte ihn an seine Sportlehrerin, die ihm eine Drei minus in Volleyball – eine der schlechtesten Noten der Klasse – als Erfolg verkaufen wollte.

»Detective,« Finn blickte zu Boden, »Ethan ist brandgefährlich. Wir sollten ihn nicht unterschätzen. Er ist viel stärker, als man es vermuten würde.«

»Im Moment wissen wir nicht einmal, wann er aufwacht. Darum kümmern wir uns dann. Eine Streife wird immer vor Ort sein.«

»Trotzdem: Wir sollten extrem vorsichtig sein. Denken Sie an die beiden Polizisten hinter Kellys Haus.«

Kate musterte Finn. »Das ist eine der größten ungelösten Fragen, die ich noch habe. Wie hat er es nur geschafft, erst den beiden Polizisten und dann Coldwell und Malah das Genick zu brechen? Und all das ohne Kampfspuren.«

Genau diesen Moment hatte Finn gefürchtet. Wenn er Kate die Wahrheit sagte, stünde er wie ein verwirrter Spinner da.

Kate redete einfach weiter. »Es scheint fast unmöglich. Vielleicht eine abgefahrene Kampfsporttechnik oder ein Werkzeug, das er benutzte. Aber ganz ohne Spuren? Komisch …«

»Detective, ich habe ihn erlebt. Er kann unglaubliche Kräfte freisetzen. Man müsste ihn anketten. Sie sollten das nicht auf die leichte Schulter nehmen.«

Ein durchdringender Blick, scharf und fragend, traf ihn aus ihren Augen. Unwillkürlich wandte er sich ab.

»Wie geht es Hannah?«, wechselte er das Thema.

»Miss Dressal wurde mit mehreren Verletzungen ins Krankenhaus gebracht. Sie hat einige gebrochene Knochen und Schnittwunden, aber zum Glück keine lebensbedrohlichen Verletzungen. Die Ärzte sind zuversichtlich, dass sie sich bald erholen wird.«

Es tat Finn gut, zu hören, dass sich Hannahs Zustand stabilisiert hatte. »Das ist zumindest eine positive Nachricht …« Er zwang sich zu einem Lächeln. »Hat sie schon ausgesagt?«

»Hat sie«, sagte Kate mit einem etwas merkwürdigen Gesichtsausdruck. »Aber wollen Sie das jetzt wissen? Sie sollten erst fit werden.«

Vehement schüttelte Finn den Kopf. »Auf keinen Fall. Es geht mir gut, und ich würde am liebsten nach Hause.«

Kate nickte. »Miss Dressal hat einen Deal mit der Staatsanwaltschaft gemacht. Geld- und Haftstrafe werden reduziert, dafür hat sie uns erzählt, was passiert ist.«

»Sie geht ins Gefängnis?«

»Ich denke, ja.« Bevor Finn etwas sagen konnte, fuhr Kate fort. »Miss Dressal hat ausgesagt, dass sie Bryan Malah im Rahmen eines Praktikums bei Hearium während ihres Studiums kennengelernt hat. Malah wurde zu ihrem Mentor und setzte sich für ihre Karriere ein. Später hat sich der Zustand von Miss Dressals Mutter nach einer Krebsdiagnose rapide verschlechtert, und die Therapien haben immer mehr Geld in Anspruch genommen. Miss Dressal wollte Hearium verlassen; Malah hat jedoch angeboten, sie finanziell zu unterstützen. Miss Dressal fühlte sich tief in seiner Schuld und wollte ihm seine Großzügigkeit durch überdurchschnittliche Leistung und besondere Loyalität zurückzahlen. Unter anderem wurde ihr die Verantwortung für alle Spezialprojekte von Malah übertragen. Damit hatte sie tiefe Einblicke in die Innovationsabteilung.«

Finn drückte sich nach oben, weil sein Rücken vom Liegen schmerzte. »Wie viel hat Bryan an Hannah gezahlt?«

»Am Anfang einen festen Betrag, später hat er einfach alle anfallenden Rechnungen beglichen. Es hat sich um relevante Beträge gehandelt.« Kate atmete tief durch. »Die neurologischen Experimente bei Hearium haben ganz harmlos begonnen. Neurofeedback und kognitives Training. Mit vielversprechenden Ergebnissen. Malah jedoch begann, seine Experimente in immer unkonventionellere Richtungen zu lenken. Vor allem ging es ihm um Neurostimulation und neurologische Implantate. Er sah darin riesige Gewinnpotenziale. Miss Dressal sagte, dass Malah mitbekommen hat, dass die Regierung verstärkt an solchen Projekten interessiert sei. Das Momentum wollte er nutzen.«

»Und dabei hat er Grenzen überschritten?«, fragte Finn.

»Seine Experimente wurden laut Miss Dressal nicht nur ethisch bedenklich, sondern auch juristisch fragwürdig, da sie die Privatsphäre und die körperliche Unversehrtheit der Testpersonen gefährdeten. Dazu kommt: Malah hat Regierungsgelder für die Forschung zweckentfremdet und die meisten Beteiligten an den Experimenten, inklusive der Ärzte, aus dem Ausland einfliegen lassen. Mit einer strafbewehrten Verschwiegenheitserklärung. Die halbe Innovationsabteilung bestand aus Freelancern, die niemand im Konzern kannte und die heimlich an den Neuroexperimenten gearbeitet haben.«

Finn horchte beim letzten Satz auf. Konnte es sein, dass Rhonda in die schmutzigen Experimente von Hearium verwickelt war? War sie Teil von Bryans geheimen Machenschaften? Alles, was sie über sein Implantat wusste, ihr Technologiewissen, ihre Arbeit in der Innovationsabteilung als Freelancerin – all das fügte sich zu einem Bild, das ihn mehr als misstrauisch machte. Er durfte ihr nicht auf den Leim gehen.

Gerne hätte er seine Gedanken mit Kate geteilt. »Und Hannah hat mitgemacht?«, fragte er stattdessen.

Kate warf einen Blick auf ihre Uhr. »Sie sagt, dass sie die Zahlungen für ihre Mutter nicht gefährden wollte, indem sie etwas ausplaudert. Als die Dinge aus dem Ruder liefen, hat Malah sie dann angeblich unter Druck gesetzt. Sie würde selbst zu tief drinstecken und als mitschuldig betrachtet werden.« Kate rutschte auf dem Stuhl näher an Finn heran. »Wenn Sie mich fragen: Miss Dressal war von Malahs Charisma und seiner visionären Art angezogen. Sie bewunderte seine Entschlossenheit und seinen Glauben an seine Ideen und sie war beeindruckt von seiner Fähigkeit, andere zu inspirieren und zu motivieren. Miss Dressal fühlte sich offensichtlich geschmeichelt, dass Mr. Malah nur ihr genügend vertraute, sie in seine Neuroprojekte der externen Ärzte einzubinden.«

»Und was lief bei den Experimenten schief?«

»Der Wendepunkt liegt drei Monate zurück. Bis dahin hatte Malah das Projekt mit der Aussicht auf bahnbrechende Fortschritte und potenziell immense Gewinne immer weiter radikalisiert. Bis es bei einem Experiment drei Tote gab. Miss Dressal sagt, alle seien an einem Tag gestorben. Alle bei der gleichen Art von Experiment. Kopfschmerzen, Krampfanfälle, neurologische Ausfälle …

Der Tod trat trotz engmaschiger Überwachung innerhalb von Stunden ein.«

»Dann wurde das Projekt abgebrochen?«

»Ja. Malah hat alles gestoppt. Innerhalb eines Tages verschwanden nahezu alle externen Kräfte, und Miss Dressal hat die Ärzte nie wiedergesehen.«

Das spricht dagegen, dass Rhonda nur für die Experimente angestellt war, wenn sie bis zuletzt noch für Hearium gearbeitet hat, dachte Finn, während Kate fortfuhr.

»Malah setzte Miss Dressal unter Druck, die unliebsamen Leichen in ihrer Hütte zu verstecken. Er machte Miss Dressal klar, dass sie als zuständige Projektleiterin genauso viel Schuld träfe wie ihn und dass ihr Leben und das ihrer Mutter auf dem Spiel stünden, wenn die Wahrheit ans Licht käme. Sollte Hearium dichtgemacht werden, würden sie beide ins Gefängnis wandern. Damit würde die Unterstützung für die teure Behandlung ihrer Mutter enden, und über kurz oder lang würde sie sterben.«

»Und Hannah hat die Leichen weggeschafft?«

»Sie sagt Nein«, Kates Gesicht drückte Unverständnis aus, »aber sie hat wohl zugelassen, dass Malah die Leichen in ihrer Hütte ablegte. Beide haben danach so getan, als wäre nie etwas passiert.«

»Und dann kam Julia Lang …« Finn wandte den Blick zur Tür.

Kate zog die Augenbrauen zusammen. »Mehr oder weniger. Julia Lang arbeitete schon länger an der Geschichte. Sie hatte sich vor anderthalb Jahren – also weit vor den verhängnisvollen Experimenten – die Verwendung der Regierungsgelder näher angeschaut und Unstimmigkeiten festgestellt. Sie befragte ihren CEO Malah nach der genauen Verwendung der Gelder. Daraufhin beauftragte der alarmierte Malah Miss Dressal damit, Julia Lang zu überwachen, weil die beiden sich vertrauten. Miss Dressal sollte Julia Lang vorspielen, dass sie lieber für sie als für Mr. Malah arbeiten wollte.«

»Und dann hat Hannah Bryan über alle Schritte von Julia informiert.«

»Genau. Sie hatte Zugang zu E-Mail-Account und Kalender und wurde von Julia Lang in alle Überlegungen einbezogen.«

»Julia hat dann aber tiefer gebohrt?«

»Malah ließ Julia Langs Büro weiterhin überwachen. Die hatte mittlerweile sowohl die Zahlungen an die ausländischen Ärzte als auch Hinweise auf die fehlgeschlagenen Experimente in den Daten entdeckt. Vorletzte Woche informierte Miss Dressal dann ihren Chef, dass es private Blocker in Julia Langs Kalender gibt, die sie nicht einsehen kann.«

»Und dann stirbt Julia.« Finn zog seine Lippen spitz zusammen.

»Miss Dressal will im Voraus nichts gewusst haben. Sie sagt, sie war so überrascht wie alle anderen. Sie ahnte aber, dass Malah seine Finger im Spiel hatte.«

»Und sie hat ihn nicht konfrontiert?«

»Sie hatte Sorge um ihr Leben und das ihrer Mutter.«

»Wusste sie, dass Matthew Coldwell den Mord begangen hat?«

»Nein. Sie kennt Coldwell nur als Freund von Julia Lang und hat ihn nie persönlich getroffen.«

»Das heißt, Hannah weiß nicht, wie sich der Mord an Julia abgespielt hat?«

»Genau, sie hat angeblich keine Informationen dazu.« Kate rutschte auf dem Stuhl hin und her. »An manchen Stellen zweifle ich aber etwas an ihrer Glaubwürdigkeit.«

»Wieso?«

»Sie steht wohl noch unter Schock. Sie erzählt wirre Dinge über ihre Zeit mit Ethan.«

Finn schluckte. »Was denn?«

»Sie behauptet zum Beispiel, dass er mit der Kraft der Gedanken ihre Beine gebrochen hat.«

Finns Blick wanderte zu Boden. Dass das stimmte, wusste er nur zu gut.

»Okay«, drückte er knapp heraus.

Kate musterte ihn erneut, lauernd und wachsam, als ahne sie längst, dass er ihr etwas verbarg.

Finn verzog keine Miene, und Kate fuhr fort. »Wir haben Ihre Erzählungen über Ethans Geschichte bestätigen können. Auf Ihren Hinweis hin konnten wir die Kommunikation zwischen Malah und Coldwell aus den In-Ear-Protokollen von Hearium rekonstruieren. Die beiden hatten dort einen privaten Kanal.«

»Und? Was stand in den Protokollen?« Finn richtete sich neugierig auf. Ein stechender Schmerz im Bein war die Quittung.

»Wir müssen vor den Protokollen anfangen. Was wir aus den Ermittlungen beim Entsorgungsbetrieb Hawson Chemicals, Coldwells alter Firma, bereits wussten: Die von Coldwell während der Arbeit dort gestohlenen Geldbeträge waren wesentlich größer, als bei der Anklage und Verurteilung vor Gericht angegeben. Normal hätte Matthew Coldwell wesentlich länger ins Gefängnis gemusst. Der CEO von Hawson Chemicals ist aber ein Golfkollege von Bryan Malah.«

»Und Bryan hat ihn geschmiert?«

»So ungefähr. Die Firma Hawson Chemicals hat nicht mehr kostendeckend gearbeitet. Erhöhte Gebühren für die Müllentsorgung, insbesondere die radioaktiven Fässer, direkte Konkurrenz, fehlgeschlagene Investitionen: Der CEO von Hawson Chemicals hat uns in der Befragung lang und breit sein Leid geklagt. Bryan Malah ist eingesprungen und hat sowohl Anteile gekauft als auch stille Darlehen gewährt. Per Gentlemen's Agreement habe dieser im Gegenzug die Forderungen an Matthew Coldwell auf ein Minimum reduziert. Soweit die Fakten.«

Finn kratzte sich am Kopf. »Okay, Matthew Coldwell hat für

Hawson Chemicals anschließend aber die radioaktiven Fässer entsorgt. Wie kam es denn dazu?«

»Das ist der zweite Punkt aus der Befragung von Hawson Chemicals. Das hatte mit Bryan Malah erst einmal gar nichts zu tun. Coldwell hat hier eine Möglichkeit gesehen und wollte Geld verdienen.«

»Und wie?«

»Coldwell hat durch die Arbeit bei der Cateringfirma bemerkt, dass er Zugang zum Recyclinghof erhält und dass es dort das Tunnelsystem gibt. Und er wusste um die Finanzprobleme von Hawson Chemicals. Also hat Coldwell vor seinem alten Arbeitskollegen, Colby Snieder, bei einem Bierchen geprahlt, er könne die radioaktiven Fässer verschwinden lassen. Und der hat angebissen. Hat den Leiter für Umwelt- und Abfallmanagement bei Hawson Chemicals mit ins Boot geholt, und die drei haben dann die illegale Entsorgung geplant und koordiniert.«

Finn kratzte sich erneut am Kopf. »Deswegen haben wir die Nachrichten zwischen Snieder und Coldwell mit den Absprachen für die Transporte gefunden.«

»Genau.«

»Wie kommt Bryan denn jetzt hier ins Spiel?« Finn wollte nach dem Wasserglas greifen.

Kate schnellte vor und reichte ihm das Glas. »Mit Hawson Chemicals und den radioaktiven Fässer hat der nichts zu tun. Aber Matthew Coldwell stand wegen all der Hilfe bezüglich der reduzierten Gefängnisstrafe tief in Malahs Schuld. Wir haben in der In-Ear-Kommunikation Hinweise gefunden, dass Coldwell nach seiner Entlassung aus dem Gefängnis kleine ›Spezialaufgaben‹ von Bryan Malah bekommen hat. Natürlich gegen eine angemessene Bezahlung.«

»Auch die, eine Beziehung mit Julia zu führen?«

»Das wird so nicht explizit erwähnt. Wir vermuten eher, dass Julia Lang von der Verbindung zwischen Malah und Coldwell wusste und Coldwell benutzen wollte, um an Malah zu kommen. Aus der Rekonstruktion der Kommunikation schließen wir jedoch, dass Coldwell durchgehend loyal gegenüber Malah gewesen ist und ihn über jede Information, die er Julia Lang gegeben hat, in Kenntnis gesetzt hat.«

»Wie ein Doppelagent?«

»Nicht direkt wie James Bond.« Kate zwinkerte ihm zu. »Er hat Julia Lang mit Informationen versorgt, das Vorgehen aber mit Malah abgestimmt. Bis vor einem Monat. Da kam es zum Streit zwischen Coldwell und Malah. Julia Lang hatte Coldwell heftig unter Druck gesetzt, ihm Informationen zu den Experimenten zu liefern. Sie war überzeugt, dass Coldwell für Bryan Malah dort aufgeräumt hat.«

»Was wusste Julia denn genau?«

»Sie war komplett im Bild. Julia Lang hatte etwas gegen Coldwell in der Hand. Und der musste auspacken. Hat ihr von den Leichen erzählt und wo die liegen. Julia wollte dann Malah konfrontieren und vor allem die Polizei und die Presse informieren.«

»Hatte sie die Sache mit den radioaktiven Fässern gegen Coldwell in der Hand?«

»Ich vermute es.« Kate zuckte mit den Achseln.

»Und wie ging es dann weiter?«

»Danach reißt die Kommunikation zwischen Coldwell und Malah ab. Wir vermuten, dass die beiden dies lieber persönlich besprochen haben. Julia Lang hatte belastendes Material gegen beide. Da haben sie wahrscheinlich beschlossen, das Problem ein für alle Mal zu lösen. Am Tag von Julias Ermordung nehmen die beiden die Kommunikation über die In-Ears dann wieder auf. Es gab mehrere Nachfragen von Malah zum aktuellen Stand des

›Projekts‹. Bis Coldwell eine halbe Stunde nach dem wahrschein-
lichen Todeszeitpunkt von Julia Lang bestätigt, dass alles funktioniert hat.«

»Ich wusste, dass Coldwell ein Arschloch ist.«

»Das ist nicht das Ende. Wir haben Coldwells Handydaten
analysiert. Zum Zeitpunkt der Ermordung des Journalisten Mohammad Ejoussouf hat sich Matthew Coldwell am mutmaßli-
chen Tatort in der Nähe des Redaktionsbüros aufgehalten. Danach bewegte er sich zum Park, in dem wir die Leiche gefunden
haben.«

»Den hat er auch erschossen?«

»Ziemlich sicher. Ejoussouf war im Besitz von Julia Langs
Datenauswertungen, und diese Informationen hätten für Bryan
Malah gefährlich werden können. Ich denke, dass Coldwell das
Problem für Malah lösen sollte.«

»Die beiden konnten nur nicht sicher sein, dass Ejoussouf das
Geheimnis mit ins Grab nimmt?«

»Wir vermuten, dass Coldwell alle Geräte von Ejoussouf entsorgt hat. Er hatte aber nicht mit dem Stick für Sky Miller gerechnet.«

Eine kurze Pause entstand. »Das heißt, Bryan und Matthew
Coldwell haben all diese Morde allein durchgezogen?«

»Wir haben keine Hinweise, dass noch jemand beteiligt war.
Aber Robert Lang ist aus dem Koma erwacht und stabil. Ich bin
auch hier, um ihn zu sprechen.«

Finn machte ein demonstrativ betrübtes Gesicht. »Und ich
dachte, Sie wären wegen mir hier, Detective.«

Kate sah ihn zwinkernd an. »Das hätten Sie wohl gerne.«

Beide lächelten.

* * *

Die letzten Strahlen des Tageslichts fielen durch den heruntergelassenen Rollladen des Krankenzimmers, als Finn nach einer kleinen Schlafpause aufwachte. Sein Kopf schmerzte, und damit kamen die Gedanken an sein Implantat zurück. Er versuchte, seine Überlegungen dazu neu zu ordnen. Seit der Begegnung mit Ethan in der Hütte hatte sich seine Sichtweise darauf verändert. Ethan hatte sich mit einer unerschütterlichen Überzeugung auf seine Fähigkeit verlassen, während Finn seine eigene seit dem Besuch bei Rhonda eher bedrohlich fand. Vielleicht, dachte er, hatte der Junge aber in einem Punkt recht: Das Implantat konnte wirklich eine Quelle der Stärke sein – eine Gabe, die man nutzen konnte, wenn man bereit war, die Verantwortung dafür zu übernehmen.

Ja, das Implantat war irgendwann ohne sein Einverständnis eingesetzt worden, aber das war nur ein Teil der Geschichte. Er wollte nun endlich erforschen, wie das Ding überhaupt in sein Hirn gelangen konnte. Finn spürte neue Energie und war wild entschlossen, Antworten zu finden.

Sein Blick fiel auf Elia. Sie hatte den Kopf auf seinen Arm gelegt und schlief. Die Arme. Sie hatte die ganze Nacht an seiner Seite verbracht.

Er schloss die Augen. Nach der Operation hatte er viel nachgedacht. Über Elia, über die Dinge, die im Leben wirklich wichtig sind. Sie war diejenige, die ihm Halt gab. Sie hatte ihm seine Fehler verziehen und immer an ihre Beziehung geglaubt. Er fühlte sich nicht nur dankbar. In ihm reifte eine Erkenntnis. Elia war diejenige, mit der er sich seine Zukunft vorstellen konnte. Es war Zeit. Zeit, den nächsten Schritt zu wagen.

Finn öffnete die Augen erneut, ein Lächeln auf den Lippen. Ein Antrag. Elia sollte erfahren, was sie ihm bedeutete.

* * *

Kate grüßte den bewaffneten Polizisten, der an der Türe Wache stand, und betrat Robert Langs Zimmer. Robert Lang lag regungslos auf dem Bett, sein Gesicht bleich und von Schmerzen gezeichnet. Er trug ein OP-Hemd, und Kate erkannte deutlich den Verband an der Stelle, an der sie ihn angeschossen hatte. Als er Kate erblickte, sprachen Wut und Verbitterung aus seinen Augen.

Kate stellte sich an das Fußende des Bettes, ihre Arme vor der Brust verschränkt, in ihrem Inneren eine Mischung aus Mitgefühl und Entschlossenheit. Mit fester Stimme begann sie, die Ereignisse rund um Ethan und seine Taten zusammenzufassen.

»Haben Sie das verstanden?«, schloss sie ihre Ausführungen.

Robert nickte misstrauisch.

Kate fuhr fort: »Mr. Lang, ich muss Sie direkt fragen. Wussten Sie etwas über die Taten, die Ihr Sohn begangen hat?«

Mit heiserer und aggressiver Stimme antwortete er: »Nein, nein, so ein Blödsinn. Das konnte ich nicht ahnen. Ethan war schon immer … schwierig. Er hörte nie auf mich. Nicht als kleiner Junge, nicht jetzt. Immer rebellisch, immer auf der Suche nach Aufmerksamkeit.«

Sein Körper zuckte, als kämpfte er gegen unsichtbare Fesseln. Die Zeichen des Alkoholentzugs waren unübersehbar.

»Sie hatten also keine Ahnung von seinen Plänen?«

»Hören Sie mir überhaupt zu? Das habe ich doch gerade gesagt. Ich habe versucht, ihn auf den richtigen Weg zu bringen, aber er war immer so … unbeugsam.«

Kate zog ihren Notizblock und klappte ihn auf. »Fangen wir bei unserer ersten Begegnung an: Warum sind Sie vor meiner Kollegin und mir geflohen, Mr. Lang?«

Robert rollte die Augen. »Das wissen Sie doch genau.«

»Was meinen Sie?«

»Was denken Sie denn?«, blaffte er. »Meine Ex-Frau liegt erdrosselt im Wohnzimmer. Ich bekomme eine dicke Summe, wenn sie stirbt. Meine Finanzen sind ein Desaster.« Er beugte sich nach vorne. »Ich habe die Flucht ergriffen, um zu verhindern, dass ich zu Unrecht beschuldigt werde und im Gefängnis lande.«

»Sie hätten es uns erklären können. Warum fliehen, wenn Sie nichts zu verbergen haben?«

Robert ließ seine Stimme vor Verachtung triefen. »Ihr macht euch doch nicht die Mühe, richtig zuzuhören. Ich sah verdammt schuldig aus und ich habe kein Alibi. Ich saß betrunken zu Hause.« Roberts Hände zitterten leicht. Er zögerte einen Moment, als ob es ihm schwerfiel, konzentriert zu bleiben. »Ich habe schon lange vermutet, dass Malah das Ding gedreht hat. Der arrogante Wichser. Ich hatte nur keine Beweise. Ich wollte Zeit gewinnen, um meine Unschuld zu beweisen und sicherzustellen, dass ich nicht wegen etwas bestraft werde, das ich nicht getan habe.«

Kate nickte ohne eine Regung. »Verstehe. Sie können mir glauben, wir untersuchen jeden Fall gründlich.«

Eine Krankenschwester öffnete die Tür, drehte aber beim Blick auf die Ermittlerin wieder ab. Kate ignorierte Robert Langs genervten Gesichtsausdruck und fuhr mit der Befragung fort.

»Warum haben Sie Leerkäufe auf Hearium getätigt und letztendlich Mr. Malah als Geisel genommen?«

»Warum wohl? Weil der Mann Dreck am Stecken hatte und sein Unternehmen mit in den Abgrund nehmen würde. Es ist nichts Illegales, auf einen Wertverlust zu spekulieren.«

»Außer, wenn es Insiderhandel ist«, entgegnete Kate. »Woher wussten Sie, dass Bryan Malah«, sie formte Anführungszeichen in der Luft, »›Dreck am Stecken‹ hatte?«

Robert Lang zögerte, seine Kiefermuskeln spannten sich an.

»Julia hat mir nichts gesagt, falls Sie darauf abzielen. Fragen Sie alle anderen. Dafür war sie viel zu korrekt.« Er machte eine kurze Pause. »Aber wir waren zwölf Jahre verheiratet. Ich merke, wenn sie in Alarmbereitschaft ist. Und das lag nicht an dem Penner Coldwell. Bei Julia zu Hause lagen überall als vertraulich gestempelte Dokumente von Hearium rum. Die würde sie ohne besonderen Anlass nie aus dem Büro entfernen.«

»Sie schließen aus herumliegenden Dokumenten bei Ihrer Ex-Frau zu Hause, dass es sich lohnt, einen relevanten Geldbetrag auf den Untergang von Hearium zu wetten?«

Robert musterte Kate lange, bevor er antwortete. »Ich habe Julias Unterlagen durchwühlt. Vor allem habe ich ihre Notizen am Rand der Dokumente entdeckt. So kam ich auf die Idee, dass dort Experimente schiefgelaufen sind. Und ich habe Kontakte zur Zeitung. Bevor ich aber genau erfahren habe, was wirklich passiert ist mit diesen fehlgeschlagenen Experimenten, erschießt auf einmal jemand meinen Kontakt Mo.«

»Mohammad Ejoussouf?«

Verwundert blickte Robert Kate an. »Ja … genau. Julia und ich kennen Mo von früher. Er hat vor ein paar Jahren eine längere Story über Julia in der Blackvale Times gebracht.«

»Und wieso dann die Geiselnahme von Bryan Malah?«

»Das war nicht meine Sternstunde. Der Broker wollte sein Geld. Julia und Mo waren tot. Und ich hatte ordentlich Alkohol intus. Da habe ich gesagt: alles oder nichts. Ich wollte ein Geständnis von Malah.« Ein überhebliches Lächeln spielte auf Roberts Lippen. »Und jetzt lassen Sie mich verdammt noch mal in Ruhe! Ich muss mich ausruhen.«

Mit einer Geste zur Tür forderte er Kate auf zu gehen.

* * *

Bis auf das leise Summen des Kühlschranks aus der gegenüberliegenden Ecke herrschte eine unangenehme Stille in der Küche.
Finn saß auf einem der klapprigen Holzstühle am Küchentisch,
sein verletztes Bein vor sich ausgestreckt. Auch nach einer Woche pochte die Wunde weiter unter dem Verband und schmerzte
schon bei der kleinsten Bewegung. Jeder Muskel schien gegen ihn
zu arbeiten, und das Gehen wurde zu einer mühsamen Aufgabe.

Im flackernden Licht der nackten Glühbirne über dem Tisch
musterte er Rhonda, die gedankenverloren in einem Früchtetee
rührte. Sie hatte wenig geschlafen, das sah Finn an den dunklen
Schatten unter ihren Augen. Sein Blick blieb aber an dem blauen
Fleck und den Kratzern auf ihren Wangen haften. Ein improvisier-
ter Verband am rechten Handgelenk ließ die Spuren von Ethans
Wut klar erkennen. Der Junge musste sie gefesselt haben. Obwohl
die Verletzungen ernst waren, musste Finn schmunzeln: Zusammen
wirkten Rhonda und er wie aus einem Armeelazarett entflohen.

Finn deutete auf Rhondas Handgelenke. »Wie geht es dir? Es
tut mir leid, was dir passiert ist.«

Rhonda lächelte und verschränkte unter sichtbaren Schmerzen die Arme. »Mir geht es gut.« Ihre Stimme klang bemüht ausdruckslos.

Finn spürte, dass es keinen Sinn hatte, sich in Small Talk zu
flüchten. Er atmete tief durch und beschloss, direkt zum Grund
seines Besuchs zu kommen.

»Ich habe noch viele Fragen. Es gibt so viel, was ich verstehen
möchte.«

Rhonda rieb sich mechanisch die Schläfen, und die feinen Falten um ihre Augen schienen tiefer zu werden. Finn bemerkte ihre
Anspannung.

»Ich werde nur ein paar Fragen stellen, keine Sorge – ich halte es kurz.«

Rhonda nickte, als hätte sie keine Energie, Widerstand zu leisten. Ihre Schultern sackten dabei ein wenig nach vorne. Mit einem Seufzen nahm sie die Teekanne und füllte ihre Tasse nach, wobei ihr zittriger Griff verriet, wie erschöpft sie wirklich war.

Unsicher, ob er einfach mit seinen Fragen loslegen oder besser abwarten sollte, bis Rhonda ihm ein klares Zeichen gab, zupfte Finn am Kragen seines eng sitzenden Poloshirts.

»Kanntest du Ethans dunkle Seite? Wusstest du, was er vorhatte?«

Rhonda schüttelte den Kopf. »Wenn ich gewusst hätte, was er vorhat, sähe ich dann so aus?« Sie deutete auf ihre Handgelenke. »Ich wusste aber von seinem Implantat und seinen Fähigkeiten. Ethan ist nicht wie die anderen Menschen. Er hat etwas … Besonderes. Seine Fähigkeiten sind überwältigend. Er ist einer der wenigen Menschen, die ihre Fähigkeit intuitiv nutzen und das volle Potenzial des Implantats ausschöpfen können.« Furcht und Bewunderung schwangen in ihren Worten.

»Du hast ihn trainiert?«

»Oh nein! Ich habe versucht, seine Energie in Bahnen zu lenken. … Und ich habe versagt.«

»Hast du ihm gezeigt, was er kann? Und wie er seine Kräfte einsetzen muss?«

Rhonda hob den Kopf nur leicht, ihre Augen wanderten an Finn vorbei. »Nein. Ich habe mit ihm daran gearbeitet, dass er seine Fähigkeiten kontrollieren kann. Damit er Gutes tun kann«, sagte sie leise, fast monoton, während sie die Hände um ihre Tasse schloss.

Finn spürte, wie sein Misstrauen erneut aufkeimte. Ihre vage Antwort klang, als ob sie ihm nicht einmal annähernd die volle Wahrheit sagte.

»Wieso konntest du ihm nicht helfen?« Er schob sich leicht nach vorne und zuckte zusammen: Der Stoff seiner Hose drückte unangenehm auf sein schmerzendes Bein.

»Manche Menschen haben etwas zutiefst Böses in sich, denke ich. Da sind die Möglichkeiten begrenzt. Außerdem tut ihm sein Vater nicht gut.«

»Wieso?«

»Robert Lang wollte Ethans Fähigkeit missbrauchen, um sich zu bereichern.« Die Muskeln in Rhondas Kiefer spannten sich an.

»Meinst du die illegalen Straßenkämpfe? Robert hat Ethan daran teilnehmen lassen?«

»Ethans Eltern wussten von seinem Implantat. Robert Lang wollte die Fähigkeit für die Straßenkämpfe nutzen. Und der Junge hätte gewonnen.«

»Deswegen hat er so viel Geld auf den Fight gesetzt«, raunte Finn. »Aber kann Ethan seine Fähigkeit einfach so einsetzen? Braucht er dafür nicht eine TerraPulse-Person oder den Aktivator?«

»Natürlich braucht er eins von beidem. Aber Robert Lang und Ethan haben den richtigen Moment abgewartet. Sie haben gemeinsam dafür gesorgt, dass jemand mit einer TerraPulse-Fähigkeit vor Ort ist. Und vor dem Kampf gewartet, dass Ethan das euphorische Gefühl im Kopf spürt.«

»Aber Ethan hat nicht gekämpft. Und Robert Lang alles Geld verloren.«

»Tja, sie haben sich die falschen Leute ausgesucht. Denkst du, so eine Veranstaltung hält sich lange, wenn jemand mit einer BodyPulse-Fähigkeit dort jedesmal alle schlagen kann und die Siegprämie abräumt?«

»Die Veranstalter haben also von den Fähigkeiten gewusst? Woher denn?«

»Das haben sie definitiv. Diese Kämpfe wurden ursprünglich

ins Leben gerufen, weil die Veranstalter die BodyPulse-Implantate testen wollten. Die Organisatoren wollen nun aber natürlich verhindern, dass sich jemand anderes mit so einem Implantat dort bereichert. Wollen sie also selbst keinen Kämpfer mit einer Body-Pulse-Fähigkeit dort kämpfen lassen, benutzen sie heimlich einen Aktivator.«

»Wer sind die Veranstalter?«

»Menschen mit Beziehungen. Bis in Regierungskreise. Mehr kann ich dir nicht sagen ...«

»Kannst du nicht? Oder willst du nicht?« Finn sah Rhonda prüfend an. Immer diese Geheimnisse. Das würde er nicht auf sich sitzen lassen. Wer steckte hinter den Implantaten? Er würde es herausfinden.

»Finn! Wir können das hier auch lassen. Ich muss mich nicht rechtfertigen.«

Zerknirscht blickte Finn zu Boden. »Okay. Also ist Ethan vor dem Kampf geflohen.«

»Richtig. Er hat mir gesagt, dass seine Fähigkeit von der einen auf die andere Sekunde verschwunden war. In einem fairen Kampf hätte er keine Chance gegen die Straßenkämpfer gehabt.«

Wieder schwiegen beide. Finns Finger klopften nervös auf den Tisch. »Rhonda, woher weißt du so viel über Ethans und auch über meine ... Fähigkeiten und über die Implantate?«, fragte er schließlich.

Rhonda nahm einen tiefen Atemzug, als ob sie sich sammelte. »Ich habe bei Hearium an den Neuroexperimenten gearbeitet, wie du sicherlich selbst herausgefunden hast«, sagte sie, ohne Emotion in ihrer Stimme. »Julia Lang kam über ihre Recherchen auf mich und hat mich damals um Hilfe gebeten, da sie Angst hatte, dass Ethan abdriftete. Bei Ethan habe ich das Implantat intensiv studieren können.«

Finn beobachtete Rhonda aufmerksam. Ihre Finger glitten nervös über die Teetasse, ihre Augen wanderten unstet umher, ihr Lächeln erreichte kaum ihre Lippen. Das war nie im Leben die Wahrheit! Da steckte mehr dahinter.

»Und woher wusstest du, dass ich ein Implantat habe?«, bohrte Finn nach.

»Eine rein zufällige Entdeckung.« Draußen hupte ein Auto, und Rhonda schreckte hoch. Sofort sammelte sie sich wieder. »Am Tag deines Besuchs wollte ich ein Prototypgerät namens NeuroStim-Analyzer testen – es ist dafür gedacht, neuronale Schnittstellen zu erkennen und Aktivierungsimpulse zu senden«, erklärte sie, und ihre Stimme hatte einen Hauch von Bedauern. »Als du bewusstlos wurdest, habe ich ein Implantat in deinem Kopf vermutet.«

Finns Gedanken rasten. Wenn Rhondas NeuroStim-Analyzer-Gerät ihn ausknocken konnte, bedeutete das zugleich, dass jeder mit dem richtigen Zugang und Wissen ihn auf Knopfdruck ausschalten konnte? Die Vorstellung, derart verwundbar zu sein, ließ ihn erschaudern – er wäre also nicht nur den Fähigkeiten anderer, sondern auch dieser Technologie komplett ausgeliefert.

Rhonda schien seine Besorgnis bemerkt zu haben. »Mach dir keine Sorgen, Finn,« sagte sie leise, »so ein Gerät gibt es nicht einfach auf dem Markt, und soviel ich weiß ist mein Prototyp der Einzige – und der ist sicher verschlossen.«

Finns Blick wanderte unwillkürlich durch die Küche und blieb an der Kellertür hängen. Er atmete tief durch und entschied sich, weiterzufragen.

»Weißt du, wer mir das Implantat eingesetzt hat? Oder wann das passiert ist?« Seine Stimme klang schärfer, als er es beabsichtigt hatte, eine Mischung aus Verzweiflung und Frustration. »Und hat das Ganze, wie bei den Straßenkämpfen, auch etwas mit der Regierung zu tun?«

»Finn, ich …«, murmelte Rhonda fast unhörbar. Dabei hielt sie seinem Blick nicht einen Moment stand, sondern ihre Augen glitten ebenfalls zur Kellertür. »Da kann ich dir nicht helfen. Und damit muss es für heute auch gut sein.«

Finn bemerkte ihre Nervosität und wurde wütend. Sie wich aus, das war offensichtlich. Er war sich sicher, dass sie ihm immer nur Halbwahrheiten erzählte, gerade genug, um ihn ruhigzuhalten, aber nie das ganze Bild. So ein detailliertes Wissen über die Implantate und die KI hatte sie sich nicht allein durch ihre Arbeit bei Hearium und das Studium von Ethan angeeignet. Sie steckte da tiefer drin. Und er würde sich damit nicht zufriedengeben. Er würde die Wahrheit herausfinden. Über Rhonda. Und über die Hintergründe seines Implantats.

Für den Moment biss er sich trotzdem auf die Lippen. Er wollte die fragile Verbindung zwischen ihnen nicht gefährden. Schließlich war Rhonda die Einzige, die ihm die so dringend benötigten Erklärungen liefern konnte.

»Kannst du mir wenigstens erklären, wie die anderen beiden Fähigkeiten – BodyPulse und TerraPulse – funktionieren? Sie wirken ja nicht nur im Kopf, sondern auch auf andere Menschen oder die Umwelt. Wie hängt das mit dem Implantat zusammen?«

Rhonda ließ ihren Blick müde über den Tisch schweifen. »Das Thema ist zu groß für eine Erklärung, Finn,« seufzte sie. Sie hielt kurz inne und schloss für einen Moment die Augen, als ob sie ihre Gedanken ordnete. »Vielleicht heute nur so viel: BodyPulse funktioniert, weil die künstliche Intelligenz berechnen kann, welche elektromagnetischen Impulse das Implantat aussenden muss, um die Gehirnareale anderer Menschen zu manipulieren, während bei TerraPulse die KI berechnet, welche elektromagnetischen Kräfte notwendig sind und vom Implantat ausgesendet werden müssen, um die Moleküle in der Umwelt zu beeinflussen.«

Finn nickte langsam, ihre Worte sanken in sein Bewusstsein, auch wenn sie ihm nur eine Ahnung von der gesamten Komplexität gaben.

»Also vereinfacht gesagt berechnet die künstliche Intelligenz, welche Impulse das Implantat aussenden muss, um Menschen oder die Umgebung zu beeinflussen?«

»So kann man es sagen.« Rhonda lächelte und schien froh zu sein, Finn zumindest einen kleinen Einblick ermöglicht zu haben.

Der versuchte, den günstigen Moment zu nutzen. »Du hast bei unserem letzten Treffen erwähnt, dass ich mit meiner Fähigkeit etwas Besonderes wäre. Was meintest du damit?«

Rhonda wirkte angestrengt. Sie atmete so schwer, dass Finn Sorge hatte, sie würde gleich vom Stuhl fallen.

»Als ich den zufälligen Test durchführte, zeigte die Rückmeldung von deinem Implantat eine ungewöhnlich starke Reaktion – die aufgezeichneten Daten wiesen eine deutlich höhere elektromagnetische Aktivität und komplexere neuronale Muster auf als bei anderen. Was mir sofort klarmachte, dass dein Implantat eine spezielle, weiterentwickelte Version sein musste. Du bist ein Wandler.« Ihre Augen leuchteten für einen Moment.

»Ein Wandler?«

»Dein Potenzial ist unbegrenzt. Du hast die Möglichkeit, jede der drei Fähigkeiten zu nutzen.«

Finn runzelte die Stirn. »Das stimmt nicht. Ich habe nie gespürt, dass ich andere Körper oder die Umwelt beeinflussen kann.«

»Natürlich nicht. Du bist noch nicht bereit dafür, und das ist auch nicht leicht. Du müsstest deinen Geist darauf programmieren. Und du wirst immer nur eine Fähigkeit nutzen können.«

»Was meinst du mit ›programmieren‹?«

Rhonda lehnte sich zurück, ihre Stimme wurde milder. »Es wird nicht leicht sein, Finn, zwischen den Fähigkeiten zu wechseln. Du musst dein Gehirn darauf trainieren, ganz gezielt bestimmte Bereiche zu aktivieren, damit die künstliche Intelligenz versteht, welche Fähigkeit du gerade nutzen willst. Das erfordert eine immense Konzentration und die Fähigkeit, deine Gedankenmuster gezielt zu lenken.«

»Und dann könnte ich alle drei Fähigkeiten nutzen?«

»Aber ja, theoretisch kannst du zwischen allen drei Optionen wählen. Du wirst nicht direkt wechseln können, sondern du musst dich immer entscheiden. Es dauert immer etwas, bis die künstliche Intelligenz im Implantat alle neuronalen Muster neu kalibriert hat.«

Finns Mund stand offen. »Wieso habe ich bisher davon nichts gemerkt?«

»Selbst dir fliegen diese Fähigkeiten nicht zu. TimePulse ist für dein Gehirn anscheinend am einfachsten zu aktivieren. Aber selbst hier kratzt du, gemessen an deinem Potenzial, nur an der Oberfläche. Du musst lernen, wie man die verschiedenen Fähigkeiten aktiviert und diese dann voll ausnutzt.«

»Wie mache ich das?«

»Ich bringe es dir gerne bei. Mach dir aber nichts vor: Es ist ein langer Weg. Und der erfordert Geduld …« Rhonda starrte ihn einen Moment lang mit prüfenden Augen an. »Und ich mache es nur, wenn du dich an meine Regeln hältst. Keine weiteren Alleingänge – du weißt, was ich meine. Es geht nicht, dass du mir Dinge stiehlst.« Ihr Blick wurde hart.

Beschämt neigte Finn den Kopf und griff in seine Jackentasche. Langsam zog er den gestohlenen Pulse-Aktivator hervor und legte ihn vorsichtig auf den Tisch vor Rhonda.

»Das tut mir leid,« murmelte er, seine Stimme voller Reue. »Ich hätte ihn nicht nehmen dürfen.«

Rhonda seufzte. »Du darfst so etwas nie wieder machen, Finn.

Es bringt uns beide in Gefahr. Und du solltest wissen, dass du damit viel mehr riskierst, als nur ein Gerät zu verlieren. Ich habe auch nur noch dieses, nachdem Ethan mir mein Ersatzgerät abgenommen hat.« Nach einer Pause zuckte ein kleines Lächeln über ihre Lippen. »Doch ich muss dir hoch anrechnen, dass du es zumindest für einen guten Zweck eingesetzt hast.«

Sie nahm den Aktivator in die Hand. Ihr Blick glitt darüber, als ob sie sicherstellen wollte, dass er unversehrt war, bevor er in ihrer Tasche verschwand. »Ich werde ihn erst wieder aufladen müssen. Das wird etwas dauern. Und dann ...«

Ein ungeduldiges Hämmern an der Haustür ließ die Wände vibrieren. Rhonda eilte durch die Küche. Finn konnte hören, wie die Haustür geöffnet wurde. Rhonda sprach gedämpft, fast flehend, während eine Männerstimme drängend und fordernd klang.

»Ich habe dir gesagt, Rhonda, das kann nicht länger warten!« Die Worte scharf wie Peitschenhiebe. Mehr konnte Finn nicht verstehen. Doch dann ertönte ein eindringlicheres »Du weißt, was ich brauche, besorg es endlich!«.

Rhonda kam zurück in die Küche und näherte sich, mit sichtbarem Unbehagen im Gesicht, widerwillig der schweren Kellertür. Sie zögerte kurz, bevor sie die Klinke ergriff und die Tür nur einen Spaltbreit öffnete, gerade weit genug, um sich hindurchzuschieben.

Die Sekunden verstrichen. Die Haustür war immer noch geöffnet und verursachte einen Zug, der dafür sorgte, dass die angelehnte Kellertüre mit einem leisen Quietschen aufschwang und den Blick ins Halbdunkel dahinter freigab. Eine Treppe führte nach unten, doch interessanter war die Wand daneben, bedeckt mit eng aneinandergereihten Bleistiftskizzen – Symbole, Diagramme, Formeln. Finns Herz klopfte schneller, als er das Wort

»IMPLANTAT« in großen Buchstaben erkannte, begleitet von einem Fragezeichen und einem merkwürdigen Kringel in der Mitte. Eilig holte er sein Smartphone hervor und schoss ein schnelles Foto. Die Stimme draußen war wieder zu hören, sie trieb Rhonda zur Eile an.

Rhonda kehrte zurück, und ihr Blick wanderte von der offenen Tür direkt zu Finn.

»Es reicht für heute,« sagte sie scharf und gab ihm mit einem kurzen Nicken zu verstehen, dass es für ihn Zeit war zu gehen. »Komm am besten in zwei Tagen wieder, dann beginnen wir mit dem Training.«

Ihr Ton duldete keinen Widerspruch. Eilig packte sie Finn am Ärmel und zog ihn durchs Wohnzimmer, vorbei an einem Mann mit hageren Schultern und zum Zopf gebundenem grauem Haar, der Finn eindringlich musterte. Er sah aus wie ein verstaubter Professor, ein Relikt aus einer anderen Welt.

Bevor Finn richtig begreifen konnte, was geschah, knallte die Tür hinter ihm zu. Einen Moment lang stand er reglos auf der Veranda, das Rauschen des Windes in den Ohren. Er versuchte, seine Gedanken und Eindrücke zu ordnen. Die Skizzen im Keller, Rhondas Drängen – all das fühlte sich an, als hätte er gerade erst die Spitze des Eisbergs ihrer Geheimnisse berührt. Finn zog sein Smartphone aus der Tasche und sah sich das eben aufgenommene Bild genauer an. Sein Blick blieb an einem handschriftlichen Code haften: »R-H14«. Während der letzten Gespräche mit Rhonda war Finn klar geworden, dass er die Hintergründe seines Implantats wohl ohne ihre Hilfe herausfinden musste. Könnte dieser Code der erste Hinweis sein, der ihn auf die richtige Spur führte?

＊ ＊ ＊

Finn saß angespannt und aufrecht auf dem Besucherstuhl in Captain Thakes Büro. Vor ihm auf dem polierten Schreibtisch lag eine Mappe mit Unterlagen, die er sich nur zu gerne angesehen hätte, während er wartete. Sein Name stand mit einem schwarzen Filzstift dick darauf geschrieben.

Die Tür schwang auf, und der Captain trat ein, sein Blick konzentriert, seine Miene ernst.

»Dever!« Die Hand des Captains klatschte von hinten gegen Finns Schulter. »Danke, dass Sie gekommen sind«, sagte er jovial und ließ sich hinter seinem Schreibtisch nieder. »Alles wieder fit mit dem Bein?«

Finn nickte höflich. »Danke, Captain. Es wird langsam.«

Mit gefalteten Händen fuhr der Captain fort: »Wir haben Ihre Expertise in diesem Fall sehr geschätzt.« Anerkennend tippte er mit dem Finger auf die Mappe vor ihm und lehnte sich in seinem Stuhl zurück. »Ich muss zugeben, dass ich beeindruckt bin, Dever. Sie haben einen entscheidenden Beitrag geleistet, um diesen Fall zu lösen.«

»Es war mir eine Ehre, Captain. Ich bin froh, dass ich helfen konnte.«

»Sie könnten ein wertvolles Mitglied des gesamten Teams sein. Und mit Detective Okon scheinen Sie ja bestens zu harmonieren. Sie bringen richtig Pep rein.« Er lachte laut auf. Instinktiv drehte sich Finn um, jeder im Revier musste dieses Lachen gehört haben.

»Ja, Detective Okon ist eine hervorragende Ermittlerin. Und ich finde das Team klasse. Ich würde sehr gerne wieder helfen.«

Der Captain nickte zufrieden. »Ich bin froh, das zu hören. Wir könnten mehr Leute wie Sie gebrauchen. Und da sind wir beim

Punkt.« Er klappte die Mappe auf. »Ihr Vater hat mir beim Pokern von Ihrer privaten Situation erzählt.«

Finn rollte die Augen.

Captain Thake hob entschuldigend die Hand. »Nicht falsch verstehen. Das hier passiert nicht, weil Ihr Vater mein guter Poker-Buddy ist.« Wieder lachte er. »Sie haben gute Arbeit abgeliefert und gerade keine feste Anstellung. Daher möchte ich Ihnen einen festen Beratervertrag für ein Jahr anbieten.« Er hielt ein Dokument hoch.

Finn war überrascht und geschmeichelt. Eine dauerhafte Anstellung hatte er nicht erwartet. Es fiel ihm schwer, die aufsteigende Freude zu verbergen. »Das ist wirklich großzügig von Ihnen, Captain. Ich fühle mich geehrt und nehme das Angebot gerne an.«

»Ausgezeichnet! Wie immer, Kleingedrucktes lesen und unterschrieben an mich zurück. Ich denke, Ihre Expertise wird uns sehr helfen.«

»Vielen Dank, Captain. Ich freue mich auf die weitere Zusammenarbeit!«

Der Captain reichte Finn die Hand. »Ich freue mich auch darauf, Dever. Rütteln Sie das Team gerne ordentlich durch!«

* * *

Umgeben von einem Berg aus Ordnern und Notizen war Kate im gedämpften Licht ihrer Wohnung konzentriert in die Arbeit vertieft. Vor ihr lag die umfangreiche Akte des Serienkillerfalls, die sie aufmerksam durchblätterte.

Ihr Blick fiel kurz durch die offene Tür in die Küche. Bald würde es Abendessen geben. Mit geschickten und routinierten Bewegungen rührte Steven in einer Schüssel. Ein Lächeln huschte über ihr Gesicht.

Steven drehte sich um und bemerkte ihren Blick. Er lächelte zurück und winkte ihr zu, bevor er sich wieder auf das Kochen konzentrierte. Bei der Aussicht auf ein gemütliches Essen zu zweit fühlte Kate, wie die Anspannung langsam von ihr abfiel.

Sie drückte sich in die weiche Lehne ihres Stuhls und schloss für einen Moment die Augen. Die Ereignisse in der Woche seit dem Mord an Julia Lang hatten sie emotional und mental erschöpft. Alles in ihr sehnte sich nach einer Pause, nach einem Moment der Ruhe und des Durchatmens. Doch der ungelöste Fall des Serienkillers lastete schwer auf ihr. Immer noch versetzte er die Stadt in Angst und Schrecken. Eine Pause war undenkbar. Diesem Fall verdankte sie es, dass sie Leiterin eines Ermittlungsteams geworden war, und diese Verantwortung lastete schwer auf ihr. Wie aussichtslos es auch erscheinen mochte, sie durfte nicht nachlassen.

Kate gab sich einen Ruck und öffnete die Augen. Steven stand am dampfenden Herd und summte leise vor sich hin. Es duftete köstlich nach einem seiner Currys. Steven unterstützte sie bedingungslos in ihrem fordernden Job, und es gelang ihm immer wieder, etwas liebevolle Normalität in ihr aufreibendes Dasein zu bringen. Er hätte es wirklich verdient, dass sie mehr Zeit mit ihm verbrachte und ihre Zuneigung und Wertschätzung besser zeigen könnte.

Das klingelnde Smartphone riss Kate aus ihren Gedanken. Unbekannter Anrufer. Sie reagierte nicht sofort, aber ignorieren war keine Option. Bitte kein neuer Mordfall, betete sie in Gedanken. Mit einem tiefen Seufzer nahm sie ab.

»Okon.«

»Guten Abend, Detective.«

Kate fuhr hoch. Aus dem Hörer am Ohr tönte eine verwaschen metallische Stimme. Stimmverzerrer, dachte sie sofort. Ihre Nackenhaare standen zu Berge.

»Ja, wer ist da?«

»Ich bin enttäuscht von Ihnen«, krächzte die Stimme.

»Wer sind Sie? Was meinen Sie damit?«

Die synthetische Stimme setzte erst nach einer kurzen Pause wieder ein. »Wie konnten Sie bei Julia Lang einen Ripper-Mord annehmen?«

»Wer ist denn da?« Kate biss die Zähne zusammen.

»Der Ripper mag keine billigen Kopien. Er wird Ihnen bald zeigen, wie es richtig geht. Sie wird jung sein. Und so unschuldig. Dann werden Sie mit eigenen Augen eines seiner Meisterwerke sehen. Damit Sie nicht noch einmal auf Nachahmer reinfallen. Es ist nicht vorbei.«

Der Anrufer legte abrupt auf.

Kate starrte auf das Smartphone in ihrer Hand. Ihre Finger krampften sich um das Gerät. Ihr Herz raste. In ihrem Kopf hallte die synthetische Stimme weiter: »Es ist nicht vorbei.«

»Was zum Teufel …?«, flüsterte sie. Sie griff nach der Tischkante. Wer war der Anrufer? Hatte sie gerade etwa der Ripper angerufen? Oder jemand, der ihn kannte? Ein Gehilfe? Ihre Gedanken überschlugen sich. Warum hatte der Anrufer ausgerechnet sie kontaktiert? Warum jetzt?

Kate legte das Smartphone mit zitternden Händen vor sich ab und starrte es an. Die Fragen hörten nicht auf. Wenn es stimmte: Wer war das nächste Opfer? Sie musste diesen Mord verhindern! Aber was sollte sie mit dem Hinweis »jung und unschuldig« anfangen?

Ruckartig stand sie auf. Sie verschränkte die Hände hinter dem Kopf und trat vors Fenster. War dies überhaupt ein echter Hinweis? Oder wollte jemand sie ablenken? Sie musste nachdenken.

Kate starrte auf die menschenleere Straße unten vor ihrem Fenster und fühlte, wie ihre Wut stieg. »Nicht mit mir«, sagte sie leise. Sie nahm ihr Smartphone und schickte Olexiy die Nachricht, den letzten Anruf auf ihrem Handy dringend zurückzuverfolgen. Sie würde den Ripper fassen. Das schwor sie sich. Wenn er es war, der gerade angerufen hatte, dann hatte er einen Fehler gemacht.

Jetzt hörte sie Schritte. Steven trat lächelnd ins Wohnzimmer, in der einen Hand eine Flasche Rotwein, in der anderen das Curry.

»Jetzt ist es aber auch gut für heute«, sagte er. »Lass uns den Abend genießen.«

Kate sah ihn an und zwang sich zu einem Lächeln. »Du hast recht. Genau das brauche ich jetzt.« Heute würde sie sowieso nichts mehr erreichen.

Sie setzten sich an den Esstisch, und Steven füllte die Teller. Er beugte sich nach vorne und gab ihr einen flüchtigen Kuss.

»Guten Appetit«, hauchte er.

Kate ließ sich vom Wein und der vertrauten Gegenwart ihres Freundes einlullen. Das Curry war wahres Soul Food. Die Normalität tat ihr gut. Doch sie konnte den Anruf nicht vergessen. Sie musste Antworten finden – morgen. Oder übermorgen.

Aber jetzt, für diesen Moment, konnte Kate nichts tun. Sie nahm einen weiteren Schluck Wein und blickte Steven liebevoll in die Augen.

DANKSAGUNG

Zunächst vielen Dank an Sie als Leser und Leserinnen, dass Sie mein Buch gelesen haben!

Dieses Buch ist das Resultat einer langen Reise, bei der ich von vielen Menschen unterstützt und ermutigt wurde.

Ein herzliches Dankeschön gebührt dem Verlagsteam von Golkonda für die Unterstützung und das entgegengebrachte Vertrauen. Außerdem möchte ich meiner Lektorin für die engagierte und intensive Zusammenarbeit danken.

Ein herzlicher Dank geht auch an meine Schwiegereltern, die mich mit offenen Armen in ihre Familie aufgenommen und jederzeit unterstützt haben.

Vielen Dank vor allem aber an meine Familie, die mich immer wieder inspiriert und motiviert hat. Dabei möchte ich mich besonders bei meinen Eltern bedanken – ihr habt die Grundlagen gelegt, auf denen ich heute stehe. Ich bin dankbar für eure Unterstützung, eure Ermutigungen und dass ihr immer an mich geglaubt habt. Euer Zuspruch bedeutet mir sehr viel.

Und meine drei Kinder: Ihr seid eine tägliche Inspiration und Motivation. Ihr gehört zu den schönsten Kapiteln meines Lebens, und alles, was ich tue, tue ich auch für euch. Ich freue mich darauf, dass ihr dieses Buch eines Tages lesen könnt – möge es euch daran erinnern, dass Träume Wirklichkeit werden können, wenn man an sie glaubt.

Und schließlich, für meine Frau: Deine Liebe gibt mir die Kraft, Großes zu wagen. Du hast mich dazu motiviert, dieses Projekt überhaupt anzugehen, und mich dazu befähigt, es auch zu vollenden. Du warst nicht nur eine große Stütze während der Arbeit an diesem Buch, sondern du hast mich immer wieder geerdet, mir gezeigt, worauf es ankommt, mich neu herausgefordert und inspiriert. Jeder Schritt dieser Reise, jede Seite, jedes Wort ist auch durch dich geprägt, und ich bin stolz darauf, was wir gemeinsam erreicht haben. Danke, dass du mich liebst und an mich glaubst. Dieses Buch ist für dich, weil ohne dich nichts davon möglich wäre.

HINWEIS ZUM ZWEITEN BUCH:

Finn Dever – Täuschung

Die Jagd ist noch nicht vorbei. Ein weiterer Mord, dunkle Geheimnisse und neue Verbindungen bringen Finn und Kate an ihre Grenzen – und näher an den Ripper. Im zweiten Band erwartet Sie die Fortsetzung: noch gefährlicher, noch packender, noch persönlicher.

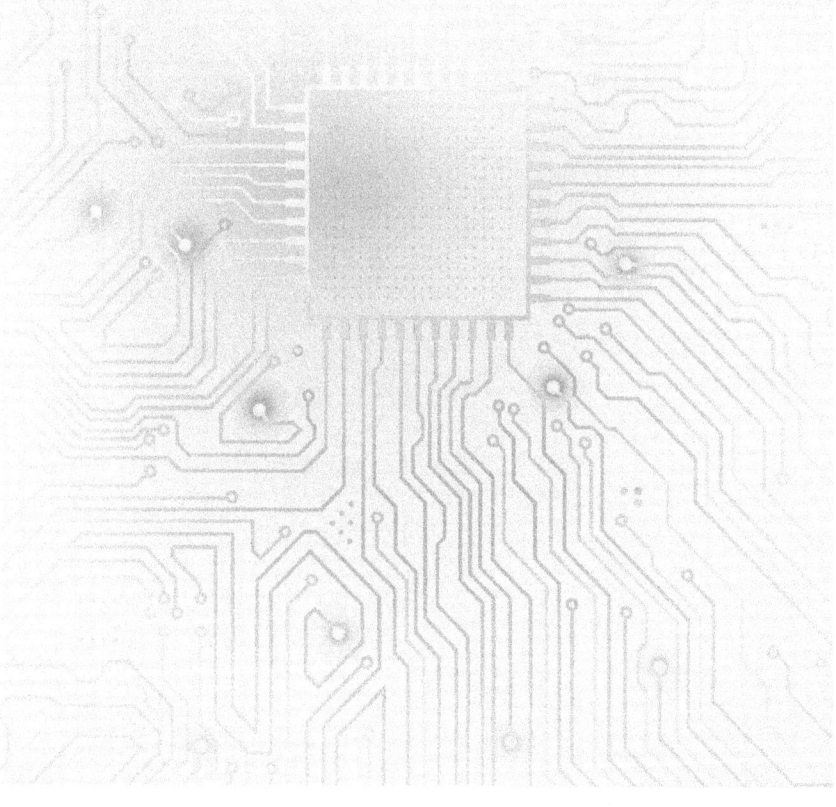